L’enfant sans mémoire

CHARLES DAVIS

L'enfant sans mémoire

Jade

Titre original :
ANGEL'S REST

Traduction française de KARINE XARAGAI

Jade® est une marque déposée par le groupe Harlequin

83-85, boulevard Vincent-Auriol, 75646 PARIS CEDEX 13.
www.harlequin.fr
ISBN 978-2-2802-1219-9 — ISSN 1773-7192

1

On disait de lui qu'il était fou. Il avait coutume de descendre d'Angel's Rest une ou deux fois par semaine et alors les gens s'écartaient sur son passage. Hollis vivait seul dans une bicoque en contreplaqué aux murs recouverts de papier goudronné, à mi-hauteur de la montagne, près du réservoir. La plupart des habitants de la ville avaient peur de lui. Moi aussi d'ailleurs, même avant la mort de papa et le commencement des rumeurs en ville. Car, du plus loin que je me souvienne, ma mère m'avait interdit de m'approcher de Hollis Thrasher. Quand je lui avais demandé pourquoi, elle m'avait lancé son regard le plus sévère en guise de réponse. Une autre fois, j'avais également interrogé papa au sujet de Hollis. J'avais obtenu le même regard sévère et il m'avait dit que je ferais mieux de laisser ce pauvre type tranquille.

De temps en temps, je voyais papa parler à Hollis ou le faire monter dans sa voiture pour le déposer quelque part en ville. Je me rappelle l'avoir vu presque tous les mardis à la petite bibliothèque municipale qui, ce jour-là, restait ouverte après 19 heures. Maman y travaillait en soirée pour aider les enfants dans leur lecture et, parfois, je l'accompagnais.

Hollis se barricadait toujours dans un coin derrière un rempart de livres empilés. Toute son attitude indiquait clairement qu'on avait intérêt à le laisser tranquille ; ses traits burinés, qui avaient l'aspect et la dureté du bois, disparaissaient derrière une barbe broussailleuse. Il ne pouvait cependant pas dissimuler ses yeux. Noirs et brillants, ces derniers ressemblaient à ceux d'un prédateur nocturne. Je pense que c'est pour cette raison que certains le surnommaient Le Loup.

Je devais avoir sept ou huit ans lorsque je parvins à rassembler assez de courage pour passer près de Hollis Thrasher tandis qu'il lisait assis par terre dans le coin le plus reculé de la bibliothèque. La plupart des gens jugeaient plus sage d'aller jusqu'à l'autre bout du long rayonnage de livres plutôt que de déranger Hollis. D'ordinaire, je faisais pareil, mais petit à petit, gagné par la curiosité, je m'étais mis en tête de découvrir quel genre de livres un homme comme lui pouvait bien lire et, d'ailleurs, on m'avait mis au défi de le faire.

Un jour, je m'arrêtai ainsi un court instant pour lui jeter un coup d'œil en passant. Il me surprit en train de l'observer et j'eus aussitôt envie de prendre mes jambes à mon cou, regrettant de ne pas avoir écouté les conseils de ma mère. Mais je restai cloué sur place. Il ressemblait à un monstre tout droit sorti d'un musée de cire, assis là, immense et immobile, me fixant de son regard mort avec ses yeux qui ne clignaient jamais.

Finalement, je courus trouver maman dans la pièce qui servait de réserve à l'arrière, et refermai la porte à clé derrière moi, profitant du fait qu'elle ne regardait pas. Elle était occupée à remettre en état de vieux livres que les gens avaient empruntés mais dont ils n'avaient pas pris soin correctement. Quand elle annonça la fermeture de la bibliothèque, j'inspectai chaque allée mais Hollis avait disparu. J'en fus bien content, et nous ne le rencontrâmes pas non plus sur le trajet du retour. Mon soulagement n'en fut que plus grand.

Le lendemain à l'école, je fis cent fois le récit de ma courageuse aventure. J'avais encore des amis à cette époque. Je vécus alors mon quart d'heure de gloire, comme chacun peut en connaître au cours de sa vie.

Vers la fin de mon année de CM2, je me rendis compte que je ne croisais presque plus jamais Hollis. Il ne venait plus guère à la bibliothèque et avait cessé de faire du stop à l'angle de la Grand-Rue. De temps à autre, je le voyais tenter de vendre un sac de bois de chauffage qu'il trimballait sur son épaule ou bien assis sur un banc devant le Piggly Wiggly. Une fois, je l'aperçus maniant la hache d'une seule main derrière la quincaillerie, là où, d'après papa, il cassait des palettes pour se faire quelques sous, mais c'est à peu près tout. Hollis n'avait plus qu'un seul bras valide parce qu'une balle lui avait explosé l'autre pendant la guerre, m'avait dit papa.

Comme la plupart des habitants de Sunnyside, en Virginie, j'ai grandi à l'ombre de la montagne d'Angel's

Rest. Elle ressemble à une immense vague bleu-vert qui touche le ciel et se prolonge à perte de vue. L'après-midi, ses sommets occultent le soleil. D'après maman, les gens l'auraient baptisée Angel's Rest parce que les anges gardiens, en descendant sur terre, se reposent sur ses cimes avant d'aller porter secours à ceux qui ont besoin de l'aide de Dieu. Je ne suis jamais allé jusqu'en haut. Maman disait qu'il y faisait toujours froid et que le vent y soufflait très fort. Je ne craignais ni le froid ni le vent, mais l'idée de rencontrer un ange durant sa pause ne m'enchantait guère.

Notre petite ville possédait un feu rouge, une épicerie et deux stations-service postées à l'entrée et à la sortie de l'agglomération, dans l'espoir de récupérer les gens dont le réservoir était à sec. La ville se composait de nombreuses ruelles recouvertes de terre ou de gravier — des culs-de-sac pour la plupart — réparties autour de l'unique route goudronnée qui permettait d'entrer ou de sortir de cette vallée étroite.

Sunnyside aurait pu être un endroit agréable où passer son enfance. En 1967, c'était une bourgade bien morne mais qui offrait cependant tout un éventail de possibilités à de jeunes garçons qui n'avaient jamais rien connu d'autre.

Une nouvelle famille emménagea près du réservoir au cours du printemps durant lequel papa fut tué. Je finis par me lier d'amitié avec Jimmy, l'un des cadets de cette fratrie de sept enfants.

Jimmy Peyton devint mon meilleur ami. Les Peyton

étaient pauvres ou peu s'en fallait, tout comme le reste de la communauté de Sunnyside, ce qui leur permit de s'intégrer très rapidement. Je devins ami avec Jimmy le jour où il me demanda après le catéchisme si je connaissais les meilleurs coins pour pêcher sur Catawba Creek, le torrent tout proche.

Jimmy était un de ces grands garçons costauds, invariablement bons en sport à l'école. Il avait une tache de naissance de la taille d'une hostie au milieu du front et toute sa famille le surnommait La Tache ou Œil-de-Bœuf, mais, comme Jimmy n'aimait aucun de ces sobriquets, moi, je l'appelais tout simplement Jimmy.

Certaines personnes n'aiment pas trop parler et Jimmy était comme ça. Mais quand il disait quelque chose, les gens avaient tendance à l'écouter. Il avait un ou deux ans de plus que moi, mais nous étions dans la même classe.

Jimmy et moi passions le plus clair de notre temps à courir au bord du torrent ou le long des crêtes rocheuses de cette région verte et rurale. Sa mère ne paraissait pas s'inquiéter de le savoir dehors en permanence et, au bout d'un certain temps, Jimmy prit l'habitude de venir très souvent dormir à la maison. Nous jouions à la guerre, construisions des tours de guet et des abris… Nous finîmes par fonder notre propre troupe de scouts. Nous n'avions ni uniformes ni adultes pour nous encadrer. En revanche, nous possédions un vieux manuel de scoutisme tout abîmé que j'avais piqué à la bibliothèque. Un beau jour, après avoir nagé avec Jimmy dans la mare de Miller's Pond, je lançai en l'air un sou porte-bonheur tout aplati pour être passé sous un train, afin de décider qui de nous deux serait le chef de troupe. Le sort désigna Jimmy mais c'est lui que j'aurais choisi de toute façon.

Nous tentâmes de rallier quelques-uns de mes anciens amis à notre troupe mais, à la fin d'une journée passée à recruter, nous n'avions guère réussi à convaincre qu'Alvin, le frère de Jimmy, et les jumeaux Wilson.

De toute manière, Alvin était tout le temps avec nous parce que Jimmy était obligé d'emmener son frère partout. J'inventai un serment d'initiation secret — Jimmy prétendait que j'étais doué pour ce genre de choses — et c'est lui qui nous avait piqué le doigt à chacun à l'aide d'un canif qu'il avait volé chez Barton, un jour où la vitrine d'exposition n'était pas fermée à clé.

Alvin fut le premier à s'enrôler en prêtant serment par le sang. Il faillit se faire recaler au rituel de passage lorsqu'il fondit en larmes, et il ne faisait pas le fier quand il jura fidélité à la troupe tout en suçant son doigt. Les frères Wilson n'avaient pas d'amis, nous non plus — nous acceptâmes donc qu'ils nous rejoignent aussi. Je me rappelle leur excitation quand nous leur avons parlé de notre troupe pour la première fois.

Harry et George Wilson ont toujours été des gars bizarres. J'ai peu de souvenirs de cours préparatoire, mais j'ai gardé à la mémoire l'arrivée pour leur premier jour d'école des deux garçons, vêtus de capes rouges identiques sur lesquelles leur maman avait cousu une grande lettre S. L'instituteur avait demandé à la classe de ne pas se moquer d'eux parce qu'ils portaient des masques et étaient affligés d'un bégaiement prononcé. Nous obéîmes jusqu'à ce qu'ils s'enferment dans un placard et y restent tout l'après-midi, le temps que l'instituteur parvienne finalement à les convaincre d'en sortir.

Ils avaient déjà cessé de porter leurs capes avant de nous rejoindre, sinon nous ne les aurions pas acceptés dans notre troupe.

Une fois que tout le groupe eut prêté le serment sacré, Jimmy et moi partîmes dans la montagne pour trouver un endroit où installer notre forteresse. Les jumeaux Wilson furent envoyés chez eux en quête de marteaux, de scies et de clous tandis qu'Alvin partait dérober à sa grand-mère une boîte en fer-blanc contenant du tabac à priser.

Nous nous retrouvâmes tous au réservoir deux heures plus tard, et en peu de temps nous découvrîmes l'endroit idéal. Nous étions là tous les cinq à donner des coups de pied dans la poussière et à chercher un trésor quand je descendis jusqu'au torrent pour y boire un peu d'eau fraîche.

— C'est vraiment le paradis ! déclarai-je.

Le nom était trouvé.

Le Paradis se situait à un endroit plat dans une cuvette de terrain, au bout d'un sentier depuis longtemps envahi par la végétation. Il se trouvait à proximité d'une petite source de montagne, à environ un quart d'heure de marche à partir de la route à la sortie de la ville. Ce qu'il y avait de plus intéressant, au Paradis, c'est que, dans le temps, il y avait eu là une maison dont subsistaient encore quelques vestiges : une cheminée brûlée et quelques vieilles planches carbonisées dont nous pouvions nous servir pour bâtir notre forteresse.

Nous travaillâmes toute la journée, les autres garçons et moi, construisant des murs tandis que Jimmy creusait un grand siège dans une vieille souche. A la fin de l'après-midi, Jimmy avait réalisé une table bancale autour de laquelle nous pouvions discuter des affaires de la troupe.

J'avais déjà campé quelques fois avec papa ; pourtant, ce soir-là, je fus surpris lorsque je demandai à ma mère la permission de dormir dans la montagne seul avec mes amis. Je la trouvai étendue sur son lit où elle passait la plus grande partie de son temps depuis que papa avait été tué. Elle se couvrait les yeux de son bras replié. J'avais horreur de la voir rester si longtemps dans l'obscurité de cette pièce et supportais désormais à peine d'y entrer mais, là, je n'avais pas le choix.

— Coucou, mon ange, murmura-t-elle très doucement.

J'avais répété ce que j'allais dire : je commençai par lui énumérer les noms de ceux qui viendraient avec moi et l'assurai également que je serais prudent avec les allumettes et les trucs comme ça. Je m'imaginai qu'elle ne consentirait à me laisser partir que si je la mettais parfaitement au courant de tout.

Elle m'interrompit en disant :

— Il va faire plutôt frisquet cette nuit, tu devrais prendre une ou deux couvertures dans le placard du couloir. Et peut-être aussi une bâche...

— Je sais camper, maman !

— D'accord, mon chéri.

Pour la première fois, j'eus vraiment l'impression d'être une grande personne et, pendant une minute, j'en fus effrayé. J'aurais juré qu'elle me dirait non.

Je n'osai pas ajouter un mot, persuadé qu'il me fallait sortir rapidement de la maison avant qu'elle ne change d'avis. Je jetai dans un sac une boîte de soupe, un gros morceau de pain au maïs, deux couvertures ainsi qu'une boîte d'allumettes et me dirigeai vers la maison de Jimmy, où Alvin et lui patientaient, prêts à partir. Tous les trois, nous attendîmes les jumeaux Wilson au réservoir jusqu'à ce qu'il fasse presque nuit, puis pensâmes que leur maman avait dû dire non et nous nous mîmes en route pour le Paradis sans eux.

A notre arrivée là-bas, Jimmy refusa de faire du feu dans la cheminée brûlée en déclarant que nous devions faire comme les Indiens et les trappeurs. Au beau milieu du terrain plat, nous allumâmes donc notre première grande flambée et fîmes réchauffer nos boîtes de soupe en les suspendant avec du fil de fer à des bouts de bois disposés au-dessus du feu. Nous nous chauffâmes ensuite les pieds en les approchant le plus près possible des flammes, jusqu'à ce que nous soyons contraints de les éloigner. Nous nous accordâmes unanimement à reconnaître le plaisir qu'il y avait à faire partie d'une troupe. Après que tout le monde eut avalé son repas, le silence s'installa peu à peu. Je songeai alors à raconter une histoire de fantômes mais il faisait déjà nuit et comme je ne voulais pas me faire peur à moi-même, je renonçai. Je me demandai si les autres ne s'étaient pas fait le même raisonnement, car personne ne se lança dans des récits de dame blanche flottant au-dessus des champs ni de diable régnant en maître sur certains endroits de la forêt. Il était pourtant assez rare autour d'un feu de camp de ne pas entendre quelque histoire qui vous tienne éveillé une bonne partie de la nuit. En revanche, je proposai que nous nous relayions pour faire le guet et entretenir le feu jusqu'au matin. Jimmy accepta, les autres aussi, et je me portai volontaire pour prendre le premier quart : de toute façon, je savais que je n'arriverais pas à dormir.

Aucun de nous ne possédait de montre, mais je pense qu'il devait être autour de minuit lorsque j'entendis dans le lointain un craquement de branches brisées. Tout redevint silencieux pendant un moment, mis à part les sons étranges, mais bien familiers, qu'émet la montagne la nuit. Je ne voyais ni n'entendais rien, mais fus lentement envahi par une sensation très particulière — un peu comme quand on est gagné par un froid trop intense : quelque chose était là dans l'obscurité à m'observer. Je tentai de me raisonner jusqu'au moment où je perçus un froissement de feuilles au loin, plus bas dans la cuvette.

Le bruit se rapprocha, puis la brise changea de direction. La chose qui écrasait les feuilles en marchant se trouvait, me sembla-t-il, à des kilomètres de là. Ensuite, le silence retomba jusqu'à ce que j'entende quelque chose respirer. Ma terreur n'était pas sans fondement, j'en avais la certitude.

Entre le feu et la pleine lune, j'y voyais bien jusqu'à dix mètres et ma gorge se noua instantanément. Je restai debout, armé de mon seul bâton de gardien, incapable d'émettre le moindre son pour réveiller Jimmy et, en désespoir de cause, je lui donnai un coup de pied. Il fit un bond, encore tout ensommeillé et complètement désorienté, car la force du coup avait dépassé mon intention. Alvin rampa hors de sa couverture, rajouta du bois au feu et nous restâmes là à attendre tandis que le bruit s'intensifiait. Il se rapprocha jusqu'à devenir imperceptible, assourdi par le battement de mon cœur à mes oreilles et, regardant Jimmy, je le vis trembler de dos dans son pantalon à bretelles.

Alors, je fus littéralement saisi d'épouvante.

Une large silhouette indistincte apparut et s'immobilisa. Alvin poussa un hurlement et moi aussi, je crois. Je pensai à un ours avant que l'énorme forme sombre ne se rapproche et que je reconnaisse cette salopette : mon regard plongea dans les yeux noirs de Hollis Thrasher.

Nous vîmes tous le gros bout de bois qu'il tenait dans

sa main droite, tous sauf moi. Je fixai son regard. Je vis alors danser dans ses yeux des lueurs vacillantes comme autant de minuscules feux follets.

— Vous êtes ici chez moi, les gars, et ce terrain est très spécial pour moi, déclara-t-il.

Hollis gardait les yeux braqués sur nous ; nul n'osait souffler mot. Puis son regard se posa sur moi et il avança d'un pas pour se rapprocher du feu.

— Pour ce soir, vous pouvez rester ici. Simplement, la prochaine fois, déplacez votre campement plus bas, dans la cuvette ou plus haut, sur la crête.

A peine avait-il tourné les talons qu'Alvin avait déjà mouillé ses culottes courtes.

— Qu'est-ce qu'on va faire, Jimmy ? demanda-t-il en pleurant. Et s'il revenait pour nous tuer ?

Jimmy se retourna et fit pipi sur le feu, tandis que, pour ma part, je versai une cruche d'eau de source sur les dernières braises. Dans un même mouvement, nos regards se croisèrent et nous nous enfuîmes en courant, hurlant comme si nous avions le diable à nos trousses. Nous courûmes ainsi d'une traite jusqu'au réservoir.

Quand je rentrai chez moi cette nuit-là, la porte n'était pas fermée à clé. Cela me surprit car maman vérifiait systématiquement qu'elle était bien verrouillée depuis que papa s'était fait tirer dessus. J'entrai et aperçus un petit mot posé sur la table de la cuisine. Il disait que, bien souvent, les petits garçons rentraient tôt à la maison après leur première nuit de camping et qu'il y avait de la tarte à la rhubarbe dans le réfrigérateur.

Je passai le reste de la nuit étendu sur mon lit sans pouvoir trouver le sommeil, car, dès que je fermais les yeux, je voyais un gigantesque homme-loup, seul dans le vent, debout sur une crête rocheuse, avec des flammes dans les yeux. Et quand cette vision disparaissait, c'était pour céder la place à cet horrible cauchemar qui m'était désormais familier : je me retrouvais dans la cuisine pendant que ma mère n'en finissait pas de hurler, son tablier tout couvert de sang.

Je dus finalement réussir à m'endormir parce que, le lendemain matin, je fus réveillé par maman qui me secouait pour partir à l'ancien magasin de papa. Je bondis hors du lit, tout heureux d'avoir devant moi une journée entière, libéré de l'obligation de dormir ou d'essayer de trouver le sommeil. Je préférais de très loin le jour à la nuit depuis l'enterrement de papa. Les cauchemars ne viennent que la nuit, vous comprenez.

2

Quand papa était encore en vie, il possédait le seul magasin de vente et réparation de téléviseurs de la ville et, l'été, je devais y travailler tous les matins. Le magasin se composait à l'avant de la boutique où étaient exposés les appareils, à l'arrière de l'atelier de réparation et du petit bureau de papa. C'est à l'arrière que se réunissaient tout au long de la journée des hommes venus des quatre coins de la région. Ils se serraient tous autour du percolateur ou du poêle à bois où chauffait généralement une casserole de haricots blancs ou un poêlon en fonte rempli de pommes de terre et d'oignons frits.

Entre les plaisanteries et les anecdotes qu'il s'y rapportait, on pouvait facilement se tenir au courant de tout ce qui se passait à Sunnyside, à condition d'être suffisamment attentif à ce qui se cache derrière les mots.

A l'arrière du magasin flottait l'odeur de ces hommes au dur labeur, mêlée au fumet de la préparation qui mijotait sur le poêle. Le bureau de papa, qui disparaissait sous des piles de factures et de formulaires de déclaration, sentait le papier jauni et les épices anciennes. Quant à la boutique, à l'avant, elle possédait sa propre senteur de tabac à pipe à laquelle venait s'ajouter l'odeur d'encaustique.

Papa veillait à ce que je ne m'ennuie pas... Il me faisait balayer, couper du bois et m'apprenait à réparer des bricoles cassées par-ci par-là. Une de mes tâches préférées consistait à aller faire des réparations à domicile. Etant donné la faible population de ce coin de Virginie, il n'est pas surprenant qu'elle ne comptât que fort peu de réparateurs de télévision. Papa passait la moitié de sa journée à parcourir de sinueuses routes de montagne au volant de sa camionnette, et je l'accompagnais. Je n'étais pas peu fier, assis dans le véhicule de mon père, partageant avec lui une bouteille de soda et un paquet de chips.

En ce temps-là, j'occupais le poste d'assistant technique. Papa me présentait toujours sous ce titre-là à ses clients avec un visage hilare ; tous alors se penchaient vers moi pour me regarder en souriant et, comme je leur rendais à mon tour leur sourire, nous finissions généralement tous très contents.

La plupart des personnes qui faisaient appel à nous vivaient dans de petites maisons blanches en bardeaux avec une allée en terre, perchées au sommet d'une colline. A l'intérieur, il régnait toujours la même odeur et il y faisait toujours beaucoup trop chaud. Quand la porte s'ouvrait, une petite dame à cheveux gris apparaissait, de taille et de corpulence variables, mais, à mes yeux, elles se ressemblaient toutes. Elles passaient leur main dans mes cheveux bouclés, s'exclamaient que j'avais encore grandi depuis la dernière fois qu'elles m'avaient vu et m'offraient quelque chose à manger. Mais je ne pouvais rien avaler avant d'avoir accompli mes tâches techniques.

Combien de fois ai-je attendu sur des charbons ardents que papa veuille bien sortir de la cuisine pour venir réparer la télévision, après avoir terminé mon travail de technicien !

Il me semblait parfois qu'il restait une éternité à boire du café en bavardant avec ces vieilles dames. Je l'entendais évoquer leur défunt mari avec respect ou rire d'une anecdote qu'il leur racontait. Je découvris que les gens avaient tendance à beaucoup mourir à la guerre et dans les mines de charbon, ou bien alors ils attrapaient une espèce de maladie qui les faisait tousser de plus en plus fort ou même encore ils tombaient tout simplement raides morts sans raison apparente, à moins que Dieu n'ait décidé que l'heure était venue de les rappeler au ciel.

On aurait dit que papa connaissait le monde entier et que tous ces gens souhaitaient qu'il reste assis avec eux à parler du temps passé et des gens qui mouraient. Peut-être tenaient-ils toujours à lui parler parce qu'il était le seul à pouvoir réparer leur télévision ou parce qu'il était aussi le maire de notre ville. Papa m'avait dit un jour que la plupart des gens ont toujours quelque chose à dire à leur maire. Ou peut-être était-ce parce qu'il n'était jamais pressé, contrairement à moi. Je ne sais pas bien à quoi rimaient toutes ces paisibles conversations autour d'une table de cuisine, mais ça se passait presque toujours ainsi.

Je remarquai également que lorsque nous quittions ces petites maisons sur les collines, papa repartait toujours avec beaucoup moins d'argent que quand nous sortions de demeures plus imposantes en ville. Quelquefois, il n'y avait ni règlement ni promesse de paiement à inscrire dans le calepin marron qu'il gardait au-dessus du pare-soleil de sa camionnette. Il repartait d'ordinaire avec un sac de tomates vertes, des conserves de haricots blancs ou parfois une bonbonne d'eau-de-vie de maïs. Il me disait toujours que c'était réservé aux grandes personnes sauf en cas de forte fièvre la nuit.

Je me souviens qu'en certaines occasions nous entrions dans une maison pour constater, quand nous essayions de l'allumer, que le fil du poste de télévision était débranché. Pendant tout ce temps, la dame aux cheveux gris ne cessait de s'agiter d'un air inquiet en expliquant que la télévision était tombée en panne brusquement et puis papa et elle passaient dans la cuisine pour boire un café. Je rebranchais le poste, effectuais mes divers travaux techniques, pendant qu'eux restaient assis. On aurait dit que les fois où il n'y avait que la prise de la télévision à rebrancher, il restait assis beaucoup plus longtemps dans la cuisine. Un jour que je l'interrogeais sur ces appareils débranchés, il me répondit que parfois les personnes âgées se sentaient un peu seules. Je ne voyais pas le rapport qu'il pouvait bien y avoir entre la solitude et un téléviseur débranché mais papa m'affirma qu'un jour viendrait où je comprendrais.

Avant d'être en âge d'aller à l'école, je passais parfois la journée entière au magasin de papa et, à l'heure de la fermeture, j'atterrissais généralement toujours endormi au même endroit : sur les genoux d'un vieux bonhomme qui travaillait pour papa et qui s'appelait Lacy Albert Coe. Les Noirs surnommaient Lacy « le Conteur » et les Blancs en ville l'appelaient « l'Efflanqué », sans doute à cause de sa maigreur mais moi, je me contentais de l'appeler Lacy.

Papa affirmait que celui-ci travaillait pour lui mais, en fait, jamais je n'ai vu Lacy faire quoi que ce soit.

De bon matin, je m'en souviens, nous passions le chercher devant chez lui, une maison bâtie en moellons dans Old Tannery Road, et, une fois par semaine, il laissait un ancien sac à nourriture rempli de vêtements sales dans la camionnette pour que maman lui fasse la lessive. J'avais demandé à papa pourquoi il avait embauché un homme de couleur qui passait ses journées à rester assis. Il m'avait simplement répondu qu'il aimait l'avoir près de lui.

Tous les matins, quelle que soit la saison ou l'heure à laquelle nous passions le chercher, Lacy nous attendait au bout de son allée de terre, appuyé sur sa canne, coiffé d'une casquette de base-ball enfoncée jusqu'aux yeux.

Il lui fallait un moment pour arriver à monter dans la camionnette, mais papa ne lui proposait jamais son aide alors que je l'avais vu porter assistance à d'autres personnes âgées, qu'elles soient de couleur ou non.

Sa maison, composée d'une pièce unique, était nichée parmi tout un groupe de maisons identiques, près de caravanes installées sur un promontoire donnant sur le torrent et la tannerie. Beaucoup d'habitants de Sunnyside surnommaient ce quartier « Nègreville », mais jamais en présence d'une personne de couleur. Un jour, je mentionnai ce quartier à maman en l'appelant Nègreville ; elle me saisit par le bras et me flanqua une bonne tannée. Elle me dit que je ferais mieux d'oublier ce mot. J'obéis, surtout devant elle, mais en même temps je savais que d'autres personnes racontaient des choses en plaisantant sur le sujet, alors quel mal y avait-il à ça, tant qu'on ne prononçait pas le mot « nègre » devant un nègre ? Elle m'expliqua que je n'étais pas « tout le monde » et que ces gens étaient des Noirs et non des nègres ou toute autre dénomination injurieuse, et que le nom exact de leur quartier était Town Heights.

Lacy m'intriguait, mais je ne le pris pas tout de suite en affection. D'abord, les paumes de ses mains étaient roses, comparées au reste de sa peau sombre et ridée. Je ne pouvais pas arriver à comprendre comment un côté de sa main pouvait être à ce point différent de l'autre. Et puis il était si vieux ! Il avait du poil qui lui sortait de son long nez ainsi que de ses oreilles — tout aussi longues — et il arborait une moustache blanche taillée court. Je me disais qu'il devait porter tous les jours les mêmes vêtements car je ne l'avais jamais vu autrement vêtu que d'un pantalon de travail bleu, d'une épaisse chemise blanche, de chaussettes immaculées et de chaussures noires qui paraissaient trop grandes pour lui. Il gardait son col de chemise boutonné jusqu'en haut même en période de forte chaleur et portait, accrochée à l'un de ses boutons, une chaîne en argent qui lui barrait l'estomac et qui disparaissait dans la poche avant de son pantalon.

C'était généralement la même routine chaque fois que nous arrivions au magasin. Papa faisait le tour des locaux en allumant les lumières, puis il remplissait le poêle tandis que je m'occupais d'une façon ou d'une autre jusqu'à ce qu'on me demande d'arrêter. Lacy se dirigeait à pas lents vers l'atelier de réparation, suspendait sa canne à quelque chose, mettait le percolateur en marche, cherchait du regard autour de lui pour repérer l'endroit où il avait accroché sa canne, finissait par la trouver et repartait en clopinant vers la vitrine par où il regardait passer de rares voitures ou une remorque, à l'occasion.

Tandis que je m'activais çà et là, Lacy restait assis sur sa chaise à dossier droit dans un coin du magasin, non loin du bureau de papa. De temps à autre, il disait un mot aux personnes qui entraient et sortaient mais je notais que la plupart des gens se contentaient tout bonnement de l'ignorer, y compris les gens de couleur qui s'arrêtaient parfois pour jeter un coup d'œil aux postes de télévision. D'après papa, Lacy avait des problèmes pour voir et pour entendre ; c'est pour cette raison qu'il lui arrivait de ne pas remarquer quand on lui adressait la parole. Cependant, je ne parvenais pas à comprendre pourquoi les Noirs comme les Blancs semblaient tous le traiter un peu comme s'il faisait partie du mobilier, sans même lui dire bonjour. Et puis Lacy n'allait jamais à l'arrière, là où se tenaient tous les autres hommes, pour bavarder autour du poêle à bois. Non, il passait le plus clair de son temps à simplement rester assis et à regarder droit devant lui, les yeux dans le vide.

Un jour, je demandai à papa pourquoi Lacy n'était pas obligé de travailler, ce à quoi il me répondit que Lacy travaillait bel et bien. Je m'imaginai alors que Lacy devait occuper un poste très au-dessus de moi dans la hiérarchie, et même au-dessus des autres assistants techniques, pour pouvoir se permettre de rester assis à fumer sa pipe tout en touchant un salaire, jusqu'à ce que papa m'apprenne qu'il ne le payait pas. Il se contentait de lui fournir le repas que maman lui avait préparé ou bien il lui ramenait deux hot dogs accompagnés d'une boisson quelconque de chez Tastee-Freez où l'on pouvait avoir deux hot dogs pour vingt-cinq cents.

Parmi les hommes qui travaillaient pour papa, certains jouaient à la bagarre avec moi, me donnaient des aimants publicitaires, me montraient des tours de cartes, ce genre de trucs, mais Lacy jamais. Je n'ai jamais vu Lacy faire de trop longs discours à qui que ce soit, sauf à papa, et alors on aurait dit qu'ils étaient seuls au monde.

Je ne me souviens pas exactement du jour où nous sommes devenus amis mais je sais que ça a un lien avec une pierre marron en forme de croix qui pendait à sa chaîne de montre. Je n'avais jamais osé le questionner à ce sujet parce qu'il me faisait vraiment penser à un vieux loup de mer, assis sur sa chaise à dossier droit, en train de fumer sa pipe. Je ne savais pas s'il existait des vieux loups de mer de couleur, n'empêche que c'était tout à fait ressemblant.

Il fallait que je sache ce qu'était cette pierre marron ; j'avais très envie aussi d'étudier sa montre de poche de plus près parce que j'avais vu qu'il y avait une espèce d'image à l'intérieur. Je ne sais plus si j'ai fini par oser le lui demander mais je me souviens de son explication : la pierre marron était un caillou très spécial qu'il avait trouvé en compagnie de Mme Coe au bord d'un lac, juste après leur mariage.

— C'est une pierre magique, prétendit-il.

Lacy me laissa finalement toucher cette pierre magique et me fit également voir sa montre ; il me permit de regarder la photographie fanée en noir et blanc les représentant lui et son épouse, qui était morte depuis bien longtemps, m'apprit-il. Je refusai de croire que c'était bien lui, le jeune homme sur la photo, mais il m'affirma que si.

A partir de là, je passais la fin de mes journées de

travail assis par terre, près de Lacy. Je buvais un dernier soda et lui demandais de me raconter une histoire. Au début, je restais assis en tailleur sur le sol à soupeser la lourde montre de poche tandis qu'il allumait soigneusement sa pipe et se grattait le menton à la recherche d'une nouvelle histoire.

Un jour, je grimpai sur ses genoux pour voir ce qu'il pouvait bien regarder toute la journée. Au bout d'un moment, je me sentis bien, perché là-haut. Je me souviens que papa me réveillait de temps en temps pour me faire descendre des genoux de Lacy pendant qu'une voix râpeuse disait :

— Tout va bien, monsieur York, le petit ne me dérange pas.

En deux ou trois ans, Lacy dut me raconter près d'une centaine d'histoires. Bien souvent, il était obligé de m'en répéter certaines, parce que je ne me lassais pas de les lui entendre raconter. Toutefois, comme elles se modifiaient légèrement au fil du temps, je dus une ou deux fois entreprendre de les lui raconter moi-même pour les lui remettre en mémoire. Il se mit lui aussi à me demander de lui raconter des histoires. Je lui servais beaucoup de craques, comme la fois où je prétendis avoir marqué cinquante buts pendant un match, mais il m'écoutait sans broncher.

Parfois, après m'avoir raconté une de ses histoires, il m'en demandait la signification. Je ne comprenais jamais ce qu'il voulait dire par là, et lui ne cessait de me dire que chaque chose, chaque événement sur terre possède sa propre musique qu'on ne peut pas entendre mais qu'on peut ressentir au fond de soi.

Il disait qu'un homme se doit d'écouter très fort avec son cœur et non avec ses oreilles pour adoucir les hauts et les bas de la vie. Je ne comprenais pas un traître mot à toutes ces histoires de musique, de bons et de mauvais moments, de vie et de mort. Mais il me disait de garder ces histoires à la mémoire, de prêter attention aux choses que je voyais au quotidien et qu'à un moment je serais moi aussi capable de produire ma propre petite musique. Il ne me racontait jamais d'histoires de guerre ou d'astronautes comme je l'en avais prié à une ou deux reprises. Il me parlait des arbres, des animaux, des orages et de la pêche. Il me rapportait surtout des récits de pêche, ce qui me convenait fort bien car j'adorais pêcher. Il m'affirmait que toutes ses histoires étaient vraies et je le croyais.

A partir de mon entrée au collège, je ne vins plus travailler aussi souvent au magasin de papa. Je passais davantage de temps sur les terrains de base-ball ou au bord des torrents de montagne qu'assis sur le siège passager de la vieille camionnette. Quand à l'occasion il m'arrivait d'aller en ville, je m'arrêtais pour parler avec Lacy mais j'étais désormais trop grand pour m'asseoir sur ses genoux. D'ailleurs, j'étais bien trop pressé pour écouter ses histoires.

J'avais toujours remarqué que papa avait de l'estime pour Lacy et lui posait des questions sur de nombreux sujets, alors je me mis à suivre son exemple. Je demandais conseil à papa sur tout un tas de choses, mais, après sa mort, je commençai à me tourner vers Lacy pour certains sujets importants. C'était mieux que d'aller voir maman parce qu'elle ne parlait plus du tout.

Il y avait une question que je brûlais d'envie de poser à quelqu'un ce matin-là, une fois rentré de l'expédition en camping dans la montagne, lorsque Hollis Thrasher nous était apparu à minuit, un morceau de bois à la main et des flammes plein les yeux. J'allai vers Lacy et tirai sur sa manche. Il éloigna sa pipe et me demanda si j'étais malade.

Je secouai la tête.

— Est-ce que Angel's Rest appartient à Hollis Thrasher ? demandai-je.

— Du plus loin que je me souvienne, sa famille a toujours possédé une grande partie de cette montagne, répondit Lacy en se penchant vers moi. Les vieux d'ici l'appellent encore Thrasher's Mountain. En quoi ça t'intéresse ?

Je bredouillai un instant puis entrepris de lui faire le récit de ce qui s'était passé la nuit précédente. Il resta assis à hocher la tête tout en fumant sa pipe, bien après que j'eus terminé mon histoire. Enfin, il déclara :

— Les gars, il vous faut trouver un autre endroit pour construire votre forteresse. Ça ne manque pas à Catawba Creek.

— Est-ce qu'il est fou ? J'ai entendu dire qu'il avait mis le feu à sa maison et qu'il avait fait brûler sa propre famille quand il est sorti de chez les dingues.

Lacy laissa encore un long moment s'écouler en tirant sur sa pipe.

— Hollis est revenu de la guerre et est resté un bon moment en taule à Bluff City, mais pour autant, je ne pense pas qu'il soit fou. C'est juste un pauvre type qui n'a jamais eu de chance dans la vie. C'était un sacré joueur de football au lycée et il se débrouillait bien à la guitare dans le temps, tout comme son père.

— Et l'incendie, alors ?

— On n'a jamais bien su qui l'avait allumé.

— Aujourd'hui encore, les gens disent que c'est lui.

Lacy hocha légèrement la tête.

— Je crois qu'il y aura toujours des gens pour raconter n'importe quoi.

— Tu as peur de lui ?

— Ecoute, Hollis veut juste qu'on lui fiche la paix. Il a été salement blessé là-bas, en Corée, et puis ici, les choses ont mal tourné pour lui, dans la montagne.

— On dit qu'il a tué un tas de gens à la guerre…

— Hum.

— Toi aussi, tu en as entendu parler ?

— Il a vu le mal de près, fiston.

— Pourquoi est-ce qu'il vit dans cette cabane si toute la montagne est à lui ?

— D'après moi, c'est que ça lui convient, sinon, il irait vivre ailleurs.

— Mais pourquoi on l'a mis en prison quand il

est revenu de la guerre et qu'on l'a laissé sortir de l'asile ?

— Il s'est mis à fréquenter une bande de voyous là-bas, quelque part dans le Sud.

— En Louisiane ?

Lacy opina du chef.

— Qu'est-ce qu'il faisait là-bas ?

— J'en sais rien.

— Bon alors, pourquoi on l'a envoyé en prison ?

Lacy continuait à tirer sur sa pipe mais la fumée n'en sortait plus tandis qu'un de ses doigts, de la couleur de la mélasse brûlée, caressait machinalement une rainure usée du fourneau de sa pipe en épi de maïs. Lacy prenait toujours son temps pour répondre, c'est pourquoi je demeurai debout à attendre, parce que je savais qu'il finirait par dire quelque chose. Il gratta une allumette pour fumer le peu de tabac qui restait encore dans sa pipe et prit une nouvelle bouffée.

— Il a fait du grabuge, il a cogné deux gars et après ça, il s'est retrouvé dans le pétrin.

— Pourquoi il a tabassé ces types ?

— Je crois qu'il s'est dit que c'était la chose à faire, sur le moment.

— Qu'est-ce qu'il leur est arrivé à eux ?

— Je ne sais pas exactement, dit Lacy.

— Ils sont morts ?

Lacy ne répondit pas.

— J'ai entendu dire qu'il avait tué un homme dans

une salle de billard... Qu'il l'avait tellement cogné que ça lui avait brisé la nuque et presque arraché la tête.

Lacy se pencha de nouveau vers moi.

— Ils ont essayé de lui prendre son portefeuille. C'est la seule chose dont je sois sûr.

— Tu ne sais rien d'autre là-dessus ?

— Voilà ce que je sais. Il s'est mis dans un satané pétrin dans un lieu où il n'avait rien à faire. Et je pense que le juge a rendu un fier service à Hollis en l'envoyant un ou deux ans en prison pour qu'il arrête toutes ses bêtises et qu'il retourne chez lui, dans la montagne.

Sur ces entrefaites, l'adjoint du shérif entra dans le magasin. Le ceinturon de son arme lui descendait tellement bas sous sa bedaine que l'étui de son pistolet lui battait le genou en marchant. Il sortit un chiffon de sa poche, tamponna les gouttes de sueur qui dégoulinaient de sous son chapeau de paille et s'adressa à Ben Davis.

Ben avait repris l'affaire de papa et s'occupait surtout de la boutique à l'avant, essayant de vendre des postes de télévision comme papa, bien que ce dernier m'ait toujours affirmé que Ben n'était pas un bon vendeur. Pour réparer, aucun problème. Mais la vente, c'était autre chose.

Papa m'avait confié qu'il avait tenté de lui enseigner des rudiments essentiels, par exemple, ne jamais essayer de vendre quelque chose à un client avant de l'avoir vu poser sa main sur un appareil, parce que, alors, on connaît ses véritables désirs. Il disait qu'il est important de connaître l'envie du client mais que pour cela, mieux valait se fier aux mains plutôt qu'aux discours.

Quoi qu'il en soit, maintenant que papa était mort, c'était Ben qui gérait l'ensemble du magasin. J'essayais de comprendre ce que se disaient Ben et l'adjoint car ils parlaient à voix basse comme si quelqu'un était mort. Ben fit le tour du comptoir et m'appela pour que je passe dans la pièce de derrière. L'adjoint me fit un sourire bizarre et Ben m'annonça qu'il avait quelques questions à me poser. J'étais sûr que celles-ci étaient en rapport avec papa et ma gorge se noua.

— Charlie, tu as vu les jumeaux Wilson, aujourd'hui ? me demanda le shérif.

Je restai un instant interdit.

— Je les ai vus hier.

— Ils sont venus camper avec toi et les autres garçons, la nuit dernière ?

Je secouai la tête et reculai.

— Tu en es sûr ? demanda Ben.

Je hochai la tête.

L'adjoint s'approcha et mit sa main sur mon épaule.

— C'est important, Charlie. Leur mère dit qu'ils sont montés jusqu'au réservoir à la tombée de la nuit pour aller camper avec vous. Ils ne sont jamais rentrés chez eux.

Je demeurai là, incapable de prononcer une parole tandis qu'il continuait à me poser sans cesse les mêmes questions. J'étais sur le point de lui dire qu'il devrait aller parler à Jimmy et Alvin quand, soudain, je me figeai.

Je vis Hollis Thrasher entrer dans le magasin et aller jusqu'au comptoir.

Ben me vit regarder fixement en direction de la boutique et se retourna pour voir ce qui m'avait brusquement fait virer le teint au verdâtre. Pour la première fois, il adopta un ton plus sévère, comme la voix de papa quand j'avais fait une bêtise. Il m'ordonna de répondre à toutes les questions de l'adjoint du shérif, puis alla au comptoir et en tira un petit transistor qu'entreprit d'examiner Hollis.

L'adjoint me dit encore deux ou trois choses que je n'entendis pas, me caressa vigoureusement la tête et repassa à l'avant du magasin. Lacy se leva de sa chaise droite et se pencha vers lui.

L'adjoint posa la main sur la crosse de son revolver et se tourna vers moi, en hochant la tête au fur et à mesure que Lacy parlait. Hollis se tenait à quelques mètres d'eux et tira une liasse de billets de sa poche ; il commença à compter l'argent sur le comptoir. Puis il fit demi-tour pour repartir avec son poste de radio. L'adjoint du shérif alla vers lui et posa sa main sur son épaule ; ensuite, ils se tournèrent tous les deux vers moi pour me regarder. Je rêvais désespérément de pouvoir m'enfuir mais au lieu de ça, je me mis à crier.

— C'est lui qui les a tués ! hurlai-je en désignant Hollis du doigt.

Je reculai et me plaquai contre le mur, en baissant la main, car j'étais secoué de tremblements violents.

Les yeux de Hollis étaient rivés aux miens et l'adjoint me lança un long regard énigmatique. Puis ils sortirent tous deux et allèrent jusqu'à la voiture de patrouille. Je vis Hollis en train de dire quelque chose à l'adjoint, puis tourner la tête vers moi et, de nouveau, son regard fixa le mien, sauf que, cette fois, il avait l'air d'un homme qui vient de découvrir que son meilleur chien de chasse s'est fait écraser par un camion de transport de bois. Je courus vers Lacy.

— Qu'est-ce que tu as dit au shérif ?

— Je lui ai dit ce que tu m'avais raconté. Si Hollis vous a vus la nuit dernière, il a peut-être vu les deux autres. C'est tout, Charlie. Mais qu'est-ce qui t'arrive ?

— Il les a tués et maintenant il va venir me tuer aussi ! hurlai-je.

A ce moment précis, je vis l'adjoint du shérif hocher la tête en direction de Hollis et monter dans sa voiture de patrouille. Hollis ne répondit pas à son geste mais garda le regard braqué sur la devanture du magasin de papa. Je me souvins que papa me disait toujours qu'un jour ou l'autre on finit par se retrouver face à face avec la chose que l'on redoute le plus au monde.

Après avoir passé une ou deux heures à tester tout un tas de tubes cathodiques dans la machine prévue à cet effet, je touchai mon salaire, courus chez Jimmy et nous décrétâmes la nécessité d'une réunion d'urgence. C'est lui qui le premier m'annonça que l'on avait retrouvé les jumeaux Wilson. Ils avaient pris peur à l'idée de camper et avaient réussi à rejoindre leur père qui logeait à Saltville.

J'en éprouvai un soulagement infini mais réalisai ensuite la portée de ce que j'avais dit à Hollis Thrasher et la façon dont il m'avait regardé. Je courus chercher les jumeaux Wilson car nous étions tous censés nous réunir dans le petit puits naturel derrière la grange Chapin.

Mme Wilson vint m'ouvrir la porte et m'annonça sans détour que je pouvais jouer avec George et Harry à condition de ne pas sortir du jardin parce qu'ils étaient punis pour avoir parcouru six kilomètres jusqu'à Saltville en pleine nuit. Je leur racontai ce qui s'était passé à tous les deux et leur expliquai que nous allions devoir construire notre forteresse ailleurs.

— J'ai laissé tous les outils là-bas, s'exclama Harry, vêtu de sa cape ridicule.

Je réfléchis quelques minutes et lui promis que Jimmy et moi irions les récupérer. George expliqua qu'ils n'étaient privés de sortie que jusqu'à vendredi. Je lui dis alors de se tenir à carreau jusque-là car nous avions des tonnes de choses à faire ce week-end.

En chemin vers la cavité naturelle, je m'efforçai de trouver le moyen de convaincre Jimmy d'aller au Paradis récupérer les outils de George et Harry — sans moi. Je m'imaginais que Hollis m'attendait embusqué là-haut et je ne voulais sous aucun prétexte m'approcher de cette cabane sur les hauteurs d'Angel's Rest.

Lorsque je parvins au puits, je trouvai Alvin, sa longue canne à pêche à la main, assis sur une souche près d'une timbale remplie de criquets qu'il avait attrapés. Il m'apprit que Jimmy était déjà parti à la recherche d'un autre site pour notre forteresse et qu'il voulait qu'Alvin et moi allions chercher les outils et le manuel de scoutisme au Paradis. Je sentis mes jambes flageoler.

— Mais qu'est-ce que tu as, Charlie ? me demanda Alvin. On dirait que tu as vu le diable !

— Je n'ai rien. On va pas à la pêche, alors tu peux te débarrasser de tes criquets. Allez, amène-toi.

Quand nous arrivâmes à hauteur du réservoir, j'ordonnai à Alvin de surveiller derrière nous pour vérifier que Hollis ne nous avait pas suivis. Tandis que nous grimpions jusqu'en haut de la crête pour ensuite descendre dans la cuvette, un bruit venant du Paradis me fit stopper net. Nous nous aplatîmes sur le ventre près du torrent et rampâmes jusqu'à ce que nous puissions voir ce qui produisait un tel raffut.

— C'est sûrement Jimmy, affirma Alvin.

— Chut !

Dans un soudain élan de courage, je dis à Alvin de rester en retrait jusqu'à ce que je l'appelle. Je me frayai un chemin en rampant à travers les lauriers des montagnes, puis, arrivé derrière un grand hêtre, je me relevai lentement. Je crus que mes jambes allaient cesser de me porter en apercevant Hollis Thrasher debout au beau milieu du Paradis et maniant sa hache. J'étais en train de reculer tout doucement lorsque j'entendis Jimmy qui remontait de la cuvette en criant mon nom. Je me retournai, portai la main à ma gorge — c'était le signal d'alarme dont nous étions convenus — et il s'arrêta net. Je me retournai vers le Paradis et découvris Hollis qui me regardait fixement, appuyé sur sa hache.

— Approchez, les garçons. Je veux vous parler, cria-t-il.

Pour la seconde fois en vingt-quatre heures, je détalai comme un lapin. Même Jimmy ne parvint pas à me rattraper tandis que je filais en direction de la route. Je ne ralentis pas avant d'avoir atteint la maison et m'engouffrai à l'intérieur par la porte de derrière.

Cette nuit-là, je m'endormis la tête pleine de maisons en flammes, de haches et de cabanes tapies dans les bois. Le lendemain, c'était la fête de l'Indépendance et je m'efforçai de me concentrer sur la barbe à papa et sur tous mes anciens amis qui seraient au Blue Hole.

Je m'étais fait un ou deux nouveaux copains mais mes anciens amis me manquaient, ainsi que nos jeux. Personne ne semblait plus vouloir m'adresser la parole depuis que quelqu'un avait tiré sur papa et, au moment où les choses semblaient revenir à la normale, le shérif revint à la maison pour nous poser encore d'autres questions à maman et à moi. Quelqu'un aperçut la voiture de police devant chez nous et les langues se délièrent de nouveau à travers la ville.

Papa nous avait quittés depuis des mois, mais on

avait du mal à y croire. On aurait dit qu'il n'était jamais parti tant il avait laissé de souvenirs derrière lui. Bien qu'il fût enterré là-haut dans la montagne, papa était toujours là, un peu comme s'il était partout et nulle part à la fois.

Je me demandais si maman et moi trouverions un jour le repos comme l'avait dit le pasteur à propos de papa, car la ville entière était persuadée qu'on l'avait assassiné. Et presque tout le monde prétendait que je savais ce qui était arrivé à papa et que je protégeais un meurtrier.

Ils disaient que c'était maman qui l'avait tué.

Il y en avait même pour murmurer que c'était moi.

3

Le 4 juillet, jour de l'Indépendance, était mon jour préféré à Sunnyside, il surpassait même le jour de Noël : depuis toujours, nous avions coutume d'aller en famille prendre du bon temps au Blue Hole, papa, maman et moi. Je nageais et faisais les quatre cents coups avec mes amis tandis que papa participait au tournoi de softball ou présidait le jury de toutes sortes de concours. C'est ce que les gens attendent de la part de leur maire, m'avait-il expliqué. Maman prenait le soleil tout en bavardant avec d'autres dames, avant de nous servir un gros poulet doré au barbecue accompagné d'épis de maïs grillés. Je n'ai pas souvenir que les choses se soient jamais passées différemment ; je m'étais donc tout naturellement imaginé que, cette année-là aussi, maman et moi irions au Blue Hole comme d'habitude, pour voir le feu d'artifice.

Le Blue Hole est un large trou naturel dans Catawba Creek, où l'on peut se baigner sans danger. La ville avait acheté le terrain quelques années auparavant : on y avait arraché un bosquet de sumacs vénéneux et de pins de Virginie, rapporté du sable blanc, installé des balançoires et délimité un périmètre de baignade autorisée en tendant un cordage muni d'une bouée à chaque extrémité. Les trois plus jolies filles du lycée avaient ensuite été engagées à titre de maîtres nageurs sauveteurs.

Le lendemain matin, je me levai et courus chez Jimmy pour voir si Alvin et lui avaient envie d'aller au feu d'artifice. Je n'avais encore jamais rencontré le père de Jimmy et fus tout étonné de voir un adulte m'ouvrir la porte. Il ressemblait à Jimmy, mais en plus patibulaire.

— Jimmy n'habite plus ici, déclara-t-il.

Je le détaillai de pied en cap et jugeai qu'il n'avait vraiment pas l'air gentil, sans pour autant avoir peur de lui — il avait néanmoins quelque chose d'un peu effrayant. Il se tenait appuyé contre la porte, dans l'attente de ma réponse.

— Où sont Jimmy et Alvin ?

Il renifla et s'essuya la bouche à son col, puis se racla plusieurs fois la gorge.

— Ils sont à Troutville chez leur grand-mère.

Je tentai de distinguer quelque chose derrière lui et aperçus le désordre dans le salon. L'endroit empestait le linge sale et le whisky.

— Quand est-ce que Jimmy va revenir ?

— Comment tu t'appelles ? demanda-t-il.

— Charles W. York.

Son visage se fendit d'un large sourire : je vis alors

ses dents jaunes et la boulette de tabac à chiquer dans sa bouche. Je reculai.

— Ah, c'est toi, Charles W… Je dirai à La Tache que tu es passé.

Puis il me claqua la porte au nez et je l'entendis pousser le verrou.

En fin de compte, maman et moi n'allâmes pas au Blue Hole, cette année-là. Elle déclara qu'elle ne se sentait pas bien — c'était comme ça tous les jours, désormais — et m'expliqua que je ne pouvais pas y aller tout seul. Alors, je m'en fus trouver Harry et George. Ils n'allaient jamais nulle part sans Jimmy, je m'imaginai donc logiquement qu'ils étaient chez eux.

Je leur annonçai la grande nouvelle : Jimmy et Alvin étaient partis. Nous en discutâmes longuement et restâmes à traîner au pied de la montagne, en jouant au coup du portefeuille : nous déposions un vieux portefeuille vide sur la route pour faire piler net les conducteurs intrigués et nous amuser de leur déception. Mais rares étaient les voitures qui passaient et aucune d'elles ne s'arrêta ; nous finîmes donc assis dans un fossé, à essayer de tuer des mites à coups de portefeuille vide tout en discutant de la troupe.

Quand je rentrai chez moi ce soir-là, maman s'était installée dehors, sous la véranda tendue de moustiquaire. Elle était courbée au-dessus d'un seau en fer-blanc, en train d'écosser des haricots verts. Elle se renfonça légèrement dans la balancelle et repoussa une longue mèche de cheveux bruns qui lui tombait sur le visage.

Je grimpai dans le fauteuil à bascule en face d'elle et me mis à me balancer de façon machinale, sans dire un mot. Son regard ne croisait jamais le mien. Elle n'avait même pas levé les yeux à mon arrivée. Elle était pieds nus et portait encore la même robe, qu'elle n'avait pas quittée de toute la semaine. Elle gardait les yeux fixés sur ses haricots verts, les brisant lentement en trois morceaux. Lentement, l'un après l'autre. Je ne pus m'empêcher de noter à quel point ses bras avaient maigri en la regardant écosser les haricots.

— Quelque chose ne va pas, maman ?

— Non, mon chéri, répondit-elle. Il fait chaud ce soir, non ?

J'approuvai de la tête mais son regard était déjà revenu sur les haricots. De temps en temps, elle s'arrêtait pour en jeter un qui était pourri dans un sac en papier, repoussait une fois de plus sa mèche de cheveux et s'essuyait le visage ou le cou à l'aide d'un torchon humide.

Je continuai de me balancer en la regardant, mais elle semblait ne pas avoir conscience de ma présence alors que nous venions tout juste d'échanger quelques mots. L'atmosphère était trop immobile et trop étouffante en dépit de l'air que brassait le ventilateur électrique. Après être resté assis un moment, je décidai finalement de rentrer lire mon livre sur Abraham Lincoln.

— Tu vas au lit, mon chéri ? me demanda-t-elle au moment où j'ouvrai la porte.

— Oui, m'man.

— Fais de beaux rêves, dit-elle. Tu es mon petit ange.

Je rentrai et me couchai cette nuit-là sans avoir vu le feu d'artifice comme je l'avais espéré. Je l'entendis, cependant.

Un orage d'été commença à souffler après que je me fus endormi et je me réveillai au moment où le magnolia planté devant ma chambre se mit à faire du bruit contre la fenêtre. Du temps de papa, cela ne m'aurait guère effrayé. De toute ma vie, je ne l'avais jamais vu avoir peur, sauf dans mes cauchemars, quand je le revoyais gisant sur le sol de la cuisine en se tenant l'estomac pour tenter de contenir l'hémorragie.

Le vent soufflait sans discontinuer et je restai allongé dans mon lit. Au bout d'un moment, je me mis à compter le nombre de jours qu'il me restait avant la rentrée. Puis je me remémorai l'histoire du vilain petit chien de chasse qui avait peur d'attraper les canards sauvages que m'avait racontée Lacy. C'était le genre d'histoire que j'adorais me murmurer quand les branches du magnolia se mettaient à fouetter la fenêtre de ma chambre en pleine nuit. Je parvins finalement à trouver le sommeil.

Toute la troupe semblait s'être dispersée ou, du moins, traverser une période difficile, et il nous fallut attendre deux semaines avant de pouvoir décider tous ensemble de retourner au Paradis chercher les outils. Jimmy et Alvin étaient rentrés de chez leur grand-mère et Jimmy nous apprit que son père était reparti travailler au chemin de fer. Comme Jimmy ne se montrait guère loquace au sujet de son père ou des raisons qui leur avaient fait quitter la ville, à son frère et à lui, je ne lui posai pas de questions.

Si Jimmy se fichait complètement des outils rouillés que nous avions abandonnés sur Angel's Rest, il s'inquiétait en revanche d'avoir laissé le manuel de scoutisme là-bas.

— On ne peut pas commencer nos réunions dans les règles, si tu ne récites pas nos promesses et nos serments ! déclara-t-il.

A la nuit tombée, tous rassemblés dans le puits naturel creusé par les eaux de ruissellement, derrière la grange Chapin, nous jurâmes sous la pleine lune d'aller récupérer notre bien au Paradis.

Le lendemain matin, nous nous mîmes tous résolument en marche vers la montagne, Jimmy, armé de sa fronde, et moi, de l'arc et des flèches que je m'étais fabriqués. Cette fois, tout était silencieux ; Jimmy se glissa furtivement jusqu'au grand hêtre comme je l'avais fait moi-même l'autre jour. Il nous fit le signal indiquant que la voie était libre et nous sortîmes des broussailles. On avait transformé notre Paradis. A l'emplacement de notre feu de camp, quelqu'un avait construit une petite cabane avec un toit en pente et des murs montant jusqu'à mi-hauteur. La cheminée avait été démolie et toutes les vieilles planches avaient été emportées.

Nous nous jetâmes tous aux fenêtres pour regarder à l'intérieur ; la porte émit un craquement lorsque Jimmy l'ouvrit. Dedans, nous vîmes une table et trois chaises de bois. Sur des étagères étaient posés notre manuel de scoutisme, nos outils ainsi que quelques décorations militaires et de vieux uniformes de l'armée. De l'extérieur, Alvin s'écria :

— Vise un peu ça, Jimmy !

Nous nous précipitâmes hors de la cabane en courant, à temps pour voir Alvin escalader maladroitement les marches de bois que quelqu'un avait clouées sur le tronc d'un grand chêne blanc. Environ dix mètres plus haut se trouvait une petite plate-forme équipée d'une cloche. Alvin y grimpa et se mit à la faire sonner de toutes ses forces jusqu'à ce que nous lui hurlions d'arrêter.

J'étais en proie à une nervosité inexplicable ; je voyais pourtant bien que les autres étaient tout excités à l'idée de jouer dans la forteresse. Je saisis Jimmy par le bras.

— Je n'aime pas cet endroit, pas question que j'y retourne, déclarai-je.

Il me dévisagea longuement, du moins me sembla-t-il, puis entra dans la cabane, s'empara du manuel, des outils et du matériel militaire. Je me sentis soulagé d'un grand poids tandis que, retenant Alvin par le col de sa chemise, je dévalai la montagne avec les autres, sûr de ne plus jamais remettre les pieds au Paradis. Nous courions de plus en plus vite, comme attirés par la vallée en contrebas, mais nous ralentîmes brutalement notre course en arrivant sur la crête en face de la maison de Hollis Thrasher. Deux voitures de police, l'une de couleur grise, appartenant à la police d'Etat, et l'autre marron, venant du bureau du shérif, étaient garées à proximité de la remise de sa bicoque.

Je pilai net et lançai un regard en direction de Jimmy qui jouissait d'une meilleure vue de la situation. Il se tenait figé comme une statue, à l'exception de ses yeux qui allaient et venaient lentement de gauche à droite. Je me tournai ensuite vers Alvin. Il était plié en deux, les mains en appui sur ses genoux, en train d'essayer de reprendre son souffle. Il cracha par terre et manqua de peu son gros orteil.

— Qu'est-ce que les flics fabriquent ici, Jimmy ? demanda Alvin.

Je m'approchai doucement de Jimmy pour apercevoir ce qui le fascinait à ce point.

— Je ne sais pas, répondit-il. Ils sont en train de parler à Hollis. Et ça a l'air vachement important…

En voyant Jimmy se mettre à genoux, nous nous baissâmes aussi et restâmes étendus à plat ventre à poursuivre notre observation silencieuse, jusqu'au moment où l'écho de la voix de Hollis parvint jusqu'à nous depuis la crête rocheuse où il se trouvait. Le son de sa voix était à peine audible à une telle distance. Pourtant, nous l'entendîmes tous parfaitement.

— Pour la dernière fois, je vous demande de foutre le camp de ma propriété ! criait-il.

Pas d'erreur, c'était bien la voix de Hollis. Elle résonnait comme si elle sortait d'un donjon. Nous nous regardâmes, puis reportâmes notre attention sur lui parce que, en fait, ce n'était pas nous qu'il menaçait, mais bien la police. C'était la première fois que j'entendais quelqu'un jurer devant des policiers.

Ceux-ci étaient au nombre de quatre, tous entourant Hollis. On aurait dit une bande de caniches essayant d'acculer un sanglier qui ne risquait pourtant pas de grimper se réfugier dans un arbre. Deux d'entre eux portaient l'uniforme gris de la police routière. Le troisième était un adjoint du comté que j'avais déjà vu plein de fois en ville ; quant au quatrième homme, un type élancé qui semblait être le chef et prenait le plus souvent la parole, il était vêtu d'un pantalon du dimanche et d'une chemise sur laquelle était épinglé un insigne doré qui renvoyait les rayons du soleil. Il portait un petit étui à pistolet fixé à la ceinture et des menottes pendaient sur la poche arrière de son pantalon ; il était coiffé d'un chapeau très élégant. J'étais bien sûr de ne jamais l'avoir vu auparavant mais il paraissait être le personnage le plus important des quatre. C'était vers lui que Hollis s'était dirigé immédiatement.

Là-bas, l'agitation se poursuivait mais je n'arrivais pas à saisir ce qui se disait en dépit de tous mes efforts pour tendre l'oreille. Au bout du compte, les policiers allèrent tous vers les deux véhicules garés devant la remise et montèrent dedans tandis que Hollis ouvrait la porte de sa bicoque et disparaissait à l'intérieur.

Je restai étendu là, haletant, mon visage dépassant d'à peine quelques centimètres du feuillage ; nous attendîmes que les voitures aient fait marche arrière dans les bois et soient reparties. Elles redescendirent la route défoncée en cahotant et se fondirent peu à peu dans les couleurs de la montagne. Au bout d'un moment, Jimmy nous fit signe de la tête et nous redescendîmes en silence, en nous faufilant du sommet de la crête jusqu'à la cuvette qui se trouvait du côté opposé, à un endroit où Hollis ne pourrait pas nous apercevoir même en nous cherchant. Après nous être frayé un passage jusqu'au réservoir, à travers les rhododendrons et les chênes des marais, nous restâmes plantés au milieu du chemin de terre, sans piper mot. Communiquant à l'aide de signes, nous nous séparâmes et repartîmes en empruntant des chemins différents, car l'heure du dîner approchait. Je ne sais pas pour eux, mais moi, je mourais de faim.

Sur le chemin du retour, je passai devant M. Runions qui était assis sous sa véranda branlante, en train de lire la Bible comme tous les après-midi. Je lui fis un geste de la main au passage, mais il ne répondit pas à mon salut : désormais, quoi que je fasse, on aurait dit que ma présence était toujours déplacée, ou quelque chose comme ça. D'habitude, M. Runions me saluait toujours.

Je me sentais comme un étranger dans la ville où j'avais pourtant toujours vécu. Je continuais à me comporter comme avant, mais tout semblait avoir changé. Je tentai un jour d'en parler à Jimmy, mais c'était comme essayer de décrire à quelqu'un une douleur à la tête ou à la jambe, quand on a mal, la nuit. En plus, je ne parvenais pas à mettre un mot sur la peur qui ne cessait de m'étreindre, mais tout cela était lié à la disparition de papa et aux policiers qui passaient sans arrêt à la maison pour me poser des questions en me faisant des sourires. J'en avais la certitude absolue.

Papa et moi avions des rapports différents de ceux des autres garçons avec leur père. Des fois, il se mettait dans de grosses colères contre moi, mais pas très souvent, même quand je l'aurais parfois mérité, et il ne se soûlait pas non plus comme les autres pères pendant le week-end ou lorsqu'ils étaient au chômage.

Il me traitait toujours correctement devant les autres. J'étais fier d'être son fils parce que c'était un homme très estimé en ville, peut-être même le plus respecté de tous. D'ailleurs, les gens le poussaient sans cesse à présenter sa candidature à la mairie, ce qu'il finit par faire. Et puis tout le monde disait qu'il était le candidat le mieux placé pour être élu au siège de représentant au Parlement de Virginie, pour lequel il faisait si activement campagne juste avant sa mort. Au cours de cette dernière année, à chacune de nos réparations à domicile, papa serrait la main aux gens après avoir réparé leur poste de télévision, en leur disant combien il apprécierait leur soutien le jour des élections. Les gens promettaient tous qu'ils seraient ravis de lui apporter leur voix.

En règle générale, en dehors d'être un bon père, papa était tout simplement un type bien, un exemple pour moi. Mon père était mon héros depuis toujours, il surpassait même Abraham Lincoln, Jim Thorpe et Teddy Roosevelt. Je voulais être exactement comme lui quand je serais grand. Mais à présent qu'il reposait sous terre, plus personne ne pouvait venir lui demander conseil. Les gens ne cessèrent pas de m'aimer du jour au lendemain parce que j'étais le fils de John York. Mais parce qu'ils pensaient que c'était maman qui avait appuyé sur la détente du fusil de chasse et parce que, selon eux, j'aurais été témoin de son acte effroyable.

C'est ce que prétendaient les rumeurs les plus malveillantes.

Et, dans une petite ville, tout le monde accorde du crédit aux rumeurs quand elles émanent du palais de justice, un ancien bâtiment de brique rouge situé sur la place.

Certains de ces bruits étaient parvenus à mes oreilles : on disait, par exemple, que je n'avais pas versé de larmes à l'enterrement comme l'aurait fait n'importe quel autre garçon à ma place, et que maman avait modifié sa version des faits qui s'étaient déroulés ce soir-là. Je crois que c'est pour cette raison que, dès la fin de la cérémonie, les gens venus des quatre coins du comté pour se rendre aux obsèques de papa étaient simplement rentrés à pied chez eux, à l'abri de leur parapluie, ou bien étaient remontés dans leur voiture ou leur camionnette, et s'en étaient allés. Pour finir, nous nous étions retrouvés seuls, maman et moi, assis sur des chaises en acier, à écouter la pluie tambouriner sur la bâche installée par les pompes funèbres.

Personne ne vint vers nous, personne ne nous adressa la parole après que le pasteur eut prononcé son discours, pas même grand-père ou grand-mère. Ils s'en allèrent tous, sauf les gens des infos à la télévision. Un type assez courtaud braquait droit sur nous la caméra qu'il portait à l'épaule. De loin, on aurait dit un rassemblement de vautours.

Maman et moi restâmes assis là pendant un temps infini : elle gardait le regard rivé sur le cercueil de papa et sur le morceau de tapis vert disposé à côté, qui recouvrait un monticule de terre argileuse. Puis je jetai un coup d'œil là-haut, en direction de la colline, et vit trois hommes de couleur assis sous un arbre, des pelles à la main. En fin de compte, je pris maman par la main et nous rentrâmes à la maison.

Ce qui est sûr, c'est que tout avait bien changé depuis la mort de papa et je ne croyais pas que les beaux jours puissent jamais revenir.

Sans que cela soit nécessaire, maman n'arrêtait pas de me répéter toute la journée que papa était un homme bon. Je le savais déjà, mais peut-être éprouvait-elle tout simplement le besoin de le dire à tout bout de champ. Elle affirmait que tout ça n'était qu'un tragique accident, que ce n'était la faute de personne, que papa était au paradis et qu'un jour nous serions tous de nouveau réunis.

Je ne lui avouai jamais que je n'avais ressenti aucune tristesse quand elle m'avait appris que papa était mort à l'hôpital. C'est le Dr Lindsey qui le lui avait annoncé. J'avais alors repris la lecture de ma bande dessinée, tout comme j'avais regardé la télévision après avoir vomi sur le canapé l'autre soir, pendant que papa gisait sur le sol de la cuisine, et qu'ensuite l'ambulance l'avait emmené à l'hôpital. Quand j'avais réalisé qu'il était parti pour toujours, je n'étais tout bonnement pas parvenu à penser à lui, pour une raison impossible à expliquer.

Penser était devenu trop compliqué pour moi, je crois.

Dans le meilleur des cas, voilà comment j'arrivais à me représenter la mort et le départ pour le ciel : à un moment donné, on s'apprêtait à avaler son repas, et, la minute d'après, on disparaissait en laissant derrière soi une chaise vide à table, pour toujours.

Tout me paraissait figé et glacé depuis que l'enterrement de papa avait eu lieu, non loin de mon école. Au cours de la dernière semaine de classe avant les grandes vacances, en fixant mon regard au-delà de l'autoroute, je pouvais apercevoir sa tombe de ma place. J'essayais d'éviter, mais mon regard finissait invariablement par échouer là-bas.

A la maison, même quand maman était là, l'ambiance était trop calme, dans ma chambre et même partout ailleurs. Et puis tout semblait différent. Maman gardait les stores baissés même lorsque le soleil n'était pas fort. Une fois par semaine ou bien tous les quinze jours, le shérif ou un membre de la police d'Etat passait à la maison pour revenir une fois de plus sur ce qui s'était passé.

La montagne avait toujours son allure sombre, mais au fur et à mesure que je grandissais, elle me semblait s'obscurcir davantage. Je tentais de prêter l'oreille à la musique de la vie, celle dont Lacy prétendait qu'elle était toujours là, à condition que votre cœur soit disposé à l'entendre, mais je ne percevais que le silence.

Peut-être allais-je bientôt rejoindre papa au paradis, me mis-je à songer. J'aurais fait n'importe quoi pour retrouver l'ambiance du temps où il rentrait à la maison pour le dîner, nous racontait les anecdotes de sa journée et les ragots qui circulaient autour du poêle, au magasin.

Ce qui me manquait aussi, c'était le soir, quand il venait dans ma chambre à l'heure du coucher et qu'il me faisait faire mes prières en les récitant avec moi. Il me disait alors qu'il ne m'échangerait pas contre tout l'or du monde. Une fois, je lui avais demandé combien d'or ça faisait en tout, et il m'avait répondu que cela dépassait les capacités de calcul du cerveau humain.

Parfois, j'avais tellement envie de m'en aller que j'en

avais mal dans tout le corps. Alors, je réfléchissais et échafaudais des plans pour fabriquer un radeau comme Huckleberry Finn, descendre Catawba Creek jusqu'à la James River pour voir où le courant m'entraînerait. Peut-être vers un lieu où les rumeurs de meurtre n'existaient pas et où les regards daigneraient se poser sur maman et moi. Je construisais mon radeau mentalement et m'imaginais grimpant dessus en compagnie de Jimmy, d'Alvin et aussi des jumeaux Wilson, et, ensemble, il nous arrivait tout un tas d'aventures dans ma tête.

Mais j'avais beau désespérément vouloir larguer les amarres tout seul comme un grand, maman m'appelait toujours pour rentrer à la maison. Elle n'avait ni frère ni sœur, et la seule famille qui lui restait vivait plus loin, au nord — ses parents étaient morts avant ma naissance et ces derniers mois, du côté de papa, tout le monde nous avait évités comme si nous avions la peste, elle et moi.

Maman avait besoin de moi. Elle devait bien me le répéter une bonne centaine de fois par jour. Elle le murmurait même dans son sommeil. Quand elle ne faisait pas de mauvais rêves, bien sûr.

Dans ses cauchemars, maman hurlait et tombait à genoux, tenant un fusil entre ses mains. Ces mêmes visions s'infiltraient sournoisement dans ma chambre tel un brouillard ; elles venaient ensuite aveugler mon esprit comme un éclair à l'heure la plus noire de la nuit, quand tout est parfaitement immobile et que la solitude se fait plus aiguë encore. Dans ces horribles cauchemars, maman tombait toujours de la même façon, au ralenti, comme si quelque chose essayait de la retenir en même temps, et elle poussait toujours le même cri terrible.

Je n'ai jamais parlé de ces rêves au shérif.

4

Les grandes vacances duraient depuis déjà trois semaines quand Lacy vint me réveiller un matin à l'aube. Il faisait encore sombre, à l'exception des teintes rouges et orangées que je voyais poindre par ma fenêtre, au-dessus des montagnes. Je fus tout étonné de voir Lacy clopiner autour de mon lit et crus un instant être en train de rêver d'une de ses fameuses histoires. C'était la première fois que je le voyais dans ma maison. Il ôta sa pipe de sa bouche pour m'annoncer qu'il allait à la pêche et me demanda si j'avais envie de l'accompagner. Je bondis hors de mon lit pour enfiler mes culottes courtes à bretelles.

— On va où ?

— Je me suis dit qu'on pourrait essayer d'aller faire peur aux poissons, en bas, du côté de chez Miss Hale.

Lacy profita du peu de temps que je mis pour me préparer pour poser les cannes à pêche et la boîte à leurres près de la porte latérale de la véranda. Il me coiffa de ma casquette porte-bonheur dès que je l'eus rejoint, puis je l'observai étaler du beurre de cacahuètes et de la confiture de quetsches sur des biscuits.

Je mis mon nez dans le sac en papier posé sur le comptoir et remarquai qu'il avait déjà emballé des sandwichs au saucisson et quelques pommes vertes. Une fois les biscuits tartinés, il les mit également dans le sac, puis fouilla dans le réfrigérateur et en sortit un bocal d'œufs marinés ainsi qu'un gros morceau de fromage.

— Maman dort encore ? demandai-je.

— Elle a des choses à faire aujourd'hui, me répondit-il.

— Elle n'est pas là ?

Lacy secoua la tête.

— Elle est où ?

— En ville, dit-il.

— Qu'est-ce qu'elle va faire en ville, si tôt ?

— Je ne sais pas exactement. Elle a des choses à faire, je crois.

A l'aide d'une cuillère, Lacy attrapa deux œufs dans le bocal, vérifia leur odeur, puis les enveloppa dans du papier sulfurisé. Ensuite, il tailla un bon morceau de fromage, le huma, en ôta la fine couche de moisi de la pointe du couteau, et l'emballa également. Une drôle d'expression traversa son visage lorsqu'il comprit que quelque chose m'intriguait.

Il resta un instant planté là, sans rien faire, puis se pencha finalement vers moi, en se cassant en deux pour pouvoir me regarder bien en face.

— Il y a quelqu'un d'autre qui vient à la pêche avec nous ? demandai-je.

— Non, rien que toi et moi. Je déteste aller pêcher avec tout un régiment. Ta maman a dit qu'elle voulait bien qu'on y aille tous les deux si tu étais d'accord.

Lacy resta un moment plié en deux, chancelant, jusqu'à ce qu'il se redresse en s'aidant du dossier d'une chaise.

Je me sentais mal à l'aise, de le voir ainsi dans la cuisine de maman préparer un panier de pique-nique, farfouiller dans le réfrigérateur et dans les placards, tout en me demandant si j'avais envie d'aller à la pêche. Maman n'était pas là et le jour n'était même pas encore levé. Maman ne partait jamais sans me dire où elle allait, surtout depuis la mort de papa.

Ces derniers mois, elle avait pris l'habitude de dormir très tard le matin, mais vraiment très tard : parfois, elle se levait à midi passé. Elle restait au lit tellement tard qu'elle m'avait fait promettre de ne jamais rien dire à personne. D'habitude, il fallait que j'aille la réveiller pour qu'elle prépare le petit déjeuner, mais cette fois, elle était partie. J'allai tout au bout du couloir pour vérifier dans sa chambre, mais je dus me rendre à l'évidence : les draps étaient froids et parfaitement tirés. Et c'est à ce moment-là que je m'aperçus que le ménage avait été fait à fond dans toute la maison. Ça faisait bien longtemps que maman n'avait pas nettoyé la maison comme ça, même si elle veillait toujours à ce que tout soit propre. Elle avait dû faire le ménage toute la nuit pendant mon sommeil. Je fis courir mes doigts sur son oreiller bien gonflé et fus gagné par un sentiment de nervosité.

— Je ne suis pas retourné à la pêche depuis que Moïse m'a montré comment attraper les truites en les priant de sauter dans la poêle. A force, c'était plus du jeu ! s'exclama Lacy bien fort pour que je l'entende.

Je revins dans la cuisine encore un peu tremblant sans pouvoir toutefois m'empêcher de répondre au bon sourire de Lacy. Et puis il avait toujours des blagues sur les personnages de la Bible, ça vous remontait le moral. Une fois, il m'avait raconté comment Jésus lui avait appris à marcher sur l'eau et que c'était un super truc pour aller pêcher dans un bon trou à poissons sans avoir à se mouiller les pieds.

— Mais si tu n'en as pas envie, je peux y aller tout seul, dit-il.

Immédiatement, mon visage s'illumina d'un sourire.

Lacy fit de grands hochements de tête, comme si on s'était serré la main pour conclure un pacte, puis s'empara des cannes à pêche. Je m'aperçus alors, dans la fraîcheur de ce petit matin sombre, que, pour la première fois depuis la mort de papa, la maison avait cessé d'être silencieuse, même si maman était partie. Cela faisait longtemps que je ne m'étais pas aussi bien senti au réveil. J'avais la sensation d'être normal, j'en avais pleinement conscience.

En sortant de la maison, Lacy plaça les deux œufs marinés ainsi que le morceau de fromage dans mon panier de pêche. Quand il avait mon âge, me raconta-t-il, cela lui tenait lieu de petit déjeuner, les jours où il partait à la pêche.

Nous montâmes dans la camionnette de papa. J'allai de surprise en surprise : une fois passé l'étonnement de trouver Lacy dans ma maison, je fus stupéfait de le voir s'installer au volant. Il conduisait tellement lentement que j'aurais pu aller plus vite en marchant. Je n'étais d'ailleurs pas certain qu'il sache conduire à l'entendre malmener la boîte de vitesses. Il me demanda de cesser de lui poser des questions jusqu'à ce que nous soyons arrivés au torrent en bas de Hale's Farm, en empruntant des chemins de terre tout défoncés. Il était tellement concentré sur le pare-brise que tout son corps était tendu en avant, pressé contre le volant. Finalement, nous arrivâmes malgré tout à destination ; je lançai un sandwich au saucisson à la meute de beagles qui nous accueillit, afin d'éviter de me faire dévorer, et la vieille Miss Hale me confia la clé de la porte menant à ses pâturages. Nous allâmes donc nous garer dans un de ses prés à vaches.

Aussitôt, je déterrai quelques vers de terre et attrapai trois lézards tachetés ; très vite, je pêchai deux perches noires, trop petites pour être gardées, et tout un tas de crapets arlequin.

Lacy s'assit sur la rive, appuyé contre le tronc d'un grand noyer blanc à l'écorce tout abîmée ; de temps à autre, il me racontait une anecdote de pêche datant de l'époque où il avait mon âge. Je fus surpris car il ne piqua pas du nez contrairement à la fois où il nous avait accompagnés, papa et moi.

Lacy ne s'endormit pas mais ne pêcha pas grand-chose non plus. Il se contenta la plupart du temps de rester assis à écraser des mouches.

En fin de compte, il fit tout de même, à ma demande, un pas vers le torrent, parce que le poisson commençait à bien mordre. Mais je ne crois pas qu'il ait été vraiment motivé par l'idée d'attraper quelque chose.

Je me tenais sur les radiers, surveillant ma ligne de temps à autre, et, dans l'intervalle, j'observais Lacy tenter d'accrocher un ver à son hameçon. Il me rappelait mes propres essais quelques années auparavant, à la mare de Dollinger, quand grand-père m'avait appris à appâter mon hameçon un soir, après le grand repas de famille auquel tous les York, y compris nous-mêmes, se rendaient chaque année, qu'il vente ou qu'il pleuve. Je tenais ma ligne en attendant que grand-père accroche un appât à l'hameçon, lorsqu'il me mit un asticot dans la main en me disant que les vrais pêcheurs amorçaient eux-mêmes leur ligne.

— Autrement, ça serait pas juste de laisser quelqu'un d'autre zigouiller l'asticot pendant que toi tu t'amuserais à remonter le poisson qui l'a gobé, avait-il alors déclaré.

— Ah non ? avais-je commenté.

— Si t'es pas capable à ton âge d'accrocher un ver à ton hameçon, alors c'est que la pêche est pas faite pour toi. Et j'crois pas non plus que tu deviennes un bon chasseur comme ton père, si tu te laisses impressionner par ce genre de choses.

— Quel genre de choses ?

— Tuer, fiston.

— Mais je veux chasser et pêcher, moi..., affirmai-je.

— Eh bien alors, commence donc par accrocher ce ver à ton hameçon, avait-il répliqué.

Je jetai un coup d'œil à papa qui se trouvait derrière moi dans une grange, et discutait avec un groupe d'hommes de la famille, dont certains m'étaient d'ailleurs inconnus. Papa me lança enfin un regard. Pour une raison mystérieuse, il me fixa d'un drôle d'air, posa son assiette en carton et se dirigea vers moi.

— Tu aimes le poisson ? me demanda grand-père d'une voix tonitruante.

Je tournai mon regard vers lui et hochai la tête car je me régalais des grands plats de friture que nous mangions chaque été.

— Le poisson a meilleur goût quand on a mérité le droit de le manger, décréta grand-père.

A cette époque, je n'avais jamais considéré la pêche sous cet angle-là, et je me demandai si le poisson aurait une saveur différente si j'accrochais moi-même le ver à l'hameçon. Perplexe, je restai silencieux. En revanche, cela m'ôta l'envie d'aller à la pêche avec grand-père alors que j'adorais toujours y aller avec papa parce que, en général, on ne parlait pas de poisson en pêchant.

On pêchait, c'est tout.

— Vois-tu, les femmes ne savent pas amorcer un hameçon, elles ne veulent pas faire de mal au ver, et elles n'aiment pas pêcher parce qu'on fait du mal au poisson en l'attrapant, et puis ensuite il faut le tuer, le vider et tout le toutim. Les femmes aiment faire cuire ce qu'on leur ramène déjà tout nettoyé, prêt à passer à la poêle pour être mangé, sans avoir à faire ou à penser à ce genre de choses. Ce qu'elles aiment, c'est jardiner, mettre la table en attendant que leur homme s'occupe de tuer les bêtes. Dieu l'a voulu ainsi, fiston, c'est les hommes qui doivent se charger de tuer. Tu verras jamais de femmes tuer le cochon. Et maintenant, appâte ta ligne, conclut grand-père.

Je me souviens d'avoir ouvert ma main une seconde, juste le temps de regarder le ver se tortiller en vain pour essayer d'échapper à son sort.

— Il est temps que tu apprennes à faire ce que tout homme doit savoir faire. Comme ton père avant toi.

Papa arriva finalement à ma hauteur, vit mon hameçon sans appât, fourra la main dans la boîte en fer-blanc et en sortit un asticot qu'il accrocha à ma ligne.

— Laisse-le donc faire tout seul ! s'exclama grand-père.

— Il le fera quand il se sentira prêt, rétorqua papa.

Il lui répondit d'une voix calme, mais sur un ton très grave qu'il n'utilisait jamais pour s'adresser à grand-père et qu'il me réservait tout spécialement. Grand-père et papa parlaient souvent entre eux de choses auxquelles je ne comprenais rien, mais ils le faisaient d'une voix aimable, comme au cours d'un repas détendu, quand quelqu'un dit que la purée est vraiment délicieuse avec la sauce, et que tout le monde est d'accord. Ou un truc de ce genre.

Grand-père se leva et se salit l'épaule en chiquant parce qu'une rafale de vent lui balaya la figure au moment où il crachait. Il s'éloigna sans un mot.

Je pris la canne des mains de papa, fis quelques pas et enfilai à deux ou trois reprises l'asticot sur l'hameçon en le regardant se tortiller horriblement chaque fois que je le transperçais. Je me rappelle le sang de l'asticot sur ma main. Mais quand j'eus terminé, cela me parut moins compliqué que ce que je m'étais imaginé.

Comme tout cela me semblait loin, à présent ! Depuis ce jour-là, j'amorçais mes lignes avec des vers, des lézards, de gros papillons de nuit ou des écrevisses sans leur accorder la moindre pensée. Enfin si, j'étais quand même un peu triste pour eux, même si je savais que ce n'étaient que des insectes.

Lacy se tenait toujours tout chancelant près de la rive, incapable de s'en sortir avec son hameçon.

— Tu veux que je le fasses ? criai-je.

Il me regarda et releva la visière de sa casquette.

— Surveille ta ligne, me répondit-il très doucement.

Je pensais qu'il avait des difficultés à accrocher le ver parce qu'il ne voulait pas lui faire de mal, mais ensuite, il amena l'hameçon à hauteur de ses lunettes en l'approchant tellement qu'on aurait cru qu'il louchait.

Lacy avait la vue basse, me souvins-je alors. C'était pour ça qu'il avait du mal avec son hameçon.

Il réussit finalement à enfiler le ver de terre et recula pour lancer sa ligne : je ne sais comment il s'y prit, mais son fil resta accroché dans l'arbre sous lequel il se tenait. Je me trouvais en amont du torrent et gardais l'œil fixé dans sa direction pour voir comment il allait se décrocher, mais il se contenta de regarder droit devant lui en tenant sa canne comme si l'hameçon trempait dans l'eau. C'était vraiment trop rigolo ! Il avait l'air tellement sérieux avec sa canne à pêche et sa pipe serrée entre les dents. J'éclatai de rire.

— Qu'est-ce qu'il y a de si drôle, bon Dieu ? demanda-t-il.

— Ta ligne est restée accrochée dans l'arbre au-dessus de toi, Lacy !

Il fixa la direction que je lui indiquais et tira sur le bout de sa canne pour l'approcher de ses lunettes. Il aperçut enfin le fil emmêlé dans le grand sycomore et étudia la situation sans cesser de tirer sur sa pipe.

— C'est exactement l'endroit où je voulais l'accrocher, conclut-il en fin de compte.

Et il reprit la même position avec sa canne à pêche, les yeux fixés sur la rivière.

— Quoi ? Là-haut ? Tout entortillée autour d'une grosse branche ?

— On dirait que tu n'as jamais entendu parler de la pêche aux écureuils…

Il semblait tout à fait sérieux et mon sourire s'effaça ;

je méditais sur sa réflexion, quand il me sourit, tira d'un coup sec sur sa canne, puis ramena au moulinet la grosse branche qu'il avait attrapée.

— Tout ça m'a épuisé. Et puis, la pêche, ça creuse ! dit-il.

Moi aussi, j'avais faim, alors je remontai ma ligne et nous nous installâmes pour manger le repas qu'il avait emporté sous le noyer blanc contre lequel il était resté affalé toute la matinée.

Le déjeuner se déroula lentement, en silence. Lacy n'avait généralement pas grand-chose à dire pendant les repas et il mangeait à la même vitesse qu'il conduisait. Il s'essuyait la bouche avec son mouchoir après chaque bouchée. Nous terminâmes la grosse cruche de thé sucré et je lui demandai pourquoi il avait décidé d'aller à la pêche alors qu'il n'avait pas vraiment envie d'attraper des poissons.

— La pêche fait partie de ces choses qui changent au fil des années, expliqua-t-il. En vieillissant, on s'intéresse moins à ce qu'on attrape qu'au plaisir de rester assis, alors qu'avant, c'est le contraire.

— Alors, tu n'aimes plus pêcher mais tu as juste envie de rester là, assis sous un arbre ? demandai-je.

— Oui, m'sieur. Le jour où tu auras quatre-vingt-trois ans, Charlie, tu comprendras.

Lacy mit la main à la poche de sa veste, qu'il portait boutonnée jusqu'au col malgré la forte chaleur. Je savais ce qu'il cherchait : il ne trouvait pas sa blague à tabac. Sans pour autant cesser un instant de fouiller dans ses vêtements, il finit par la sortir d'une de ses chaussettes blanches, là où il l'avait fourrée quelque temps auparavant pour une raison mystérieuse.

Il sortit sa blague de cuir usée et pencha la tête en arrière de façon à placer ses yeux bien en face des verres permettant de voir de près sur ses lunettes à double foyer ; il vérifia alors le contenu de sa blague avant de plonger sa pipe à l'intérieur pour la remplir du restant de tabac.

— J'en ai passé des journées près de ce torrent, et puis aussi plus bas, sur la grande rivière, dit-il. Des nuits, aussi. De l'époque où j'avais ton âge jusqu'à ce que je sois devenu jeune homme. Et puis j'y suis revenu juste après la première guerre, avec des garçons que je fréquentais en ce temps-là. En prenant de l'âge, mes vieux copains et moi, on s'est mis à moins pêcher qu'avant, quand on allait à la pêche pour pêcher. Ça nous faisait comme un jour de vacances, à l'époque. On était nombreux à ne pas pointer au travail et on se retrouvait en bas, près de la rivière. On pêchait un peu, puis un des gars finissait toujours par sortir un banjo ou une guimbarde et on se mettait à improviser de la musique. On buvait une bouteille de whisky que l'un d'entre nous avait apportée ; on le versait dans des timbales en fer-blanc et on se racontait des fables à n'en plus finir. Jusque tard dans la nuit.

— Vous vous racontiez des craques ?

— Pas de vrais mensonges, des histoires… Des choses qu'on avait vues ou faites pendant des voyages. C'était pas tout à fait vrai. Tu sais, un gars peut pas se souvenir de tous les détails d'une histoire, alors, il brode un peu quand il se souvient plus trop pour que les autres voient bien où il veut en venir, tu comprends ?

Je hochai la tête.

— Nos histoires finissaient par tellement se rapprocher de la vérité qu'au bout du compte, c'était plus des mensonges. Quand je dis raconter des fables, c'est juste une ancienne façon de parler.

— Et elles étaient bien, ces histoires ?

Lacy s'appliquait à bien bourrer sa pipe, sans se presser.

— Les plus intéressantes, c'étaient celles que nous tenions de nos anciens. Des choses que les plus âgés nous avaient racontées sur la façon dont ils s'étaient débrouillés au cours de leur vie, durant les bons et les mauvais moments. C'était pas facile d'être un homme noir dans le coin, à l'époque.

— Ah bon ?

— Oui, m'sieur. Pour sûr.

— Tu étais esclave ? m'enquis-je.

— Non. Cette sale période était déjà finie à l'époque où je suis né.

— Ton père était esclave ?

— A sa naissance, oui, mais il a été affranchi à peu près à ton âge.

— Il est mort ?

— Oui, il y a bien longtemps qu'il a quitté cette terre.

— Il est mort comment ?

Lacy repoussa ses lunettes sur son front puis, de sa pipe, m'indiqua une colline verdoyante au loin, de l'autre côté du torrent, par-delà un bosquet de bouleaux à papier.

— Un mulet lui a décoché un coup de sabot dans la tête alors qu'il essayait de lui passer du baume sur une patte, là-bas, juste en haut de la côte, chez le vieux Gillespie. Papa travaillait pour lui et son mulet s'était pris les pattes dans une espèce de barrière.

Lacy ôta la pipe de sa bouche et claqua soudain si fort dans ses mains qu'il me fit sursauter.

— Il est tombé raide mort !

Je songeai à tout ça et chassai d'une pichenette une fourmi noire qui grimpait sur ma jambe.

— Tu avais quel âge quand le mulet lui a donné le coup de sabot ?

— J'étais encore un tout jeune gars. Mais je me souviens quand même de lui.

— Qu'est-ce qui est arrivé au mulet ?

— Eh bien, si ma mémoire est bonne, M. Gillespie a déclaré qu'il avait abattu ce mulet, en disant que c'était un animal dangereux, mais on a su par la suite qu'il l'avait vendu pour douze dollars à un homme, là-bas dans le comté de Floyd.

Lacy lança un dernier regard minutieux au fourneau de sa pipe ; il l'avait enfin suffisamment bourrée, mais sans trop tasser le tabac non plus. Il sortit une longue allumette de la poche de sa chemise et la gratta sur un morceau d'acier qu'il conservait dans cette même poche.

— Tu as déjà descendu le torrent avec tes vieux amis ?

Quand son visage fut enveloppé par les volutes de fumée, il répondit :

— Ils sont tous partis, aujourd'hui…

— Tous ?

— Oui, m'sieur, dit-il.

— Tu veux dire qu'ils sont tous morts ?

— Oui, c'est bien ça.

— Tu es déjà venu ici avec Mme Coe ?

Lacy se gratta la nuque et me lança un drôle de regard du coin de l'œil.

— Une ou deux fois, répondit-il.

— Est-ce qu'elle aimait pêcher ?

— Elle aimait beaucoup venir avec moi, à condition qu'il ne fasse pas trop chaud et qu'il n'y ait pas trop d'insectes. Quand on emmène une femme à la pêche, ça se met davantage à ressembler à un pique-nique. Ce que je veux dire, c'est que tu dois emporter ta canne à pêche, bien sûr, mais aussi par exemple une couverture, et elle, elle emporte à manger, mais un vrai repas alors, pas des sandwichs au saucisson et un reste de vieux biscuits comme nous. Enfin, bref, tu choisis une belle journée pour aller avec elle quelque part où tu ne seras pas dérangé pour passer un peu de temps dans la nature. Tous les deux, tu comprends. Tu pêches un peu, aussi. Elle a pêché une ou deux fois.

— Quand est-ce que Mme Coe est montée au ciel ?

Lacy ne tira pas sur sa pipe mais l'ôta lentement de sa bouche comme il avait coutume de le faire pour répondre à une question.

— Il y a quarante et un ans, répondit-il sans réfléchir.

Je tentai de calculer dans ma tête à quand cela remontait, lorsqu'il se mit à arracher quelques brins d'herbe près de lui pour les laisser s'envoler dans la brise qui se levait.

— Elle te manque toujours ? m'enquis-je.

— Ça reste terriblement douloureux pendant très longtemps, puis ça continue à faire mal de temps en temps, mais c'est une sensation différente. Plus douce, dirais-je.

Lacy se mit sur un genou sans s'aider de sa canne et entreprit de ramasser le papier sulfurisé qui avait servi à envelopper nos sandwichs, puis le fourra dans le sac en papier. Il leva les yeux vers les nuages qui s'amoncelaient au-dessus de nos têtes.

— Si tu veux mettre une dernière ligne à l'eau, c'est le moment, dit-il.

— Mais elle te manque toujours, alors ? demandai-je.

— Tous les jours, mais comme je te l'ai dit, mon garçon, ce n'est pas la même absence. Aujourd'hui, je m'estime heureux d'avoir pu faire un bout de chemin avec elle, c'est tout. De l'avoir tout simplement rencontrée et qu'elle ait accepté d'épouser un rustaud dans mon genre. Elle méritait mieux...

Lacy se mit à rire de la façon que j'aimais tant.

Son visage avait l'air de rire, mais il ne sortait pratiquement aucun son de sa bouche. Pour finir, il se remit debout et entreprit de caresser machinalement du doigt le fil d'une de mes cannes.

— J'ai eu de la chance. De la garder auprès de moi pendant vingt ans.

— Comment elle est morte ? demandai-je.

— Eh bien, un hiver, elle est tombée malade, c'était une tumeur dans sa poitrine. A l'époque, il n'y avait pas de docteurs ni toutes ces choses comme on fait aujourd'hui. Elle est restée longtemps à l'hôpital de Roanoke. Elle a toujours été de constitution fragile. Attention, j'ai jamais dit que c'était pas une battante, elle s'est bagarrée comme une lionne mais cette saleté a eu le dessus.

— Elle est morte à l'hôpital, alors ?

— C'était son heure. En avançant dans la vie, c'est le genre de chose qu'on en vient à admettre.

Le vent se leva brusquement et fit s'envoler la casquette de Lacy. Je courus la rattraper avant qu'elle ne tombe dans le torrent, en secouai la poussière et la lui ramenai. Lacy regarda sa vieille casquette comme s'il la voyait pour la première fois, saisit mes cannes à pêche et déclara qu'il était temps d'y aller.

— Tu crois que papa est au paradis avec Mme Coe ? demandai-je.

En allant vers la camionnette, Lacy me tapota le dos très doucement comme il le faisait parfois.

— Oui, m'sieur, répondit-il. Ça ne fait aucun doute.

— Lacy, tu aurais voulu que M. Gillespie abatte le mulet qui a tué ton père ?

Lacy ne répondit rien avant d'avoir posé notre matériel contre l'aile du camion. Notre petite marche depuis la rivière semblait l'avoir complètement épuisé, il était tout essoufflé. Il s'essuya le front et tenta de nettoyer ses lunettes avec un mouchoir mais ses mains tremblaient drôlement fort. Il abandonna relativement vite — à moins qu'il ne les ait jugées suffisamment propres — et les remit. Puis, alors qu'il levait le nez pour scruter le ciel, nous reçûmes les premières gouttes de pluie.

— On ferait mieux de rentrer, mon garçon, déclara-t-il.

Des nuages sombres envahirent le ciel, déversant leur torrent de pluie, et vinrent s'accrocher à la montagne, formant une épaisse couverture sur toute la vallée. De grosses gouttes soulevaient la poussière de la route en tombant, des trombes d'eau dégringolaient : nous fîmes le trajet du retour sous un véritable déluge. En se rangeant sur le bas-côté, Lacy faillit nous envoyer dans le fossé en décrétant qu'il nous fallait attendre que l'orage se calme. Nous restâmes assis dans la camionnette en silence, après qu'il eut éteint la radio, à écouter la pluie tambouriner sur le toit entre deux claquements de tonnerre. Lacy m'affirma que nous ne risquions rien, mais il n'avait pas l'air trop convaincu par ses propres paroles et demeura recroquevillé sur lui-même, cramponné au volant alors même que nous étions à l'arrêt. Toutefois, il déclara que l'orage ne durerait pas et sa prédiction se révéla exacte. Très vite, nous reprîmes la route ; Lacy annonça qu'il devait passer une minute au magasin, me déposa devant Phelp's Drug Store et me tendit cinq dollars. Je n'en croyais pas mes yeux. Ce n'était pas la première fois que je voyais un billet de cinq dollars, mais je n'en avais encore jamais eu un dans ma poche. Et, d'ailleurs, je n'aurais jamais cru que Lacy puisse avoir cinq dollars dans la sienne. Il me dit que je pouvais aller m'acheter ce que je voulais et que je n'avais qu'à garder la monnaie. J'obéis sans discuter.

Je pris un siège près du distributeur de soda, songeai encore à Lacy, à Mme Coe et à ce mulet qui avait étendu son père d'un seul coup de sabot ; je commandai ensuite un sundae au chocolat arrosé de sirop d'érable, puis un autre. J'étais sur le point de terminer le second quand M. Phelps me demanda des nouvelles de chez moi et je lui répondis que nous allions bien, en espérant que je pourrais finir de manger sans qu'il se lance dans une conversation au sujet de papa. Il resta là une minute à s'essuyer les mains avec un torchon, tandis que, par la baie vitrée, je regardais un homme remonter la rue jusqu'au banc situé devant le magasin. Il portait un costume et trimballait une valise ; il s'assit après avoir essuyé le banc mouillé de pluie. Je compris qu'il attendait le bus qui faisait le trajet de Bluefield à Lynchburg deux fois par semaine.

Il me restait encore quatre dollars et je songeai à m'acheter quelques bonbons, puis décidai en définitive d'aller à la quincaillerie Hovack, pour voir si j'avais assez d'argent pour me payer de vraies flèches pour l'arc que je m'étais fabriqué. Je sortis du drugstore en recomptant une fois de plus mon argent et jetai un regard à l'homme assis sur le banc. Il leva la tête et je me retournai brusquement en voyant ses yeux.

Mon cœur se mit à cogner dans ma poitrine mais je continuai mon chemin jusqu'à l'angle de la rue ; arrivé là, je me retournai de nouveau pour le regarder. L'homme avait les cheveux bien coupés et une barbe taillée court, mais ses yeux ressemblaient à ceux de Hollis Thrasher. Il fallait que j'en aie le cœur net, aussi remontai-je la rue dans sa direction. Je ramassai quelques gravillons et les fis couler entre mes doigts ; je ralentis en arrivant à hauteur du banc. Je m'arrêtai quand il leva les yeux sur moi.

— Salut, Charlie, dit-il.

Je me sentis pris de vertige à la vue de son visage tout balafré et en entendant sa voix grave. Les gravillons me glissèrent des mains. Je savais que ça ne pouvait être que lui, et pourtant c'était impossible.

— Vous vous appelez comment ? parvins-je enfin à articuler.

— Hollis Thrasher.

Je bredouillai quelques instants en l'observant plus

en détail. Mis à part ses yeux, il n'avait pas l'air d'un homme dangereux.

— Vous ne ressemblez pas à Hollis Thrasher.

— Alors, vous vous servez du fort que je vous ai construit dans la montagne avec tes copains ?

Je ne savais pas quoi répondre.

Je songeai à prendre mes jambes à mon cou et jetai un coup d'œil alentour pour voir s'il y avait quelqu'un d'autre dans la rue, mais Hollis ne me semblait plus aussi patibulaire avec sa barbe courte, ses cheveux coupés en brosse et son costume. Toujours aussi immense mais nettement moins effrayant.

— Vous attendez le bus ? m'entendis-je demander à ma grande confusion.

Il hocha la tête.

Je n'aurais jamais cru que Hollis Thrasher, ce type bizarre et solitaire, soit du genre à franchir la limite du comté.

— Où vous allez ? demandai-je.

— Dans l'Ouest.

— Où ça, dans l'Ouest ?

Il tira une espèce de prospectus en papier glacé de la poche de son manteau et me le tendit. Je vis la photographie d'un hôtel tout blanc avec un toit rouge, situé au bord d'un océan bleu, couvert de reflets brillants. Je lus ce qui était écrit sous la photographie et lui rendit son papier.

— Pourquoi le Mexique ?

— J'ai toujours eu envie d'y aller.

— Pourquoi ? Qu'est-ce que vous allez chercher là-bas ?

Hollis prit quelques instants avant de répondre.

— Ça fait parfois du bien de s'éloigner de cette montagne.

Je m'efforçais de comprendre comment j'avais pu être terrorisé toute ma vie par l'homme qui se tenait maintenant devant moi, bien propre, l'allure presque normale, partant pour Mexico avec sa valise à la main. Puis je me souvins qu'un jour Lacy m'avait raconté une histoire qui disait que la plupart des créatures du bon Dieu passent une grande partie de leur vie à chercher ou à fuir quelque chose, parfois les deux en même temps.

— Vous revenez quand ?

Le visage de Hollis se fendit d'un large sourire et je trouvai que cette expression ne lui allait pas. Pour la première fois, je remarquai qu'il avait des dents sous tous les poils qui lui dissimulaient habituellement la figure.

— Tu poses beaucoup de questions pour un si jeune gars, fit-il. Je ne sais pas encore.

— Mais vous reviendrez un jour ?

Son sourire s'évanouit. De nouveau, son visage s'assombrit. Mais en dépit de toutes ses cicatrices et de son regard de braise, je n'avais plus peur de le regarder.

— Je ne sais pas.

5

J'aurais bien aimé poser davantage de questions à Hollis à propos de son périple vers l'ouest, car, la nuit, je ne songeais qu'à partir sur un radeau et à me laisser flotter au gré du courant, ce qui expliquait ma curiosité pour les voyages. Mais ce jour-là, j'aperçus venir vers moi Toby Perkins en compagnie d'autres garçons qui passaient leurs journées à traîner en ville. Les frères Perkins étaient toujours faciles à repérer dans la foule ou bien la nuit : ils étaient tous grands et maigres, avec le teint pâle et les cheveux blonds. Ils se mirent tous à sourire lorsque mon regard croisa le leur.

Je sus instantanément qu'il valait mieux changer de direction, ce que je fis précipitamment, mais pas assez vite, hélas, car j'entendis aussitôt le claquement de leurs pieds nus lancés à ma poursuite.

J'accélérai ma course et bondis par-dessus la barrière derrière le théâtre, je traversai le parking de la ville à toute allure quand une main s'abattit sur mon épaule en me faisant tomber par terre.

Je vis le visage de Toby au-dessus de moi, il cracha plusieurs fois, puis m'empoigna pour me remettre debout. Une pièce de cinq cents tomba de ma poche. Le plus grand, prénommé Alton, un gamin avec une tête grosse comme une pastèque et qui n'allait jamais à l'école, me frappa à l'estomac ; je sentis une main fouiller les poches avant de mon pantalon et en retirer tout mon argent.

Ils riaient tous lorsque le grand frère de Toby sortit une carabine à air comprimé d'un sac de jute qu'il portait sur son épaule, et, une fois de plus, ils me poussèrent à terre.

Je me savais en mauvaise posture, aussi luttai-je comme me l'avait enseigné papa ; je réussis à décocher quelques coups de poing bien placés. Mais ils me fourrèrent dans le sac la tête la première, puis en refermèrent le fond avec une ficelle.

Je me débattis comme un beau diable, je hurlai en tentant de m'échapper mais ils me rendaient tous mes coups de pied. Je priais pour que le shérif, Lacy, Jimmy ou n'importe qui d'autre s'aperçoive de ce qui était en train de se passer, mais les autres continuaient de rire. Ils traînèrent le sac sur le sol, puis je sentis qu'on me soulevait et ils me jetèrent dans une rigole d'évacuation qui traversait le parking.

Je les entendis s'éloigner en courant et m'efforçai de retenir ma respiration pour pouvoir m'assurer qu'ils étaient bien partis, lorsque le sac commença à se remplir d'eau. Je les entendis tirer plusieurs fois avec leur carabine à air comprimé.

Pfuit, clac. Pfuit, clac. Pfuit, clac.

Ils continuaient d'actionner cette carabine tandis que j'essayais de sortir de la rigole en m'agrippant de toutes mes forces ; je recommençai à crier, cette fois le plus fort possible, lorsqu'ils se mirent à tirer sur moi à travers le sac.

— Laissez ce gosse tranquille ! entendis-je.

Quelqu'un arrivait alors que les autres s'enfuyaient en prenant leurs jambes à leur cou.

J'étais toujours roulé en boule dans ce sac, les bras serrés autour de la tête, quand quelqu'un défit le nœud qui fermait le fond du sac. Je jetai un coup d'œil furtif entre mes doigts et reconnut Hollis Thrasher.

— Sors de là, dit-il.

Je réussis à m'extraire du sac avec précaution et regardai autour de moi. Je savais qu'ils n'étaient pas partis bien loin.

— Ils t'ont fait mal ?

Je secouai la tête et m'essuyai le visage et le nez du revers de la manche.

— Ils viennent souvent t'embêter, ces garçons ?

J'essayai de lui répondre mais, tout d'abord, je n'arrivai pas à parler. Je parvins finalement à articuler :

— Des fois.

Ils ne me cherchaient pas querelle du temps où papa était encore en vie.

Je regardai en haut de l'allée et vis que la camionnette de papa avait disparu. Lacy devait avoir pensé que j'avais rencontré des copains ou que j'étais rentré à la maison.

— Tu ferais peut-être mieux de rentrer chez toi, fit Hollis.

Je jetai un regard alentour pour repérer le meilleur chemin pour revenir à la maison sans me retrouver nez à nez avec les frères Perkins. Quand je croisai le regard de Hollis, il me fixa longuement puis étudia sa montre.

— Je vais te faire un brin de conduite, déclara-t-il.

Je ne savais pas quoi répondre, alors je demeurai planté là, tentant de reprendre mon souffle et de me remettre de mes émotions. Je ne voulais aller nulle part en compagnie de Hollis Thrasher, mais je n'allais pas le lui dire. Sa réputation de méchant dépassait celle des frères Perkins. Il commença à traverser le parking sans moi en direction de Duncan Hill mais la peur de rester seul fut la plus forte, et je m'élançai finalement derrière lui pour le rattraper. Je me sentis tout d'un coup glacé et trempé d'avoir séjourné dans la rigole ; je secouai cette eau nauséabonde quand brusquement il me revint que Hollis m'avait appelé par mon prénom quand j'étais venu vers lui, tout à l'heure. Mais je songeai aussitôt qu'à Sunnyside, tout le monde se connaissait par son nom car les patronymes n'étaient pas si nombreux.

Je restai plongé dans mes pensées ; quant à lui, il ne dit plus un mot avant que nous soyons arrivés à la route qui passe près de la station-service et qui mène à ma maison en haut de Duncan Hill.

J'essayai de garder un œil sur Hollis tout en surveillant mes arrières au cas où Alton et ses frères m'auraient suivi ; je savais pourtant que jamais ils n'oseraient se mesurer à Hollis, mais peut-être feraient-ils comme moi et ne le reconnaîtraient-ils pas, tout propre dans son beau costume.

Hollis trimballait toujours sa grosse valise en boitant, traînant sa jambe gauche, comme à l'ordinaire. Nous arrivâmes devant le jardin et je vis la camionnette de papa ainsi que la voiture du shérif, garées devant ma maison ; Lacy était assis sous la véranda de devant. J'eus l'impression que j'allais vomir à la vue du gyrophare posé comme une grosse cerise sur le toit de la voiture de police.

Lacy se leva en me voyant. Je ne devais pas avoir fière allure avec mes genoux tout écorchés et son regard se porta aussitôt sur Hollis. Je pense que Lacy eut lui aussi du mal à le reconnaître. Hollis le salua de la tête.

Comme à son habitude, Lacy sortit à pas comptés de la véranda et me regarda :

— Qu'est-ce qui t'est arrivé ?

L'adjoint du shérif se leva de la balancelle et vint vers moi ; je ne savais pas quoi dire et restai planté là.

— Ce sont les petits Perkins qui lui ont fait passer un sale quart d'heure, derrière le théâtre. On se demande bien ce que font les flics dans cette ville…

Je levai les yeux vers Hollis en secouant lentement la

tête et il s'interrompit. Il opina du chef et commença à s'éloigner.

— Où tu vas avec ta valise ? demanda l'adjoint.

— C'est pas tes oignons, répondit Hollis sans se retourner.

— Peut-être bien que si…

Hollis revint sur ses pas et s'approcha de l'adjoint jusqu'à toucher du menton le bord de son chapeau. Le policier fit deux pas en arrière.

— Explique-toi une bonne fois pour toutes, Earl, dit Hollis.

L'adjoint gardait une main posée sur sa hanche et l'autre sur la crosse de son arme. Hollis posa sa valise, qui était énorme, tout près de la main du shérif qui tenait l'arme. Lacy m'attira à lui et plus personne ne prononça un mot durant ce qui me parut être une éternité.

— Tu fais moins le malin sans ta bande de flics pour te protéger, remarqua Hollis en soulevant sa valise avant de faire demi-tour pour partir. Il s'arrêta.

— Et la prochaine fois, au lieu de venir accuser un innocent, tu ferais mieux de faire respecter la loi, là-haut, dans la montagne. Je ne tolérerai pas que ça se reproduise. Je t'en donne ma parole.

Hollis transperça l'adjoint de ses yeux de braise avant de s'éloigner en traînant les pieds sur notre allée de ciment craquelé. Il franchit le fossé et se mit à descendre la rue.

— Il paraît que tu veux vendre la montagne, dit

l'adjoint d'une voix forte mais plutôt mal assurée. Tu as trouvé preneur ?

Hollis se retourna.

— Fais attention à toi, Charlie. Au revoir, Lacy.

Puis il reprit son chemin et continua tranquillement sa descente d'Angel's Rest en ignorant l'officier de police. Tout endimanché, mais le visage recouvert de cicatrices, en route pour le Mexique et traînant la jambe qu'il s'était fait bousiller à la guerre.

Je me demandai quelle était cette embrouille entre lui et les flics tandis que je restais à le regarder ; en fait, je m'aperçus que nous étions tous plantés là à l'observer s'éloigner et, pour une raison inexplicable, je me dis que c'était sûrement la dernière fois que je voyais Hollis Thrasher.

Je me trompais sur toute la ligne.

Lacy se préoccupa de savoir si j'allais bien, puis il enleva les gravillons de mes cheveux et me demanda de m'asseoir quelques minutes sous la véranda. L'adjoint du shérif nous suivit, s'assit près de moi et se mit à gratter machinalement la peinture verte qui s'écaillait de la rambarde. Comme je le regardais faire, il s'arrêta, se mordilla la lèvre inférieure et entreprit d'examiner ses ongles. Personne ne parlait et l'adjoint ne cessait de lancer des regards à Lacy qui, pour finir, leva les yeux sous sa visière. Il ne m'avait jamais paru aussi vieux, songeai-je. Même sa casquette de base-ball avait l'air trop grande pour lui.

— Où est maman ? demandai-je.

Lacy ôta son couvre-chef, un geste qu'il ne faisait que rarement à l'extérieur, et passa sa main dans les dernières mèches de cheveux blancs et épais qui recouvraient encore son crâne par endroits. Il me tapota la main.

— Ta maman doit rester au poste de police pendant quelque temps. On ira la voir tout à l'heure.

Je le fixai longuement et les commissures de ses lèvres se relevèrent légèrement, mais pas assez cependant pour esquisser un sourire. Je ne l'avais jamais vu avec cet air-là et je fondis en larmes. Je ne pouvais pas m'en empêcher. Je compris alors que c'était pour ça qu'il m'avait emmené à la pêche et donné cinq dollars.

Je tentai de m'enfuir en courant mais Lacy avait sa main posée sur moi. Je ne cessais de me tourmenter, en me demandant si j'avais dit quelque chose que je n'aurais pas dû dire. Maman m'avait répété cent fois que nous devions raconter la même histoire sur la façon dont papa était mort sinon elle aurait des ennuis avec la police et irait en prison. J'avais tellement mal au ventre, plié en deux sous la véranda, que je crus que j'allais mourir là, tout de suite.

— Elle est en prison ? demandai-je en fin de compte pour lever mes derniers doutes.

Je levai les yeux vers Lacy qui hocha lentement la tête tout en continuant à me tapoter la main.

— Ça va aller, mon garçon. On ira là-bas cet après-midi. Tu pourras lui rendre visite.

Je cessai de pleurer et vis de l'autre côté de la route

les voisins jeter des coups d'œil furtifs derrière leurs rideaux, sans parler de ceux qui balayaient leur véranda alors qu'elle n'en avait nullement besoin. Ils continuaient à nous observer et je me mis à les haïr. Toute la ville nous lançait ces mêmes regards depuis des mois. Sans un mot. Ils réservaient ce qu'ils avaient à dire pour les moments où ils étaient seuls, quand maman et moi ne pouvions les entendre. Juste de brefs regards. Tout à coup, j'eus l'impression d'étouffer.

L'adjoint se leva et me frictionna les cheveux mais je me reculai violemment. En me regardant, il dit :

— Lacy est censé rester ici pour s'occuper de toi pendant quelque temps. C'est ta maman qui le souhaite. Si ça te va, tu n'as qu'à me le dire tout de suite. Tu as de la famille chez qui aller, Charlie. Tu n'es pas obligé de rester ici avec Lacy. Ça te plairait d'aller chez quelqu'un d'autre… tes grands-parents, par exemple ?

Je regardai Lacy, qui était perdu dans la contemplation de sa pipe. Je venais à peine de comprendre que maman était en prison et de réaliser toute l'horreur de la situation, alors j'étais loin de songer à qui veillerait sur moi. Mais en y réfléchissant, en pensant que je n'aurais ni papa ni maman pour m'embrasser le matin ou me border le soir, j'eus comme l'impression de ne plus avoir de foyer nulle part.

Je n'arrivais pas à comprendre pourquoi maman voulait que je reste ici en compagnie de Lacy, alors que j'avais des parents du côté de papa qui vivaient sur l'autre versant de la montagne et chez qui j'aurais pu séjourner. Mais ce n'étaient pas eux qui étaient assis là, sous la véranda, c'était Lacy.

Aucune personne de couleur n'habitait sur Duncan Hill ; tous les Noirs vivaient à Town Heights. On n'en voyait même pas s'approcher de Duncan Hill, à moins qu'ils ne soient occupés à retourner le jardin d'une vieille dame ou quelque chose comme ça. Et on n'en voyait pas non plus la nuit. Jamais. A ce que je croyais, tout le monde était content comme ça. Les Noirs avaient leur quartier et nous le nôtre, c'est le bon Dieu qui l'avait voulu ainsi, comme me l'avait dit grand-père, un jour.

J'étais tellement secoué, assis sous la véranda avec Lacy et le shérif... Difficile d'imaginer que j'allais rester ici avec Lacy pour veiller sur moi et même rester ici tout court sans maman. Mais bon, pour une journée, ça pourrait aller ; je levai les yeux, cherchant le regard de l'adjoint du shérif par-dessus sa bedaine, et déclarai :

— Je vais rester ici avec Lacy.

Le visage de l'adjoint s'affaissa comme si je lui avais annoncé une terrible nouvelle et un silence pesant se fit sous la véranda. Je réalisai soudain qu'à part Lacy, personne ne voulait s'occuper de moi, sinon, ils seraient venus là, à sa place. Sans Lacy, j'aurais sûrement été obligé de faire comme Huckleberry Finn ou Oliver Twist, parce que les membres de ma famille avaient cessé de se comporter en parents à mon égard. J'aurais voulu m'enfuir de cette véranda pour ne plus jamais revenir mais je ne pouvais pas partir en laissant maman dans le pétrin.

Je songeai que si Lacy se trouvait là, c'est qu'il était la seule personne au monde sur laquelle maman puisse désormais compter. J'avais beau avoir de l'affection pour lui et me réjouir de sa présence — lui, au moins, était là —, je restai perturbé par l'idée qu'il était la seule personne qui nous restait, surtout si l'on considérait le fait qu'il était noir et très âgé. C'était un sentiment qui m'angoissait vraiment. Je l'observai, le regard perdu au loin, fixant devant lui la chaîne de montagnes. Il coinça sa pipe entre ses dents avec lenteur et précaution ; je me demandai pourquoi lui, entre tous, continuait à nous aimer maman et moi, en cherchant à nous aider alors que tant d'autres ne levaient pas le petit doigt. Peut-être maman lui donnait-elle un salaire ou des repas gratuits ou quelque chose comme ça au magasin.

L'adjoint tira sur son pantalon pour le remonter avant de se diriger vers sa voiture.

— Si le gamin veut voir sa mère, les visites sont autorisées de 18 à 19 heures, Slim. Sois à l'heure, dit-il de sa voix de stentor qui n'impressionnait personne, comme lorsqu'il s'était adressé à Hollis tout à l'heure.

Je remarquai qu'il parlait à Lacy comme s'il donnait des ordres à un chien.

Je regardai de l'autre côté de la rue et vis les voisins qui, depuis leur carré de haricots ou leur véranda, s'efforçaient d'entendre ce que disait l'adjoint. « La demoiselle du téléphone de Sunnyside va avoir fort à faire ce soir », pensai-je.

Lacy salua l'adjoint de la main et je courus m'enfermer dans ma chambre en claquant la porte. Je me jetai sur le lit et restai étendu, immobile, jusqu'à ce que cessent les craquements et les bruits sourds dans toute la maison. Je tournai la tête pour apercevoir le magnolia par la fenêtre ; c'est à ce moment que Lacy vint frapper à ma porte. Il l'entrebâilla légèrement avant de se décider à entrer. D'une main il tenait sa canne et, de l'autre, une enveloppe.

— Ta maman m'a demandé de te donner ça.

Le visage de Lacy était empreint de la même expression que tout à l'heure, quand il était assis sous la véranda. Cela me fit encore plus redouter le contenu de cette enveloppe. Je lui tournai le dos et entendit peu après le bruit de ses pas et de sa canne tandis qu'il sortait de ma chambre. J'attendis qu'il referme la porte et je vis qu'il avait posé l'enveloppe à côté de mon oreiller. Je n'y touchai pas mais en étudiai l'aspect extérieur. Dessus, il y avait mon prénom, c'était l'écriture de maman. Je voulais lire le message contenu dans l'enveloppe mais, en même temps, je ne parvenais pas à m'y résoudre, alors, je me contentai d'en respirer l'odeur. Mais l'enveloppe sentait seulement le papier. Je fermai les yeux, j'avais froid à l'intérieur de moi. Je me mis à repasser dans ma tête tout ce que j'avais déclaré à la police sur la façon dont papa était mort ce soir-là.

Quand je me réveillai, j'étais sous la courtepointe que maman laissait toujours sur le dossier du canapé, dans le salon. Je me levai, tenant toujours l'enveloppe scellée à la main, et perçus une odeur de chou en train de cuire. Peut-être avait-on laissé sortir maman ? Je me précipitai dans la cuisine. Lacy était penché au-dessus du poêle, occupé à ouvrir une boîte de maïs en conserve. J'ignorais jusqu'alors que les hommes savaient faire la cuisine.

— On va aller voir ta maman dans une minute, dit-il tout en s'affairant maladroitement au-dessus d'un poêlon brûlant.

— Quand est-ce que maman t'a donné cette enveloppe ?

— Hier, avant l'heure du dîner. Elle est passée me rendre visite.

— Alors comme ça, tu savais qu'on allait la mettre en prison ?

Lacy se retourna pour me regarder.

— Non, m'sieur. Elle m'a dit qu'elle avait des choses à faire en ville au bureau du shérif et m'a demandé si je pouvais m'occuper de toi jusqu'à son retour. Je lui ai dit que je m'en chargerais et elle m'a demandé de te donner cette lettre ce soir, si elle était en retard pour rentrer à la maison.

— Tu aurais dû me dire ça ce matin, avant qu'on parte pêcher, Lacy. Tu aurais dû me le dire !

— Je n'en savais pas suffisamment pour pouvoir te dire quoi que ce soit, alors j'ai fait ce que ta maman m'avait demandé de faire. J'espérais qu'elle rentrerait à la maison aujourd'hui et qu'elle pourrait tout t'expliquer. A présent, je pense qu'on ferait mieux d'aller se laver et de manger un morceau avant d'y aller. Elle t'attend, mon garçon.

Il hocha la tête pour lui-même, puis dans ma direction, et comme je ne savais pas quoi répondre, je retournai dans ma chambre, enfilai ma salopette et sortit mes chaussures du dimanche du placard ; alors je vis que le fond de ma salopette portait encore des traces de la terre argileuse du cimetière. C'était la première fois que je la portais depuis l'enterrement de papa et je me trémoussai dedans jusqu'à ce que je m'y sente de nouveau à l'aise. Puis je m'assis en tenant la lettre et humai une fois de plus son odeur. Je la tendis vers la lumière et essayai de la voir par transparence, à travers l'enveloppe ; elle avait l'air toute mince. Je l'ouvris par le haut et déchirai la lettre en deux par la même occasion. Je restai avec un morceau de lettre dans chaque main : l'un des deux était vierge et je le posai soigneusement sur mon lit. Je m'assurai que Lacy était toujours dans la cuisine et dépliai le reste de la lettre.

« Mon petit Charlie,

» Souviens-toi de ce que je t'ai toujours dit. Je compte sur toi pour dire tes prières et obéir à Lacy. Tu es fort. Ne l'oublie jamais. Je resterai toujours ta maman même si je dois te quitter. Je t'aime, Charlie. Ton papa t'aimait aussi. Surtout n'oublie jamais ces choses-là. Demain est un autre jour. Serre les dents pour le moment mais n'oublie pas qu'après la pluie vient le beau temps. Souviens-toi de ce que je t'ai toujours dit. Obéis à Lacy. Ne te fais pas de souci pour l'instant.

» Je t'aime,

Maman. »

Je lus et relus la lettre deux ou trois fois, tentai vainement d'en réunir les morceaux, puis les remit dans l'enveloppe du mieux que je pus. Je la fourrai sous mon matelas et retournai dans la cuisine. Lacy était debout devant la table, en train de verser de la mélasse sur mon pain au maïs.

Je m'assis et regardai les tranches de tomates, de concombre et de pain accompagnant les feuilles de chou. Après avoir déposé quelques épais morceaux de bacon près de mon pain au maïs, Lacy ôta sa casquette, prit ma main dans la sienne et inclina la tête. Je l'imitai en fermant les yeux, mais comme je n'entendais pas sa voix réciter le bénédicité, je levai subrepticement le regard et vit ses lèvres remuer sans qu'un mot n'en sorte. Je me demandai si ce qu'il murmurait de façon inaudible constituait une sorte de prière des Noirs : si seulement j'avais pu entendre ce qu'il marmonnait, j'aurais pu en avoir le cœur net.

Lorsqu'il eut apparemment fini de réciter ce qu'il marmonnait dans sa barbe, il enchaîna avec les trucs normaux que disent les Blancs pour rendre grâce à Dieu avant de prendre le repas du soir.

Depuis le temps que je connaissais Lacy, il s'était toujours montré bienveillant à mon égard, mais même en pensant qu'on était allés à la pêche ensemble et tout le reste, ça me faisait tout de même drôle de nous voir tous les deux à table, avalant notre repas dans un silence à peine troublé par le bruit de nos mâchoires. C'était la première fois que je voyais un Noir manger dans notre cuisine. Toutefois, nous avalâmes notre repas jusqu'à la dernière miette, ne laissant que des assiettes vides sur la table bien astiquée que papa avait offerte à maman l'année dernière à Noël. Je me souvenais à quel point elle aimait cette table, et comme papa était content de la voir toute joyeuse quand il était entré en tapant des pieds pour secouer la neige de ses chaussures, avant de faire passer la table à grand-peine par la porte de devant.

Après nous être essuyé la bouche, Lacy et moi fîmes notre toilette et j'allai dans ma chambre. Je relus la lettre, puis il m'obligea à aller me repeigner et à boutonner ma chemise jusqu'en haut ; nous grimpâmes enfin dans la camionnette et nous mîmes en route pour la prison.

Le trajet prit beaucoup de temps avec Lacy au volant, et tandis que nous empruntions toutes ces étroites ruelles recouvertes de terre, je regardais les visages nous observer à la dérobée derrière les carreaux. J'étais bien décidé à essayer de soutenir leur regard comme me l'avait appris papa. Il disait toujours que c'était parfois difficile, mais que c'était justement dans ces moments-là qu'il fallait y arriver.

Je n'étais jamais entré à l'intérieur d'une prison mais j'en avais déjà vu à la télévision et j'avais aussi lu des choses à ce sujet dans les livres. C'étaient des endroits froids, sombres et sordides. Je savais que la plupart des ivrognes de la ville et les aînés des frères Perkins s'y retrouvaient enfermés environ une fois par mois, et y séjournaient pour quelque délit. Je ne pouvais m'imaginer ma mère dans un lieu aussi effroyable. C'était tout bonnement inconcevable.

Je n'eus pas le temps de dire quoi que ce soit, tout se passa trop vite. J'eus juste le temps d'ouvrir la portière de la camionnette avant de vomir mon dîner dans la Grand-Rue. Lacy se rangea sur le côté jusqu'à ce que j'aille mieux, puis il me ramena à la maison et entreprit de m'administrer une cuillerée d'élixir parégorique. Ses mains tremblaient tellement que je dus lui tenir la cuillère pendant qu'il versait le sirop. Le médicament avait un goût horrible mais je me sentis mieux.

Je pense que Lacy se sentait lui aussi un peu faible, parce que je n'avais jamais vu ses mains trembler à ce point. Une fois reparti dehors, je l'observai par la fenêtre chercher la bouteille que papa gardait cachée derrière les affaires de couture dans le placard du haut. Il lui fallut un bon moment avant de la dénicher.

Il dévissa le bouchon, fit sauter l'opercule avec l'ongle du pouce, renifla le contenu, puis s'en prit une bonne lampée à même la bouteille. Il secoua la tête, puis s'en octroya une autre. Je n'étais pas certain que papa aurait beaucoup apprécié de voir Lacy se rincer le gosier à la bouteille, du fait qu'il était noir et tout le reste, mais je ne pipai mot : de toute façon, tout ça n'avait plus d'importance puisque papa était mort.

Quelques minutes plus tard, Lacy et moi remontâmes dans la camionnette et, cette fois-ci, nous parvînmes jusqu'à la prison pour rendre visite à maman.

6

Nous franchîmes une grille en fer forgé rouillée, hérissée de pointes, pour arriver à la porte d'entrée rouge de la maison d'arrêt. Lacy ne m'avait encore jamais tenu la main en allant quelque part mais j'étais bien content qu'il le fasse. Je ne sais pas s'il avait la trouille ou s'il croyait que moi, j'avais peur. Peut-être avait-il deviné que ce geste nous réconforterait tous les deux. Lacy frappa à la porte, puis tapa sa pipe contre le mur en brique pour la vider ; la porte s'ouvrit, le vieux gardien de prison se mit à lui parler et, pendant une minute, Lacy et lui conversèrent, têtes rapprochées. Le gardien commença à s'exclamer que toute cette histoire était une tragédie.

— C'est une tragédie, répétait-il. Une véritable tragédie.

Lacy se contentait de hocher la tête, sans s'adresser à moi ni au gardien en particulier. Il gardait le regard baissé et remuait légèrement la tête.

Le gardien n'arrêtait pas de me lancer des coups d'œil à travers ses lunettes maculées de taches, de vrais culs de bouteille. Je me demandai s'il arrivait seulement à me distinguer et si c'était la raison pour laquelle il me jetait si fréquemment des regards.

Il finit par se taire et Lacy cessa également de hocher la tête. Ensuite, il me tapota le crâne et alla m'attendre dans la camionnette comme il me l'avait dit.

Le gardien m'annonça qu'il devait me fouiller, alors je levai les bras à toute vitesse comme je l'avais vu faire à la télévision. Je tremblais de tous mes membres tellement j'étais nerveux tandis qu'il tâtait mes vêtements. Il me fit sortir mon portefeuille de la poche arrière de mon pantalon, ainsi que mon canif qui se trouvait dans ma poche avant et que papa m'avait offert pour mes dix ans, l'année dernière. Le gardien me dit que je pouvais garder mon portefeuille et qu'il me rendrait mon couteau suisse en repartant. Ensuite, il me fit ôter mes souliers du dimanche pour regarder à l'intérieur, puis il examina les semelles, avant de me les rendre.

Pendant que je remettais ces chaussures raides et inconfortables, une gardienne de prison arriva et me sourit. Je la reconnus, elle travaillait aussi comme dactylo à la chambre d'agriculture du comté. C'était une femme robuste, bien plus corpulente que toutes les femmes de ma connaissance, et sa bouche se tordit en un sourire légèrement tombant. Elle resta là à me regarder, mais je ne bronchai pas jusqu'à ce que je lui demande finalement si je pouvais voir ma mère.

— Bien sûr, mon trésor, répondit-elle.

Elle me conduisit le long d'un sombre couloir en brique qui sentait tellement la crasse qu'elle semblait s'être accumulée là depuis un siècle sans que personne parvienne à la faire partir.

Nous passâmes devant une cellule obscure, privée de fenêtre ; j'entendis cependant comme un froissement à l'intérieur. Je reconnus un type à l'air hagard, sec et nerveux, célèbre dans toute la ville pour être l'ancien prédicateur de la « Très sainte Eglise du mont des Oliviers et des disciples du Christ ressuscité ». C'était avant qu'il ne succombe à l'alcool et aux démons de la chair, et qu'il laisse tout tomber pour passer ses journées à faire la tournée des bars. Je sursautai violemment quand il jaillit de l'obscurité ; j'allai me réfugier de l'autre côté de la gardienne, qui s'arrêta devant la cellule.

— Je n'arrive pas à manger ça, Claudine, dit-il.

Il lui montra une pomme qui semblait avoir été vaguement grignotée sans grand résultat.

— Glissez votre plateau sous la porte et je demanderai à l'administrateur qu'on vous fasse porter des compotes.

— C'est un dentier qu'il me faut, répliqua le prédicateur.

— Le comté va vous en payer un la semaine prochaine.

La grosse gardienne reprit sa marche.

— C'est toi, le fils de John York ? demanda le vieil homme.

— Ça ne vous regarde pas, révérend Spangler, répondit la gardienne sans s'arrêter.

— Hé, gamin ! hurla-t-il.

Sa voix résonna comme s'il était en chaire.

Je me retournai mais la gardienne me prit par la main et nous continuâmes d'avancer.

— Ton père ne se serait jamais suicidé. Jamais !

Il me suivit des yeux et je continuai à regarder son visage écrasé contre les barreaux tout en m'éloignant.

— La culpabilité est en train de te ronger l'âme. Je la sens sur toi ! Délivre-toi de tes péchés à la police et repens-toi devant le Tout-Puissant… ou le fantôme de ton père viendra te hanter jusqu'en enfer ! Ta place n'est pas au royaume de Satan. Ta mère t'y attendra, mon garçon. J'ai vu tout ça ! J'en reviens. Tu entends ? Est-ce que tu m'entends ?

La gardienne me lâcha la main, détacha une grosse matraque de l'anneau qu'elle portait à la ceinture, se dirigea d'un pas résolu vers la cellule de l'homme et se mit à taper sur les barreaux. Je crus que ma tête allait exploser à cause du bruit.

— Je vous ai déjà prévenu de faire gaffe à vos sermons quand c'est moi qui suis de service, révérend Spangler…

Je n'arrivais plus à distinguer le prédicateur, qui ne dit plus un mot. La gardienne rattacha sa grosse matraque à l'anneau de sa ceinture et sourit en revenant vers moi. Je ne pense pas lui avoir rendu son sourire. Nous fîmes quelques mètres de plus, bifurquâmes puis franchîmes une grille de séparation pour arriver enfin devant une lourde porte de bois à laquelle elle frappa. Elle tourna une grosse clé dorée dans la serrure et la porte s'ouvrit en grand.

Je vis maman assise à une table et m'élançai vers elle. Au même instant, elle se leva et je faillis les renverser, elle et la chaise. Nous restâmes longuement serrés l'un contre l'autre à nous étreindre. Finalement, je rouvris les yeux et remarquai la drôle de robe verte dont elle était vêtue, le genre de chose qu'on porte à l'hôpital.

— Tu es malade, maman ?

Elle secoua la tête en pleurant et me sourit à travers ses larmes, un vrai sourire. Un sourire comme je n'en avais plus revu depuis bien longtemps.

Elle devait avoir une bonne nouvelle à m'annoncer, et tandis qu'elle s'écartait doucement de moi, je lui demandai :

— Quand est-ce que tu rentres à la maison ?

Elle commença à dire quelque chose quand je vis du coin de l'œil quelqu'un se lever d'une autre chaise, près de la table. Je n'avais pas remarqué qu'il y avait quelqu'un d'autre dans la pièce et j'eus peur pendant un instant.

Je me retournai et vis Malcolm J. Boone.

J'avais toujours entendu dire que Malcolm J. Boone était vaguement apparenté à Daniel Boone, le grand aventurier, mais il ne lui ressemblait vraiment pas. Le voyant debout dans son élégant costume qui paraissait trop petit pour lui, je n'arrivais pas à me l'imaginer en pionnier découvrant le Cumberland Gap ou affrontant les Indiens, et pourtant, dans le sud-ouest de la Virginie, tout le monde connaissait sa réputation de formidable combattant.

Malcolm ne mesurait probablement pas plus d'un mètre cinquante en comptant les semelles de ses chaussures. Son corps ployait telle une pousse de saule, comme entraîné par le poids de son énorme tête. Ses cheveux gris étaient si épais qu'ils semblaient tenir tout droit sur sa tête et, vu de loin, ça le faisait paraître plus grand qu'il n'était.

Malcolm occupait le siège de sénateur de Virginie occidentale avant ma naissance, mais ainsi que je l'avais appris en écoutant des choses que je n'étais pas censé comprendre, il avait eu des problèmes là-bas, au Capitole. Quelque chose en rapport avec un article de journal racontant qu'il vivait avec un autre type. Ça avait fait un raffut de tous les diables. Il avait nié, mais à partir de là, on s'était mis à dire que Malcolm était un type bizarre. Il s'était finalement retrouvé impliqué dans tout un tas de scandales ; des histoires de jeu, entre autres. Rien de tout cela ne lui fut pardonné. On lui retira son mandat à Washington et en Virginie occidentale, et il rentra s'installer dans la patrie de son arrière-arrière-arrière-grand-père, celui qui avait fondé Sunnyside et l'avait baptisée d'après le surnom de sa plus jeune fille, juste après la Révolution.

— Charlie, tu connais Malcolm Boone. Il va m'aider, déclara maman.

Malcolm opina du chef, commença à rassembler des

papiers dispersés sur la table et les fit disparaître dans un attaché-case d'un noir luisant. Je ne pus m'empêcher de remarquer toutes les bagues qu'il portait à ses doigts. Je n'avais jamais vu un homme avec autant de bagues.

— Ta mère est une femme bien, Charlie, affirma-t-il sans me regarder. Elle m'a dit de grandes choses sur toi.

Malcolm referma son attaché-case, me fit un clin d'œil et regarda maman en lui disant très doucement, comme si je n'étais pas là :

— Je vais vous laisser tous les deux, vous devez avoir des choses à vous dire. Je reviens demain matin, mon chou.

Malcolm me tapota l'épaule ; c'était la première fois que j'entendais quelqu'un appeler maman « mon chou », mais je savais que Malcolm disait ça à tout le monde. Il tambourina à la porte pour que la gardienne vienne lui ouvrir et partit en coup de vent.

Les gens prétendent qu'avant de faire faillite, Malcolm possédait presque tout Sunnyside et une bonne partie du comté. A une certaine époque, les gens espéraient qu'il ferait pour la ville ce qu'avait fait Vanderbilt pour Asheville. Les rumeurs allaient bon train sur toutes sortes d'affaires dans lesquelles Malcolm aurait été impliqué, mais le fait est qu'il perdit tout son argent, plus vite qu'un joueur dans un mauvais jour, ce qui, d'après moi, reflétait bien sa situation puisque tout le monde disait que c'était un flambeur et qu'il n'avait pas de chance au jeu.

Il avait jadis possédé beaucoup de terrains et de biens immobiliers, des immeubles abritant des commerces au centre-ville ainsi que les deux stations-service, et avait échafaudé un grand projet qui consistait à transformer une ferme en parcours de golf. Sauf qu'il y avait encore tout un tas de vaches qui broutaient sur le green numéro un. Personne ne jouait au golf à Sunnyside mais, à mon avis, Malcolm, lui, en aurait bien eu envie. Il possédait d'autres biens encore et s'était mis tous les membres du conseil municipal dans la poche. Ces derniers n'auraient jamais osé lever le petit doigt sur lui et c'était ce que Malcolm Boone appréciait le plus à Sunnyside, comme le rappelait toujours papa.

Chaque fois que je voyais Malcolm, je me demandais pourquoi quelqu'un comme lui, même un peu bizarre et tombé en disgrâce, avait décidé d'habiter dans une ville aussi petite que Sunnyside alors qu'il aurait pu vivre n'importe où ailleurs.

Mais, même ruiné, il lui restait encore beaucoup de terres et c'était probablement la personne la plus cultivée qui ait jamais mis les pieds dans le comté. Sa ferme était la plus imposante de tout l'Etat. La maison qu'il s'était fait construire était la réplique exacte, à peu de chose près, de la maison de Thomas Jefferson à Charlottesville, sauf que celle de Malcolm était plus grande, à en croire certains.

La plupart des gens riaient sous cape en pensant à

Malcolm et à la haute idée qu'il se faisait de lui-même : il s'imaginait sûrement sortir du même moule que Jefferson, avec ses cheveux roussâtres qui avaient viré au gris et sa belle maison copiée sur celle de l'ancien président. Mais personne ne se moquait de Malcolm en sa présence.

Jamais ils n'auraient osé.

Il était l'un des deux seuls avocats de la ville, mais la raison principale pour laquelle les gens souriaient obséquieusement sur son passage, c'est que chaque année il avait la prérogative de délivrer les permis de chasse et de pêche à quelques privilégiés.

Les habitants de Sunnyside pouvaient parfois se montrer très durs à l'encontre de ceux qui n'étaient pas comme eux, ils leur battaient froid et se contentaient de leur lancer des regards et de se répandre en rumeurs, pourtant ils traitaient Malcolm Boone en véritable seigneur du comté.

Un jour, papa avait dit à maman :

— Si jamais il lui prenait l'envie de dormir au beau milieu de la Grand-Rue, les flics bloqueraient la circulation pour que ça ne le réveille pas.

Malcolm était apparemment le personnage incontournable de Sunnyside, et j'eus un choc, mais dans le bon sens du terme, en le voyant assis à la même table que maman, à son côté. Il était à son côté. J'eus l'impression que je pouvais de nouveau respirer et mon estomac se desserra.

J'étais sûr que s'il y avait bien une seule personne au

monde capable de faire sortir maman de cette prison sombre et puante, c'était bien Malcolm J. Boone.

— Qu'est-ce qui t'est arrivé ?

Je vis dans les yeux de maman qu'elle avait remarqué les traces rouges sur mon visage ; elle passa la main sur ma grosse bosse à la tête.

— Tu t'es battu ?

— Non, m'man.

Elle me détailla de haut en bas et je vis bien qu'elle ne me croyait pas, en dépit de tous mes efforts. Je pensais qu'elle avait déjà suffisamment de soucis comme ça pour ne pas lui en rajouter, tout ça parce que je m'étais une fois de plus fait rosser par les frères Perkins.

— Qui t'a fait ça ?

— C'est en jouant au foot, répondis-je.

— Hum…

Immédiatement, elle tira vers elle la chaise où Malcolm s'était assis, en la traînant sur le sol en ciment craquelé. On aurait dit la chaise sur laquelle j'étais assis à l'enterrement de papa. J'avais tant d'idées en tête que je n'arrivais pas à rester assis.

J'observai ses long cheveux bruns et m'aperçus qu'ils n'étaient pas relevés en chignon comme d'habitude, et je ne sais pas pourquoi, mais ça lui donnait l'air très jeune. Elle était jolie, aussi, mais pas comme d'habitude, me sembla-t-il. Assis dans cette cellule, je remarquai pour la première fois à quel point ma mère était jolie. En fait, je crois que, pour la première fois, je la trouvai jolie, bien qu'elle l'eût sans doute toujours été.

Elle me prit la main pour me tranquilliser et je tentai de la regarder dans les yeux, qu'elle avait bleus et qui étaient tout mouillés, jusqu'à ce que je ne puisse plus soutenir son regard. Alors, je baissai les yeux sur nos mains posées sur ses genoux, sur son espèce de chemise de nuit d'hôpital. Elle se mit à triturer nerveusement le petit diamant de sa bague.

— Où sont tes vêtements ? demandai-je.

Maman renifla, prit une profonde inspiration et me sourit.

— C'est ce qu'ils veulent que je porte ici. Tu as mangé quelque chose pour le dîner ?

— Il fait froid, ici, maman. Tu n'as pas froid ?

Elle m'attira contre elle et me serra fort en me murmurant des paroles très douces, au-dessus de ma tête. Elle passa plusieurs fois sa main dans mes cheveux, s'arrêtant de temps en temps pour tâter ma bosse.

— Je vais bien. Et j'irai encore mieux pour que tu ne te fasses pas de souci pour moi.

Elle me fit encore incliner la tête pour mieux la regarder.

— J'aurai beaucoup de peine si je sais que tu es inquiet à mon sujet, Charlie.

Je hochai la tête ; quand elle eut fini d'inspecter mon crâne, il y eut un moment de silence, puis j'entendis un tracteur pétarader en descendant la Grand-Rue juste sous la fenêtre. Je me demandai si elle devait supporter ce boucan toute la journée.

— Quand est-ce qu'ils vont te laisser rentrer à la maison ?

— Eh bien, je passe au tribunal dans deux jours, alors on verra.

— Tu ne vas pas rentrer à la maison avant deux jours ?

— M. Boone est un excellent avocat. Le meilleur de tout l'Etat, paraît-il. Il va tout faire pour que je puisse vite revenir à la maison.

Maman fit une pause ; j'avais tellement de questions à lui poser, mais la tête me tournait. Alors, je ne dis rien et m'abandonnai à ses bras. J'ignorais qu'il faudrait attendre deux jours avant qu'elle rentre à la maison.

— Qu'est-ce que vous avez fait aujourd'hui, toi et tes amis ? demanda-t-elle. A part jouer au foot.

Je n'avais pas envie de m'attarder sur le fait que je n'avais presque plus d'amis avec qui jouer.

— Lacy ne t'a pas emmené à la pêche ?

Je fis oui de la tête.

— Ça te va, si Lacy reste avec toi jusqu'à mon retour ?

— Dans combien de temps tu vas rentrer à la maison ?

— Je ne sais pas encore.

— Moins d'une semaine, hein ?

— Mon chéri, il nous faut attendre encore un ou deux jours pour savoir.

— Alors, je vais devoir rester avec Lacy jusqu'à ce que tu reviennes ?

— C'est quelqu'un de bien et de très gentil.

— C'est un homme de couleur, remarquai-je.

— Oui, il est noir.

— Les habitants de la colline ne vont pas aimer ça.

— Maintenant, je me fiche bien de ce que les habitants de la colline peuvent penser. Nous avons de la chance que quelqu'un comme Lacy soit là pour nous aider.

— Mais pourquoi personne d'autre ne vient nous aider, maman ?

— Ça viendra. Quand tout ça sera réglé… les choses redeviendront comme avant… les gens nous traiteront comme avant l'accident.

Maman s'arrêta de parler mais continua de hocher la tête vers moi.

— Alors, pourquoi Lacy nous aide, lui ?

— Ton papa s'est toujours montré bon envers Lacy et je pense que c'est sa manière à lui de nous rendre la pareille. Il aimait beaucoup ton papa et il a toujours eu beaucoup d'affection pour toi aussi.

— J'aime bien Lacy, maman, mais je ne sais pas si papa aurait été d'accord pour qu'il vienne à la maison.

— Ton papa n'y aurait vu aucun inconvénient. Il avait beaucoup d'estime pour Lacy.

— Il ne l'a jamais invité à venir à la maison.

— Eh bien, maintenant, c'est chose faite.

Je me demandai ce que dirait maman si elle savait que Lacy avait bu de l'eau-de-vie de maïs de papa moins d'une heure auparavant, mais je ne soufflai mot. Il y eut un horrible silence.

— Parle-moi, mon chéri, dit maman.

— Pourquoi on t'a enfermée ici ? Il faut que tu reviennes à la maison.

Maman jeta un coup d'œil très bref en direction de la porte fermée et se remit à faire tourner sa bague en diamant autour de son doigt.

— Ecoute, tu l'apprendras bien assez tôt, alors je préfère prendre les devants. Ils ont fait venir un policier de Richmond qui a déclaré que ton père ne pouvait pas s'être tiré dessus accidentellement. La police pense que je ne leur ai pas dit la vérité quand je leur ai raconté ce qui s'était passé.

Je me mis à trembler de tous mes membres et plus je tremblais, plus maman me serrait fort contre elle. J'écartai mon visage du sien pour la regarder droit dans les yeux. Il fallait que j'en aie le cœur net. D'abord, toutes ces rumeurs, et maintenant ça. Il fallait que je pose la question.

— Tu as dit la vérité, hein, maman ?

Elle resta un long moment immobile, sans parler, puis m'attira de nouveau à elle. Je sentais son souffle sur ma nuque.

— Nous avons dit à la police ce que ton papa nous a demandé de dire… que c'était un accident. Un épouvantable accident. Parce que c'en était un.

— Quand est-ce qu'il t'a demandé de dire ça ?

— Avant que les secours n'arrivent…

Elle tourna la tête pour me regarder, l'air bouleversé. Mais tout ce dont je me souvenais, c'était le visage tout blanc de papa, ses yeux et sa bouche grands ouverts quand on l'avait emmené sur le brancard : il ressemblait au cerf mort que j'avais vu attaché par une corde sur le capot d'un pick-up. La couverture qu'on lui avait jetée dessus avait une tache rouge foncé au milieu. Je me souvenais de ça. Je ne me rappelais pas que papa ait dit quelque chose à quelqu'un. Il n'avait pas l'air d'être en état de dire quoi que ce soit, je trouvais seulement qu'il avait l'air mort. Il avait l'air tellement mort sur ce brancard, qu'il ne ressemblait même plus à mon père. Il n'avait même pas l'air vrai. Jamais je n'avais vu quelque chose d'aussi horrible et j'aurais voulu ne jamais devoir être témoin d'une telle scène.

Maman prit une grande inspiration et s'essuya les yeux avec le haut de son affreuse robe de prisonnière.

— Ça devait arriver, Charlie… Ils veulent un coupable. Ecoute-moi bien… si jamais un officier de police essaie de te parler de tout ça, tu leur dis de s'adresser à Malcolm Boone, l'avocat de ta maman. Tu ne dis rien de plus. Ils ne peuvent pas te forcer à dire quoi que ce soit et si jamais un policier essaie de te parler, il faut me le dire. Compris ?

Je hochai la tête.

— Comme nous l'avons dit depuis le début, nous ne savons pas comment ton papa est mort. Nous étions dans le salon tandis qu'il était dans la cuisine, en train de nettoyer son arme. Nous avons entendu un coup de feu, nous ne savons rien de plus. C'est tout. C'est un accident épouvantable.

Je me dégageai rapidement et me tint devant elle, essayant péniblement d'avaler ma salive. Maman n'était plus du tout jolie avec ses yeux tout gonflés, mais il fallait que je lui dise ce qui m'étouffait, c'était plus fort que moi.

— Je ne me rappelle pas que tu aies été dans le salon avant que ça arrive. Tu étais dans le jardin en train d'étendre du linge quand je t'ai entendue parler à quelqu'un, et ensuite tu es rentrée dans la cuisine. Tu étais là…

— Ne répète jamais ça.

La boule dans ma gorge devint encore plus grosse et je me mis brusquement à sangloter.

— Tu n'as pas tué papa, hein, maman ?

Je fus surpris d'entendre la question qui me tourmentait jaillir si aisément de mes lèvres, comme si j'avais révélé un terrible secret dont je n'aurais jamais dû parler. La question s'échappa de ma bouche si rapidement que je n'aurais pas pu la rattraper, même si j'avais voulu.

Maman bondit sur ses pieds comme une furie et me flanqua la plus belle gifle de ma vie. Mais je n'eus pas le temps d'en ressentir la brûlure car déjà elle me serrait dans ses bras. Je crois que je poussai un cri ou émis un son car la gardienne ouvrit la porte d'un grand coup et nous regarda pendant une minute avant de la refermer.

— Ecoute-moi… écoute-moi !

Je fixai le sol. Elle me souleva le menton et me regarda droit dans les yeux.

— Nous n'avons rien vu. Nous ne savons pas ce qui s'est passé. C'est ce que ton père voulait que nous disions, un point c'est tout. C'était un terrible accident. Et si quelqu'un te pose une question, tu ne dis rien sauf… ?

Je dégageai brusquement mon visage de sa main et enfonçai ma tête dans cette espèce de chemise de nuit tandis qu'elle ne cessait de me demander ce que je devais répondre.

Sa voix tremblait et je voyais bien qu'elle était mortellement inquiète à propos de tout ça. Moi aussi, mais plus encore à présent ; alors, d'une voix étouffée par le tissu, je murmurai la réponse qu'elle voulait entendre, dans cette petite pièce aux murs de brique et à l'odeur nauséabonde de la maison d'arrêt de Sunnyside. De toute façon, je n'aurais pas su quoi dire d'autre, alors je répondis :

— Je leur dis d'aller voir Malcolm J. Boone.

Elle pleurait toujours mais me souriait à travers ses larmes ; elle me berçait en me disant à quel point elle m'aimait et à quel point papa m'aimait, lui aussi. Pour la première fois, je sentis une terrible sensation dans mon estomac, à l'endroit qui me faisait le plus mal, là où je me sentais très seul : je me demandai si maman disait vraiment la vérité. En savait-elle plus que ce qu'elle prétendait… comme le murmuraient les gens en ville depuis des mois, en particulier la police et tous nos parents du côté de papa, qui semblaient ne même plus supporter notre vue ?

Grand-père York avait changé de comportement. Il ne me donnait plus d'argent et m'adressait à peine la parole quand on le rencontrait avec maman en ville ou dans la montagne. Il ne disait pas un mot à maman mais se contentait de la regarder fixement. Cela faisait des mois que grand-mère ne m'avait pas donné un sachet de biscuits au sucre à tremper dans du café. Nous n'étions plus remontés chez eux depuis la mort de papa et ils n'avaient pas mis les pieds chez nous, même après l'enterrement, alors qu'avant ils venaient sans y être invités.

Après toutes ces années pendant lesquelles on aurait pu croire que la ville entière était prête à faire n'importe quoi pour nous, de jour comme de nuit, brusquement, il ne me restait plus que maman et Lacy, sachant que ce dernier carburait déjà à l'eau-de-vie de papa, que maman était en prison et qu'il semblait que son plan se soit effondré.

Quand on avait enterré papa, je m'étais demandé s'il n'aurait pas mieux valu qu'on nous enterre aussi, maman et moi, à ses côtés par cette journée froide et humide.

Je la détaillai de toutes mes forces dans son affreuse robe au tissu fané qui avait l'air aussi fin qu'un vieux drap élimé. Elle était comme moi, elle ne savait pas dire de gros mensonges ; uniquement des petits, comme tout le monde. Et là, elle avait l'air de faire un énorme mensonge — ça se voyait dans ses gestes — mais j'employai toute ma volonté à essayer de la croire. Soudain, j'eus envie de m'enfuir de cet endroit, avant de me rendre compte que j'étais enfermé avec elle dans cette pièce. J'avais l'impression qu'elle m'enveloppait moi aussi dans une espèce de terrible tromperie, comme me l'avait crié le révérend Spangler.

Je me demandais si elle ne m'avait pas dupé depuis le début : toutes ses histoires sur ce que papa était censé avoir voulu que nous disions à la police…

L'idée que maman puisse mentir et avoir fait ce dont tout le monde l'accusait me glaça le sang, comme si quelqu'un avait versé de l'eau d'un puits sombre et profond le long de ma colonne vertébrale. Je ne pouvais pas imaginer que ma mère ait pu faire du mal à quelqu'un, en particulier à mon père, pourtant elle se trouvait dans la cuisine avant que tout ça n'arrive. Je m'en souvenais.

Et elle devenait toujours nerveuse dès que j'essayais de parler de ce jour funeste. Je crois que maman devinait les choses horribles que je pensais d'elle, car je sentais son cœur cogner sous sa robe.

La gardienne ouvrit finalement la porte et, après nous avoir bien regardés, elle eut encore cette espèce de sourire tombant et me dit qu'il fallait que je m'en aille.

Je n'embrassai pas maman en me levant ni ne lui fis aucun signe. Je ne voulais même pas la regarder, j'en aurais été incapable, même si j'en avais eu envie. Je ne savais quelle attitude adopter. Par deux fois, elle me demanda de revenir la voir et je sentis sa main m'attraper par le dos de mon T-shirt, mais je sortis de la pièce sans me retourner.

7

— Lacy, appelle le Dr Lindsey. Vite !

— Qu'est-ce que tu as ?

— Je ne peux plus respirer, Lacy. Quand je parle, j'ai l'impression que quelqu'un est en train de m'étrangler.

— On dirait pourtant que tu respires normalement. Tu es peut-être tout simplement…

Je bondis hors du lit et courus vers la cuisine en pleurant. Lacy, en robe de chambre, essaya de me rattraper et m'enjoignit de me calmer. Je m'emparai du téléphone mais il posa sa main dessus.

— Retourne au lit pendant que j'appelle le docteur.

En le regardant, je m'aperçus que, malgré son inquiétude à mon sujet, il avait encore l'esprit tout endormi. Je retournai dans ma chambre en courant et me glissai sous les couvertures. Mais j'avais beau essayer, je n'arrivais toujours pas à remplir mes poumons normalement. Ça faisait une demi-heure que j'essayais d'inspirer à fond. Et, en plus, mon cœur battait la chamade, j'avais des vertiges, je ne savais plus quoi faire. Ce qui est sûr, c'est que je me sentais vraiment très mal, ça avait commencé dès que nous étions rentrés à la maison, Lacy et moi, après être allés voir maman à la prison.

J'étais sûr que j'allais mourir.

Je vis au cadran de mon réveil qu'il était près de minuit, je roulai sur le lit, haletant ; je me dis que j'allais m'évanouir en écoutant Lacy essayer de joindre le Dr Lindsey, puis lui expliquer la raison de son appel. Pour finir, je sautai hors du lit, courus dans la cuisine et lui arrachai le téléphone des mains. Il fit un pas en arrière et resta là, à me tapoter dans le dos, tandis que le médecin me posait tout un tas de questions.

Je m'appuyai contre le mur, ma longue chemise de nuit trempée de sueur, tout en essayant de convaincre le médecin d'écourter la conversation téléphonique pour venir m'examiner au plus vite. Mais il arriva à la même conclusion que Lacy : l'air semblait passer normalement puisque j'arrivais à parler pour dire que je ne pouvais plus respirer, et, pour avoir un tel débit, il fallait que j'aie une bonne respiration.

Le Dr Lindsey déclara qu'il souhaitait reparler à Lacy, alors je lui tendis le téléphone et, pour la deuxième fois de la nuit, je repartis dans ma chambre en courant.

J'entendis Lacy dire tout un tas de « oui, m'sieur », puis il raccrocha avec précaution, comme pour chacun de ses gestes.

Lacy entra dans ma chambre comme s'il avait une mauvaise nouvelle à m'annoncer et me dit que le Dr Lindsey avait déclaré que, pour ne prendre aucun risque, il fallait que Lacy m'emmène aux urgences de l'hôpital de Winslow.

Le médecin ne pouvait pas me rendre visite maintenant parce qu'il était retenu par autre chose. Je savais fort bien ce qui l'empêchait de venir m'examiner : il n'avait pas arrêté de bâiller pendant que je lui parlais. Lacy avait l'air si inquiet à l'idée de conduire de nuit les cinquante kilomètres qui nous séparaient de Winslow, que je lui affirmai que je me sentais mieux, alors que c'était faux. Mais, par la suite, je m'aperçus que j'avais oublié mes troubles de respiration, tant j'étais agacé par la lenteur de Lacy à agir.

Il m'expliqua que quand quelqu'un avait été remué par quelque chose, il arrivait parfois qu'au beau milieu de la nuit, cette personne se sente super mal et se mette les nerfs en boule, mais que ce n'était pas grave. C'était la façon qu'avait la nature d'indiquer à la personne qu'elle allait pas bien, c'est tout. Mais moi, je ne voyais qu'une chose, c'est que pendant que je restais étendu à l'écouter, je n'arrivais toujours pas à inspirer à pleins poumons, et ce en dépit de tous mes efforts. Lacy me conseilla de ne plus y penser, en m'assurant qu'alors, ça reviendrait tout seul.

Il alla dans la cuisine et me prépara un grand remède à base de whisky, de sucre, de jus de citron et de glaçons. Il déclara que je devais le boire lentement et que c'était bon contre les palpitations nocturnes. J'obéis et vidai mon verre comme il me l'avait demandé, malgré le goût affreux de cette mixture. Je finis par m'endormir et nous n'eûmes donc pas à faire le trajet jusqu'à l'hôpital. Le lendemain matin, à mon réveil, ma respiration était redevenue normale ; en revanche, j'avais un mal de tête épouvantable. Lacy ronflait, tout affalé sur une chaise près de mon lit, tandis que le soleil perçait à travers les rideaux.

Je vécus ces premiers jours sans maman dans une grande solitude, et, la nuit, je me sentais encore plus seul. En dépit de tous ces événements, Lacy et moi finîmes par bien nous entendre, après avoir passé notre première semaine de cohabitation à nous cogner l'un à l'autre — il fallait du temps pour se faire à notre petite maison. Je m'habituai à son extrême lenteur et je pense qu'il se fit à mon impatience.

Une ou deux fois, je répondis par un gros mot aux ordres ou aux interdictions de Lacy, mais lui ne fut jamais grossier à mon égard. Et il me promit de ne rien dire à maman au sujet de mes difficultés à respirer, l'autre nuit.

Mon affection pour Lacy grandissait, mais les voisins, eux, ne l'aimaient pas. Je ne savais trop si c'était en raison de la couleur de sa peau ou parce qu'ils étaient par principe hostiles à toute personne vivant dans cette maison. En tout cas, les gens ne lui disaient jamais bonjour, ne lui adressaient jamais la parole, même quand Lacy les saluait ou leur disait quelques mots. Ça ne semblait pas pour autant le perturber, contrairement à moi.

Au bout d'un moment, je me pris à espérer que

maman permettrait à Lacy de rester avec nous quand elle reviendrait à la maison. Tout comme papa laissait Lacy se tourner les pouces au magasin, juste parce qu'il aimait l'avoir près de lui, je me mis moi aussi à apprécier la présence de Lacy chez nous.

Lacy faisait de son mieux pour m'élever correctement et il y usait manifestement toutes ses forces, à voir son air de plus en plus las au fil des jours, puis des semaines. Maman et lui essayaient de me tenir à l'écart des caméras et des gens mal élevés qui campaient devant le tribunal, mais je me débrouillais quand même pour me faufiler et tenter de découvrir la vérité au sujet de la mort de papa ou toute autre information concernant le procès imminent de maman.

Après cette première visite à la prison, je refusai de retourner voir maman, mais Lacy m'obligea à y aller deux fois par semaine. Les visites étaient chaque fois plus pénibles, mais sinon, elles se déroulaient toujours de la même manière.

Je détestais que maman ne soit plus à la maison, je détestais la voir là-bas, et je me mis à la détester elle aussi d'être en prison. Je détestais que papa soit mort et je la détestais encore plus à cause de ça. Je me mis à la haïr pour toutes sortes de raisons ; toutes les idées et les sentiments que je portais en moi ne faisaient qu'augmenter mon sentiment de haine envers elle.

Pourtant, je ne la haïssais pas en permanence. La plupart du temps, c'était tard dans la nuit ou dans le silence de l'aube, à l'heure où l'on se sent seul et abandonné.

Durant la journée, je n'arrêtais pas de me répéter que maman était innocente, quoi qu'en disent les rumeurs, car, au fond de moi, je ne parvenais sans doute pas à croire à sa culpabilité. Il n'y avait tout bonnement aucune raison pour qu'elle ait commis ce qu'on lui reprochait. Je ne cessais d'espérer qu'elle allait revenir à la maison d'un jour à l'autre, souriante, en m'annonçant qu'on avait finalement réussi à prouver qu'elle avait toujours dit la vérité. Ça ne ferait évidemment pas revenir papa, mais elle au moins, si.

Mais, à chaque visite à la prison, mes espoirs de la journée s'amenuisaient davantage. Maman paraissait de plus en plus faible chaque fois, et, pire que tout, on aurait dit qu'elle persistait à s'enferrer dans un mensonge qui ne trompait plus personne. Quelquefois, on aurait dit qu'elle-même n'y croyait plus. Je ne savais plus quoi penser mais je m'efforçai de lui faire confiance ainsi que m'y incitait Lacy. Néanmoins, cela devenait de plus en plus difficile chaque fois que je parcourais ces couloirs en brique et qu'on me faisait entrer dans la petite pièce.

C'est pourquoi je fus bien content le jour où Lacy m'apprit que maman avait décidé que je ne devais plus venir la voir qu'une seule fois par semaine, et ce jusqu'au procès, car cela causait une telle agitation qu'elle préférait que je reste à l'écart de tout ce remue-ménage.

Oui, j'étais content, et quelquefois même je forgeai de toutes pièces une bonne excuse pour échapper à ces visites hebdomadaires. Mais, jour après jour, je gardais l'espoir de la voir revenir à la maison. Je l'espérais plus que tout au monde.

Pendant ce temps, Lacy avait du mal à tenir les fouineurs éloignés de la maison avec leurs calepins et leurs appareils photo. Un soir, il finit par sortir sous la véranda et se mit à lancer des cailloux en direction des chauves-souris qui voletaient dans la lumière du réverbère au-dessus de leurs têtes. Je notai qu'il visait plutôt mal, et les journalistes durent se faire la même réflexion après qu'il en eut bombardé un ou deux par erreur.

Ils nous laissèrent en paix après cet épisode, du moins à l'heure du crépuscule.

Lacy me confia un soir pendant le repas que ça faisait bien vingt ans que Sunnyside n'avait pas connu un tel afflux de journalistes, comme au cours de cet automne et de cet hiver 1967. Les grandes nouvelles de la région n'étaient bien souvent que des faits divers : une femme âgée et sans enfant avait donné naissance à des jumeaux, un fermier avait récolté une tomate de trois kilos ressemblant à Jésus-Christ si on la regardait sous le bon angle, ou encore la fille d'Untel, fraîche émoulue de l'université de Charlottesville, s'en allait travailler à New York ou à Paris, ou dans toute autre grande ville pour gens importants dont aucun d'entre nous n'avait jamais entendu parler mais dont le nom résonnait de façon excitante à nos oreilles.

Des trucs dans ce genre…

D'après les souvenirs de Lacy, le dernier événement qui avait attiré l'attention générale sur notre comté rural, c'étaient les obsèques en grande pompe d'un vétéran de la guerre de Sécession, âgé de cent deux ans qui, sur le tard, était devenu un farouche opposant au Ku Klux Klan. Lacy l'avait bien connu et disait qu'il lui avait fallu du temps pour évoluer mais qu'en fin de compte, c'était devenu un type bien. Ce vieux soldat avait été l'un des officiers placés sous le commandement du général Lee à Appomattox et avait écrit un livre sur le grand homme, le décrivant dans ses moments les plus terribles qui étaient aussi les plus beaux, m'avait dit Lacy.

Mais, cette fois, caméras et journalistes n'étaient pas venus ici pour rendre compte d'un grand événement tel que les obsèques d'un vieux héros rebelle à la vie bien remplie. Ils étaient venus d'aussi loin que Richmond ou même Washington attirés par les relents du sombre secret qui frappait le cœur de notre petite ville. C'était une histoire qui faisait vendre, me dit Lacy, et c'est la raison pour laquelle ils se trouvaient tous là. Je méditai tout ça et en conclus qu'il devait être plutôt rare que la police soupçonne l'épouse d'un maire d'avoir abattu son mari à l'aide d'un fusil de chasse. Surtout dans une petite ville comme Sunnyside où personne ne fermait sa porte à clé la nuit, car nul n'aurait jamais tenté de tuer délibérément son voisin.

Moi, je rêvais de dire à ces journalistes de faire leurs valises et de retourner d'où ils venaient. J'aurais voulu pouvoir m'éveiller et voir papa en train de lire son journal à la table de la cuisine et découvrir que tout ça n'avait été qu'un horrible cauchemar. Un rêve si affreux qu'on n'osait le raconter à personne.

Mais rien de tout cela n'arriva. Lacy continuait à me réveiller tous les matins, sauf quand c'était moi qui devais aller le secouer. Il me préparait invariablement un énorme petit déjeuner composé d'œufs au bacon, ou de saucisses maison et de pommes poêlées, car il soutenait qu'un jeunot en pleine croissance avait besoin d'un petit déjeuner chaud et copieux ; ensuite, il m'envoyait à l'école.

Je me rappelle avoir eu souvent les yeux au beurre noir entre Halloween et Thanksgiving ; j'avais même perdu une molaire en recevant un crochet du droit de Lucas Chambliss. Avant la mort de papa, Lucas et moi étions bons amis, mais il s'était détourné de moi en même temps que les autres. Enfin, bref, la main de Lucas avait nécessité plusieurs points de suture ; quant à moi, je m'étais retrouvé allongé dans le fauteuil du dentiste. Lacy alla parler au principal du collège. Je le suppliai vainement de n'en rien faire, pour des raisons qu'il comprenait parfaitement, mais il m'expliqua qu'il agissait à la demande de maman.

Ensuite, les choses ne firent qu'empirer, surtout

après que le principal eut convoqué Lucas et toute une bande de garçons pour leur ordonner de me laisser tranquille et d'arrêter de m'insulter en me traitant de fils à maman, de chouchou de nègre et d'autres trucs de ce genre. Ce sermon chez le principal ne fit que renforcer mon statut de cible idéale : ils se moquaient de moi et me cognaient dessus dès que la voie était libre. Et ce n'étaient pas les occasions qui manquaient.

Je finis par sécher les cours avant d'arrêter carrément d'aller à l'école car mes résultats étaient catastrophiques dans toutes les matières. Je vivais dans la peur et préférais rester seul.

Bien qu'il soit trop grand pour moi et même parfois trop chaud pour la saison, je mettais toujours le manteau de laine bleu de papa en prenant la sacoche du déjeuner que me préparait Lacy chaque matin. J'agitais la main pour lui dire au revoir tandis qu'il restait bien droit sous la véranda, en humant l'air pour savoir s'il allait pleuvoir.

— Garde la tête haute, disait-il.

Un jour, je demandai à Lacy pourquoi c'était si important que je garde la tête haute. Il me répondit qu'il ne savait pas trop mais que comme ça, au moins, j'aurais le temps de voir arriver les obstacles avant de me cogner dedans.

Ce jour-là, je hochai la tête, relevai légèrement le menton, bifurquai en direction de la route de l'école près de Long Curve Road et me mis à longer la voie ferrée jusqu'à la ferme Burton en bas de Catawba Creek.

Je passais mes journées assis au bord du torrent à siffler et à faire des ricochets, parfois allongé au soleil quand il faisait beau ; je parvins même à y faire passer une canne à pêche en douce. Je ne pêchais pourtant pas beaucoup, il faisait trop froid. Je me posais des questions sur plein de choses en contemplant le ciel changeant au-dessus de moi, et, quand les soirées se mirent à raccourcir, je pris l'habitude de me réfugier en cachette dans un champ de maïs coupé, en face de la cour de l'école.

J'inventais sans cesse des histoires au sujet de l'école pour pouvoir les raconter à Lacy en rentrant, quand je ne le trouvais pas déjà endormi, ce qui arrivait la plupart du temps. De cette façon, je m'en tirais sans problèmes.

Au bout de quelques semaines, Jimmy se mit lui aussi à faire l'école buissonnière. Il avait compris, pour avoir écopé de son lot de coups de poing sur le nez, qu'il ne pouvait pas m'empêcher de me battre avec tous ceux qui me cherchaient querelle. Il se mit à m'accompagner au torrent, et Alvin nous rejoignit bientôt. C'était couru d'avance, car il avait vite découvert ce que nous fabriquions. Et si on l'avait rejeté, il aurait cafardé.

Jimmy m'affirma qu'il n'y avait aucun risque pour que leur mère s'aperçoive qu'ils manquaient l'école car les professeurs ne remarqueraient jamais leur absence. Et quand bien même cela parviendrait aux oreilles de leur père, celui-ci ne dirait rien. Alvin et lui semblaient ravis de cet arrangement.

De toute façon, ils détestaient les livres.

Personne n'avait revu George et Harry Wilson depuis un bout de temps, du coup, ils ne venaient pas avec nous. Jimmy déclara que leur père, qui était représentant en assurances et gagnait bien sa vie à ce qu'on disait, avait pris des dispositions pour les envoyer dans une école spéciale pour surdoués ou attardés, on ne savait pas bien, quelque part au nord de l'Etat de New York ; nous n'avions pas la moindre idée de l'endroit où ça pouvait bien se trouver.

Les deux garçons nous manquaient, malgré leur côté un peu bizarre. Notre troupe se réduisait désormais à trois membres. Un mardi matin, il faisait froid ; Jimmy, Alvin et moi entreprîmes la construction du radeau de mes rêves avec de gros rondins abandonnés par les forestiers et un vieux morceau de toile transformé en voile. Le départ pour l'aventure fut planifié pour le vendredi, une fois que nous aurions fait le plein de provisions. Mais quand nous eûmes fini d'attacher les rondins ensemble, le radeau était si lourd et nous l'avions assemblé si loin de l'eau qu'il aurait fallu un mulet ou bien un miracle pour le traîner jusqu'au bord du torrent.

Eh bien, il y eut un miracle, mais il choisit le mauvais moment pour se produire car aucun d'entre nous n'était présent à cet instant.

Cette nuit-là, une froide pluie de novembre s'abattit de façon diluvienne sur la région, et apparemment, le radeau se conforma parfaitement à l'objectif pour lequel nous l'avions conçu, car lorsque le temps se fut éclairci et que Jimmy et moi allâmes vérifier qu'il n'avait pas trop souffert, nous découvrîmes que l'eau avait emporté une partie du versant de la colline et que le radeau avait disparu. Nous marchâmes le long du torrent à sa recherche jusqu'à l'embouchure où Catawba Creek se jette dans la James River.

Je me demandais où pouvait bien avoir échoué notre radeau tandis que nous regardions les bûches et autres détritus charriés par le torrent tourbillonner avant d'être emportés par le courant couleur de boue.

Peut-être avait-il vogué tout le long de la rivière jusqu'à la baie de Chesapeake, à moins qu'il ne soit arrivé jusqu'à l'océan Atlantique ? J'espérais bien qu'il aurait parcouru un tel chemin. Ce radeau alimenta pendant longtemps mon imaginaire.

Tandis que nous rebroussions chemin jusqu'à la rive du torrent pour rentrer à la maison — il commençait à faire sombre —, Jimmy m'attrapa par la manche de mon manteau en me faisant faire demi-tour.

— Qu'est-ce qui s'est vraiment passé… Comment il est mort, ton père ?

Je bredouillai un instant car Jimmy et moi ne nous posions jamais de questions sur les sujets graves ; généralement, nous laissions l'autre parler à sa guise.

Finalement, il haussa les épaules en disant :

— C'est bon, ça va…

Il commença à s'éloigner, en évitant les églantiers et les zones de sable mouvant. Je courus derrière lui et l'attrapai par le dos de son manteau marron en velours côtelé qui semblait lui être trop court de deux tailles, à voir la façon dont ses bras dépassaient des manches.

— Je ne sais pas ce qui s'est passé, répondis-je. C'était un accident. Un terrible accident, a dit maman.

Jimmy fit quelques pas en arrière et s'assit sur un gros rocher de rivière. Il baissa les yeux et se mit à gratter un endroit recouvert de mousse, puis il leva le regard vers moi.

— Tu n'en as jamais parlé, alors je me suis dit que j'allais te poser la question, à cause de tout ce qu'on dit, expliqua Jimmy.

Il se leva et posa sa main sur mon épaule.

— On y va ?

— Quand je repense à ce jour-là, tout est flou, comme dans un rêve, tu sais…

Jimmy hocha la tête.

— T'as pas besoin d'expliquer.

— Je me souviens de maman en train de crier et puis de tous les policiers et des ambulanciers qui envahissent la maison, et ils deviennent tous de plus en plus réels au fur et à mesure que je les vois s'approcher de moi pour me demander tout un tas de trucs. Je me rappelle Miss Dobbins qui arrive de l'hôpital dans son uniforme de premiers secours, qui m'examine de pied en cap et qui essuie le sang sur moi.

— T'avais du sang sur toi ?

— J'en avais sur mes mains, sur ma chemise et aussi sur la figure, parce que je me souviens qu'elle m'a essuyé le visage avec une serviette et quand elle a eu fini, c'était tout rouge.

— C'était ton sang ? s'enquit Jimmy.

— Non, je crois pas. Ils m'ont pas emmené à l'hôpital, ni rien.

— C'était le sang de ton père ?

— Sûrement, oui. Maman m'a dit que je le serrais contre moi avant que les gens de l'hôpital n'arrivent.

— Mais tu n'as pas… tu ne sais pas ce qui s'est passé ?

Je secouai la tête en signe de dénégation. Je regardai Jimmy et vis qu'il me croyait. Entre Jimmy et moi, c'était comme ça depuis le début.

— Tu l'as pas vu mourir, alors ? demanda-t-il.

— Je les ai vus l'emmener de la maison, mais je ne suis pas sûr qu'il ait été mort à ce moment-là. Cela dit, il avait l'air d'être mort. C'était horrible, Jimmy.

Jimmy tira au maximum sur les manches de son manteau.

— Tu étais dans la maison quand il y a eu le coup de feu ? demanda-t-il.

— Je crois, oui, mais je ne me rappelle pas l'avoir entendu. Je me souviens juste de maman en train de crier.

— Je vois pas comment t'aurais fait pour pas entendre ce satané coup de feu si tu étais dans la maison, fit remarquer Jimmy.

— Je ne sais pas. Je ne me souviens pas du coup de feu.

Nous nous fixâmes un long moment, puis il détourna subitement son regard vers le lointain. Je pense qu'il n'avait plus rien à dire, alors nous remontâmes le chemin le long du torrent. D'une certaine façon je me sentais mieux d'avoir pu en parler avec quelqu'un qui n'appartienne pas à la police, mais ce souvenir me donnait toujours la nausée. D'ailleurs, je m'arrêtai pour vomir.

Jimmy me rattrapa et me tapota dans le dos.

— Si seulement je savais ce qui s'est passé, Jimmy. Je donnerais n'importe quoi pour savoir.

Je me repris, me lavai le visage dans l'eau du torrent et puis nous nous remîmes en route, arpentant près d'un kilomètre sans rien dire avant qu'il ne déclare :

— Je sais pas si je devrais te dire ça, mais je crois qu'il faut quand même que tu saches.

Je me retournai. Jimmy me poussa en avant pour me faire passer devant lui, ce que je fis.

— Alvin et moi, on a été en ville l'autre jour pour se changer les idées, et on est allés au Tastee-Freez. On regardait les voitures quand j'ai entendu l'adjoint Reed parler de Hollis Thrasher avec un type de la police d'Etat. Reed disait qu'ils avaient une espèce de papier contre lui et qu'ils étaient à sa recherche. Ils ont même envoyé des gens jusqu'au Mexique pour le retrouver. Il paraît qu'ils doivent lui poser des questions sur la mort de ton père.

Je me figeai. Jimmy me poussa de nouveau pour me faire avancer mais je ne bougeai pas.

— Je te dis juste ce que j'ai entendu de mes propres oreilles parce que j'ai pensé que tu aimerais savoir. Je pense que c'est pour ça qu'il y avait les flics chez lui, l'autre fois… Tu te souviens quand on les a vus là-haut ?

— Ils pensent que c'est peut-être lui, le coupable ?

— J'en sais rien mais on dirait bien. Ou alors il connaît celui qui l'a fait.

Jimmy haussa les épaules et un frisson me parcourut sans que je puisse m'en débarrasser. Je me mis à creuser un trou sur la berge du talon de mon godillot. Je crus que j'allais vomir de nouveau ; je n'arrivais pas à me représenter Hollis Thrasher voulant tuer mon père. Papa avait toujours été gentil envers Hollis, il le prenait en voiture, et une fois je l'avais même vu en train de lui acheter une bouteille de soda bien fraîche. Depuis que je lui avais parlé l'autre jour, sur le banc, Hollis ne me faisait plus l'effet de l'homme violent que Lacy m'avait décrit une fois, il l'avait l'air normal. Même en ayant fait de la prison pour avoir blessé des gens et même si certaines personnes en ville pensaient encore qu'il avait tué sa femme et sa fille des années auparavant, à sa sortie de l'asile, après être revenu du champ de bataille. Et on disait aussi qu'il avait tué des tas de gens à la guerre et qu'il avait des médailles qui le prouvaient.

— Qu'est-ce que tu as entendu d'autre ?

— Ils ont dit que quelqu'un l'avait vu chez toi vers l'heure à laquelle les gens ont entendu le coup de feu.

C'est tout ce qu'on a pu entendre, Alvin et moi, parce qu'à un moment le flic s'est retourné et il nous a vus en train d'espionner et alors on est rentrés à l'intérieur.

Je réfléchissais à cent à l'heure tout en sentant mon estomac se contracter pendant que nous parlions, et, quand nous fûmes arrivés au croisement entre les chemins qui mènent vers sa maison et vers la mienne, je demeurai planté là jusqu'à ce qu'il me fasse au revoir de la main et finisse par s'en aller ; ensuite, je montai vers Duncan Hill. Je me sentais si las et si désorienté que je ne pensais pas pouvoir faire un pas de plus. La seule chose qui importait pour moi, tandis que je marchais dans le noir, c'est que même si Hollis était au Mexique, j'avais de nouveau peur de lui, il m'effrayait même encore plus qu'avant.

J'étais presque arrivé en haut de la colline, lorsque j'aperçus deux tignasses de cheveux blonds et rêches dans la lumière d'un réverbère. Deux des frères Perkins faisaient rouler un pneu jusqu'en bas de la route ; rapidement, je jetai un œil autour de moi pour voir si Alton était avec eux. Quand je reportai mon regard sur eux, je compris que les deux garçons m'avaient repéré car ils poussèrent le pneu dans un fossé et se mirent à galoper dans ma direction.

Je restai une minute immobile. Un sentiment inconnu enfla dans ma poitrine, et je me mis à foncer sur eux de toutes mes forces, en gesticulant et hurlant comme un fou. Ils s'arrêtèrent à quelques maisons de moi pour une raison que j'ignore, mais j'étais déjà lancé sur eux à toute vitesse.

Je courais tellement vite que, lorsque je me heurtai finalement à eux, le choc m'expédia au-dessus de leurs têtes sans pour autant que je cesse de donner des coups de poing en l'air. Nous retombâmes tous les trois au sol et je me débrouillai pour avoir le dessus. Je continuai à crier et à cribler l'air de mes poings, mais l'un des Perkins parvint toutefois à s'enfuir, bien que sa chaussure me soit restée dans la main. Il redescendit la colline en courant vers la ville, chaussé d'un seul godillot, puis s'arrêta pour me regarder mettre une dérouillée à son frère.

Je lâchai enfin celui-ci, sous la pression de ses hurlements, et lançai sa chaussure en direction de son plus jeune frère, en lui criant de venir chercher sa raclée et le traitant de poule mouillée.

Je restai tout de même sur mes gardes, prêt à remettre ça avec l'autre frère et à prendre un ou deux coups bien placés. Mais je souffrais seulement de mes poumons qui me brûlaient par manque d'air, ainsi que de mes phalanges meurtries. Ricky Perkins se releva, retomba à moitié, puis se mit à courir en essayant de se libérer de son manteau ; je le lui avais rabattu sur la tête avant qu'il ne retombe. Il finit par reprendre ses esprits, parvint à se dégager de son manteau et le réajusta correctement. Les deux frères prirent leurs jambes à leur cou comme si le shérif était à leurs trousses.

Je demeurai planté au beau milieu de la route, tel le

roi de la montagne, jusqu'à ce qu'ils disparaissent de mon champ de vision. Je rentrai chez moi sur un nuage : c'était la dernière fois que les frères Perkins osaient embêter Charles W. York, à moins, éventuellement, qu'Alvin ne soit avec eux. Mais peut-être réussirais-je à l'envoyer au tapis, lui aussi ?

Je m'examinai en détail et essayai de faire disparaître toute trace de poussière de mon manteau ; mais, en reprenant la côte vers la maison, j'aperçus la grosse Cadillac rouge de Malcolm, garée dans le jardin, d'où elle lançait des reflets dans l'obscurité. La voiture occupait presque toute la largeur de la rue en terre battue et, pour une raison inconnue, je ressentis de nouveau comme un vide à l'intérieur de moi.

Je songeai qu'il devait avoir une mauvaise nouvelle à m'annoncer ou un message à me transmettre de la part de maman. Avant, quand j'apercevais sa voiture, j'espérais toujours le voir ramener maman à la maison. Peut-être avait-il convaincu le juge de la laisser sortir ou peut-être avait-on décidé qu'elle n'avait rien fait, comme elle l'avait toujours clamé, mais au fur et à mesure que passaient les jours, puis les semaines, sans aucune perspective de libération prochaine, son retour m'apparaissait de plus en plus improbable ; d'ailleurs, quand j'y réfléchissais, je me sentais si vide que je préférais encore ne pas y penser. J'espérais seulement que Malcolm aurait une quelconque bonne nouvelle à m'annoncer cette fois, parce que j'en avais bien besoin.

Avant d'entrer dans la véranda, je jetai un dernier regard alentour. Je ne cherchais pas les frères Perkins. Je regardais en direction de la barre rocheuse où j'avais l'habitude de distinguer la faible lueur jaune, petit point dans la montagne, qui brillait de l'intérieur de la cabane de Hollis Thrasher. Mais Angel's Rest demeurait sombre et recouverte de brume depuis le jour de son départ en bus pour le Mexique.

8

Malcolm et Lacy levèrent les yeux vers moi quand j'entrai dans la cuisine, mais rien ne laissait supposer que j'aie interrompu une conversation importante. Malcolm était assis à un bout de la table et Lacy à l'autre. Ma première pensée, en les voyant, fut qu'on n'aurait pu réunir dans la même pièce deux personnes aussi opposées dans l'attitude et dans le physique. Malcolm avec son teint pâle, ses manières bizarres et son air important, et Lacy, avec son visage et ses mains couleur d'écorce — du côté du tronc exposé à la pluie — et sa façon typique de toujours tourner autour du pot. En effet, dans les petites bourgades du Sud, on n'aborde jamais un sujet directement, comme le font les gens des grandes villes ou les Yankees, de manière générale.

Lacy se leva sans un mot et sortit mon assiette du four. Il la mit sur la table, ôta le papier d'aluminium qui la recouvrait, disposa un à un mes couverts comme si la position de la fourchette et du couteau avait une importance capitale, puis me demanda d'aller me laver.

Malcolm me sourit avant de boire une gorgée du thé au citron chaud que Lacy lui préparait systématiquement à chacune de ses visites. Je lui répondis par une ébauche de sourire.

En allant vérifier dans le miroir de la salle de bains que je ne m'étais pas cassé le nez — j'avais du mal à respirer —, je vis que mes larmes avaient tracé un sillon dans la poussière me recouvrant le visage. J'avais dû pleurer en évoquant l'agonie de papa avec Jimmy ou bien quand j'avais mis une raclée aux frères Perkins. Peut-être même les deux. J'étais très gêné : Lacy et Malcolm avaient-ils remarqué les traces de mes larmes ? Je me frottai vigoureusement le visage jusqu'à ce qu'il devienne tout rouge.

De retour dans la cuisine, respectant le rituel instauré par Lacy pour les repas, je restai debout, les genoux encore tout flageolants à la seule pensée de Hollis, mais aussi à cause de la bagarre. Lacy enfonça un coin de torchon dans le col de ma chemise avant de m'autoriser à m'asseoir à table. Ensuite, j'inclinai la tête une minute, selon son souhait. Je fis semblant de prier ce soir-là, car rien ne me venait à l'esprit, mais je pense que je fis illusion, malgré tout. Il faut dire que je prononçai tout de même « Amen » à voix haute.

Le menu était des plus ordinaires, c'était le genre de repas que mangent traditionnellement les habitants de Sunnyside cinq jours sur sept : une grande marmite de haricots blancs, du lard, du *chow chow*, des fanes de navet, des tomates en conserve et du pain au maïs.

La fatigue et la nausée m'avaient ôté toute envie de manger. Mais, une fois assis, l'ambiance me parut calme, bien trop calme, surtout avec Malcolm dans les parages. Alors, je fis comme si de rien n'était et me servis du *chow chow*, une marinade de légumes en conserve typique du Sud, accompagnée de haricots au beurre. Puis j'attaquai mon assiette en espérant que personne ne remarquerait le tremblement de mes mains.

Lacy me versa un verre de babeurre qu'il conservait au frais au réfrigérateur, puis il sortit de la cuisine et, aussitôt, le son de la télévision me parvint du salon. Je me tournai vers Malcolm qui m'observait en souriant. Je n'avais jamais vu quelqu'un sourire autant que Malcolm Boone. C'était fatigant d'avoir en face de soi quelqu'un d'aussi souriant, pensai-je, surtout le jour où mon radeau avait choisi de me fausser compagnie pour filer au gré du courant : j'avais l'impression de passer mon temps à lutter contre tout.

— Comment ça va à l'école, Charlie ? me demanda-t-il.

Ça faisait un certain temps que je n'y avais plus remis les pieds, néanmoins je répondis :

— Très bien, monsieur Boone.

Et je poursuivis mon repas.

— Je sais que tu vis actuellement des moments très difficiles. Nous sommes en train d'essayer d'obtenir l'avancement de la date du procès pour que tout ça finisse très vite et que ta mère puisse rentrer à la maison.

Je l'écoutai monologuer entre deux gorgées de thé, mais l'attente du procès de maman me paraissait pourtant interminable. Il semblait insinuer que c'était le juge et le procureur qui ralentissaient la procédure, mais si l'on se fiait à la presse et à la télévision, c'était plutôt Malcolm qui leur mettait des bâtons dans les roues. Voilà pourquoi le procès était sans cesse reporté.

Mais ce n'était pas tout. J'avais plusieurs fois réussi à me faufiler jusqu'au tribunal pour tenter de découvrir ce qui s'y tramait. A chacune de ces occasions, j'avais bien vu que Malcolm prenait manifestement beaucoup de plaisir à répondre aux questions des journalistes devant les caméras installées sur la pelouse du palais de justice. Alors, de retour chez moi, et à condition que Lacy se soit assoupi dans le vieux fauteuil de papa, je regardais Malcolm passer aux informations du soir en réglant le son de la télévision au minimum ; je l'observais s'exprimer rapidement et avec véhémence. Au fur et à mesure qu'il s'échauffait, ses yeux lui sortaient de la tête, on aurait dit qu'il allait tuer quelqu'un.

Lacy ne me laissait jamais regarder les informations, sauf parfois, quand Walter Cronkite évoquait la guerre du Viêt-nam ou quand il y avait un affrontement entre Noirs et Blancs, ou bien encore à l'heure de la météo locale et des résultats de base-ball. Lacy soutenait que le reste ne présentait aucun intérêt, qu'on soit jeune ou vieux. Selon lui, le bulletin d'informations n'était rien d'autre qu'un spectacle, une suite d'événements mis en scène d'un point de vue partial pour faciliter la compréhension des téléspectateurs, un prétexte pour que les riches industriels puissent venir nous vendre leur lessive, leurs assortiments de biscuits et tout le bazar dans des spots publicitaires, et tout ça pourquoi ? Pour qu'ils puissent se faire encore plus d'argent. Tout ça n'était rien d'autre qu'une entreprise à but lucratif. Voilà ce qu'il disait. Mais cela ne m'empêchait pas pour autant de regarder les informations dès que Lacy ronflait dans son fauteuil. Il devait bien y avoir là-dedans une part de vérité ? Je m'efforçais alors de repérer les passages susceptibles de refléter la réalité.

La télévision diffusa toutes sortes de comptes rendus d'audience au cours de cet automne. Une fois, les journalistes montrèrent même maman dans sa robe verte, les pieds entravés par des chaînes. Elle marchait tête baissée, en essayant de dissimuler son visage dans ses mains. Je n'avais jamais vu d'image aussi terrible à la télévision.

J'avais espéré que Malcolm aurait eu une bonne nouvelle à m'annoncer ce soir, mais visiblement, ce n'était pas le cas, sinon il me l'aurait déjà dit. Ça me coupait un peu l'appétit, mais je continuai tout de même à manger par désœuvrement, lassé de rester là à regarder Malcolm me sourire entre deux ronflements de Lacy.

Je terminai mon repas après avoir avalé mon dernier morceau de pain au maïs trempé dans du babeurre. Là-bas dans le salon, les ronflements de Lacy allaient en s'intensifiant. Malcolm paraissait relativement éteint ce soir-là et parlait peu pour quelqu'un comme lui. Ses cheveux drus étaient hérissés dans tous les sens comme s'il avait passé la journée à lutter contre un ouragan. En fin de compte, il se leva et je trouvai enfin le courage de lui poser une ou deux questions qui me tourmentaient mais que je n'avais jamais osé aborder avec lui jusqu'à ce soir.

— Pourquoi est-ce qu'ils croient que maman a tué papa ?

Malcolm se rassit lentement et rajusta la fine gourmette en or qu'il portait au poignet.

— L'expert en armes à feu affirme que la blessure qui a tué ton père a été causée par un projectile tiré par le canon d'un fusil de chasse, dans une trajectoire horizontale, et à une distance d'au moins vingt-cinq centimètres de son corps. A la base, il est donc impossible qu'il se soit tiré accidentellement dans l'estomac. En effet, pour cela, il aurait dû se viser en tenant le fusil devant lui par le bout du canon et se débrouiller pour arriver à appuyer lui-même sur la détente. Tu comprends ce que je te dis ?

— Peut-être qu'il l'a fait tomber et que le coup est parti tout seul ?

Malcolm secoua la tête.

— Encore une fois, en se basant sur la seule interprétation des preuves, ton père devait être placé perpendiculairement au fusil, en T si tu préfères, et même s'il l'avait fait tomber et que… Bref, en fait, d'après les preuves, la police ne croit pas à la thèse du coup de feu qui serait parti tout seul après que ton père aurait fait tomber son arme, d'une manière ou d'une autre.

Je me mis à me gratter le visage et à déplacer mes couverts. Malcolm semblait attendre de moi que je réagisse, mais j'étais incapable de poser la question qui me brûlait les lèvres tant qu'il gardait les yeux fixés sur moi. Finalement, je dus baisser le regard.

Après qu'un long silence se fut écoulé, je lui lançai un coup d'œil : son sourire s'était évanoui et ses yeux rougis de fatigue étaient toujours rivés aux miens. Des fois, il pouvait avoir l'air très sérieux, quand il ne faisait pas son horrible sourire d'épouvantail.

— Mais pourquoi est-ce qu'ils croient que maman aurait fait une chose pareille ? demandai-je enfin.

— Un adjoint du shérif et plusieurs membres de l'équipe des secours ont déclaré que ta mère portait des traces de sang sur le visage et sur les joues, et qu'on aurait dit que quelqu'un lui avait arraché son chignon en lui tirant sur les cheveux. A cause de ça, et aussi du témoignage d'une voisine qui a prétendu t'avoir entendu crier de la maison avant le coup de feu, ce qui laisse à penser qu'il y aurait eu une espèce d'altercation chez toi avant que ton père ne soit abattu. Une altercation entre ton père et ta mère.

— C'est quoi, une altercation ?

— C'est un... un désaccord violent. C'est quand quelqu'un se met en colère et que...

— Ça veut dire que deux personnes se disputent ?

— Oui, c'est ça. Deux témoins ont déclaré avoir entendu ta mère crier avant le coup de feu.

Malgré tous mes efforts, je n'arrivais pas à calmer ma respiration.

— Ça va, Charles ?

J'eus comme une hallucination — non, ça n'allait pas du tout. Une grosse goutte de transpiration dégoulina le long de ma colonne vertébrale.

— Il vaudrait peut-être mieux ne pas parler de tout ça maintenant, suggéra Malcolm.

— Et vous, vous ne pensez pas que c'est elle qui l'a tué ? demandai-je.

Malcolm se passa la main sur la figure, ce qui eut pour effet d'allonger encore les traits de son visage.

— Charles, je crois sincèrement que ta mère n'a pas assassiné ton père.

— Si ce n'était pas un accident, est-ce que quelqu'un d'autre aurait pu le faire, à part maman ?

— Tout ça n'était qu'un accident, j'en ai l'intime conviction.

— Ça veut dire que vous en êtes sûr ?

— C'est ce que je crois, oui.

— Et vous pensez qu'elle va sortir de prison ?

Malcolm retrouva le sourire.

— Si je ne le pensais pas, je ne serais pas ici. Ta mère ne veut pas que tu t'inquiètes pour le procès. Elle veut juste que tu restes un petit garçon bien dans sa peau, que tu ailles à l'école, que tu fasses tes devoirs et ce genre de choses. Toute cette histoire va bientôt prendre fin et, comme je te l'ai déjà dit, j'ai réussi à obtenir du procureur que tu ne sois pas appelé à témoigner à la barre, selon le vœu de ta maman, sauf en cas de nécessité absolue pour l'accusation — ce à quoi je m'opposerai d'ailleurs formellement. Ils se contenteront de présenter au tribunal les déclarations que tu as faites à la police. C'est…

La porte de la cuisine s'ouvrit à toute volée en allant claquer si violemment contre le mur que la maison entière en fut ébranlée.

— Les gens du comté en ont marre de tous vos mensonges, monsieur Boone !

Je me levai d'un bond en entendant ce grand claquement de porte et reconnus la voix tendue de mon grand-père York, même si j'avais du mal à le distinguer. Il se tenait dans l'ombre de la véranda latérale, près de la caisse où l'on rangeait le petit bois. Il fit un pas à l'intérieur de la cuisine. Il fixait Malcolm d'un regard étrange que je ne lui avais encore jamais vu.

— Qu'est-ce que vous essayez de faire à mon petit-fils ? tonna-t-il.

Grand-père ôta sa casquette de chasse rouge et la fourra dans la poche arrière de sa salopette beige et usée qu'il mettait tous les jours, sauf le dimanche.

Je me tournai vers Malcolm : lui aussi s'était levé. Il y eut un grand silence ; je fis un pas, puis courus vers grand-père en voyant qu'il s'était mis sur un genou pour m'accueillir, les bras tendus. Il me serra très fort contre lui et, à mon tour, je lui rendis son étreinte. J'étais si heureux qu'il semble de nouveau éprouver de l'affection à mon égard ! Mais tout en me gardant à califourchon sur son genou, il ne cessait de fixer Malcolm avec une expression sauvage que je connaissais pour l'avoir déjà vue dans la cour de récréation. C'était celle des élèves qui ne veulent pas se battre mais qui se retrouvent malgré eux mêlés à la bagarre.

Il me repoussa finalement pour pouvoir se relever, puis alla vers Malcolm : les deux hommes se mesurèrent du regard. Malcolm était aussi frêle que mon grand-père était large d'épaules, on aurait dit une pousse de saule face à une armoire à glace.

Malcolm lui tendit la main en lui adressant son fameux sourire qu'il réservait généralement aux caméras. Mais son visage changea d'expression et se tordit d'un côté en voyant grand-père se contenter d'observer froidement sa main tendue sans la serrer.

Grand-père leva un doigt épais, couvert de cals et de cicatrices, un doigt déformé par quarante années passées à bâtir la moitié des maisons de Sunnyside en exerçant son métier de menuisier. Le doigt de grand-père resta figé en l'air sous le nez de Malcolm, terriblement menaçant.

— Je ne vous laisserai pas détruire ce gosse.

Grand-père gardait le doigt levé, immobile, devant Malcolm qui recula la main que son interlocuteur n'avait visiblement aucune intention de serrer.

— J'étais en train de parler avec…

— Ça suffit ! cria grand-père.

Je me réfugiai près du réfrigérateur ; grand-père me jeta un bref coup d'œil avant de s'essuyer la bouche, comme s'il avait honte de ma réaction. Je l'avais souvent vu sérieux, comme la fois où il avait tenu à ce que j'appâte moi-même mon hameçon, mais aussi furieux que ce soir-là, jamais. Il était littéralement fou de rage. Il tourna ses yeux gris tout plissés vers Malcolm.

Le sourire forcé de ce dernier s'évanouit comme par magie pour céder la place à une expression sévère, la même qu'avec les journalistes de la presse. Tout à coup, il me parut avoir grandi de dix centimètres. Alors que, certaines fois, il avait l'air frêle et vulnérable, on aurait dit soudain qu'une armée entière n'aurait pas pu venir à bout de lui.

— Ne faites pas ça, Ethan, conseilla-t-il.

— Appelez-moi monsieur York.

Malcolm resta parfaitement immobile mais son expression se durcit instantanément, le visage comme sculpté dans du granit.

— Je m'adresse à vous comme je l'entends.

L'entrée tonitruante et inopinée de grand-père m'avait pris par surprise, mais à présent j'avais peur, car, je le répète, je ne l'avais encore jamais vu aussi furieux contre quiconque. En plus, c'était la première fois que je l'entendais parler autant, sauf pour me dire quelques gentillesses de temps à autre ou m'inciter à faire des trucs pour devenir un homme à l'image de papa.

Malcolm agaçait toujours les gens à tel ou tel propos avec ses manières bizarres, mais je me demandais ce qu'il avait bien pu faire pour mettre grand-père en colère à ce point. La plupart des gens que Malcolm énervait prenaient sur eux pour n'en rien laisser paraître et racontaient ensuite des saletés sur lui derrière son dos, mais jamais directement comme grand-père, ce soir-là.

Sans cesser de battre furtivement en retraite, je jetai un œil par la porte qui s'ouvrait sur le salon et vis Lacy se lever du fauteuil incliné de papa.

Il entra en rajustant ses lunettes à monture de corne qui avaient dégringolé le long de son nez. Pendant un instant, il eut l'air complètement désorienté en nous voyant tous les trois réunis, les yeux braqués sur lui. Finalement, il s'arrêta, prit appui sur sa canne mais, chancelant, dut se retenir au mur. Son regard embrassa la pièce avant de se fixer sur grand-père ; alors, il fit un pas en arrière.

— Je suis venu emmener Charlie vivre chez maman et moi, comme je t'ai expliqué hier, Slim. Il va rester avec nous pendant un bout de temps. Ce gosse a besoin de sa famille, maintenant.

Grand-père posa le regard sur moi ; je crois que la perspective de quitter ma maison qui me semblait si vide, pour aller chez eux me régaler des bons petits plats de grand-mère, dormir dans un grand lit de plume et me livrer à mes jeux favoris dans la montagne l'emporta. Je me dirigeai aussitôt vers lui, prêt à partir. Je me sentais tout à coup bien moins seul et bien plus fort, ou quelque chose comme ça.

— Sa mère veut qu'il reste ici, déclara Lacy.

A ces mots, je pilai net près du portemanteau. Je les observai, lui et mon grand-père : ils se défièrent du regard par-dessus l'espace restreint de la cuisine jusqu'à ce que Lacy finisse par baisser les yeux. J'enfilai mon manteau ; Malcolm saisit sa tasse à deux mains et but une gorgée de thé. Puis il secoua lentement la tête en faisant non dans ma direction.

Grand-père regarda Malcolm comme s'il rêvait de pouvoir l'écraser comme une mouche, puis alla vers moi et posa sa main sur mon épaule en m'attirant à lui. Il me tapota dans le dos, puis son visage se transforma : enfin, je retrouvais le regard normal de grand-père. Quel bonheur de voir qu'il semblait m'aimer de nouveau ! Je me sentais heureux. Pleinement.

— Ta grand-mère et moi, on va s'occuper de toi… jusqu'à ce que tout soit réglé pour ta mère et tout le reste, expliqua-t-il de sa voix redevenue calme.

Lacy plongea la main dans la poche de sa veste et en tira sa pipe. Je l'entendis aspirer l'air dans le tuyau, puis il l'ôta de sa bouche et la pointa vers moi.

— Ecoute, tu sais que j'en ai déjà parlé avec ta maman et qu'elle veut que tu restes ici. Elle a été très claire à ce sujet.

— Mais je veux aller dans la montagne, Lacy, implorai-je.

— Nous devons respecter le souhait de ta mère.

— Mais ça ne l'embêterait pas si je restais chez grand-père, affirmai-je.

— Nous irons la voir tous les deux demain matin et tu en discuteras avec elle.

— Tu peux parler tant que tu veux, Lacy. Nous, on s'en va, et toi aussi, d'ailleurs. Je te ramène à Town Heights. Va chercher tes affaires.

— Non, monsieur York. Et Charlie doit rester ici, répliqua Lacy.

— Non, je ne veux pas rester ici ! déclarai-je.

— Mais il le faut, fiston, fit observer Lacy.

— Il n'a pas à t'obéir, décréta grand-père. Et j'ai pas l'intention de me disputer avec toi devant le gosse parce que c'est comme ça que ça va finir. Alors maintenant, va rassembler tes affaires.

Lacy marcha jusqu'à la table à pas comptés et tira une chaise pour s'y asseoir, tout recroquevillé, comme s'il avait passé la journée courbé sur le sol à creuser des trous pour y planter des piquets.

— Charlie, mon garçon, va un instant dans ta chambre, s'il te plaît, me demanda-t-il.

— Charlie est très bien là où il est. Et je ne te le répéterai pas : va faire ta valise !

J'avais bien envie de partir mais je n'aimais pas la façon dont grand-père parlait à Lacy. Non, pas du tout. Jamais je ne l'avais entendu crier aussi fort contre quelqu'un. Lacy tendit le bras pour me tapoter la main.

— Allez, va... Laisse-nous parler entre nous.

Je levai les yeux vers grand-père et vis son visage changer de nouveau d'expression ; il desserra un peu l'étau de sa main gauche sur mon épaule. Je boutonnai mon manteau jusqu'en haut, sortit de la cuisine, pris le couloir mais sans aller jusqu'à ma chambre. Je restai sur le seuil de la salle de bains, d'où je pouvais entendre tout ce qui se passait dans la cuisine.

— Miss Ruth et vous savez bien que vous pouvez venir lui rendre visite quand vous voulez. Vous le savez, ça... Mais, pour lui, ici, ça reste sa maison, vous comprenez ?

— Parce que tu crois que je vais rester là à t'écouter faire la loi au sujet de mon petit-fils ?

— Je suis juste en train de vous dire que sa mère...

— Tu n'as pas dû bien écouter ce que je t'ai dit hier...

— Pourquoi faites-vous ça, maintenant ? Vous n'avez pas dit un mot à ce petit depuis des...

— Slim, fais tes bagages. C'est la dernière fois que je te le dis.

J'entendis qu'on parlait de façon étouffée, puis la voix de Malcolm s'éleva.

— Si vous tentez d'emmener Charlie de cette maison sans l'autorisation de sa mère, j'appelle le shérif.

— Allez-y, faites-le, rétorqua grand-père.

— S'il y a un problème au sujet de la garde de l'enfant, il vous faut vous adresser à...

— J'ai parlé au shérif, au juge et à un avocat. J'ai entendu les ragots que vous colportez et les raisonnements que vous tenez à ce gosse. Maintenant, j'en ai marre des discours. Entre vos mensonges et ceux de sa mère, ce gosse ne sait plus distinguer le bien du mal. Et d'abord, je ne sais même pas ce que tu fiches ici, Slim. Ce n'est pas ta place, tu devrais pourtant le savoir, sacré nom !

Malcolm décrocha le téléphone et j'entendis le cadran tourner en cliquetant au fur et à mesure qu'il composait le numéro.

— Monsieur Boone, raccrochez, s'il vous plaît, demanda Lacy.

Un long silence se fit : je me rapprochai imperceptiblement en essayant de respirer le plus doucement possible.

— Sors de là, Charlie ! cria grand-père.

Je m'avançai de quelques pas et l'entendit dire à Lacy d'une voix très basse :

— Je t'ai proposé de te déposer, mais tu peux tout aussi bien rentrer chez toi tout seul. Mais, à ta place, je ne resterais pas une minute de plus ici après notre départ.

Je restai planté dans le couloir, ne sachant quelle attitude adopter. J'étais désolé pour Lacy. Il s'était montré tellement bon envers maman et moi… Il ne méritait pas que grand-père lui parle ainsi.

— Grand-mère t'a préparé un véritable festin ! Allez, viens, petit.

J'entrai dans la cuisine et lançai un regard en direction de Lacy. Une minute plus tôt, je ne rêvais que de m'en aller, mais maintenant, je n'en avais plus la moindre envie, surtout si maman et Lacy s'y opposaient. Pour maman, je n'étais plus sûr de rien, mais Lacy ne m'avait jamais trompé et il était quasiment le seul ami qui me restait en dehors de Jimmy. Et si je refusais d'aller dans la montagne chez mes grands-parents en invoquant un prétexte quelconque ? Ils me laisseraient peut-être rester ici le temps que je puisse en parler avec maman et qu'elle me donne l'autorisation d'y aller. De cette façon, je ménagerais la chèvre et le chou. Je savais que maman et grand-père ne s'étaient jamais vraiment bien entendus et qu'ils se battaient froid pour une raison mystérieuse, mais, jusqu'à présent, elle ne m'avait jamais interdit d'aller chez lui.

Je me rassis à table entre Lacy et grand-père.

Celui-ci me prit la main et me fit me lever lentement. Nous allâmes ensemble jusqu'à la véranda, mais je retirai ma main de la sienne et jetai un regard à Lacy avant de passer le seuil.

— Bon, allez, maintenant tu rentres, ordonna ce dernier en me regardant dans les yeux.

Il clopina jusqu'à la porte de la cuisine pour essayer de l'atteindre avant nous ; je ne l'avais jamais vu se déplacer aussi vite. Il brandit sa canne en travers de la porte.

— Maintenant, je suis sérieux, poursuivit-il, sans avoir l'air très rassuré pour autant.

A sa voix chevrotante, je compris qu'il avait bien plus peur que moi. Grand-père me lâcha la main et avança d'un pas de façon à venir se placer devant la canne.

On aurait dit qu'il allait la lui arracher de la main mais Lacy baissa le bras le premier, effrayé.

— Je veux rester ici, grand-père. Pourquoi est-ce que grand-mère et toi vous ne venez pas habiter chez nous ? demandai-je.

Il se retourna et posa les yeux sur moi, puis sur Malcolm, qui avait toujours le combiné dans une main et l'autre posée sur le récepteur du téléphone.

— Ce n'est pas la bonne méthode, monsieur York, observa-t-il.

Le regard de grand-père fit le tour de tout le monde, puis se concentra sur Lacy, qui avait finalement reposé sa canne.

— Tu ne sais pas tout le mal que tu fais à ce gosse, siffla grand-père à l'oreille de Lacy.

Lacy ne répondit rien et se contenta de rester là, haletant, l'air plus frêle que jamais. Grand-père se rapprocha encore et Lacy recula la tête.

Ce n'est pas juste, et tu vas regretter de ne pas avoir accepté ma proposition de te ramener chez toi, sale nègre.

— C'est une menace ? s'enquit Malcolm en allant vers les deux hommes.

— Non, monsieur, il ne m'a pas menacé, intervint Lacy.

— Charlie, va dans ta chambre, ordonna Malcolm.

Il me fixa d'un regard intense, mais je ne bougeai pas d'un pouce. C'était de moi qu'ils parlaient, j'avais bien le droit de savoir pourquoi ils faisaient tant d'histoires à mon sujet.

Malcolm n'insista pas. Son regard se posa sur grand-père.

— Que venez-vous de dire à Lacy ?

— C'est entre lui et moi, répliqua grand-père.

— Vous feriez bien de surveiller vos paroles, monsieur York. Il y a des limites à ne pas franchir.

Grand-père hocha la tête.

— C'est Lacy qui a dépassé les bornes… Quant à vous, monsieur Boone, vous feriez mieux d'être prudent dans cette montagne.

— Continuez…, fit Malcolm.

Brusquement, grand-père remit sa casquette et se pencha vers moi ; je reculai en tressaillant. Mais il me prit dans ses bras et m'embrassa sur la joue, avant de me serrer longuement contre lui. Enfin, il me reposa à terre.

— J'ai tout le comté derrière moi, monsieur Boone. Ça ne va pas en rester là.

Grand-père posa la main sur ma tête en opinant du chef, puis se tourna vers la porte. Lacy s'écarta rapidement sur son passage de peur de se faire piétiner par grand-père, qui se rua hors de la cuisine et disparut dans la nuit.

9

Je coulai un regard en direction de Malcolm : son sourire s'était définitivement évanoui.

Je doutais sérieusement que Lacy soit capable de regagner tout seul la table pour s'asseoir. Nous restâmes à écouter le moteur du pick-up de grand-père déchirant la nuit dans le calme de la montagne. Malcolm demeura assis et termina son thé en faisant tourbillonner le liquide au fond de sa tasse. Puis il se leva, enfila sa grande pelisse et ajusta son écharpe à l'intérieur du col.

— La famille de ton père vit une période très difficile en ce moment, tout particulièrement tes grands-parents. Mais Lacy va continuer à s'occuper de toi comme il l'a si bien fait jusqu'à présent, d'accord ?

— Encore combien de temps ? m'enquis-je.

— Jusqu'à ce que le procès de ta mère soit terminé.

— Et c'est quand ?

Malcolm sourit en me faisant un clin d'œil.

— Les bonnes choses finissent toujours par arriver. Aie confiance, jeune homme.

Voyant qu'il s'apprêtait à partir, je voulus l'interroger sur ce que m'avait raconté Jimmy à propos de Hollis, mais les mots me fuyaient. Malcolm serra la main de Lacy en lui murmurant à l'oreille :

— Passez me voir demain matin, vers midi.

Lacy inspira très profondément en frémissant et hocha imperceptiblement la tête. Puis Malcolm franchit le seuil avec un sourire et me gratifia d'un second clin d'œil tandis qu'un courant d'air glacé s'engouffrait dans la cuisine.

Je sentis le froid piquant me traverser le corps. Il avait beau se croire intelligent, Malcolm s'adressait toujours à moi comme à un imbécile, je le voyais à sa façon de m'envoyer force clins d'œil et sourires. Cela me causait du souci car il avait beau vouloir enjoliver les choses, il n'y avait vraiment rien d'amusant dans toute cette affaire. Pourvu que Malcolm ne considère pas tout ça comme une de ces parties de poker qu'il prisait tant, où l'on misait gros et d'où il sortait toujours perdant, avais-je entendu dire.

Cela dit, j'étais au moins content de le voir sourire, même si son regard venait démentir sa gaieté factice : ses yeux, eux, ne souriaient plus depuis des semaines.

A force, j'avais pris l'habitude de répondre à sa feinte jovialité par un sourire de mascarade que je m'étais entraîné à afficher en toutes circonstances. Alors, c'est ce que je fis quand Malcolm s'en alla.

Un sourire.

Mais qui s'effaça de mon visage à l'instant où la

porte se referma sur lui ; l'air froid de l'hiver envahit la petite cuisine, là où, quelques mois auparavant, papa avait agonisé sur le sol recouvert de linoléum jaune. Je me remémorai maman en pleurs, s'efforçant de tout nettoyer dès son retour de l'hôpital, après m'avoir appris que papa était mort.

Lacy se leva et entreprit d'enlever les assiettes sales tandis que je ramassais un couvert tombé par terre. Nous restâmes silencieux un bon moment pendant que Lacy faisait couler l'eau pour la vaisselle. Il me tournait le dos en s'appuyant contre l'évier comme pour éviter de glisser et de s'effondrer en mille morceaux, comme un puzzle.

— Il n'aurait pas dû te traiter de nègre, Lacy.

Il se retourna et me regarda pendant une minute.

— C'est bon, fiston, répondit-il.

— Pourquoi grand-père est si en colère ?

Lacy referma le robinet et glissa un regard dehors par l'interstice entre les rideaux.

— Ta maman et lui ne sont pas d'accord sur ce qui est bon pour toi.

— Il ne veut pas que je reste ici avec toi.

— Non, m'sieur, ça m'en a tout l'air.

— Parce que tu es noir ?

— Ecoute, je me suis dit que nous devions agir selon la volonté de ta mère, justement parce que c'est ta mère et qu'une mère sait toujours ce genre de choses.

— Grand-père a dit que tu avais dépassé les bornes…

Lacy restait le dos tourné à moi. Il fit courir son doigt le long d'un des rideaux de dentelle de maman et j'attendis en vain qu'il rajoute quelque chose.

— Pourquoi la police est à la recherche de Hollis Thrasher ?

Lacy se retourna brusquement, de façon plutôt inhabituelle chez lui.

— Qui t'a dit ça ?

— Je l'ai entendu dire par quelqu'un qui avait entendu le shérif qui le disait à quelqu'un d'autre au Tastee-Freez.

— Je pense qu'ils doivent avoir quelques questions à lui poser. Des questions de routine comme ils en ont posé à tous les gens qui vivent dans la montagne.

— Tu ne penses pas que Hollis Thrasher a quelque chose à voir avec la mort de papa, hein ?

— Je crois ce que dit ta mère.

— Pas le shérif. Ni personne, d'ailleurs.

Lacy se retourna vers l'évier pour y empiler les assiettes qu'il se mit en devoir de récurer.

— Je ne veux pas que tu t'occupes de ce que racontent ces satanés flics en ville.

— Tu as confiance en Malcolm ?

Lacy ferma le robinet et, après avoir fini de laver la vaisselle, l'avoir séchée et rangée dans le placard, il alla à la table, prit une chaise et s'essuya le front avec son mouchoir. Il lui fallut au moins deux minutes avant de répondre à ma question, mais il était coutumier du fait.

— Ce type-là est malin. Ta mère va sortir de prison. Surtout, ne va pas t'imaginer le contraire, ça ne doit même pas t'effleurer un instant.

Il me fixa gravement ; je ne lui avais jamais vu cet air-là auparavant.

— N'y songe pas une seconde, tu m'entends ? répéta-t-il.

Je fis oui de la tête.

— Tu crois que grand-père va revenir ici et qu'il sera toujours en colère ?

— Je n'en sais vraiment rien.

— Tu l'avais déjà vu aussi furieux que ça ?

Lacy sortit un canif et entreprit de racler le goudron qui s'était déposé à l'intérieur du fourneau de sa pipe.

— Tu crois qu'il va revenir cette nuit pour m'emmener avec lui ?

— Tu dois rester ici, si tu es d'accord.

— Je veux bien, mais avec toi, répondis-je.

Lacy hocha la tête et alla de nouveau à la fenêtre en entendant passer une voiture. Ses phares illuminèrent les rideaux mais le conducteur, qui que ce fût, continua sa route. Lacy resta un long moment à scruter les environs, la main posée sur l'embrasure de la fenêtre.

— Tu as peur de grand-père ?

Lacy replia son canif et le remit dans sa poche. Il se retourna et s'essuya la bouche avec son mouchoir.

— De nos jours, les gens ont de plus en plus de mal à savoir quelle attitude adopter. Dans ce comté, ton grand-père a toujours agi à sa guise, mais ta mère a aussi son mot à dire en ce qui concerne son petit gars, tu comprends ? Elle sait ce qui est mieux pour toi.

Je songeai à grand-père. Il m'avait appris à jouer aux dames, à lire l'heure, à reconnaître que le faisan qu'on s'imagine pister n'est autre qu'un matou ou qu'une poule égarée rien qu'en examinant ses crottes, comment repérer l'endroit où s'est couché un cerf, comment manger une pomme sauvage sans mordre dans les parties véreuses et bien d'autres choses encore. Je l'aimais et je le respectais tout autant que Lacy. A sa façon bourrue, il m'avait toujours paru bienveillant à mon égard, ainsi qu'envers papa et maman. C'est pour ça que je souffrais tant de constater qu'il semblait ne plus rien avoir à nous dire depuis la mort de papa, du moins jusqu'à ce soir.

— Les choses s'arrangeront en temps voulu, affirma Lacy. C'est toujours comme ça.

J'aurais voulu lui poser encore d'autres questions mais j'étais recru de fatigue, et d'ailleurs, il n'avait pas l'air non plus tout à fait dans son assiette, à scruter le paysage entre les rideaux chaque fois qu'une voiture empruntait la route de la montagne. Lacy craignait-il mon grand-père ? Subitement, je me rendis compte qu'il ne m'en avait jamais parlé. Mais Lacy m'avait incontestablement paru effrayé quand ils s'étaient retrouvés face à face quelques minutes auparavant, et, depuis le départ de grand-père, il avait l'air encore plus tourmenté à l'idée qu'il puisse y avoir quelque chose de tapi dehors, dans le noir. En un sens, moi aussi j'avais peur de grand-père. Je ne savais pas trop pourquoi mais c'était comme une angoissante sensation de vide.

Lacy vint vers moi et me tapota la main, puis il hocha la tête et s'en alla dans la salle de bains en fredonnant une vieille chanson de Mother Maybelle Carter, la pipe entre les dents. Je songeai de nouveau à ce qu'il m'avait dit au sujet de maman qui allait sortir de prison.

Lacy ne m'avait jamais menti.

Jamais.

J'ignorais pour quelle raison il se passait tant de choses, mais, étrangement, cette angoissante sensation de vide me quitta et, arrivé à la fin de cette longue journée, je parvins à me sentir plutôt bien, presque normal. Je sombrai dans un profond sommeil, tel que je n'en avais plus connu depuis que les odeurs et les sons liés à la mort de mon père s'étaient mis à hanter la maison, la nuit.

Je me souviens que je ne fis pas mes prières avant de m'endormir : je ne les récitais plus depuis la disparition de papa parce qu'on avait l'habitude de les dire toujours ensemble. Ce n'était pas la même chose de réciter mes prières tout seul en m'adressant à une chambre vide.

Et je ne me souviens pas non plus d'avoir fait le moindre rêve après m'être endormi, contrairement aux autres nuits. En revanche, je me rappelle parfaitement avoir songé que j'étais bien content de ne pas m'être enfui sur ce radeau, tout compte fait. J'étais encore tout excité d'avoir infligé une telle correction aux frères Perkins : voilà ce qui arrivait quand on s'en prenait à Charles W. York. Papa aurait été fier de moi.

Mais où pouvait donc avoir échoué ce radeau ? Le fait qu'il soit parti sans moi par une nuit d'orage était-il une sorte de présage m'indiquant que j'étais censé rester ici ? Ou, au contraire, cet événement n'était-il pas symbole de mauvais augure ? Je n'étais pas doué comme certaines personnes pour décrypter ce genre de signes. J'étais tout simplement content de constater que, sans compter Malcolm Boone, il restait encore Lacy pour croire que maman disait la vérité. Les deux hommes affirmaient qu'elle allait bientôt rentrer à la maison et que les choses allaient s'arranger : c'était un sentiment apaisant à la fin d'une si longue journée.

Mais cette impression agréable, cette sensation d'être tout simplement normal ne dura que quelques heures. Lacy et moi étions sur le point d'avoir une autre visite cette nuit-là.

J'étais blotti sous mes couvertures, les bras et les jambes encore tout engourdis de sommeil, quand j'entendis frapper à la porte. Je me demandai si j'étais en proie à une terrible hallucination. On frappa de nouveau, plus fort cette fois. Je m'éveillai brusquement mais ne perçus que le bruit de ma respiration. Il n'y avait pratiquement plus personne pour venir jusqu'à notre porte et je n'avais jamais entendu quelqu'un frapper en pleine nuit.

— Bureau du shérif, ouvrez !

Je m'assis dans mon lit et regardai du coin de la fenêtre d'où je pouvais apercevoir le chemin devant la maison. Une des voitures du shérif était garée là, moteur en marche et phares allumés. Un nuage de fumée bleue sortait de son pot d'échappement.

J'allai chercher Lacy. On tambourina encore plus fort à la porte, à tel point que, cette fois-ci, je fis un bond en pensant qu'ils allaient la dégonder. Je reconnus la voix qui suivit les coups. C'était celle de l'adjoint du shérif, celui qui était venu à la maison pour m'annoncer l'arrestation de maman, il y avait de ça une éternité, me semblait-il. Ils n'étaient que trois adjoints pour tout le comté, alors ce n'était pas bien difficile de les reconnaître.

Je courus dans le salon et regardai l'heure à la pendule : il était un peu plus de 4 heures du matin. Je songeai à aller ouvrir la porte mais, au lieu de cela, je courus à la chambre où dormait Lacy tandis qu'à l'entrée le policier ne se contentait manifestement plus de frapper mais semblait avoir entrepris de défoncer la porte à coups de pied.

— Lacy, ouvre !

Je tentai de réveiller Lacy qui ne bougeait pas. Je continuai à le secouer jusqu'à ce qu'il se redresse enfin dans son lit. Je lui dis que Earl Potts était dehors.

Le regard de Lacy fit le tour de la pièce, qui n'était autre que l'ancienne chambre de papa et maman. Il se tenait en appui sur ses bras ; il y eut encore un coup de pied. Cette fois-ci, dans la porte de la cuisine.

— Earl Potts ?

Je hochai la tête.

— Qu'est-ce qu'il veut ?

— Je ne sais pas. Ça fait cinq minutes qu'il cogne à la porte pour qu'on vienne ouvrir.

— Fais-le entrer, fiston. J'arrive tout de suite.

Je courus dans la cuisine dans ma longue chemise de nuit et vis le visage de l'adjoint écrasé contre la vitre tel un monstre dans un film d'horreur.

Lui aussi m'aperçut et me fit signe de venir lui ouvrir.

J'obéis.

L'adjoint entra, l'air pressé, sans prendre la peine de s'essuyer les pieds, d'ôter son chapeau ou quoi que ce soit. Il frissonna de froid, m'adressa un salut de la tête, puis me demanda où était Lacy.

— Il a dit qu'il arrivait tout de suite, répondis-je.

L'adjoint embrassa la cuisine du regard et laissa son odorat le guider tout droit vers une marmite de haricots cuisinés que Lacy avait laissés là en vue de les passer à la poêle pour le petit déjeuner. Il ne souleva pas le couvercle mais se contenta de regarder la marmite d'un œil fixe. Je demeurai à côté de lui pendant ce qui me parut un temps interminable. Mais il ne dit pas un mot de plus. A ce moment-là, je sentis que j'avais les pieds glacés sur le linoléum car je n'avais pas mis de chaussettes.

Lacy entra dans la cuisine, enveloppé dans sa vieille robe de chambre verte, et tenta de nous distinguer dans l'obscurité. Il tâtonna vainement à la recherche du cordon de l'interrupteur ; je tendis la main au-dessus de la table de la cuisine et tirai le cordon de la suspension. Alors, toute la cuisine s'éclaira d'un seul coup. Lacy et moi clignâmes des yeux, éblouis.

L'adjoint passa devant moi et abattit sa main sur l'épaule de Lacy en lui faisant faire demi-tour. Il le saisit si violemment qu'il le fit presque pirouetter sur lui-même avant de le rattraper pour le pousser dans la direction où il souhaitait qu'il aille. Ils entrèrent dans le salon ; l'adjoint se retourna pour me lancer un coup d'œil et, levant le doigt, m'intima l'ordre de ne pas les suivre, mais je passai outre.

Lacy alluma la lampe près de la vitrine où maman exposait ses sujets en porcelaine, mais, au moment où j'allais entrer, il secoua la tête vers moi pour m'en dissuader. Je reculai d'un pas dans le couloir sans trop m'éloigner cependant, car j'avais compris que quelque chose de grave était en train de se passer et j'étais sûr que c'était en rapport avec maman. C'était forcé. Une douleur violente partit de mon estomac et vint me nouer la gorge. Je tendis l'oreille pour entendre ce qui se disait, mais c'était impossible. C'est alors que je perçus le hurlement des sirènes dans le lointain.

Brusquement, Lacy passa l'angle de la porte en faisant cogner sa canne contre le plancher et faillit tomber en la prenant dans mes jambes. Je me dégageai et le vis s'en aller sans un mot à sa chambre.

Je courus vers la mienne et enfilai une paire de

chaussettes, ma salopette et les nouvelles bottes de chasse que Lacy s'était procurées à mon intention. J'entendis un grésillement de brouillage radio en provenance de la cuisine. Je m'approchai sans bruit de l'embrasure, un pull à la main, et vis l'adjoint en train d'engouffrer un gros morceau de pain au maïs qu'avait confectionné Lacy, tout en parlant dans son talkie-walkie, la bouche pleine.

Il était question d'un incendie.

10

Les flammes jaillissaient des portes et des fenêtres comme d'immenses tentacules. Une longue flamme s'éleva du toit, près du bloc en ciment de la cheminée. De la banquette arrière de la voiture de patrouille où j'étais assis, j'arrivais à sentir, toutes vitres fermées, l'odeur âcre de la fumée et la chaleur qui s'en dégageait, tandis que je regardais les pompiers tenter d'éteindre le feu à l'aide des deux lances d'arrosage fixées au camion de la brigade volontaire de Sunnyside.

Je glissai un coup d'œil vers Lacy, assis à côté de moi sur la banquette arrière, mais son regard restait hypnotisé par le feu. La plupart de ses voisins de Town Heights étaient sortis dans leur jardin et, debout dans leur allée, contemplaient la maison de Lacy en proie aux flammes. Un homme tenait un seau de bois d'une main et, de l'autre, il serrait la menotte d'une petite fille.

Un pompier, vêtu d'un manteau épais et d'un casque noir, vint vers nous en courant, mais ses pieds glissèrent sur l'herbe mouillée et il chuta lourdement. En se relevant, il cria quelque chose et fit signe à la voiture de revenir.

L'adjoint Potts fit marche arrière sur environ quinze mètres et coupa le moteur. Lacy se pencha alors en avant pour lui dire quelques mots que je ne pus saisir. L'adjoint descendit de voiture, fit le tour et vint ouvrir la portière de Lacy. Ce dernier sortit du véhicule ; je voulais descendre moi aussi, mais il secoua la tête en signe de dénégation.

Lacy se tenait contre la voiture, appuyé sur sa canne, et je le vis lever les yeux vers le ciel à une ou deux reprises, puis reposer son regard sur sa maison. Je décidai malgré tout de sortir de la voiture puisque, de toute façon, la ville entière semblait s'être réunie là. Mais quand j'esquissai le geste d'ouvrir la portière, je m'aperçus qu'il n'y avait pas de poignée à l'intérieur. On ne pouvait pas non plus baisser les vitres.

Je restai assis tout seul pendant une minute, à regarder à travers la grille d'acier qui séparait les sièges avant de l'arrière du véhicule. Je me mis ensuite à cogner à la vitre mais, entre toute cette agitation et le hurlement des sirènes, il n'y avait aucune chance pour que l'adjoint ou Lacy puissent m'entendre. Je les aperçus s'avancer vers la maison. A cet instant, un énorme nuage de fumée vint envelopper la voiture et je ne vis plus rien. Je hurlai. Comme personne ne m'entendait, je me mis à crier encore plus fort. L'adjoint finit par se retourner et rebroussa chemin vers la voiture. Quand il ouvrit la portière, je bondis dehors sans lui demander la permission, et courus droit vers Lacy. Il lui fallut quelques minutes avant de s'apercevoir de ma présence, et c'est alors que le toit commença à céder. Toute la maison s'effondra en basculant d'un côté. Il y eut un gigantesque fracas et les flammes se mirent à jaillir de toutes parts.

Lacy se tenait appuyé des deux mains sur sa canne : des larmes brillaient dans ses yeux tout plissés. Je toussai deux ou trois fois à cause du vent qui emportait la fumée et la rabattait sur nous. Lacy vit alors que j'étais près de lui. Il me tapota dans le dos et nous regagnâmes tous deux la voiture.

Nous nous réfugiâmes à l'intérieur et fûmes rapidement rejoints par l'adjoint ; brusquement, toute la maison s'embrasa, forçant les pompiers à reculer. Ils commencèrent à arroser à la lance les maisons voisines ainsi que les mobile homes à proximité. Lacy me regarda, mais s'adressa à l'adjoint en lui disant :

— S'il vous plaît, ramenez-nous dans la montagne, monsieur.

L'adjoint se retourna et, comme toujours, se mordilla la lèvre inférieure avant de demander :

— Pourquoi tu ne restes pas ici pour la nuit, chez un de tes parents ? Je sais que t'as tout un tas de neveux et nièces qui vivent dans le quartier.

Lacy ne répondit rien et inspira profondément en frémissant.

— T'as bien un frère qui habite toujours ici, pas vrai, Slim ? s'enquit l'adjoint.

Lacy expira lentement l'air de ses poumons : il demeurait immobile, tel un rocher battu par les vents depuis des siècles.

— Non, monsieur.

— Eh bien, je vais emmener Charlie au bureau du shérif et nous essaierons de trouver une solution avec sa mère pour que quelqu'un reste avec lui. Il vaut probablement mieux que tu restes ici ce soir, avec ta famille... Comme ça, demain, tu seras sur place pour faire le nécessaire.

— Ramenez-nous à Duncan Hill, s'il vous plaît, monsieur, répéta Lacy.

— Je ne crois pas que ce soit une bonne idée.

— Faites ce que je vous demande, maintenant, insista Lacy.

— Ecoute, on va devoir te poser quelques questions et tout le toutim. Ça va prendre un bon bout de temps.

— Je suis épuisé et je dois retourner là-haut dormir quelques heures.

— Mais tu te fais pas de bile pour ta maison ?

— Il n'en reste rien. Je ne vois vraiment pas pourquoi je m'en ferais...

— Tu es assuré ?

— Non, monsieur.

— Bon, comme je t'ai dit, va falloir qu'on parle pour déterminer ce qui a bien pu causer le départ du feu, ce genre de choses...

— On fera ça demain matin, répondit Lacy.

— T'as une idée de ce qui a pu déclencher l'incendie ?

— Tout ce que je sais, c'est que l'intention était de détruire ma maison.

— Qu'est-ce que tu insinues ?

— Ce que je veux dire, c'est que le feu s'est peut-être déclaré tout seul, mais quelqu'un l'a peut-être aussi un petit peu aidé. Quoi qu'il en soit, je n'ai plus de maison.

L'adjoint repoussa son chapeau sur son front et alluma le plafonnier. Il fit marche arrière puis, en repartant, jeta un coup d'œil dans le rétroviseur et déclara :

— On va au bureau du shérif.

— Non, monsieur.

— Ecoute-moi bien, j'ai le droit de vous emmener pour vous poser quelques questions pour essayer de comprendre ce qui a bien pu causer l'incendie.

— Je crois que vous avez déjà votre petite idée sur la question, Earl. Et vous savez très bien que ce n'est pas moi qui ai délibérément mis le feu à ma propre maison, sapristi ! Alors, faites ce que je vous demande et ramenez-nous dans la montagne.

— Ainsi donc, tu penses que quelqu'un a mis le feu à ta maison ?

Pendant un long moment, Lacy ne répondit pas. Ses deux mains reposaient sur ses cuisses et il regardait fixement par la vitre de la voiture.

— Je descendrai au bureau du shérif demain vers midi, déclara Lacy, nous en reparlerons à ce moment-là.

Dans le rétroviseur, le regard de l'adjoint se posa brièvement sur moi avant de revenir sur Lacy.

— Je me disais juste que si tu avais des présomptions sur la cause de l'incendie ou sur la personne qui pourrait l'avoir allumé, il vaudrait mieux que tu le dises tout de suite à la police.

— Vous savez très bien qui peut avoir fait ça, rétorqua Lacy.

L'adjoint ne cessait de lui jeter des coups d'œil dans le rétroviseur.

— J'en ai pas la moindre idée, affirma-t-il.

— Ce sont les mêmes qui commettaient ce genre de bêtises quand j'étais petit, déclara Lacy. Aujourd'hui, je suis trop vieux et j'ai vu trop de choses dans ma vie pour qu'on essaie de jouer au plus fin avec moi. Et maintenant, ramenez-nous à Duncan Hill, conclut-il.

Au fur et à mesure de l'échange, Lacy avait haussé le ton et sa voix s'était mise à trembler d'indignation. Je ne l'avais jamais vu aussi furieux.

L'adjoint secoua la tête et son visage s'éclaira d'une joie malsaine, semblable à celle du garçon que j'avais aperçu un jour en train de maltraiter le chat de sa mère. Je m'étais dit qu'il y prenait manifestement du plaisir.

Nous roulâmes en silence pendant les quelques kilomètres qui nous séparaient de la maison. L'adjoint avait éteint le plafonnier mais je voyais encore son regard se poser sur Lacy, de temps en temps. Quand nous arrivâmes sur la Grand-Rue et que la voiture commença à monter la côte de Duncan Hill, Lacy me tapota la main en me disant que tout irait bien.

— Je suis vraiment désolé pour ta maison, Lacy, compatis-je.

Il me regarda en branlant du chef ; ma gorge se noua et je me mis à pleurer en voyant ses yeux encore tout humides de larmes.

— Chut... Ça va aller, tenta-t-il de me consoler. Ce n'est pas une grande perte, de toute façon.

— Mais tu n'as plus de maison !

— Ah, ça non.

— Qu'est-ce que tu vas faire ?

Lacy se moucha et replia son mouchoir, puis se mit à le tordre machinalement.

— Eh bien, je possède toujours le bout de terrain où se trouvait ma maison. A mon avis, il y a de fortes chances pour qu'il soit toujours là demain matin, dit-il finalement.

Nous descendîmes de voiture et l'adjoint redémarra sans un mot ; Lacy et moi gravîmes le perron et nous arrêtâmes sous la véranda.

Nos deux regards se portèrent vers le nord, de l'autre côté de la ville, par-delà le palais de justice, par-delà les petites maisons et les clochers des églises qui se détachaient en silhouettes plus claires dans la nuit. Au-delà, il n'y avait que les ténèbres et un promontoire rocheux connu sous le nom de Town Heights, surplombant le grand méandre de la rivière.

J'apercevais les gyrophares rouges d'un camion de

pompiers qui tournait en cercles incessants autour de la maison de Lacy, toujours la proie des flammes. La lumière de l'incendie était encore si vive que j'arrivais à distinguer les caravanes et les cabanes avec leurs toits de tôle ondulée qui brillaient sous leurs tas de pneus. Ensuite, le vent tourna et la fumée se mit à s'enrouler en spirale comme un serpent, puis commença à refluer vers la montagne. La fumée s'étirait lentement : on aurait dit qu'un gros nuage sombre était sur le point de recouvrir tout Sunnyside.

Lacy leva le nez et huma l'air longuement. Je crus qu'il sentait l'odeur de la fumée.

— Le temps se gâte, déclara-t-il.

Nous mangeâmes le plat de haricots frits accompagnés de biscuits recouverts de tranches de pêches que Lacy avait fait poêler en les saupoudrant de cassonade. Ensuite, nous allâmes tous deux nous recoucher quelques heures. L'aube se levait et je ne pensais pas pouvoir fermer l'œil ; Lacy ne dormait pas non plus, je le savais aux craquements incessants du plancher de sa chambre. Je compris qu'il faisait les cent pas en reconnaissant le bruit caractéristique de sa canne contre le sol.

Je réussis pourtant à m'assoupir et dormis longtemps ; à mon réveil, le jour était déjà bien avancé et la maison était glaciale. J'ouvris les rideaux avec l'air ahuri de celui qui s'est réveillé trop tard et n'en crus pas mes yeux. La neige tombait à gros flocons et recouvrait le sol d'une blancheur immaculée. En plus, on était encore loin de Thanksgiving ! Je souris d'un air béat en priant pour qu'il continue de neiger et que l'école soit fermée, ainsi je n'aurais plus besoin de faire l'école buissonnière.

Je courus réveiller Lacy. Je poussai la porte de sa chambre, mais elle était vide et son lit, quasiment intact. Je vérifiai dans la salle de bains mais il n'y était pas non plus. Alors, je m'en fus le chercher en l'appelant dans toute la maison, sans obtenir de réponse.

Peut-être était-il quelque part dehors ? J'enfilai mes vêtements. J'allais passer la porte de ma chambre quand j'aperçus le mot que Lacy avait laissé sur mon bureau. Il ne savait pas très bien écrire mais avait tracé au crayon à papier un court message en lettres majuscules : il lui fallait aller en ville mais il serait rentré avant l'heure du dîner. Dans sa dernière phrase, il me recommandait de rester vigilant car le mauvais temps allait s'aggraver ; il disait aussi que nous devions discuter de certaines choses, lui et moi. Je suivis son conseil à la lettre et me tins à l'abri car Lacy ne se trompait jamais sur le temps qu'il allait faire et s'il avait des choses à me dire, c'était probablement dans mon intérêt. J'alimentai le poêle quand le besoin s'en fit sentir et mangeai des céréales dans du lait froid en regardant à tour de rôle la neige et la télévision.

Mais à l'heure du dîner, Lacy n'était toujours pas rentré.

Quand la nuit tomba, je commençai à m'inquiéter de son absence. Lacy était si vieux ! Je savais qu'il n'y voyait rien dans le noir, il conduisait comme un manche et la neige n'avait pas cessé de tomber de toute la journée… Je réfléchis longuement à la situation puis finit par essayer de joindre Malcolm Boone. Une dame âgée décrocha en disant :

— Vous êtes bien à la résidence de Malcolm Boone.

Et m'apprit que Malcolm était en déplacement professionnel et qu'il ne serait pas rentré avant le surlendemain. Je ne savais plus vers qui me tourner, alors j'appelai la prison et demandai à parler à maman. On m'avait déjà laissé lui dire quelques mots quand j'avais essayé de la joindre pour voir si on m'autoriserait à lui parler, en cas de besoin.

Le gardien me demanda la raison de mon appel. Je ne voulais pas la lui donner mais il refusa de me passer maman si je ne lui répondais pas. Alors, je lui expliquai que Lacy était en retard pour le dîner et qu'il faisait nuit depuis déjà un bon bout de temps.

Le gardien ne me laissa pas parler à maman mais il me promit qu'il lui transmettrait le message et que Lacy allait probablement rentrer bientôt.

J'attendis jusqu'à minuit en jetant des coups d'œil toutes les cinq minutes à la pendule. Les deux chaînes de télévision que nous recevions de Roanoke et de Beckley finirent par cesser leurs retransmissions sur l'air de *America the Beautiful* tandis que la bannière étoilée flottait à l'écran.

Je rappelai la prison et le téléphone sonna environ

une vingtaine de fois avant que quelqu'un ne vienne décrocher : c'était le même homme que tout à l'heure. Il n'avait pas l'air du tout ravi de m'entendre de nouveau.

Je m'apprêtais à lui expliquer qui j'étais pour la troisième fois d'affilée, quand j'entendis qu'on frappait à la porte. Je pris peur et restai figé jusqu'à ce que je reconnaisse la voix de Lacy.

Je lançai : « Laissez tomber ! » à l'homme au téléphone, raccrochai et ouvris grand la porte.

Lacy était là, titubant comme un homme ivre, et semblait mort de froid. Il ne portait ni sa casquette de base-ball ni son manteau, et son expression me parut bizarre, jusqu'à ce que je m'aperçoive qu'il n'avait pas non plus ses lunettes.

Sur le moment, je ne parvins pas à prononcer le moindre mot et attendis qu'il entre dans la maison et me dise quelque chose. Enfin, il fit un pas sur le seuil, tremblant de tous ses membres. Il laissa tomber le gros bâton sur lequel il s'appuyait : qu'avait-il donc fait de sa canne ? Je dus le soutenir pour qu'il ne s'écroule pas et il se retint des deux mains au chambranle de la porte. Je me rendis compte qu'il n'avait ni chaussures, ni chaussettes et que ses pieds étaient enveloppés dans des chiffons.

Il me tapota légèrement l'épaule, puis posa un pied par terre et avança d'un pas en m'agrippant le bras de toutes ses forces. Il clopina jusqu'à l'intérieur du salon et me désigna du doigt une chaise inconfortable située dans un coin.

— Tire-la près du poêle, me demanda-t-il d'une voix si aiguë et si éraillée qu'elle était à peine audible.

Il me lâcha le bras et je m'empressai de faire ce qu'il m'avait demandé. Il s'assit avec lenteur, comme si ses os menaçaient de se briser à tout moment. Il parvint néanmoins à s'installer correctement et tenta de dire quelque chose que je ne compris pas.

— Apporte-moi une couverture, arriva-t-il enfin à articuler.

Je courus la lui chercher ; à ce moment-là, je sentis une drôle d'odeur. Je pilai net et me retournai. Lacy leva les yeux vers moi en tentant de déchiffrer mon regard. Il lut la perplexité sur mon visage et m'expliqua :

— J'ai eu un petit accident dans mon pantalon, fiston.

Sans faire de commentaire, je courus à ma chambre et sortis deux couvertures de l'armoire. En revenant, je fis tomber la neige qui lui recouvrait encore les épaules avant de l'emmitoufler chaudement. Lacy me désigna ses pieds de son long doigt qui tremblait de façon incontrôlée. Je lui enlevai une des couvertures et voulus la lui envelopper autour des pieds. Mais les chiffons qui les lui entouraient étaient tout mouillés ; je décidai d'abord de les lui retirer et entreprit ensuite de lui enrouler la couverture autour des jambes. Je touchai l'un de ses pieds, il était glacé.

Lacy hocha la tête d'un air satisfait, mais il grelottait toujours.

Je me précipitai dans la cuisine, remplis le filtre à café à ras bord, ajoutai de l'eau dans le percolateur et le mis en marche. Ensuite, je versai une soupe de légumes en conserve qu'avait préparée maman dans une casserole et la mis à chauffer sur la cuisinière.

— Viens ici, entendis-je.

Je retournai dans le salon au son du faible appel de Lacy, allumai une lumière supplémentaire et fus effrayé à sa vue. L'état de Lacy semblait s'être aggravé entretemps : sa peau ressemblait à celle des momies que j'avais vues dans les manuels scolaires et son regard était complètement embrumé. Il avait l'air tellement dans les vapes qu'on aurait dit qu'il avait bu, mais je savais qu'il n'en était rien.

— Qu'est-ce qui s'est passé ? demandai-je.

Lacy ne répondit pas. Il se pencha en avant vers le poêle en se frottant les mains pour les réchauffer, puis essaya alternativement de serrer et de desserrer les poings.

— Tu veux que j'appelle le médecin ? m'enquis-je.

Lacy secoua la tête.

— Tu as vraiment l'air mal en point, Lacy…

A ce moment-là, je me rendis compte que je n'avais pas vu de phares ni entendu le moteur de la camionnette de papa avant que Lacy ne vienne frapper à la porte, et pourtant j'avais guetté pendant des heures. Je courus à la fenêtre, m'efforçai de voir quelque chose à travers les flocons qui ne cessaient de tomber : la camionnette n'était pas garée devant la maison. Je repartis en courant dans la cuisine et regardai par la fenêtre de côté : elle n'était pas là non plus.

— Où est la camionnette de papa ? criai-je de la cuisine.

Pas de réponse. Je retournai dans le salon ; Lacy essayait péniblement d'étendre la jambe vers le poêle.

Je lui apportai un tabouret pour qu'il puisse y faire reposer ses pieds. Je l'interrogeai alors :

— Tu as eu un accident ?

Il secoua la tête.

— Où est la camionnette de papa ?

— Appelle Malcolm, articula-t-il.

— J'ai déjà essayé mais il n'est pas chez lui.

Le corps de Lacy fut secoué par un sursaut d'une extrême violence, puis il hocha la tête.

— Qu'est-ce qui s'est passé ? lui demandai-je de nouveau.

Il ne répondit rien et demeura immobile pendant un moment avant de se remettre à trembler comme une feuille.

— Tu veux que j'aille te chercher ta pipe ?

Il murmura un vague assentiment.

— Où sont tes vêtements ? demandai-je.

Les yeux de Lacy se plissèrent jusqu'à devenir une simple fente ; j'eus l'impression qu'il allait fondre en larmes ou qu'il était en proie à une douleur terrible, je ne sais trop quoi.

— Des hommes m'ont emmené avec eux en voiture. Ce sont eux qui m'ont pris mes vêtements.

— Mais pour quoi faire ?

— Pour rien, par pure méchanceté.

— Où est-ce qu'ils t'ont emmené ?

— Je ne sais pas.

— Comment ça ?

Lacy secoua la tête, toujours tremblant de tous ses membres.

— Tu ne veux pas que j'appelle un docteur ?

Du bout des doigts, il effleura ma main qui pendait le long de mon corps crispé par la tension nerveuse. Il tenta d'inspirer profondément et me pria encore une fois d'appeler Malcolm en disant que Lacy Coe avait besoin de lui parler et que ça ne pouvait pas attendre.

— Mais il n'est pas là…

— Ils sauront où le joindre.

— Tu veux que je l'appelle là, tout de suite ?

— Tout de suite, fiston, insista-t-il.

— Lacy, il s'est passé quoi quand ils t'ont emmené ?

— On en reparlera une autre fois, répondit-il.

— Tu veux que j'appelle le shérif ?

Lacy sursauta dans ma direction mais son regard restait complètement dans le vague. Il secoua la tête et se retourna vers le feu.

11

Le lendemain matin, je fus réveillé par le rugissement du moteur de la Cadillac de Malcolm, fonçant sur la route de Duncan Hill en faisant crisser ses pneus dans les virages. Un coup d'œil furtif à la fenêtre de ma chambre me permit d'apercevoir deux hommes dans la voiture. Le conducteur ressemblait à M. Brewster, qui travaillait avec Malcolm à son cabinet d'avocats. La voiture dérapa à deux reprises dans la neige et faillit atterrir dans le fossé. Cela n'empêcha pas pour autant M. Brewster de repartir en accélérant davantage à chaque embardée. Il parvint enfin à atteindre la maison. Il y avait bien trente centimètres de neige sur le capot de la Cadillac et les flocons ne cessaient de tomber.

J'enfilai mes vêtements en toute hâte, allai ouvrir la porte et fus saisi par une bourrasque d'air glacé. J'étais si heureux de voir autant de neige que je ne savais plus où donner de la tête. J'avais beau avoir prié pour que le mauvais temps persiste, je fus stupéfait à la vue de l'énorme congère qui recouvrait la véranda de maman : je n'avais jamais vu autant de neige accumulée ! C'est ensuite que j'aperçus un gros véhicule tout-terrain de couleur grise que je ne connaissais pas, garé juste à l'angle de notre cour. Il était haut sur roues et équipé d'une barre de gyrophares rouges et bleus à l'avant du toit. Sur la portière était peint le sceau de l'Etat de Virginie représentant une dame enroulée dans un drap, le pied posé sur un type allongé par terre. Au volant se trouvait un homme que je n'avais jamais vu.

Malcolm jaillit du siège passager de la Cadillac, coiffé d'une toque de fourrure. Il me salua de la main mais au lieu d'aller vers la maison, il se dirigea vers le gros tout-terrain gris pour aller dire quelques mots au conducteur qui baissa la vitre et passa la tête à l'extérieur. Malcolm enveloppa la maison d'un grand geste en lui parlant à cent à l'heure ; il avait vraiment l'air en colère contre cet homme, un parfait inconnu. Quand il eut terminé, il agita encore la main dans ma direction et remonta en voiture. Je lui rendis son salut et refermai la porte pour éviter que davantage d'air froid ne pénètre dans la maison. Néanmoins, je continuai de les observer par la fenêtre, lui et M. Brewster, redescendre la colline. La Cadillac coupa carrément à travers deux cours avant d'arriver à se remettre sur la route. La voiture n'y resta cependant pas longtemps et ils faillirent percuter le mur de pierres entourant le verger de M. Tate. Mais, finalement, la Cadillac effectua un tour complet sur elle-même, repartit et disparut de mon champ de vision. Je n'avais jamais vu une telle démonstration de conduite : j'avais encore dans l'oreille les crissements des pneus et le rugissement du moteur de la voiture. Aussi curieux que cela puisse paraître, on aurait dit que c'était Malcolm le responsable de tout ce vacarme.

Presque à l'instant où je refermais la porte, j'entendis les pas de Lacy derrière moi. Une odeur de café flottait dans toute la maison ; il s'en était donc déjà fait avant que je me lève. J'étais inquiet de savoir dans quel état j'allais le trouver, mais, à première vue, Lacy semblait s'être réchauffé et, de façon assez inexplicable, paraissait même joyeux. Il avait malgré tout l'air encore faible, je le voyais à sa façon de marcher en titubant.

— Tu vas bien, Lacy ? demandai-je.

Il se figea brusquement.

— Pourquoi, j'ai l'air comment ?

— Plutôt bien.

— Alors, c'est que c'est vrai, conclut-il.

Je hochai la tête et ouvris le rideau de la fenêtre.

— C'est qui ce type dehors dans le gros tout-terrain ?

Lacy ne regarda pas dans la direction que je lui indiquais car il se dirigeait à pas comptés vers la cuisinière. Je le suivis et il resta une minute le dos tourné à moi.

— Je n'ai pas souvenir d'une telle tempête de neige au mois de novembre, observa-t-il.

Il se retourna en s'aidant d'une canne noire à pommeau blanc que je ne lui avais jamais vue. Il la coinça sous une aisselle et étendit les mains au-dessus de la cuisinière pour les réchauffer.

— Tu sais qui c'est, ce type ?

— Assieds-toi, fiston, répondit Lacy.

A son ton, je compris qu'il allait enfin m'expliquer tout ce qui s'était passé ces derniers jours. Il allait me parler d'homme à homme, pas papoter tout en préparant le petit déjeuner, ce qu'il ne semblait d'ailleurs pas avoir l'intention de faire pour le moment. Heureusement, car mon estomac me faisait atrocement souffrir après cette longue nuit.

Je m'assis à la table ; il jeta une ou deux bûches que j'avais fendues dans le fourneau de la cuisinière et vint s'installer près de moi, dans sa vieille robe de chambre. Il portait de nouveau ses lunettes. Elles avaient l'air toutes tordues.

— Tu as retrouvé tes lunettes.

— J'en ai d'autres paires en réserve que j'ai achetées au drugstore, dit-il en guise d'explication.

Je hochai la tête et me mis à le détailler de pied en cap. Il avait l'air presque normal, bien mieux en tout cas qu'hier soir à son arrivée en pleine nuit, mais son corps était encore parfois parcouru de frissons.

— Tu veux que j'ouvre le tirage de la cuisinière ? demandai-je.

Lacy se pencha pour regarder attentivement le réglage du mécanisme avant de reporter son regard sur moi.

— Non, je vais me chauffer directement au-dessus.

Nous restâmes assis, face à face, sans que Lacy fasse

mine de vouloir parler. Il demeurait immobile. Sans fumer sa pipe, ni rien.

— Tu as quelque chose à me dire ? demandai-je finalement.

Il inspira profondément.

— Oui, m'sieur. Malcolm a parlé au juge et ils ont décidé de nous donner un peu de compagnie pendant quelques jours, jusqu'à ce que le procès de ta mère soit terminé.

— Quel genre de compagnie ?

— Ils vont mettre un policier en faction dehors.

J'allai jeter un œil à la fenêtre au-dessus de l'évier et ne reconnus pas l'homme au volant de la voiture. Il ne ressemblait à aucun des policiers de ma connaissance.

— Il appartient à la police d'Etat, finit par dire Lacy.

— La police d'Etat ?

Lacy opina du chef.

— Pourquoi il faut qu'il reste planté dehors comme ça ?

— D'après ce que j'ai compris, c'est systématique dès qu'il y a un procès important dans une petite ville comme Sunnyside, c'est pour s'assurer que personne ne commette de bêtises. D'après Malcolm, c'est la procédure de routine pour que tout se déroule correctement pendant le procès. Il a dit que c'était normal et qu'il ne fallait pas s'inquiéter.

La dernière fois que Lacy avait parlé de « bêtises », c'était au sujet de l'incendie de sa maison.

— Quel genre de bêtises ? demandai-je.

— J'en sais trop rien.

— Tu as découvert si c'est bien quelqu'un qui avait mis le feu à ta maison, hier ?

Lacy secoua la tête.

— Tu crois que tu le sauras un jour ?

— Je ne pense pas, non.

— Mais tu crois pourtant que quelqu'un l'a fait exprès…

— J'en sais rien.

— Et ce policier dehors, il a quelque chose à voir avec les hommes qui t'ont pris tes vêtements la nuit dernière ?

Lacy pointa l'index vers moi comme s'il s'apprêtait à dire quelque chose, puis se ravisa et se tourna de nouveau vers la cuisinière. Il vérifia une fois de plus le tirage et augmenta un peu la sortie d'air chaud à l'aide de sa canne.

— Ils veulent juste être sûrs que tout se passe bien pendant le procès, je te dis. Malcolm a tout arrangé avec la police d'Etat. Il a dit que c'était la procédure habituelle.

— Personne ne va mettre le feu à la maison de papa, hein ?

Lacy se retourna vers moi.

— Ecoute-moi bien, personne ne va faire quoi que ce soit contre ta maison.

Il avança d'un pas vers moi pour vérifier si je le croyais, puis, rassuré, cessa de me regarder et sortit une pipe marron foncé que je voyais pour la première fois. Il en essuya le tuyau avec un mouchoir, l'éleva à hauteur de ses lunettes et se mit à l'étudier sous tous les angles en la caressant du pouce.

— Je crois que c'est juste une manière pour la police de se faire payer des heures supplémentaires avant Noël. Y a pas à chercher plus loin.

Mais il en fallait plus pour me duper : Lacy me dissimulait sûrement certaines choses. Comme quelques heures avant, quand il m'avait raconté que des types l'avaient fait monter dans une voiture pour aller faire un tour dans la campagne, puis l'avaient déposé au pied de Duncan Hill en gardant certains de ses vêtements. Il avait prétendu qu'ils avaient agi ainsi par pure méchanceté mais moi, je savais que c'était lié au fait qu'il s'occupait de moi.

— Tu vas partir d'ici ? lui demandai-je.

Lacy porta sa pipe vide à sa bouche. Il fit cogner l'extrémité de sa nouvelle canne contre le sol et alla d'un pas traînant à la fenêtre pour jeter un coup d'œil à l'extérieur.

— Il n'y a rien de plus beau que la neige de bon matin, commenta-t-il.

— Lacy, les gens ne veulent pas que tu restes ici avec moi.

Il revint à sa place avec moult précautions, mais

dut s'asseoir en catastrophe car ses jambes refusaient de le porter.

— On dirait que c'est à cause de ça que tu as des problèmes, poursuivis-je.

— Avec moi, tu ne risques rien ici, autrement, je ne serais pas là. J'ai parlé aux gens qui s'occupent de ces choses-là, ils savent tout ça, eux. C'est chez toi, ici, et tu y es parfaitement en sécurité, comme avant. Ne va pas t'imaginer autre chose.

— Mais je n'ai pas peur pour moi, Lacy…

— Eh bien, moi, je préfère rester ici, si ça ne te dérange pas.

— Ça ne me dérange pas, affirmai-je.

— Tout va bien, Charlie. Et moi aussi, je suis en sécurité ici, alors ne t'inquiète pas pour ce genre de choses. Tout ça va bientôt finir. Tu veux prendre un petit déjeuner ?

— Alors, comme ça, tu ne crois pas que quelque chose puisse t'arriver ? m'enquis-je.

— Non, m'sieur.

— Et pourquoi ?

— Parce que ça n'arrivera pas.

— Mais pourquoi ?

— Eh bien, parce que je crois que la personne qui pourrait me vouloir du mal ne peut plus rien faire contre moi. On ne peut pas enlever grand-chose d'autre à un vieux bonhomme qui n'a déjà plus rien. Les gens qui haïssent les Noirs et les maltraitent alors que ceux-ci ne leur ont jamais rien fait, sapristi… Eh bien, leur règne est en train de s'achever, vois-tu. Mais certains d'entre eux ne l'ont pas encore compris.

— C'est qui, ces gens ?

— Personne ne le sait vraiment.

Je me mis à songer que Lacy avait du courage, bien plus que moi.

— Tu devrais rentrer chez toi à Town Heights, Lacy. Là-bas, les gens sont gentils avec toi.

Il alla au placard d'où il sortit une tasse et une soucoupe, puis se versa du café au percolateur : noir, sans lait, comme il avait appris à l'apprécier à l'époque où il était dans l'armée. Il ne manquait jamais de me le faire remarquer.

Il avait du mal à bien viser la tasse, mais je ne lui offris pas mon aide, imitant ainsi papa qui le laissait toujours se débrouiller tout seul. Avec un torchon, Lacy épongea les quelques gouttes de café qu'il avait fait tomber dans sa soucoupe et retourna à la table, où il déposa la tasse.

— La plupart des habitants de Town Heights se sont fâchés contre moi, il y a de ça des années. Par ma faute.

J'attendis la suite, immobile. Jamais je n'avais entendu parler d'une quelconque querelle entre les habitants de Town Heights — j'avais d'ailleurs du mal à concevoir qu'on puisse en vouloir à Lacy. Mais, ensuite, il me revint que les gens de couleur évitaient d'adresser la parole à Lacy quand ils venaient au magasin de papa. Ce dernier m'avait dit que, dans son enfance, Lacy était le seul Noir à assister à des réunions en ville et à prendre la parole au nom des habitants de Town Heights. Il faisait du foin à tel ou tel propos, à la manière d'un avocat : il gesticulait avec sa pipe et parlait d'une voix forte en regardant les gens droit dans les yeux, m'avait raconté papa. Il était un peu comme le maire des habitants de Town Heights, même s'ils n'en avaient pas. Il fallait tout de même qu'il soit apprécié des gens pour que ceux-ci le laissent s'exprimer en leur nom !

— Tu mangerais quelques œufs au jambon de campagne si je te les faisais frire ? demanda-t-il.

La seule idée de manger me soulevait le cœur. Comment pouvait-il songer au petit déjeuner ?

— Mais alors, les gens ne t'aiment pas à Town Heights ?

— C'est pas tant qu'ils ne m'aiment pas, c'est que je n'ai pas été à la hauteur de leurs espérances. J'ai laissé tomber certaines choses il y a de ça un bon bout de temps et j'aurais pas dû. Ils se sont sentis trahis.

— Qu'est-ce que tu as laissé tomber ?

— J'ai arrêté de combattre certaines choses, fiston.

— Quelles choses ?

— J'ai cessé de lutter pour que les Noirs soient traités un peu plus équitablement dans le coin.

— Pourquoi tu as arrêté de lutter pour les Noirs ?

L'expression de Lacy se durcit et il prit encore plus de temps que d'habitude pour bourrer sa pipe et l'allumer dans les règles de l'art. Mais quand ce fut fait, il la garda au creux de la main en se contentant de regarder le tabac se consumer.

— J'ai pris leur défense une ou deux fois dans ma jeunesse, mais je n'ai jamais eu le cran d'aller plus loin. Tu sais, quand il faut y aller, je ne suis pas du genre courageux. Le courage exige beaucoup de volonté, vois-tu, car c'est un chemin difficile où tu te retrouves très vite tout seul. C'est bien plus facile de rester loin de l'agitation avec les autres, tranquillement installé à l'ombre de sa véranda.

— Ou assis sur une chaise au magasin de papa ?

Lacy me regarda longuement avant de hocher imperceptiblement la tête.

— Ça fait un bail que je me suis détourné de la laideur du monde et des hommes. Je suis devenu un de ces types qui se laissent effaroucher par certains Blancs, un de ceux à qui l'on peut s'attaquer sans que personne y trouve à redire. Tu comprends ce que je dis ?

Je fis non de la tête.

— Les gens d'ici me considèrent comme un lâche, Charlie.

Je n'en croyais pas mes oreilles. Et il disait ça comme ça, tranquillement, en me regardant droit dans les yeux comme s'il y croyait, lui aussi ! Sa bouche se referma sur sa pipe et il en tira lentement plusieurs bouffées.

— Alors, c'est pour ça que tu restes ici ? Tu essaies de prouver à tout le monde que tu n'es pas un lâche ?

Parce qu'il y a des gens qui ne veulent pas que tu restes ici avec moi ?

Lacy fit mine de vouloir me tapoter la main mais je reculai vivement.

— Non, fiston, répondit-il. Tu vois, je crois tout simplement que ton père aurait aimé me voir ici, étant donné les circonstances… S'il y a bien une chose dont je sois sûr, c'est celle-là, sapristi, et en plus, je dois bien ça à ton père. On a toujours été bons amis, toi et moi, et d'ailleurs je trouve que c'est une bonne chose qu'un jeune garçon ait une personne plus âgée auprès de lui, de même que ça fait du bien aux vieux de fréquenter un peu de jeunesse. C'est pas plus compliqué que ça.

— Pourquoi tu le dois à papa ?

Lacy se remit à tirer sur sa pipe, mais cette fois il l'ôta rapidement de sa bouche en me désignant avec, tandis que je restais à le regarder la pointer vers moi d'une main tremblante.

— Parce que c'était un homme bien et qu'un jour il m'a sorti d'un sacré pétrin. Hum… Et puis il m'a offert un endroit où passer mes journées, à l'époque où je n'avais plus ma place nulle part. Et puis ton père m'appelait monsieur Coe devant les Blancs et, dans le coin, on te regarde de travers si tu traites un Noir correctement devant tout le monde. Il était habité par cet esprit de justice. Il s'est toujours montré bon envers les habitants de Town Heights. Ton père soutenait la justice, fiston. Et toi aussi, tu l'imiteras en grandissant. C'est d'ailleurs ce que tu fais déjà en soutenant ta maman, alors que c'est loin d'être facile en ce moment.

A ces mots, je fus pris de nausées car, la plupart du temps, je ne soutenais pas maman. J'étais bien trop occupé à me défendre moi-même et à chercher des gens pour m'y aider, pour pouvoir soutenir qui que ce soit. Un long silence plana sur la cuisine. Lacy souhaitait-il donc que je l'appelle monsieur Coe, comme papa ? Je lui posai la question.

— Non, je veux que tu continues à m'appeler Lacy. Je t'ai dit de m'appeler comme ça quand tu m'as demandé mon nom, tu étais haut comme trois pommes… C'est juste que les Blancs m'ont toujours donné tout un tas de surnoms, mais ils ne m'ont jamais appelé monsieur Coe, à la façon dont un jeune Blanc s'adresse à un autre Blanc. Ce genre de choses compte beaucoup pour un vieil homme noir. C'est peut-être stupide, mais c'est la stricte vérité. Ça, tu peux me croire.

J'observai Lacy, assis les deux pieds posés côte à côte sur le sol comme à son habitude. Il ressemblait toujours à un vieux loup de mer sur sa chaise, sûrement pas à un lâche. Il avait juste l'air d'un très vieux loup de mer complètement épuisé.

— J'ai toujours pensé que tu avais du courage, Lacy, déclarai-je.

— Non, m'sieur. J'aurais bien aimé en avoir. Mais, de toute façon, si je suis là aujourd'hui, c'est pas par courage, alors tout ça n'a pas vraiment d'importance. J'ai simplement promis à ta mère que je viendrais l'aider, et tant qu'elle voudra que je reste ici, et que tu ne verras pas d'objection à ma présence, je compte bien tenir mon engagement.

— Même si les autres ne sont pas d'accord pour que tu restes ?

— Je ne suis plus d'humeur à me laisser impressionner par la satanée bande d'abrutis qui écume cette colline. Au bout d'un moment, ça vous épuise un homme de tourner le dos aux vrais problèmes en s'enfuyant au lieu d'agir, tu sais. Allez, et maintenant, on va manger un morceau. Que dirais-tu d'une bonne fricassée de jambon au café sur du pain au maïs ?

Je secouai la tête, l'estomac retourné. J'aurais préféré ne plus lui poser de questions, car, au fur et à mesure que j'apprenais des choses, la réalité m'apparaissait sous un jour encore pire : je me sentais complètement déboussolé. Mais pourquoi tant de Blancs haïssaient-ils les Noirs comme Lacy l'avait mentionné auparavant ? Je l'interrogeai à ce sujet.

— Pour t'expliquer tout ça, il faudrait quelqu'un qui ait fait des études ! Moi, je sais que c'est très jeune qu'on apprend à haïr les gens. C'est difficile de faire changer un homme qui a grandi dans la haine.

— Pourquoi ?

— Parce qu'il n'y a rien de plus simple que de haïr quelqu'un. Ça ne demande aucun effort, tu comprends ?

— Ah bon ?

— Non, m'sieur, parce qu'on n'a plus à se soucier de rien ni de personne. La haine est un sentiment de flemmard. Un sentiment sombre. Les gens qui vivent dans la haine ne se préoccupent pas de regarder au fond de leur cœur, vois-tu, ni de tirer les enseignements de leurs propres erreurs. La haine est aussi un sentiment dangereux. On l'abrite tous en nous mais elle n'amène jamais rien de bon.

— C'est jamais bon la haine ?

— Il faudra que j'y réfléchisse.

— Mais en général ?

— Eh bien, là, nous sommes en train de parler d'une espèce de haine viscérale, où les gens se contentent de haïr ou de maltraiter d'autres personnes sans même les connaître assez pour savoir s'ils doivent les détester ou non.

— Et est-ce que les Noirs détestent les Blancs ?

— Certains, oui.

— Tous les Blancs ?

— Je crois que oui. Tu vois, la haine est comme un brasier qui ne s'éteint jamais entre certains Noirs et certains Blancs. Mets-y un peu d'huile et tu cours au désastre.

— Mais ces Noirs-là, ils ont de bonnes raisons de haïr tous les Blancs ?

— Non, m'sieur, répliqua Lacy. Et ça vaut aussi pour les Blancs qui détestent tous les Noirs. Je crois que le pire avec les gens d'ici, c'est qu'ils ne sont jamais sortis de leurs vallées et de leurs montagnes pour aller voir ailleurs à quoi ressemblent les gens et leur façon de vivre. Certains des habitants de cette colline n'iraient pas à seulement trois kilomètres de la rivière pour faire un bon repas même si quelqu'un du coin les invitait. C'est bien trop éloigné de leur petit monde, tu comprends ? Leur univers se borne à cette colline, à cette montagne, alors que Sunnyside n'est rien de plus qu'un minuscule point perdu sur la carte. C'est comme les gens d'ici : tous des bons chrétiens qui vont à la messe et font leurs prières le soir. Y a pas de mal à ça, remarque bien. Ah, ça non, m'sieur ! Moi aussi, je dis parfois quelques prières — je ne te dirai pas à qui parce que ça ne regarde que moi —, mais je n'oublie jamais de m'agenouiller pour implorer le Tout-Puissant et lui rendre grâce.

» Mais il y en a tant parmi eux qui te diront qu'ils sont les seuls à vraiment connaître le Seigneur. Et si tu n'adores pas le même Dieu qu'eux, si tu te comportes différemment, ils sont capables de se monter contre toi, alors qu'à vrai dire ils ne croient à cette religion-là que parce qu'on les a élevés dedans. Ils ne veulent rien entendre d'autre, ils ne veulent pas essayer de changer de mentalité. Et puis lorsqu'ils atteignent un certain âge, alors là, peine perdue, ils n'écoutent plus rien ni personne parce que toute leur vie on leur a seriné qu'un homme qui ne croit pas au même Dieu qu'eux a tort. Ils le prennent pour le diable incarné, tu comprends, mais ils se trompent, fiston. Ils se laissent gouverner par leurs préjugés et leurs émotions. Et certains d'entre eux vont même jusqu'à prétendre que ces hommes sont mauvais parce qu'ils croient en quelque chose de différent. Pour eux, ce sont des pécheurs, en tout cas, pas des gens qui pourront aller au ciel.

» La vérité, c'est que si ces gens-là étaient nés ailleurs, on leur aurait inculqué une autre religion et ils lèveraient le poing de la même façon qu'aujourd'hui, mais pour clamer que cette autre religion est la seule véritable, et que, si tu n'y crois pas, tu te trompes. Tu comprends ce que je suis en train de dire ?

Je secouai la tête.

— J'essaie tout simplement de t'expliquer pourquoi ces gens dont je te parle continuent d'avoir cette mentalité totalement dépassée, comme leurs parents avant eux. Ça les rassure, tu comprends. Ça leur permet de dormir sur leurs deux oreilles. Le monde n'a de sens pour eux qu'à condition qu'ils trouvent un peu d'argent dans leurs poches à leur réveil et qu'on leur fiche la paix, toujours selon leurs principes. Mais quand, dans une petite ville, trop de gens importants raisonnent de la même manière, ça ne vaut rien. Ils sont capables de combattre toute personne qui ne leur ressemble pas, qui ne pense pas ou ne vit pas comme eux. Maintenant, je voudrais te poser une question, mais tu n'es pas obligé d'y répondre.

Je me redressai sur ma chaise tant il avait l'air sérieux.

— Crois-tu qu'il y ait un Dieu là-haut dans le ciel qui juge un type selon la couleur de sa peau, fiston ?

« Peut-être », songeai-je mais je n'en soufflai mot.

Lacy attendit une minute, puis me tapota la main. Enfin, il reprit :

— Dans le coin, la plupart des Noirs comme des Blancs sont pauvres et prêts à se disputer le moindre sou. Or, le problème, c'est qu'il n'y a pas assez d'argent pour que tout le monde puisse vivre ici, ça a toujours été comme ça et ça le restera quoi qu'il arrive, parce que les gens n'en ont jamais assez, sapristi ! Alors, une fois que cette minorité de gens importants a amassé tout l'argent, elle n'arrive à bien dormir qu'en haïssant et en méprisant ceux à qui elle l'a pris. Ces gens savent bien, quelque part tout au fond d'eux, qu'ils font du mal aux autres en leur prenant leur argent, mais, vois-tu, la haine vient apaiser leur sentiment de culpabilité. La haine est une arme puissante, fiston. Elle leur permet de penser qu'ils méritent l'argent qu'ils ont dans leurs poches alors qu'ils l'ont bel et bien volé à ceux qui n'en ont pas. De cette façon, ils peuvent toujours se dire qu'ils valent mieux que les autres — bien que ce soit complètement faux car les hommes sont tous les mêmes. Mais ils commencent à se sentir tout de suite plus à l'aise et se tapent tous dans le dos en se félicitant de la vie qu'ils se sont chacun construite à la sueur de leur front. Mais ce faisant, ils n'oublient tout de même pas de laisser quelques miettes aux plus démunis, pour avoir l'impression de faire œuvre de charité, par-dessus le marché. Parce qu'il faut se montrer charitable, tu comprends ? Bon, je ne les mets pas tous dans le même panier, je parle juste pour ces fichus bonshommes qui aiment piétiner les autres parce que ça les fait paraître plus grands. Tu me suis ?

J'avais perdu le fil de son discours depuis une bonne dizaine de minutes, depuis qu'il m'avait avoué que les gens le considéraient comme un lâche. Je regrettais qu'il ait dit une telle chose ; j'aurais préféré qu'il me raconte des histoires comme quand j'étais petit. Par exemple, celle de l'homme en bateau sur un lac qui se faisait surprendre par une tempête, ou celle qui parlait de la vieille maman chêne, n'importe quoi plutôt que tous ces trucs car au moins, maintenant, je commençais à saisir la signification de certains de ces contes.

— Tu m'as posé une question à propos de la haine. Pour ma part, je pense que c'est la peur et l'ignorance qui font le lit de la haine, et que ça se termine toujours par de la souffrance. Les choses qui paraissent belles à la surface sont en réalité bien laides à l'intérieur ; la convoitise aussi naît de la peur. Beaucoup de choses viennent de la peur. Même des bonnes choses. Je crois que la peur est l'émotion la plus vile que puisse éprouver un homme et qu'elle peut mener très rapidement à la haine. C'est pourquoi on trouve la peur à l'origine de nombreuses guerres. De très nombreuses guerres. Il en a toujours été ainsi et ça continuera toujours... Mélange la peur avec l'ignorance, ajoutes-y des armes et des gens qui s'imaginent qu'on ne les traite pas correctement d'un côté ou de l'autre, et c'est la catastrophe.

Lacy continua encore de pérorer, puis inspira profondément comme s'il essayait de se représenter ce dont il parlait. Soit c'était ça, soit il se sentait fatigué après tant de discours. Mais ensuite, il se redressa sur sa chaise et au lieu de continuer à garder les yeux fixés sur la table, posa son regard sur moi.

— C'est tellement dommage que tant de gens apprennent si jeunes à aimer ou à haïr. Car c'est là que commence la laideur, parce que l'enseignement de ces choses-là ne se fait pas dans la nuance, alors qu'on devrait apprendre aux gens la tolérance. Le respect mutuel. C'est ce qu'il y a de terrible dans l'absence de juste milieu, fiston, et c'est malheureusement le problème dont souffrent la plupart des gens. Pour eux, tout est blanc ou noir, mais jamais gris, alors, que veux-tu, il ne peut y avoir de justice pour personne, puisque la justice se trouve justement dans ce mélange de noir et de blanc. Tu vois, personne, aucun groupe d'individus ne peut prétendre être entièrement bon ou mauvais. Nous sommes tous faits d'un mélange de bien et de mal, de même que la vie n'est jamais ni complètement gaie, ni complètement triste.

Lacy hocha la tête. Quant à lui, son teint avait pris une couleur plus pâle. Je continuai d'attendre au cas où il aurait encore quelque chose à me dire, mais rien ne vint. Il baissa les yeux sur sa pipe qui s'était refroidie entre-temps avec tous ces discours, et cela parut le surprendre. Je n'avais quasiment rien compris à son monologue, mais en le regardant s'affairer avec sa pipe, je me dis une fois de plus que c'était un homme rude et courageux, même s'il prétendait le contraire. Il devait avoir un peu le cafard pour me tenir un tel langage, et peut-être même s'était-il fait monter la température à s'énerver tout seul avec ses discours…

Lacy ne m'avait jamais parlé ainsi. Je ne l'avais jamais entendu si véhément, même à l'église. Mais j'avais du mal à le suivre quand il affirmait que les gens qui détestaient les Noirs ne pouvaient rien lui faire de plus, car moi, dans un livre à la bibliothèque, j'avais vu des photos de Noirs pendus à des arbres.

Au souvenir de cette terrible image, je me levai et allai à la fenêtre où Lacy avait scruté le dehors juste avant qu'il ne commence à s'énerver avec toutes ces histoires de Noirs et de Blancs. J'avais beau ne toujours pas comprendre la raison de sa présence ici, j'étais bien content qu'un policier soit garé dehors dans son gros tout-terrain, même s'il avait l'air de dormir, la tête penchée en avant sur son livre.

Quand je posai de nouveau le regard sur Lacy, il s'était tout recroquevillé sur sa chaise et ne paraissait plus se soucier de renverser du café en buvant. Maman avait besoin de moi et moi, j'avais besoin de Lacy ; mais on aurait dit que ce dernier avait lui aussi bien besoin que quelqu'un s'occupe de lui. Son comportement était inhabituel et je n'avais jamais vu ses mains trembler autant.

— On va prendre le petit déjeuner, déclara-t-il.

— Je n'ai pas très faim, Lacy.

— Que dirais-tu de quelques galettes de sarrasin ?

Je secouai la tête.

— Du porridge ?

Je le fixai quelques instants et il soutint mon regard avant de me confier :

— J'avoue que je n'ai pas trop faim moi non plus. Tu sais quoi ? On va patienter un petit moment jusqu'à l'heure du déjeuner.

Lacy se leva et vint me tapoter l'épaule. Je sentais son regard posé sur moi. Puis il referma légèrement le tirage de la cuisinière à l'aide de sa canne.

— Ne commence pas à te faire du mauvais sang pour ces choses-là.

Je fis oui de la tête.

— Je vais retourner au lit un petit moment, fiston, si tu n'as besoin de rien, déclara Lacy.

— Je n'ai besoin de rien.

— Tout ça, c'est rien que des radotages. Tu sais, nous les vieux, on radote de temps en temps. Faut pas faire attention.

— On est en sécurité, ici, Lacy ?

— Oui, m'sieur. Pour sûr.

Lacy me tapota encore l'épaule avant de retourner au fond du couloir. Il ne chantonnait pas, ne fredonnait pas comme d'ordinaire en allant à la salle de bains.

Il avait beau s'efforcer d'agir normalement, je voyais bien que quelque chose clochait. Soit il était très malade, soit il avait été très secoué par quelque chose. Bouleversé au point qu'il en tremblait de tous ses membres et s'était transformé en véritable moulin à paroles. Il ne pouvait tout de même pas avoir froid, on mourait de chaleur dans cette cuisine surchauffée !

Je me remis à contempler la neige tomber, puis j'entendis Lacy chantonner d'une voix complètement éraillée dans la salle de bains. C'était un air poignant que je n'avais jamais entendu auparavant.

12

Les flocons qui s'étaient mis à tomber le jour même de l'incendie qui avait détruit la maison de Lacy se transformèrent en l'une des plus grosses tempêtes jamais vues. Et le mauvais temps refusait de s'en aller.

Les gens restaient cloîtrés chez eux ; sous son manteau de neige, la ville désertée prit une allure plus nette, immaculée. C'était surtout visible du côté d'Angel's Rest : chez nous, la neige camouflait l'aspect du jardin qui, depuis la mort de papa et surtout l'incarcération de maman, n'avait cessé de se délabrer.

Je ne fis jamais le moindre commentaire à Lacy sur l'état des plates-bandes et des jardinières aux fenêtres. Si maman avait vu toutes ces mauvaises herbes envahir le jardin et pousser sous ses fenêtres, elle aurait piqué une crise. Désormais, la neige recouvrait tout cela d'une énorme courtepointe d'un blanc immaculé.

Lacy et moi continuions jour et nuit d'alimenter de bois la cuisinière carrée et le poêle ventru du salon, sauf quand il nous fallait les nettoyer en enlevant les cendres, tous les deux ou trois jours. Ensuite, nous les remplissions de nouveau de bois et remontions encore quelques conserves de la cave pour les avoir à portée de main en cas de besoin.

A partir de Thanksgiving, nous subîmes sans arrêt des coupures de courant et cette situation se poursuivit tout le long du mois de décembre. La plupart du temps, ces coupures duraient des jours. Au début, l'isolement pesa encore plus lourdement que d'ordinaire sur la maison privée de radio et de télévision, mais, chaque soir, Lacy s'arrangeait pour m'occuper par-ci, par-là : j'allumais le feu et il m'apprenait à cuisiner à la lumière des bougies et des lampes à pétrole. Il m'expliqua qu'il ne s'était jamais servi d'autre chose qu'une cuisinière à bois, et qu'il était devenu un véritable cordon-bleu après toutes ces années passées à vivre en célibataire depuis la mort de sa femme.

Un après-midi, peu de temps après la grosse tempête de neige, Jimmy vint en toute hâte frapper à la porte de derrière. J'allai lui ouvrir, ôtai le verrou et le laissai entrer, hors d'haleine, en soufflant qu'il avait quelque chose à me dire. Il portait un nouveau manteau qui, sans être tout à fait neuf, lui allait cependant mieux que le précédent. Lacy venait de me préparer un bon plat de hachis de bœuf et sortit une autre assiette du buffet à l'intention de Jimmy avant de passer dans le salon.

Ce dernier attendit que Lacy soit parti s'installer dans l'autre pièce, puis se pencha vers moi par-dessus la table. Voyant cela, je l'imitai.

— Ta mère a obtenu un papier du juge comme quoi

ton grand-père ne peut pas s'approcher de toi sans sa permission. C'est pour ça apparemment qu'on le voit plus traîner dans les parages. Ton grand-père essaie de t'éloigner de ta mère et ils arrêtent pas de se disputer à propos de toi depuis l'enterrement de ton père.

Je reposai ma fourchette. J'écoutai Jimmy très attentivement et mon cœur se mit à battre la chamade. Cela dit, Jimmy pouvait parfois, sans le faire exprès, raconter des histoires qui se révélaient fausses, après coup, parce qu'il les tenait de gens tels que son frère Alvin, qui les avaient inventées par pur plaisir.

C'est pourquoi je l'interrogeai :

— Où t'as entendu ça ?

— Toute la ville fait des messes basses à propos de ton grand-père parce que c'était dans le journal.

— Tu l'as lu ?

Jimmy fit non de la tête. J'étais au courant de ses difficultés pour lire mais je savais qu'il arrivait à se débrouiller quand même un petit peu.

— J'ai entendu des gens qui l'avaient lu, répliqua-t-il. Et c'est pas tout, d'ailleurs. Le FBI pose des questions à tous les habitants et ils sont même allés plusieurs fois chez ton grand-père, le soir. Tout ça, c'est à cause de la maison de Lacy qui a brûlé et des gens qui l'ont emmené en voiture.

Tout à coup, Jimmy se mit à parler si doucement que j'avais du mal à saisir ses mots. Je me penchai le plus possible en avant et il se dévissa le cou au maximum pour voir si Lacy était toujours dans le salon. Puis il me regarda d'un air vachement grave.

— Les hommes qui ont emmené Lacy faire un tour en voiture, ce soir-là, l'ont pendu par le cou dans une vieille grange, puis ils ont arrêté de le hisser avec la corde juste avant que ses pieds décollent de terre. Il paraît que c'était un dernier avertissement pour qu'il quitte Duncan Hill et que si jamais il parlait à quelqu'un de cette balade en voiture, ils le tueraient. Et que s'il ne quittait pas Duncan Hill la nuit même, la prochaine fois, ils le pendraient haut et court. Et que la prochaine fois, ça serait bientôt. Ils lui ont fait tout ça avant de le ramener en ville et puis ils l'ont balancé par la portière.

Jimmy se tut, le regard encore hanté par la vision de son récit. Je me redressai sur mon siège. J'entendais Lacy qui ronflait déjà dans le salon. Je n'arrivais plus à respirer. Je voulais poser tout un tas de questions à Jimmy, mais au lieu de ça, je lui dis qu'il fallait qu'il s'en aille. J'éprouvais tout à coup comme un sentiment d'urgence. Il fallait que je parle à Lacy. Tout de suite. Jimmy regarda son assiette de hachis d'un œil fixe, alors je lui dis de se dépêcher de l'avaler et il obéit. Je me levai pour aller jeter un coup d'œil à Lacy dans le salon. Quand je revins, l'assiette de Jimmy était vide.

Il enfila son nouveau manteau et me fit promettre que je ne dirais rien à Lacy de ce qu'il m'avait raconté. Je jurai de ne pas lui en souffler mot avant de réaliser les implications de ma promesse. Il repartit par la porte de derrière aussi vite qu'il était entré. Je poussai le verrou derrière lui, comme nous le faisions désormais toujours, Lacy et moi.

Après le départ de Jimmy, je trouvai un prétexte pour aller à pas de loup dans le salon, puis appuyai fort sur l'épaule de Lacy jusqu'à ce qu'il se réveille, tout désorienté dans son fauteuil. J'attendis qu'il se penche vers moi, puis lui appris ce qu'on m'avait raconté. Je me rendis compte alors que je venais de rompre ma promesse, mais me jurai intérieurement de ne pas révéler mes sources à Lacy. Je tremblais tellement que je pus à peine terminer mon récit tandis qu'il restait assis, immobile, sans cesser de me dévisager.

— Assieds-toi, fiston, dit-il.

— Non.

— S'il te plaît, m'sieur.

Je secouai la tête ; alors, d'une pichenette, il me fit signe de reculer un peu. Je fis un pas en arrière pour lui laisser la place de respirer.

— Tu m'as seulement dit que des hommes t'avaient pris tes vêtements. Tu aurais dû tout me dire, Lacy !

Il tenta de se mettre debout mais dut se rasseoir : on aurait dit que ses jambes ne lui obéissaient plus. Il sortit sa pipe de sa veste et la pointa vers moi.

— Ecoute-moi bien, maintenant. La pire chose que tu puisses faire, c'est écouter tous les ragots qui circulent en ville. Bien, je t'ai dit que des hommes avaient essayé de me faire peur et je n'en dirai pas plus pour le moment.

— Mais, Lacy, et s'ils…

— C'est tout ce que j'ai à dire ; alors, maintenant, on n'en parle plus !

Lacy laissa retomber sa pipe : c'était la première fois qu'il élevait la voix contre moi. Lui aussi s'en était aperçu, je le lisais dans son regard. Mais il fallait éclaircir tout cela, quoi qu'il en dise.

— Pourquoi les gens du FBI sont venus parler à grand-père ?

Lacy se leva et parvint finalement à garder l'équilibre. Il se dirigea vers la salle de bains. Au passage, il me lança :

— Ça, c'est une affaire entre ton grand-père et les agents du FBI.

— Tu n'as pas arrêté de mentir, Lacy ! m'écriai-je.

Il pila net dans le couloir et resta de dos, pétrifié — il branlait juste un peu du chef.

La colère monta subitement en moi et je hurlai de toutes mes forces :

— Pourquoi tu ne me dis pas ce qui se passe ?

Lacy revint vers moi et posa sa main sur mon épaule. Il parut chercher quelque chose à me dire mais ça ne sortit pas. Je lui reposai la même question au sujet de grand-père, tout en sachant que jamais il ne dirait le moindre mal de lui, même si j'insistais. Il s'abstint néanmoins de prendre sa défense. Au bout du compte, je parvins à me calmer un peu et séchai mes larmes.

— Pourquoi tu ne veux pas me dire ce qui s'est passé en vrai quand ils t'ont emmené en voiture ?

— Je ne vais pas aller remuer toute cette boue, alors que je ne suis pas sûr de ce que je vais trouver au fond. Quand je le saurai, nous en reparlerons.

— Est-ce que grand-père était parmi les hommes qui t'ont fait ça ?

— Ils portent toujours des cagoules, fiston.

— Lacy, est-ce que grand-père est méchant ?

— Ce n'est pas à moi de porter un jugement sur ta famille. Ça ne serait pas correct, un point c'est tout.

— Mais maintenant, c'est comme si tu faisais partie de la famille, Lacy.

Il me tapota l'épaule en hochant la tête. Il resta un petit moment ainsi, puis alla à la salle de bains sans ajouter un mot. Je restai planté là : j'avais l'impression de me retrouver entraîné dans une spirale de sombres secrets qui impliquaient tous les gens qui m'étaient proches. Comme si j'allais m'enfoncer dans la boue dont parlait Lacy tout à l'heure.

Mon cœur se mit à battre à tout rompre, plus vite que cette première nuit où ils avaient mis maman en prison ; j'avais tellement de mal à respirer que je me rendis dans la cuisine et me préparai le remède de Lacy contre les palpitations.

Quand il s'aperçut de ce que j'avais fait, il resta interdit. Il examina attentivement mon remède à travers ses verres de lunettes pour voir de près, puis renifla le goulot de la bouteille de whisky et décida de s'administrer un petit remontant à lui aussi.

Au cours des jours suivants, je ne pus rien découvrir

d'autre. Jimmy n'en savait pas davantage et Lacy faisait semblant d'ignorer toutes mes questions ou bien changeait de sujet en me demandant par exemple ce que je souhaitais manger pour le dîner. Il me promit que, dès que la police aurait fini son enquête, il me raconterait tout ce qu'il savait, mais qu'il ne pouvait m'en dire plus avant cela, car il n'était pas censé divulguer quoi que ce soit. Je crus que c'était un prétexte pour se défiler et le lui dis carrément. Mais Lacy me demanda de continuer à lui faire confiance, à soutenir maman et à toujours croire à la petite musique de la vie car les choses allaient s'améliorer rapidement. Je ne sais vraiment pas à quoi il pensait en me disant cela, car la situation était sur le point d'empirer.

La date du procès se rapprochait insensiblement et j'en vins au point de ne plus supporter de rester enfermé : l'hiver, Lacy chauffait tellement la maison que le froid de l'extérieur était de loin préférable à cette atmosphère confinée. Mais il prétendait qu'il valait mieux avoir trop chaud que trop froid et que nous devrions nous estimer heureux d'avoir un bon feu, d'être en bonne santé et de disposer de provisions en abondance pour nous permettre de passer l'hiver tranquilles.

Le collège étant fermé depuis une bonne quinzaine de jours, j'entendais mes anciens amis pousser de grands cris en se laissant glisser jusqu'en bas de Duncan Hill sur des chambres à air ou des cartons épais qui leur faisaient office de luge improvisée.

Un jour, j'entendis même la voix de Mary Elouise

Jennings. Cela me frappa : pour une fois, sa mère devait finalement avoir accepté de la laisser jouer dehors plus tard que d'habitude.

Mary Elouise habitait derrière chez nous, et seule une vieille barrière de bois séparait le jardin de ma maison de la sienne, bien gardée par son chien, Chucky, l'animal le plus hargneux de la terre selon moi. Jusqu'à ce que survienne la mort de papa, je n'avais jamais vraiment apprécié Mary Elouise, en particulier à cause de son énorme chien à poils longs. Elle rentrait toujours trop tôt chez elle et n'aimait rien de ce que nous faisions avec les autres garçons dans la montagne. Je détestais son chien car il m'avait mordu, une fois : il m'avait poursuivi jusqu'à ce que je grimpe me réfugier en haut d'un érable, dont j'étais hélas tombé.

Mais, au cours de mon année de CM2, un phénomène incompréhensible se produisit. Mary Elouise se mit à envahir mes pensées ; et je n'étais pas le seul. Mes copains et moi, nous semblions tous passer beaucoup plus de temps à rivaliser de prouesses à la course ou au lancer de caillou devant Mary Elouise, qu'à nous concentrer sur nos activités habituelles.

J'entendais mon ancienne bande de copains s'amuser à glisser en bas de la colline et reconnus la voix de Mary Elouise. Lacy me demanda si c'était la petite Jennings qui criait aussi fort et je lui répondis que c'était fort probable.

J'avais envie d'aller faire de la luge, moi aussi. Mais je savais que je ne serais pas le bienvenu parmi eux.

Lacy m'encouragea à aller jouer avec les autres enfants, mais je lui répondis que je n'en avais pas envie. Il me proposa de m'accompagner, mais nous savions tous deux qu'il lui aurait fallu au moins un mois avant de parcourir tout ce chemin dans la neige. Déjà qu'il marchait lentement par beau temps ! En plus, nous avions toujours un de ces agents fédéraux qui nous suivaient partout où nous allions. Ils poussaient même le zèle jusqu'à nous conduire à la poste et à l'épicerie une fois par semaine. Quand nous sortions seuls, l'un sans l'autre, c'est Lacy qu'ils suivaient, pas moi.

De toute façon, nous passions le plus clair de notre temps assis en silence dans la maison, les rideaux ouverts, à observer le flic dehors. Nous contemplions la neige tomber toute la journée et les heures passaient ainsi pour tous les deux.

Lacy avait-il peur que je m'ennuie ou était-il particulièrement en verve ce jour-là, je l'ignore, toujours est-il qu'il se remit à me parler de lui. J'étais soulagé qu'il ne se remette pas à philosopher comme la dernière fois, ça l'aurait encore mis dans tous ses états.

Il me raconta comment il avait bourlingué dans sa jeunesse ; il avait même vécu à New York pendant un bout de temps avant de s'engager dans l'armée. C'était à l'époque de la Première Guerre mondiale. Il évoqua ses compagnons d'armes de couleur, ce qu'ils avaient vécu ensemble et combien les Français étaient gentils avec eux. Certains soldats étaient obligés de vivre dans des tranchées pendant des mois, il y faisait froid, humide, il y avait des rats et les gens y mouraient à petit feu, jour après jour. Il avait perdu quatre de ses bons amis, là-bas. Il ne me décrivit jamais la façon dont ils avaient péri, il se borna à me dire qu'ils étaient morts. Puis il commença à s'échauffer en me parlant du bon temps qu'il avait pris là-bas, en Europe. Il disait que, à bien y réfléchir, il y avait davantage de garçons de ferme et de gosses des rues que de soldats dans les tranchées.

— On vivait la peur au ventre, mais avec la soif de l'aventure, commenta-t-il.

J'ignorais que des gens de couleur s'étaient autrefois battus dans des guerres. Lacy m'expliqua qu'ils avaient tous grandi beaucoup trop vite au cours de ces deux années, en particulier ceux qui avaient dû vivre — et mourir — dans les tranchées. Puis, après avoir dit cela, il se tut.

Mais il reprit bientôt en m'énumérant tous les boulots qu'il avait faits après la guerre, pour essayer de se faire une place dans la société et de gagner quelques sous. Il avait été cireur, barbier, ouvreur à Richmond dans un théâtre réservé aux Noirs, chauffeur de camion frigorifique pendant deux ans, et il avait aussi travaillé pour une entreprise forestière au débroussaillage et à l'assèchement des marais. Ensuite, il avait été embauché dans une entreprise de bâtiment comme aide charpentier avant d'être engagé dans une équipe d'ouvriers pour tendre des lignes électriques dans les mines de charbon de Virginie occidentale. A l'entendre, Lacy avait fait à peu près tous les métiers. Sa liste de petits boulots était impressionnante, pour un Noir comme pour un Blanc.

— Tu vois, les bons et les mauvais moments ont tendance à se confondre, et il faut parfois du temps avant de pouvoir les distinguer, après coup, déclara-t-il.

Tout en l'écoutant, je regardais brûler la lampe à pétrole posée près de la fenêtre pendant que, dehors, la neige tombait à gros flocons sur le policier posté de l'autre côté de la maison. La vie de Lacy m'apparut comme une longue succession de mauvais moments : son père s'était d'abord fait tuer d'un coup de sabot à la tête par un mulet, ensuite sa femme était morte très jeune, et leur unique enfant avait succombé à la grippe avant même d'avoir atteint mon âge. Lacy m'apprit que son fils avait été baptisé Albert Coe Junior mais qu'on l'appelait Albert.

Cette suite d'événements me semblait très pénible dans son ensemble, bien que parsemée çà et là d'un ou deux bons moments de temps en temps. Mais je ne pense pas que Lacy l'ait vu ainsi, à la façon dont il me contait sa vie.

— Oui, m'sieur, le bien et le mal se produisent pour des raisons aléatoires qui nous échappent, avait-il affirmé.

Tout de même, ses souvenirs les plus chers semblaient correspondre aux moments les plus rudes de sa vie.

Je me demandais à l'entendre si je me souviendrais jamais de cette période de mon enfance avec nostalgie. A ce moment-là, c'était tout bonnement inconcevable.

Je continuais toutefois à l'écouter divaguer sur le passé jusqu'à ce que son propre monologue finisse par l'endormir. Alors, je soufflais toutes les lampes à pétrole, en ne gardant allumée que celle que j'emportais dans ma chambre ; il prenait la sienne et procédait deux ou trois fois à l'inspection des portes et des fenêtres. Enfin, je me glissais tout habillé dans mon lit glacé jusqu'à ce que je sois bien réchauffé, ôtais mes vêtements et restais confortablement blotti sous les lourdes couvertures, jusqu'à ce que j'aie trop chaud et que je sois obligé de passer un pied hors du lit.

Le silence retombait dès que les amateurs de luge étaient rentrés chez eux, mis à part le bruit des ronflements de Lacy, les craquements du bois brûlant dans le poêle et la cuisinière, et le son étrange des flocons tombant à la fenêtre par une nuit sans vent. J'ai toujours aimé ce bruit. C'était la seule chose qui me plaisait lors de ces nuits d'hiver.

Je restais allongé dans mon lit, aussi immobile qu'une statue, en essayant de ne pas trop m'angoisser au sujet des visions qui me venaient parfois à l'esprit quand je fermais les yeux. Je pensais alors à un détail qu'avait évoqué Lacy, puis à papa et ensuite à maman, toujours dans sa prison, et enfin beaucoup à Mary Elouise. Elle m'avait toujours bien aimé, je crois, mais conserverait-elle cette affection maintenant que tous s'étaient détournés de moi ? Certaines nuits, la seule pensée de sa gentillesse à mon égard pouvait m'aider à chasser les horribles visions de mes rêves, j'en étais sûr. Cela me rendait plus fort pour affronter les mauvais jours, comme ce matin-là où je sus, dès le réveil, que la journée avait mal commencé. En me levant, je vis par la fenêtre que l'amas de neige dans le jardin avait été souillé de l'inscription « Mort au Nègre » à la bombe de peinture rouge.

Après coup, j'entendis dire que le policier chargé de la surveillance de la maison avait eu de gros ennuis à la suite de cet acte — il faut dire que ça s'était produit juste sous son nez. Sur le moment, je le vis se précipiter pour tenter de recouvrir l'inscription avec de la neige bien blanche, mais, avant qu'il ait trouvé l'endroit où était rangée notre pelle, un journaliste de presse avait déjà photographié la scène ; l'image fut également relayée par les informations télévisées.

Après cet incident, on nous attribua deux agents en faction autour de la maison, un devant et l'autre derrière. Lacy me rapporta que Malcolm avait fait le nécessaire chez les fédéraux de Roanoke. Normalement, avec deux policiers, les chances étaient plus grandes qu'il y en ait au moins un qui reste éveillé. Je n'avais encore jamais vu de grandes personnes avoir autant besoin de sommeil que ces agents-là.

J'espérais seulement qu'ils ouvriraient un œil de temps en temps ; j'avais le terrible pressentiment que nous allions avoir besoin d'eux par une de ces sombres nuits car, comme si ça ne suffisait pas, nous avions également reçu des menaces par téléphone. Lacy ne me laissait plus répondre et arriva le moment où lui non plus ne décrocha plus. Nous restions assis à écouter les sonneries s'égrener interminablement. Mais il y avait pire. Un chasseur de ratons laveurs affirma avoir repéré Hollis Thrasher, tard une nuit, non loin de sa bicoque dans la montagne.

La police quadrillait tout le comté à sa recherche.

13

Un vendredi soir, alors que la neige avait enfin cessé de tomber, Lacy et moi reçûmes notre premier visiteur depuis bien longtemps, si l'on excepte les fois où Malcolm Boone passait nous voir.

J'étais à genoux sur la carpette que maman avait tricotée avec des bouts de laine, en train de dessiner un scaphandrier aux prises avec un requin sur un bloc de papier que Lacy s'était procuré à mon intention, quand j'entendis frapper doucement à la porte d'entrée. J'ouvris en priant pour que ce ne soit pas encore l'un des policiers qui demande à utiliser les toilettes et vienne ensuite humer les bonnes odeurs dans la cuisine.

Ma surprise fut totale : le plus beau cadeau de ma vie se tenait là, devant moi. Assis, il devait pas faire plus d'un mètre vingt et arborait un large sourire.

Mary Elouise Jennings était recroquevillée sous la véranda, tout emmitouflée, coiffée d'un large béret et portant des mitaines. Elle avait apporté des jeux de société et me demanda si j'avais envie de jouer au Monopoly. Son nez était rouge comme une cerise.

Je n'avais encore jamais joué au Monopoly mais je fis oui de la tête. A ce moment-là, Lacy apparut dans l'encadrement de la porte pour voir qui avait frappé et invita Mary Elouise à entrer, car je restais planté là devant elle en laissant toute la chaleur s'échapper de la maison.

— Est-ce que ton papa et ta maman savent que tu es ici ? s'enquit Lacy.

Sur le seuil, Mary Elouise hocha la tête, toujours emmitouflée.

Lacy la débarrassa de son manteau sans que je puisse réagir : je me sentais aussi emprunté qu'un opossum qui pour la première fois de sa vie a réussi à grimper à un arbre et se demande comment il va bien pouvoir en redescendre.

Enfin, Lacy m'excusa en disant que je n'en aurais que pour une minute et me tira par la bretelle de ma salopette en direction de ma chambre.

Au début, je fus un peu fâché contre lui parce qu'on aurait dit qu'il s'efforçait de ne pas pouffer de rire. Ce n'était pourtant vraiment pas drôle du tout ; j'étais très nerveux, mes genoux tremblaient et j'avais la tête vide.

— Pourquoi ne vas-tu pas tout simplement la voir et lui parler, Charlie ? me conseilla-t-il finalement. Ce n'est qu'une fille… Tu la connais depuis toujours. Va t'asseoir près d'elle et parle-lui. Je vous apporte deux bouteilles de soda.

Je retournai dans le salon car je ne pouvais décemment pas rester enfermé dans ma chambre. Elle était toujours là dans sa robe bleue vaporeuse avec son joli béret en laine tricotée. Je m'assis sur le canapé. J'aurais donné n'importe quoi pour que la télévision se remette à fonctionner, ne serait-ce que pour avoir le son et les images floues des deux chaînes que nous arrivions à capter, mais l'écran demeurait désespérément noir et silencieux.

Lacy entra finalement, portant deux bouteilles de Coca autour desquelles il avait enroulé une serviette pour une raison mystérieuse. Il lui présenta un soda, puis me tendit l'autre.

— J'ai des choses à faire dans la cuisine, annonça-t-il ensuite d'un ton très appuyé en sortant du salon.

Je le regardai s'en aller par-dessus mon épaule jusqu'à ce qu'il ait refermé la porte de la cuisine sur lui, avant de me retourner lentement vers Mary Elouise. Je n'en menais pas large et restai assis là sans mot dire. Comme elle demeurait muette elle aussi, je lâchai finalement :

— Je ne sais pas jouer au Monopoly.

Manifestement, c'était le signal qu'elle attendait, car, à ces mots, Mary Elouise retira son chapeau et s'assit par terre. Elle enleva tout ce qui encombrait la table basse et m'expliqua en détail les règles du Monopoly en parlant à cent à l'heure. Visiblement, je n'allais pas avoir à ouvrir la bouche de tout le reste de l'après-midi car la petite fille était un véritable moulin à paroles :

elle remporta la première partie sans cesser un instant de parler.

Je n'avais jamais rencontré quelqu'un ayant autant de choses à dire à propos d'un fichu jeu de société.

Au cours de la seconde partie, alors que je m'améliorais sans pour autant gagner, elle tira une carte « Vous êtes libéré de prison » et me regarda droit dans les yeux.

— Je suis désolée que ta mère soit en prison et que ton père soit mort. Je l'ai toujours bien aimé, ton père. J'ai entendu mon père dire à ma mère qu'une femme qui tire sur son mari juste parce qu'il lui file une correction bien méritée parce qu'elle le trompe devrait rester en prison à vie. D'après lui, tout le monde sait que ton père ne se serait jamais tiré dessus par accident en nettoyant son fusil parce que c'était un excellent chasseur, et tout et tout. Papa a aussi dit que la plupart des gens nettoient leurs armes sous leur véranda, pas dans la cuisine à l'heure du dîner.

Mary Elouise déplaça son pion argenté en forme de chaussure sur le plateau, pion qui selon elle lui portait chance et, tout en parlant, me fit signe de la tête pour que je lance le dé à mon tour.

— Mon père dit qu'un honnête homme comme John York n'aurait jamais dû mourir comme ça, si jeune et tout et tout, et puis, c'était le maire et il s'était monté son commerce tout seul ; en plus il était aimé de tout le monde et laisser un fils derrière lui comme ça, orphelin… Papa dit que, dans quelques années, ton père aurait sûrement été élu député ou sénateur, tellement il s'y entendait pour régler tous les problèmes des gens. Et il a aussi dit que même Malcolm Boone n'arriverait jamais à trouver des jurés dans tout le comté pour empêcher que ta mère soit condamnée pour l'acte ignoble qu'elle a commis.

A un moment donné, Mary Elouise dut quand même s'arrêter — pour reprendre son souffle, je pense — et plaça sa carte « Vous êtes libéré de prison » à côté de ses genoux en me regardant. Mais je me sentais brûlant et j'avais des vertiges : on aurait dit qu'elle m'avait frappé à l'estomac avec une batte de base-ball.

— Il faut que j'aille au tribunal pour témoigner, annonça-t-elle.

— Tu dois aller là-bas ?

Elle hocha la tête.

J'eus l'impression qu'elle venait de me porter un nouveau coup.

— J'ai entendu ton père qui criait très fort le jour où il a été tué, et comme j'étais dans le jardin derrière chez moi, je suis montée sur la niche de Chucky pour voir ce qui se passait. Et puis j'ai entendu ta mère hurler. A ce moment-là, j'ai vu la porte s'ouvrir et ton père qui te tenait par la main. Il t'a jeté au bas des marches dans la cour. Tu t'es tourné et tu m'as regardée droit dans les yeux pendant une seconde, tu te rappelles ?

Je fis non de la tête.

— Tu ne te souviens pas ? Tu t'es relevé et tu as fait le tour de la maison en courant. C'est la dernière chose que j'ai vue ; ensuite, j'ai entendu ton père et ta mère crier encore et le coup de feu est parti. Alors, je suis rentrée chez moi en courant et ma mère a appelé la police.

Incapable de dire un mot, je restai là à fixer le plateau de jeu du Monopoly. Je me sentais de plus en plus mal. Elle m'avait dit que c'était mon tour, mais je n'avais plus envie de jouer. Je commençais à regretter d'avoir bu ce soda.

— Ça fait que, de toute façon, il faut que j'aille au tribunal pour raconter ce que j'ai vu au juge. J'ai aussi entendu maman dire à papa qu'elle n'avait jamais fait confiance à ta mère, même quand elles étaient ensemble au lycée. Elle dit que, même à l'époque, ta mère avait toujours l'œil qui traînait sur les hommes et qu'elle se croyait mieux que tout le monde à Sunnyside parce que sa famille avait déménagé de Charlottesville quand elle était petite, et que, comme tous ces gens de la capitale, rien n'est jamais assez bon pour elle, même que ça restera toujours une éternelle insatisfaite, y compris en ce qui concerne les hommes. Ma mère dit qu'elle a toujours su que ça la rattraperait un jour, et que c'est pour ça qu'on ne l'a jamais beaucoup aimée par ici, de toute façon.

J'avais l'impression de ne plus pouvoir respirer du tout.

— Et puis, maman a vu Hollis Thrasher à la porte de derrière chez toi avant que tout ça n'arrive. Il avait l'air de vouloir vendre un sac de bois comme d'habitude, et puis ma mère l'a vu remonter dans les bois vers sa cabane après le coup de feu. Elle a dit à la police qu'elle pensait que ton père l'avait surpris chez lui parce que, d'après maman, toute la ville sait que Hollis reste de temps en temps avec ta mère à la bibliothèque après la fermeture, mais personne n'a jamais pensé à mal jusqu'à ce meurtre, parce que ta mère était mariée avec John York. Et puis Hollis est tellement givré… en plus il aurait bien besoin de prendre une douche et de se raser… Hollis a toujours été une véritable plaie pour tout le monde, mais de là à s'imaginer qu'avec ta mère… Méchant et cinglé comme il est…

Le coup frappé à la porte me fit tellement sursauter que je crus que j'allais m'écraser au plafond, dont le plâtre était déjà craquelé.

Lacy sortit de la cuisine, jeta un bref coup d'œil à l'extérieur et ouvrit la porte : sur le seuil se tenait M. Jennings. Il dirigeait la banque de Sunnyside et n'avait pas l'air du tout ravi de se retrouver sous notre véranda, alors que d'habitude, il se montrait toujours très affable.

— Entrez, monsieur Jennings, l'invita Lacy.

M. Jennings tapa des pieds sur le sol pour décoller la neige des semelles de ses bottes mais resta à l'extérieur. Il regarda derrière Lacy, aperçut Mary Elouise et une expression de colère encore plus grande se peignit sur son visage.

— C'est l'heure de rentrer dîner, Mary Elouise.

Elle se leva et se dirigea vers lui ; il l'aida à enfiler son manteau et ses mitaines en lui disant :

— Il me semblait pourtant qu'on en avait déjà discuté.

Lacy me scruta du coin de l'œil, éloigna sa pipe de sa bouche et la pointa sur moi.

— Aide-la à ranger le jeu, Charlie, ordonna-t-il. Allez, dépêche-toi.

Il y avait des faux billets partout, là où nous avions l'un et l'autre planqué notre fortune, mais je remis tout en place dans la boîte du mieux que je pus, et la tendis à M. Jennings avant de battre en retraite.

Il m'adressa un sourire contraint, saisit Mary Elouise par la main et lui fit descendre le perron, le tout sans jamais regarder Lacy. Ce dernier me fit signe de la tête de m'approcher pour venir les saluer à la porte ; j'obéis et les regardai s'éloigner. Mary Elouise me lança un dernier coup d'œil par-dessus son épaule et me salua en agitant la main vers moi. Je répondis de même. Elle souriait.

Après son départ, je me tournai vers Lacy qui me demanda si nous nous étions bien amusés. Je m'empourprai encore davantage et il s'inquiéta de savoir si j'avais mangé quelque chose qui n'était pas bien passé car je n'avais pas l'air dans mon assiette.

J'étais incapable de lui répondre : si seulement Mary Elouise ne m'avait pas confié les horreurs que Mme Jennings pensait de ma mère ! J'aurais également préféré ne jamais l'entendre prononcer le mot « meurtre ».

J'étais heureux que Mary Elouise soit venue chez

moi jouer au Monopoly, mais bouleversé par ce qu'elle m'avait appris. Peut-être étais-je encore plus triste que bouleversé, je ne sais plus. Je commençai néanmoins à me demander si je n'étais pas en train de sombrer dans la folie, car je n'avais pas le moindre souvenir des événements qu'elle avait évoqués concernant ce jour-là. En revanche, des bribes de son récit m'étaient déjà apparues en rêve auparavant.

Je frissonnai de tout mon corps en songeant à Hollis et à ce que Mary Elouise m'avait raconté sur lui ; puis mes pensées se tournèrent vers maman : combien de voisins allaient encore venir témoigner à son procès ? Peut-être tous… Les habitants de cette fichue ville en savaient-ils donc plus que moi ? Apparemment, ils allaient tous défiler à la queue leu leu devant le juge pour témoigner que maman était méchante et qu'elle méritait bien de moisir en prison pour le restant de ses jours…

Par quel miracle maman pourrait-elle jamais sortir de prison et effectuer son retour en grâce auprès de l'église, de la bibliothèque, des voisins et de la famille de papa, je l'ignorais. En plus, mon estomac me faisait atrocement souffrir : je ne savais toujours pas si maman était innocente comme elle ne cessait de me le répéter, et c'était pour moi une torture. J'avais tellement mal que je m'allongeai sur le canapé en fermant les yeux.

Je me redressai d'un bond en entendant le coup de fusil retentir dans ma tête.

Je ne savais plus où j'étais. Puis j'aperçus la lueur

orange filtrant de la porte du poêle et compris que je m'étais assoupi. J'avais mal à la gorge. J'ignorais si j'avais poussé un hurlement pour de vrai ou si j'avais simplement rêvé. Je repoussai des pieds la carpette colorée à motifs géométriques que maman avait tricotée pour le salon. Lacy s'en était sûrement servi pour me couvrir. Je fis quelques pas vers la cuisine et ressentis comme une impression de déjà-vu : je m'étais déjà tenu ici, à cet endroit même… Je craignais déjà la scène que j'allais découvrir, mais je n'aperçus que la lumière du lampadaire éclairant la cuisine par la fenêtre au-dessus de l'évier.

Mon cauchemar était en train de s'estomper comme toujours au réveil, mais certains sons et certaines images s'attardaient encore dans mon esprit.

Maman parle à quelqu'un à l'extérieur, un véhicule se gare, une portière claque et la porte à moustiquaire s'ouvre en grand. Il y a des bruits de pas dans la cuisine.

On dirait qu'il se passe quelque chose, alors je vais baisser le son de la télévision. A ce moment-là, maman pousse un cri.

Quelqu'un renverse une chaise et quelque chose de lourd tombe par terre.

Je me mets à genoux devant la télévision. Maman continue de crier.

Je me lève en courant vers la cuisine lorsque j'entends une voix d'homme… Comme si quelqu'un parlait en poussant des grognements et en respirant fort. Je ne sais pas qui est cet homme.

Je jette un œil à l'extérieur et vois la camionnette de papa garée devant. Alors, je cours dans la cuisine. Papa se tient debout devant maman, agenouillée à ses pieds. D'une main, il lui agrippe les cheveux et, de l'autre, il lui gifle le visage à toute volée. C'est alors que ses yeux se posent sur moi.

— Sors d'ici, hurle-t-il d'une voix terrible.

Papa ne m'a jamais crié après comme ça ; je reste planté là un instant, indécis.

Il vient vers moi à grands pas, les bras tendus. Papa m'attrape et me soulève du sol par le col de ma chemise.

— Lâche-le ! crie maman en courant vers la chambre.

— Papa !

C'est tout ce dont je me souvenais, à part le bruit du coup de fusil. Je bus un verre d'eau et allai dans le couloir. J'entrebâillai la porte de la chambre de Lacy. Il était étendu sur le dos dans sa longue chemise de nuit et si je n'avais pas décelé l'imperceptible mouvement de respiration de ses lèvres, j'aurais pu croire qu'il était mort. Pendant une minute, ma frayeur augmenta. Il avait l'air si petit et si vieux sans son col sempiternellement boutonné jusqu'en haut, sans son dentier, sans ses lunettes, sans son chapeau et sans sa pipe entre les dents. C'est alors que je remarquai la large cicatrice boursouflée qui courait tout autour de son cou. Probablement les séquelles du simulacre de pendaison que lui avaient infligé les trois hommes. Mais en y regardant de plus près, cette cicatrice avait l'air vraiment très ancienne et semblait lisse par rapport au reste de sa peau fripée.

J'observai Lacy dormir encore une minute avant de le pousser à une ou deux reprises. Il finit par se réveiller et se redressa instantanément.

— Il y a le feu à la maison ? demanda-t-il.

— Non, répondis-je.

Il regarda quelques secondes autour de lui avant de me demander encore une fois si j'avais envie de vomir.

— Non, je ne suis pas malade, affirmai-je.

Lacy regarda sa montre.

— Eh bien, alors, sapristi, pourquoi viens-tu me réveiller ainsi à 2 heures du matin ?

— Lacy, ça ne s'est pas passé comme a dit maman. J'en suis sûr. C'est elle qui l'a tué. Lacy, elle l'a tué parce qu'il était devenu fou et je crois aussi qu'il la battait à propos de quelque chose. Je pense qu'il m'a peut-être frappé aussi.

— De quoi parles-tu ?

— Papa. C'est maman qui l'a tué.

Lacy laissa retomber sa tête, inspira profondément et, sans me regarder, me fit signe de m'éloigner du lit.

— Qu'est-ce qu'on va faire ? Elle l'a tué, Lacy ! Elle l'a tué !

Lacy me fit de nouveau signe de reculer davantage,

balança ses jambes tremblantes d'un côté du lit et fut parcouru d'un violent frisson. Il me dit d'aller dans ma chambre et qu'il me rejoignait tout de suite.

J'obéis et l'entendis trafiquer dans la salle de bains pour remettre son dentier en place, puis il alla vérifier la cuisinière. Enfin, il entra dans ma chambre, chaussé de grandes pantoufles et vêtu de sa longue robe de chambre dont les pans traînaient sur le plancher. Il devait avoir du mal à me distinguer dans l'obscurité. Moi, en revanche, je le voyais très nettement et, après avoir trouvé le bord de mon lit à tâtons, il s'assit lentement.

— Ta maman m'a tout raconté sur la façon dont les choses se sont passées, ce jour-là. Elle est venue me voir chez moi dans un état épouvantable, je n'avais jamais vu quelqu'un de si bouleversé, et elle m'a tout raconté. Ce qui s'est passé est terrible pour ton papa, pour ta maman et pour toi, car tu es encore très jeune. C'est vrai qu'ils se sont disputés ce soir-là, mais elle ne lui a pas tiré dessus comme le prétendent les gens. C'était un accident. Je le sais, sapristi ! Je comprends bien que tu ferais n'importe quoi pour faire revenir ton papa. Mais c'est malheureusement impossible. En revanche, ce que nous pouvons faire, c'est rester confiants, sachant que ta mère va bientôt sortir de prison. Tu as besoin de ta maman et elle a besoin de toi. Tu comprends ce que je suis en train de te dire ?

— Mais c'est n'importe quoi ! Puisque c'est…

— Un jour, tu comprendras. Ne pense pas du mal

de ta mère, car tu te trompes sur son compte et tu ne fais que lui causer du tort.

— Tout le comté croit qu'elle l'a tué.

— Evidemment, ça leur donne un sentiment de justice de pouvoir désigner un coupable du doigt. Ils ont besoin de ça, tu comprends, parce qu'ils aimaient beaucoup ton père. La vérité est bien plus compliquée que ça, ainsi que tu le comprendras un jour.

— Pourquoi est-ce qu'ils ne laissent pas maman sortir de prison, alors ? Malcolm n'arrête pas de dire qu'il la fera libérer avant le procès mais ils continuent pourtant à la garder.

— Eh bien, c'est-à-dire que… le juge a fixé une caution très élevée… Bien au-dessus des moyens de ta mère. Vois-tu, tout l'argent de ta mère, du magasin et tout le reste est bloqué pour le moment. L'assurance de ton père… Tout. L'argent restera bloqué jusqu'à ce qu'on puisse établir les circonstances exactes de la mort de ton papa. Ta mère a suffisamment de mal à payer les honoraires de Malcolm pour qu'il la défende, et encore, je ne sais pas comment elle y arrive. Je l'aiderais volontiers pour la caution mais c'est pas un pauvre type comme moi qui en a les moyens…

— Tu sais pourquoi papa et maman se sont disputés comme le disent les voisins ?

Lacy se caressa la moustache, me tapota la cuisse et se leva en chancelant, le temps de retrouver son équilibre.

— Ça, c'est une histoire entre ton père et ta mère, fiston.

— Lacy, si c'est elle qui l'a tué, elle doit aller en prison pour ce qu'elle a fait, non ?

— Bon, maintenant tu vas immédiatement te sortir cette fausse idée de la tête.

— Alors tu penses que Malcolm va arriver à prouver son innocence ?

— Je l'espère bien. A présent, je veux que tu continues à croire en elle. Sois courageux et libère ton cœur de toutes ces angoisses, parce qu'elles n'ont pas de raison d'être.

Lacy alla à la porte et se tint au mur un instant avant de se retourner.

— Le procès va commencer dans un rien de temps et il va falloir que tu sois fort, je te l'ai dit. Mais tu vas y arriver. Tu es un bon petit gars, en ça tu ressembles à ton père. Tu as de la force en toi. Ne l'oublie pas. Non, m'sieur, ne l'oublie jamais.

— Je ne me sens pas fort du tout, moi, Lacy…

— Ton père aurait voulu que tu sois aux côtés de ta mère. Je ne sais pas grand-chose, mais ça, j'en suis certain. Fais confiance à la musique des choses, on en a déjà parlé tous les deux. Je prierai avec toi si tu veux.

— Je n'ai pas envie de prier.

— Eh bien, je dirai une prière pour toi, alors. Depuis le temps que je suis là, j'ai toujours été en bons termes avec le Tout-Puissant.

— Il a permis que ta maison brûle.

Lacy cogna le sol de sa canne à plusieurs reprises.

— Oui, m'sieur. Pour sûr.

— Pourquoi il a fait ça ?

— Je ne sais pas. La plupart de ses œuvres échappent à ma compréhension. Je sais en revanche que je vis dans une jolie maison et que j'ai un bon oreiller où poser ma tête pour dormir. Il m'a donné ça au moment où j'ai perdu ma maison.

— Mais il a repris papa pour toujours.

Lacy hocha la tête.

— Moi aussi, j'ai perdu mon papa tout jeunot, je sais à quel point tu souffres.

— Je ne pense pas m'entendre aussi bien que toi avec le Seigneur.

— Si, mais tu ne le sais pas, tout simplement. En grandissant, certaines choses se mettront en…

— Je ne veux pas grandir, Lacy. Des fois, j'aimerais ne jamais me réveiller le matin parce que j'ai l'impression de toujours revivre le même cauchemar mais de pire en pire. Quelque chose d'affreux est sur le point d'arriver, je le sens.

— Oui, moi aussi, j'ai connu ça, admit-il. Mais tu vas grandir. La vie ne sera pas toujours aussi dure envers toi qu'elle l'est aujourd'hui. Vois-tu, on ne sait jamais la musique qu'on va entendre à son réveil. Bon, pour le moment, on va en rester là. La nuit porte conseil, fiston. Et si tu ne veux pas prier pour tout ça, dis au moins un petit quelque chose pour ta maman.

— Pourquoi ? demandai-je.

— Parce qu'elle prie pour toi dans sa prison.

— Je préférerais prier pour papa.

— Mais il n'a plus besoin de tes prières, à moins que tu ne veuilles lui confier certaines choses. Alors que ta maman, c'est maintenant qu'elle a besoin que tu pries pour elle.

Lacy continua à branler du chef lentement, comme d'habitude. Je fis mine de suivre son conseil et acceptai finalement de prier pour maman. J'étais bien certain de ne pas tenir ma promesse, à moins d'un miracle. Lacy fit un ou deux pas en direction de sa chambre.

— Comment tu as eu cette cicatrice au cou ? demandai-je.

Lacy passa un doigt à l'angle de sa mâchoire et se tira sur la peau.

— Satané rasoir, il est trop vieux, il faut que je l'affûte.

— Non, pas là. Autour de ton cou.

Il remonta le col de sa robe de chambre et s'éloigna dans le couloir. La porte de sa chambre grinça et il la referma en disant :

— Je crois que c'est une espèce de tache de naissance. Bonne nuit, Charlie.

La pendule de la cuisine semblait avancer au ralenti au fur et à mesure que s'écoulait le mois de décembre. Je restais si longtemps à contempler l'heure que j'apercevais parfois les aiguilles bouger en étant très attentif. C'est ainsi que je remarquai un jour les minuscules gouttelettes de sang de papa incrustées sur le verre et qui avaient échappé à la vigilance de maman quand elle avait fait le ménage. Je passai un long moment à les étudier, puis allai à la fenêtre. Il avait cessé de neiger mais le froid était toujours aussi mordant et le pire, c'est que Jimmy et Alvin étaient retournés chez leur grand-mère à Troutville depuis maintenant plus d'une semaine. Chaque jour, je priais pour que leur ivrogne de père reparte travailler au chemin de fer et que les deux frères puissent revenir à Sunnyside, mais, cette fois-ci, ils semblaient être partis pour de bon. Jimmy me manquait.

La douloureuse absence de celui qui restait mon seul ami, en dehors de Lacy, me faisait espérer que Mary Elouise aurait encore envie de jouer avec moi à des jeux de société, mais elle ne revint jamais. Elle devait avoir eu des ennuis pour être venue jouer chez moi ce jour-là, et je n'eus jamais le courage d'aller chez elle pour lui proposer une partie de dames ou de cartes.

Au cours de ce mois de décembre, les rumeurs allaient bon train à cause du procès de maman et les jours s'écoulaient lentement. Malcolm passait à la maison plusieurs fois par semaine et même s'il continuait à s'adresser à moi avec force sourires, ses clins d'œil s'étaient faits de plus en plus rares. Et maman avait mis un terme à mes visites à la prison à cause de tous les gens qui traînaient là-bas, me montraient du doigt et me demandaient toujours la même chose.

J'étais bien content d'apprendre que je n'étais plus obligé d'y aller. Maman me posait toujours les mêmes questions anodines ; elle me serrait dans ses bras, mais chaque fois le silence devenait plus pesant et, immanquablement, je repartais avec le moral plus bas qu'à mon arrivée. Elle aussi, je crois. On aurait dit que chaque visite nous tuait chacun à petit feu.

En plus, elle n'était plus jolie du tout.

Ses yeux étaient toujours humides désormais, et son teint avait pris une couleur de cendre, comme celui des autres prisonniers. Je m'efforçais de ne pas la détester d'être là et de garder confiance en elle, comme me le demandait Lacy, mais ça devenait jour après jour plus difficile.

Lacy était certes malin, mais même les gens très intelligents ne savent pas tout. C'est d'ailleurs lui qui me l'avait dit une fois, et je commençais à me demander si cette vérité ne s'appliquait pas également à lui. Maman et moi nous faisions passer des messages par l'intermédiaire de Lacy, de Malcolm et de la grosse gardienne de prison qui avait l'air de bien aimer maman, même si elle veillait à ce qu'elle reste derrière les barreaux. Maman m'avait confié que c'était une femme très gentille. En tout cas, dans mon souvenir, elle a toujours été aimable envers moi.

Enfin, le juge fixa la date d'ouverture du procès au 12 décembre et celui-ci, l'événement le plus important qu'ait jamais connu Sunnyside en vingt ans, était prévu pour durer deux jours, m'apprit Malcolm.

Ces derniers temps passés à attendre le début et l'achèvement du procès de maman m'évoquaient l'image de l'eau tombant goutte à goutte du robinet de la cuisine ; une fois, j'étais resté devant l'évier à l'observer. Malcolm s'était arrangé avec le collège pour annuler mes cours deux fois par semaine mais Lacy restait inflexible sur les devoirs à la maison. Il disait qu'après le procès je retournerais à l'école et qu'alors tout reprendrait comme avant. Je n'en savais rien, alors je préférais ne pas trop y penser. En revanche, quand je n'étais pas occupé à faire mes devoirs, que je n'écoutais pas le goutte-à-goutte du robinet de la cuisine ou le tic tac de cette satanée pendule, mon esprit était sans cesse tourmenté par les mêmes questions. Pourquoi papa était-il mort ? Qui pouvait bien avoir commis ce meurtre ? J'attendais ce procès avec une grande impatience. Et, bien pire, j'attendais surtout que le verdict soit enfin rendu.

Mais même le premier jour du procès finit par arriver, comme me l'avait toujours dit Lacy. Je ne réussis jamais à me faufiler en douce jusqu'au palais de justice, car Lacy s'arrangeait systématiquement pour m'occuper à autre chose : par exemple, grimper dans la montagne avec lui et un des policiers pour aller couper un sapin de Noël ou orner la maison en accrochant des décorations selon le souhait de maman.

Lacy avait perdu l'habitude de somnoler dans la journée, surtout depuis que nous étions menacés par courrier ainsi que je l'avais découvert. La police n'attrapa jamais le corbeau ni l'auteur de l'insulte à la bombe.

J'évoquai rarement ces lettres avec Lacy pas plus que l'inscription qui avait souillé notre cour, car chaque fois que j'abordais ces sujets, il changeait de conversation ou faisait la sourde oreille. Il prétendait entendre de plus en plus mal, mais je savais qu'il n'en était rien.

Un matin, à mon réveil, je découvris dans ma chambre deux cadeaux libellés à mon nom, enveloppés dans du papier marron par les bons soins de Lacy, même si un petit mot disait qu'ils étaient de la part du Père Noël. L'écriture ressemblait à celle de Lacy et les paquets étaient imprégnés de l'odeur du tabac à pipe. D'ailleurs, ça faisait un petit moment que je ne croyais plus au Père Noël. En revanche, il n'y avait aucun cadeau de la part de maman. Elle avait probablement dû donner l'argent à Lacy pour acheter ceux-ci, si tant est qu'il lui restât encore quelques économies.

Nous étions cependant bien loin de l'ambiance de Noël, même avec la maison décorée, et je ne ressentais pas la même excitation que d'habitude. Mais accomplir les corvées quotidiennes nous aida cependant à tuer le temps durant ces heures interminables, sans compter que le procès dura cinq jours de plus que ce qui avait été prévu par le juge, suite à la pneumonie contractée par un des jurés.

Avec force et éloquence, Malcolm s'acharna sur tous les témoins que l'accusation présenta à la barre, et sans ménager les effets de manches, me rapporta Lacy. Il me raconta comment, chez le barbier réservé aux gens de couleur, il avait entendu un homme prétendre de manière imagée que Malcolm broyait les policiers comme du bois brut pour les réduire à l'état de sciure.

Péniblement, les jours passaient l'un après l'autre. Un soir, Lacy me fit asseoir à la table de la cuisine après m'avoir enfoncé un coin de torchon dans le col du pull que j'avais reçu à Noël, l'année précédente. L'odeur des plats en train de cuire me souleva le cœur.

Il m'avait préparé un copieux repas campagnard qui se composait d'un steak à la sauce aux champignons accompagné d'un gratin de pommes de terre, de biscuits tartinés de marmelade de pommes et de haricots verts braisés au lard. Pour le dessert, Lacy avait acheté un gros gâteau au chocolat chez Miss Beulah, la pâtissière. C'était un de mes menus préférés mais je m'excusai auprès de lui en prétextant un manque d'appétit. Il enleva alors simplement nos deux assiettes et les remit dans le four pour qu'elles ne refroidissent pas.

Il revint s'asseoir d'un pas tellement chancelant que je crus qu'il allait tomber à la renverse de sa chaise, lorsqu'il fit le geste d'ôter sa casquette bleue pour l'accrocher à sa canne, posée contre la table.

Lacy semblait avoir encore vieilli de plusieurs années en quelques secondes. Sa peau avait l'air si fine qu'on aurait pu voir à travers lui si elle n'avait pas été aussi sombre, pensai-je.

— Ta maman a été déclarée coupable cet après-midi,

au tribunal, lâcha-t-il enfin d'une voix haut perchée mais relativement forte.

Lacy me tapota la main lentement comme il le faisait toujours pour annoncer une mauvaise nouvelle. Je crois qu'il s'attendait à une sorte de réaction terrible de ma part, mais j'étais déjà au courant de tout. Au lieu d'aller chez Jimmy comme je le lui avais promis — il n'était toujours pas rentré, mais ça, Lacy l'ignorait —, j'avais réussi à me faufiler jusqu'au palais de justice, et là, caché derrière une grosse congère, j'avais vu tous les journalistes sortir en se ruant vers l'unique cabine téléphonique.

Je demeurai là un long moment, dissimulé derrière cet énorme amas de neige, à écouter le vent faire rouler les nuages en les charriant par-delà la montagne. J'aurais pu rester là une éternité.

Je savais que maman était juste de l'autre côté de cet épais mur de brique et je demeurai là jusqu'à ce que je sois complètement frigorifié. J'étais tellement glacé, je me sentais si vide, que j'avais le choix entre bouger ou me laisser mourir de froid. J'étais sans cesse tourmenté par la pensée que c'était donc bien maman qui avait tué papa. Puisque le juge l'avait dit. Après tous ces longs mois passés dans l'espoir, je n'arrivais pas à croire que mon pire cauchemar soit devenu réalité.

Je ne laissai rien paraître de mes sentiments lorsque Lacy m'assura pour finir que, même si les jurés l'avaient déclarée coupable, nous savions bien, nous, qu'il n'en était rien et qu'elle allait bientôt sortir de cette satanée prison.

Je levai les yeux de la table. De manière inexplicable, je me sentais désormais presque indifférent à tout, au sort de maman comme au mien. Rien ni personne ne m'importait plus car, quoi qu'il arrive, qu'est-ce qui pourrait bien changer la situation ? Les choses allaient simplement empirer. Je repensai néanmoins aux dernières paroles de Lacy, en grande partie à cause de la véhémence avec laquelle il s'était exprimé.

— Elle va sortir ? demandai-je.

Lacy hocha la tête.

— Quand ?

Il se leva, alla à sa chambre et en ressortit avec plusieurs taies d'oreillers à la main. Je me redressai sur ma chaise.

— Le jury s'est trompé, Charlie. Maintenant, tu dois absolument me faire confiance. Va prendre toutes les affaires qui te vont encore dans ton armoire et dans ta commode et mets-les là-dedans. Ton manteau. Tes vêtements chauds. N'oublie pas tes chaussures, non plus.

— Ils veulent m'envoyer quelque part, Lacy ?

— Fais ce que je te dis, fiston ; ensuite, on prendra un bon repas. Il te faut prendre des forces pour demain.

— Je vais aller où ?

— Ça fait longtemps que je te dis que ta mère va sortir de cette prison, d'une manière ou d'une autre.

Eh bien, tu vois, ce n'étaient pas des paroles en l'air. Va rassembler tes affaires.

Je ne l'avais jamais vu se comporter de façon aussi grave : le timbre de sa voix s'était empreint de profondeur et il ne chevrotait plus du tout. J'obéis sans poser de questions. J'allai dans ma chambre, chargé des taies d'oreillers, et entrepris de les remplir de ce dont j'allais avoir besoin pour une destination et une durée inconnues.

Sentant sa présence attentive dans mon dos, je me tournai et commençai à discuter.

— Fais ce que je te dis.

Tout à coup, mon sort ainsi que celui de maman reprirent de l'intérêt à mes yeux : un tout petit peu au début, puis, bientôt, je me retrouvai à bourrer frénétiquement ces taies de vêtements, sans perdre la moindre seconde.

14

Je crus tout d'abord que Lacy s'était cogné dans l'obscurité en allant aux toilettes sans ses lunettes et son dentier, comme cela lui arrivait une bonne dizaine de fois par nuit. Les sens aiguisés par l'insomnie — comment aurais-je pu dormir cette nuit-là ? —, je jetai un coup d'œil à mon réveil : minuit passé.

J'entendis de nouveau des bruits en provenance de la cuisine. Mais que diable faisait donc Lacy debout, si tard, après notre festin d'hier soir ? Je me levai, enveloppé dans une couverture, pour aller voir ce qui se passait.

La maison était plongée dans l'obscurité. Je fis quelques pas dans la cuisine, mais me figeai aussitôt en apercevant un homme immense, assis de dos, courbé au-dessus de la table. Il portait un long manteau de l'armée dont le col était relevé sur de sombres cheveux courts. Je crus tout d'abord qu'il s'agissait d'un des policiers, rentré se mettre à l'abri du froid. Combien de temps restai-je planté là à l'observer, une minute, peut-être plus ? Je l'ignore.

Mais je me sentis peu à peu envahi par l'effroi, car

cet homme ne ressemblait à aucun des policiers de ma connaissance. Je reculai alors à pas de loup vers l'angle de la pièce pour tenter de me glisser furtivement jusqu'à la chambre de Lacy : il fallait que je l'avertisse de la présence de cet intrus dans la maison.

J'allais atteindre la porte de la cuisine quand l'inconnu se tourna vers moi.

En dépit de l'obscurité, le clair de lune filtrant par la fenêtre me permit de distinguer parfaitement ses traits. Aucun doute, c'était Hollis Thrasher. Il buvait un café et s'interrompit en posant sa tasse avec précaution.

— Désolé si je t'ai fait peur, Charlie, dit-il.

Il se leva et je reculai vivement pour aller tirer le cordon de la lumière du couloir.

— Non. N'allume pas. Il ne faut réveiller personne.

Pendant un instant je crus rêver, mais mon regard fut happé par ses yeux noirs et je compris, hélas, que mon cauchemar était bien réel. D'un bond, je me jetai désespérément sur le cordon de l'interrupteur et allumai la lumière, ma couverture glissa à terre et je courus comme une flèche jusqu'au fond du couloir pour aller réveiller Lacy. Il se passait quelque chose de très grave. Quelque chose de terrible. Mais je ne réussis pas à atteindre le bout du couloir : Hollis avait déjà éteint la lumière et je me retrouvai dans le noir total.

— Lacy est dans la salle de bains. Il en a pour une minute, expliqua-t-il.

J'entendis quelqu'un faire couler de l'eau au lavabo, puis la porte de la salle de bains s'ouvrit largement.

— Hollis Thrasher est dans la cuisine ! balbutiai-je, mes mots se bousculant.

La pipe à la bouche, en caleçons longs, Lacy émergea de l'obscurité, fort occupé à récurer son dentier avec de la soude.

— Je sais. J'allais venir te réveiller, répliqua-t-il. J'arrive dans une minute.

— Mais c'est Hollis Thrasher !

— Je le sais bien, c'est moi qui l'ai fait entrer.

— Tu l'as laissé entrer chez nous ?

— J'arrive tout de suite. Je m'habille.

— Mais, Lacy…

— Maintenant, tu m'obéis.

— Je vais aller chercher un policier.

Lacy se tourna brusquement vers moi.

— Non ! A présent, tu fais ce que je te dis.

Je me dévissai le cou pour tenter d'apercevoir quelque chose au bout du couloir, en direction de la cuisine.

— Je ne veux pas retourner là-bas. Il…

Lacy se pencha vers moi.

— Tout va bien. Fais-moi confiance, fiston.

— Mais qu'est-ce qui t'arrive ?

— Je te dis de me faire confiance, fiston.

Ivre d'angoisse, je finis quand même par lui obéir, courus à ma chambre et, après m'être enfermé à double tour, enfilai un pull et ma salopette. Lacy vint me chercher quelques minutes plus tard et nous nous retrouvâmes tous les trois assis dans la pénombre de la cuisine. Lacy alla me préparer un biscuit à la marmelade de pommes qui restait du dîner.

Je demeurai là à fixer ce biscuit, attendant que quelqu'un veuille bien m'expliquer ce qui se tramait ici, quand l'une de mes jambes se mit à tressauter à toute vitesse, de manière incontrôlable. Assis sur sa chaise, Hollis demeurait parfaitement immobile. Je lui trouvai le visage marqué des stigmates d'un homme qui a passé sa vie à faire le mal. Je ne pouvais en croire mes yeux : il était là, assis chez moi. Lacy avait-il perdu la tête en le laissant entrer dans la maison ? La police était toujours à sa recherche pour l'interroger au sujet du meurtre de papa ! Dans la cuisine, la tension était palpable. En observant Lacy, je fus au moins assuré d'une chose : je n'étais pas le seul à me sentir nerveux à cette table.

Celui-ci se pencha vers moi et, dans un souffle, me murmura :

— Cette nuit, tu vas accompagner Hollis en ville pour faire sortir ta mère de prison.

Il me fallut une minute pour saisir la pleine signification de ses mots.

— Ils vont la libérer, là, tout de suite ? demandai-je.

Lacy secoua la tête en signe de dénégation.

— Ecoute-moi, fiston. Ce matin, ils vont transférer ta mère à la prison pour femmes d'Andersonville. On ne va pas rester là, les bras croisés, à la regarder partir en prison pour le restant de ses jours ! C'est pas juste, un point, c'est tout. C'est pour ça qu'on va la faire sortir de là.

Le silence qui s'abattit tout à coup sur la maison me fit l'effet d'une bombe. Je n'entendais plus que la respiration haletante de Lacy et le mugissement du vent qui tourbillonnait autour de la maison, faisant gémir sous sa violence la porte à moustiquaire, à l'arrière de la cuisine.

Lacy me tapota finalement la main.

— Il n'y a plus d'autre solution. Je suis certain qu'un jour tu comprendras.

Lacy se leva et alla à la chambre de papa et maman. Je voulus le suivre : pas question que je reste seul à cette table avec Hollis. Sa présence chez nous à minuit demeurait pour moi une énigme. Comment aurais-je pu seulement envisager qu'il puisse prendre part au plan rocambolesque destiné à faire évader maman de sa prison ? Et d'ailleurs, pourquoi n'était-il pas en ce moment même au Mexique comme le voulait la rumeur, ou bien même terré dans sa cabane, là-haut, sur Angel's Rest ?

— Reste assis une minute, Charlie, ordonna-t-il. Tu es sous le choc et je le comprends très bien. Ça ne va pas être facile pour toi car tu es encore très jeune, mais ta mère va avoir besoin de toi, cette nuit.

— Qu'est-ce que vous faites ici ? le coupai-je.

Hollis fit le geste de vouloir tirer sur sa barbe mais ses doigts ne rencontrèrent que la peau glabre de son menton. D'après moi, il n'arrivait pas à se défaire de la vieille habitude qu'il avait de fourrager dans sa barbe broussailleuse… qu'il avait rasée entre-temps. Je fixai la fine cicatrice rose qui courait de sa tempe jusqu'à l'arcade sourcilière, traversant son sourcil noir de part en part. Décidément, à part moi, ils étaient tous couturés de cicatrices, dans cette maison !

— Je suis ici pour aider ta mère, commença-t-il. Elle et moi, on se connaît depuis l'enfance.

— Elle m'a toujours dit de ne pas m'approcher de vous.

Hollis courba la tête une minute, puis releva les yeux. Son regard étrange s'éclaira soudain.

— Ta mère et moi, on était à l'école ensemble. Je sais que tout ça n'est pas évident à comprendre pour toi, mais tu dois me faire confiance. Ta maman t'expliquera tout dans quelques minutes.

Il me faisait toujours aussi peur. Qu'est-ce qui provoquait un tel malaise en moi à le voir assis dans la maison de papa, en train de boire tranquillement un café ? En tout cas, j'étais si en colère que les mots fusèrent hors de moi :

— Vous êtes assis à la place de papa !

Hollis hocha la tête et poussa la tasse et la soucoupe en face d'une autre chaise. Il voulut se lever mais, à ce moment-là, Lacy fit son entrée dans la cuisine, chargé d'un vieux sac de voyage tout fripé.

— Amène tes vêtements dans la cuisine. Ensuite, retourne dans ta chambre, prends tout ce que tu aimerais emporter et mets-le dans ce sac. Ton gant de base-ball, tes livres d'images, ta boîte à leurres... Ce que tu veux.

— Je vais où ? m'enquis-je.

— Contente-toi de faire ce que je te dis, répliqua Lacy.

— On part pour combien de temps ?

— Un bon moment.

Je brûlais de désobéir à Lacy en commettant une très grosse bêtise — pour une fois qu'il pourrait m'attraper sur le fait ! — et d'aller prévenir les deux policiers en faction que Hollis Thrasher était dans la maison. Mais Lacy paraissait si sérieux, si vieux... Il avait vraiment l'air au bout du rouleau. Moi-même, j'étais tellement sonné par les événements que s'il m'avait demandé de sauter d'une falaise dans le vide en chantant « Dixie », je lui aurais sûrement obéi sans réfléchir.

Je pris le sac et m'en fus dans ma chambre sans poser de questions. En entrant, je sursautai en voyant la photographie de papa posée dans un coin avec mes cannes à pêche, contre le mur. Lacy devait avoir deviné que j'avais envie de les emporter.

— Prends-les avec toi.

Ces mots résonnèrent dans ma tête de façon sinistre : la saison de la pêche n'ouvrirait pas avant des mois...

Je fouillai mes tiroirs et mis mes bandes dessinées, mes livres sur Abraham Lincoln et Jim Thorpe ainsi que ma collection de pointes de flèches d'Indiens dans le sac, puis y glissai également les photographies qui se trouvaient sur ma commode.

C'est là, en prenant la photographie de papa que maman avait fait encadrer pour moi le jour de son enterrement, que je sus avec certitude que plus jamais je ne reviendrais dans cette maison après cette nuit. Alors, je m'écroulai sur mon lit en sanglotant jusqu'à ce que j'aie pleuré tout mon soûl.

Quand mes larmes furent enfin taries, j'enveloppai la photographie de papa dans un vieux T-shirt, la rangeai dans le sac en compagnie de mes bouchons de pêche, de mes moulinets de rechange et de bien d'autres choses encore. Je fus alors gagné par un sentiment tout à fait étrange.

Je me réjouissais à l'idée de ne plus jamais revenir à Sunnyside et de quitter cette maison à tout jamais. L'une et l'autre m'étaient devenus également intolérables. Je n'avais jamais été aussi heureux de partir : et si j'étais en train de devenir dingue ? Sinon, comment expliquer cette terrible sensation de soulagement ?

Je retournai dans la cuisine, chargé des taies bourrées de vêtements ainsi que du sac de voyage rempli de tout mon bazar. Lacy et Hollis se levèrent ensemble, d'un seul mouvement.

— Tu es prêt, Charlie ? s'enquit Hollis.

Comme je ne répondais pas, Lacy me reposa la même question. Je fis oui de la tête et Hollis vint me tapoter le dos presque affectueusement, ce qui déclencha un frisson en moi. Ensuite, il s'empara de mes sacs et de mes cannes à pêche, et nous nous faufilâmes tous trois par la porte menant à la cave, en pleine nuit, sans faire plus de bruit que des petites souris. Hollis portait coincé sous son bras le sac de maman avec les pâquerettes brodées dessus.

Lacy me fit passer devant lui et nous descendîmes l'escalier branlant qui nous conduisit à la cave en terre battue située en sous-sol.

— Où sont tes bagages ? demandai-je à Lacy.

Nous nous enfonçâmes encore plus loin dans la cave ; Hollis marchait tout voûté pour éviter de se cogner la tête. Il serra la main de Lacy de façon très solennelle, puis entrouvrit la lourde porte étanche qui donnait sur l'extérieur. Il jeta un coup d'œil au-dehors avant de gravir les marches. Puis, je le vis courir tant bien que mal en traînant sa patte folle, ses pieds s'enfonçant dans la profonde couche de neige qui recouvrait désormais l'emplacement de l'ancien potager de maman. Lacy baissa les yeux sur moi et posa ses mains ridées sur mes épaules.

— Je ne viens pas avec vous. Tu pars avec Hollis. Il va bien s'occuper de toi et de ta maman pendant quelque temps. Vous allez avoir besoin d'aide et Hollis veillera à tout ça.

Lacy parvint péniblement au bout de sa phrase et sa voix se brisa. Ses yeux s'emplirent de larmes et je me serrai contre lui de toutes mes forces : il ne m'avait jamais contemplé d'un tel regard. La seule pensée de le quitter m'était intolérable. Lacy était mon meilleur ami depuis toujours, il comptait même plus que Jimmy.

— Je ne pars pas sans toi, m'écriai-je.

— Tu dois partir. Et je suis bien trop vieux pour vous accompagner, fiston.

— Je ne veux pas partir avec Hollis. Il a peut-être tué papa… Tu te rends compte, Lacy ?

Lacy se mit sur un genou, c'était la première fois.

— Crois-tu que je te laisserais partir avec quelqu'un s'il avait fait du mal à ton papa ? Non, m'sieur. Hollis est là pour nous aider.

— Je ne pars pas sans toi. Non, je ne veux pas !

— Il le faut, pourtant. Tout va bien se passer, Charlie. Tu sais bien que je ne t'ai jamais menti. On se reverra un jour.

— Non, ce n'est pas vrai…

Lacy tendit la main et m'attira à lui en me tapotant dans le dos. Il me garda blotti contre lui et les souvenirs affluèrent à ma mémoire : tous nos merveilleux moments passés ensemble au magasin, émaillés par ses récits dans lesquels les gens bien venaient en aide à ceux qu'il surnommait les faiseurs de musique. Il me promettait toujours de ne jamais me mentir.

Lacy venait pourtant de trahir ma confiance pour la toute première fois, en m'assurant que nous nous reverrions un jour.

J'étais accablé de tristesse et mon départ m'apparut désormais inéluctable : j'étais comme emporté par un courant d'air invisible qui m'entraînait irrésistiblement au-delà de la porte de la cave, vers l'extérieur. Alors, relâchant mon étreinte, je me séparai de Lacy et bondis en haut des marches pour rejoindre Hollis qui m'attendait au-dehors. Il tourna à l'angle du chemin de terre et je le suivis jusqu'à une voiture aussi grosse que celle de Malcolm, mais bleue, celle-ci. Avant de monter à l'intérieur, je lançai un regard en direction de ma maison et aperçus Lacy, dans sa chemise blanche, qui me faisait au revoir en agitant lentement le bras parmi les ombres de la cave.

On aurait dit un spectre.

Je me retournai enfin et grimpai dans la voiture à côté de Hollis dont le visage arborait le calme inquiétant des fous. Je m'assis le plus loin possible de lui, en me rencognant contre la portière. Il se mit en devoir de m'expliquer ce qu'il attendait de moi sitôt que nous serions arrivés à la prison. Il jeta un ultime coup d'œil au policier endormi au volant de son tout-terrain, fit démarrer la puissante voiture et nous partîmes. Je me retournai pour scruter la lunette arrière dans l'espoir d'apercevoir Lacy, mais le côté de la maison était masqué par la barrière du voisin. Je lui fis au revoir de la main tout en sachant qu'il ne pouvait pas me voir.

Tout au long de la descente de cette colline, baptisée Duncan Hill, je restai tourné sur mon siège, dos à la route, pour tenter d'imprimer dans ma mémoire les moindres détails concernant le lieu où j'avais passé toute mon enfance, pour le jour où je voudrais m'en souvenir avec exactitude. Au cas où je reviendrais ici un jour, ce qui me paraissait absolument inconcevable.

A cet instant, j'aperçus une lueur sur le plancher de la banquette arrière. C'était la lumière froide de l'éclairage public se reflétant sur le canon d'un fusil bien huilé.

Il était identique à celui qui avait tué papa.

A vrai dire, je n'ai pas le souvenir d'avoir eu peur durant le trajet jusqu'à la prison, même après avoir entrevu ce fusil de chasse à double canon qui déclenchait en moi un flot de visions cauchemardesques. A moins que la peur ne puisse tétaniser un être au point d'anéantir toutes ses pensées. En fait, je ne mesurai pas l'étendue de ma terreur sur le moment : ce n'est que par la suite que je m'aperçus que je m'étais fait pipi dessus, en sentant l'étoffe humide de ma salopette, après coup.

Je ne me rappelle pas non plus avoir entendu Hollis s'adresser à moi pendant le trajet. A-t-il seulement prononcé une parole après notre départ de Duncan Hill ? En revanche, je me rappelle fort bien qu'il gara la voiture dans le parking situé derrière la mairie, descendit et alla ouvrir la portière arrière. Je me mis à trembler comme une feuille en le voyant s'emparer du fusil.

— Je ne vais faire de mal à personne, affirma-t-il. C'est juste au cas où j'aurais besoin de me faire respecter.

Armé du fusil qui battait contre sa jambe valide, Hollis fit le tour de la voiture pour venir de mon côté et ouvrit le fusil en deux devant moi. Il voulait sûrement me prouver qu'il n'était pas chargé.

La neige s'était remise à tomber, m'empêchant de distinguer ce qu'il voulait me montrer ; mais, dans un claquement sec, il réajusta le canon du fusil dans l'alignement de la crosse et hocha la tête une ou deux fois à mon intention avant de s'éloigner en direction de la prison.

Il n'avait pas fait vingt mètres que je dus ouvrir la portière en catastrophe pour vomir. Il me jeta un coup d'œil par-dessus l'épaule, sans s'arrêter. Je le regardai marcher avec son fusil et traînant sa patte folle. Entre ses mains, l'arme avait l'air d'un jouet dérisoire.

En tout cas, Hollis ne semblait pas vraiment pressé d'effectuer sa mission, quelle qu'elle fût. Il continuait d'avancer contre le vent glacial de décembre ; en approchant de la prison, il dissimula le fusil sous son manteau.

Brusquement, je me mis à prier de toutes mes forces. Je n'avais jamais prié avec autant de ferveur, même avant la mort de papa. Je priai pour que maman parvienne à s'évader de la prison, saine et sauve. Il fallait qu'elle et moi puissions quitter Sunnyside car, pour nous, la situation y était désormais intenable.

Pour être déjà venu à la prison des tas de fois auparavant, je connaissais par cœur la disposition des lieux : l'aile des prisonniers était reliée au bureau du shérif par un couloir en brique, fermé par des grilles à ses deux extrémités. Un jeudi, à 2 heures du matin et en plein hiver qui plus est, les flics dormaient tous comme des marmottes à Sunnyside. C'était de notoriété publique.

Et sinon, il était à la portée du premier venu de s'en assurer en appelant le poste pour une urgence, car il fallait généralement attendre une bonne heure avant de voir arriver un adjoint quelconque, le visage portant encore la marque de l'oreiller.

Les seuls représentants de l'ordre à Sunnyside étaient un coordonnateur qui devait sans doute être en train de dormir à cette heure-là, un agent de patrouille en service qui ronflait sûrement quelque part ailleurs, sans oublier le gardien de prison assoupi sur sa chaise. Et puisqu'il y avait maman à surveiller, la gardienne à temps partiel qui travaillait également à la chambre d'agriculture devait sûrement passer la nuit à la prison, elle aussi. Tous devaient être en train de monter la garde dans un profond sommeil, imitant en cela les agents de la police d'Etat — c'est du moins l'idée que je m'étais faite de leur travail.

J'ignore comment Hollis réussit exactement à s'introduire dans la prison pour faire évader maman, mais moi, assis tout seul, transi de froid dans cette voiture à l'arrêt, je me représentais fort bien la scène : grand et fort comme un taureau, Hollis n'avait probablement eu qu'à pousser la porte en fixant les gardiens de son œil noir. Selon toute vraisemblance, il avait dû pointer son arme en direction des gardiens, puis enfermer le maton et sa collègue dans une cellule, sans leur laisser la possibilité de dire un mot. Ensuite, il ne lui restait plus qu'à faire sortir maman, après leur avoir dérobé la clé de sa cellule. Il y avait de fortes chances qu'il n'ait même pas eu à prononcer le moindre mot.

Si j'avais été plus courageux, j'en aurais certainement fait autant sans trop de difficulté : on s'évadait rarement de prison à Sunnyside... En laissant entrer Hollis, le gardien devait s'attendre à tout, sauf à le voir pointer sur lui un canon de fusil de chasse dans la seconde suivante.

Combien de temps dura mon attente ? Je l'ignore. Une heure ou peut-être seulement quelques minutes. Suffisamment en tout cas pour m'apercevoir que j'avais mouillé mon pantalon quelques instants plus tôt. J'étais constamment sur le qui-vive : à chaque accalmie du vent, je m'attendais à entendre éclater des coups de feu. Toute l'opération dut cependant prendre au moins plusieurs minutes car, dans l'intervalle, les vitres eurent le temps de se couvrir de buée ; je dus même les nettoyer à deux reprises pour arriver à y voir dehors.

La seconde fois, j'aperçus maman et Hollis sortir de la prison en marchant tranquillement vers la voiture. Elle était vêtue de son long manteau dont les pans se relevaient en découvrant ses jambes, sous l'effet des bourrasques. Lorsque Hollis lui désigna la voiture d'un geste de la main, elle se mit à courir dans ma direction.

J'aurais voulu me précipiter au-devant d'elle, mais au lieu de cela, je bondis m'asseoir sur la banquette arrière, croyant que c'était ce que l'on attendait de moi. Maman monta dans la voiture et me serra dans ses bras en pleurant à chaudes larmes. Elle pouvait à peine respirer entre deux sanglots. Elle pleurait tellement et m'étreignait si fort, que je crus qu'elle allait me briser les vertèbres. Pendant ce temps, Hollis alla mettre le fusil de chasse dans le coffre et nous repartîmes. Nous traversâmes la ville pied au plancher et rejoignîmes la Route 56. A cette allure, nous allions sûrement avoir un accident en dérapant dans l'un de ces virages verglacés.

— Je suis tellement désolée, Charlie. Je regrette tellement, mon chéri, répétait sans cesse maman.

Je ne savais comment me comporter avec elle — elle était dans un tel état ! —, alors je me contentai de la repousser doucement en essayant de la calmer :

— C'est bon, maman. Ça va aller, tu vas voir…

Pendant ce temps, Hollis nous jetait des coups d'œil incessants dans le rétroviseur.

Tout en essayant de contenir les effusions de maman, je gardais un œil sur l'aiguille du compteur et la vis dépasser les cent à l'heure. Lacy aurait fait un bien piètre conducteur dans une course poursuite avec la police… S'il avait pu venir avec nous, il se serait probablement installé à l'arrière avec moi. Ah, si seulement il pouvait être là ! Il me manquait, bien sûr, mais, surtout, j'avais l'intuition que nous pourrions bien avoir besoin de quelqu'un comme lui, malin et rude à l'épreuve. Car si Lacy se considérait lui-même comme un lâche, moi, en revanche, je n'étais pas dupe.

A environ quinze kilomètres de la ville, Hollis se rangea sur le bas-côté.

— Fais-moi passer les plaques qui se trouvent dans le sac derrière toi, m'ordonna-t-il.

Je fouillai dans un bagage de l'armée kaki et en sortis des plaques d'immatriculation. Elles étaient enregistrées dans l'Etat du Maine. Hollis me les prit des mains, descendit de la voiture et alla les fixer à l'avant et à l'arrière du véhicule. Tandis qu'il s'affairait, maman ne cessait de me cajoler.

Nous reprîmes notre cavale. A un moment, je notai l'heure à la montre de Hollis : il était presque 3 heures du matin. Cela faisait plus d'une heure que je n'avais pas songé à Lacy. Pour quelqu'un d'aussi cher à mon cœur, cela me sembla une éternité, d'autant plus que je venais d'apprendre que je ne le reverrais probablement plus jamais.

Et puis j'étais inquiet pour lui. Qu'allait-il bien pouvoir raconter aux flics demain matin ? Sans parler de mon grand-père… En plus, où irait-il maintenant ? Apparemment, il n'avait plus aucun refuge. Pourquoi n'était-il donc pas parti avec nous ? Jamais les gens de Sunnyside ne le laisseraient rester à Duncan Hill.

Mais mon esprit ne s'attarda pas trop longuement sur ce sujet car j'avais bien d'autres choses en tête.

Maman s'était finalement calmée et arrivait à rire un peu entre ses larmes, en reniflant comme si elle avait avalé un peu de soda par le nez ou un truc de ce genre. Elle me demandait à tout bout de champ si j'allais bien. On aurait dit qu'elle n'arrivait pas à me croire ! Pourtant, je lui répondais en hochant affirmativement la tête. Et puis elle n'arrêtait pas de me caresser les cheveux. Parfois même rudement, un peu comme pour accueillir un chien de chasse rentré au bercail après avoir disparu des jours dans la montagne.

Maman se serra contre la portière passager pour que je puisse venir m'asseoir auprès d'elle et je repassai donc sur le siège avant.

Nous traversâmes une enfilade de villes sans que personne ne souffle mot dans la voiture. Hollis gardait la radio allumée et n'arrêtait pas de changer de station pour essayer d'obtenir la meilleure réception possible en évitant les parasites. Il devait chercher à savoir si la nouvelle de notre évasion était déjà connue.

Je crois que nous espérions tous secrètement que notre fuite ne serait pas découverte avant le lendemain matin. Mme French arriverait alors à 6 heures avec le petit déjeuner des prisonniers et tout le monde s'apercevrait qu'elle en avait préparé un de trop. Au cours des premières heures de notre fuite, nous regardâmes bien souvent anxieusement derrière nous, au cas où nos espoirs auraient été détrompés.

Maman passa son bras autour de moi en m'enlaçant si fort que je compris ensuite qu'elle s'était endormie en sentant sa main retomber mollement sur mon épaule. Quelque part dans la nuit, hypnotisé par les lignes jaunes défilant sur l'asphalte et par le tourbillon des flocons dans la lumière des phares, bercé par le ronron du moteur puissant, je cessai enfin de m'inquiéter du regard féroce de Hollis, braqué sur la route interminable qui se déroulait devant nous, et, à mon tour, je m'endormis.

Sunnyside me paraissait déjà bien loin.

15

Quand je m'éveillai, le soleil était déjà haut dans le ciel et maman dormait toujours. Je saisis son bras pour la secouer, mais Hollis arrêta mon geste en posant sa main sur la mienne.

— Laisse-la dormir. Elle en a besoin, dit-il doucement.

Je retirai prestement ma main de la sienne.

— Tu veux boire quelque chose ? me demanda-t-il.

J'ignorai son offre et fixai mon regard sur le pare-brise : nous roulions désormais sur une large autoroute qui traversait le paysage vallonné de l'Etat de Pennsylvanie. J'aperçus un panneau indiquant Gettysburg, une ville dont on mentionnait le nom dans mes livres sur Lincoln. Maman remua et s'étira légèrement, mais sans ouvrir les yeux. J'avais conscience que Hollis m'observait dans le rétroviseur. Mon regard croisa le sien, et, pour la première fois, c'est moi qui lui fis baisser les yeux.

Hollis prit une bouteille Thermos argentée et se versa une tasse de café.

— Tu en veux, Charlie ?

Je gardai les yeux rivés à la vitre de la grosse Chevrolet, regardant défiler les bas-côtés et les champs de coton immaculés. Avec maman, je n'avais droit au café que pour y tremper mes biscuits au sucre…

— Nous roulons en direction de l'Etat du Maine. C'est dans le Nord, près du Canada, annonça Hollis de sa voix si puissante qu'on aurait cru entendre l'écho d'une caverne, même quand il essayait de murmurer.

Son timbre était trop grave pour être réconfortant ou bien alors il aurait fallu qu'il atténue sa voix de basse en enrobant ses paroles d'une intonation plus douce, enfin, de quelque chose… Ce qu'il ne faisait jamais.

— Je sais très bien où c'est, répliquai-je.

En réalité, je situais assez mal le Maine sur la carte des Etats-Unis…

Hollis avait beau avoir l'air effrayant, il avait cessé de me faire peur, et ce en dépit de son allure de colosse, de sa collection de balafres, et même des terribles rumeurs qui couraient sur son compte. Certes, je ne l'aimais toujours pas mais, au moins, je ne le craignais plus. Je savais que papa n'avait jamais eu peur de lui, ou, en tout cas, il ne l'avait jamais montré. Cependant, Hollis Thrasher restait malgré tout inquiétant : des ondes maléfiques semblaient courir sous la carapace abîmée de sa peau brûlée et ses récents efforts de toilette n'y changeaient rien. Hollis Thrasher ressemblait en cela à une grande et vieille demeure dont la seule vue suffit à vous glacer le sang car à l'intérieur, tapie dans l'ombre, une présence sinistre vous guette, fatalement.

Comment maman et moi en étions arrivés à voyager avec lui dans cette voiture, voilà qui me dépassait. Ce que nous avions fait me paraissait inconcevable. Et comment imaginer que Lacy nous ait laissés faire une chose pareille ? Et pourtant non, je ne rêvais pas : c'était bien maman, dormant d'un sommeil confiant auprès de Hollis, inconsciente du danger comme une agnelle qui se serait blottie contre un loup. Incroyable.

— Je pensais qu'on allait au Mexique comme vous il y a quelques mois, hasardai-je.

— C'est ce que j'ai volontairement prétendu devant deux ou trois personnes... Je voulais que la rumeur se répande. Je t'ai menti à toi aussi, mais je ne pouvais pas risquer qu'on puisse deviner ma véritable destination. En réalité, j'étais dans le Maine, en train de tout préparer au cas où... Pourtant, Lacy et moi n'avons jamais cessé d'espérer qu'ils finiraient par libérer ta mère. Malheureusement...

— Lacy était au courant que vous faisiez tout ça ?

— Il a bien fallu le lui dire, vu la tournure des événements. Ça fait un moment qu'il sait, répondit Hollis.

— Maman aussi ?

Hollis hocha la tête.

— Et Malcolm ?

— Non, pas lui.

— Et vous faites tout ça juste parce que... parce que maman est une vieille amie à vous ?

— Oui.

— Pas que pour ça, quand même ?

— Elle a besoin qu'on l'aide, Charlie.

Je n'en croyais pas un traître mot. Ne venait-il pas de m'avouer qu'il m'avait menti au sujet de son voyage au Mexique ? Soudain, porté par un grand élan de courage comme le jour où j'avais mis une raclée aux frères Perkins, je lançai impulsivement :

— Des gens ont dit que vous vous voyiez en cachette avec maman.

Hollis grimaça et me lança un bref coup d'œil dans le rétroviseur.

— C'est faux.

— Alors, pourquoi est-ce qu'ils disent ça ?

— Je n'en sais rien.

— Ils disent que vous étiez dans les parages quand papa s'est fait tirer dessus.

— J'étais allé demander à ta mère si vous vouliez m'acheter un sac de bois que j'avais coupé et fendu en bûches. A ce moment-là, j'étais en chemin pour aller chez tes voisins, pour leur demander la même chose. J'ai entendu la détonation. Sur le moment, je n'ai pas réagi… J'ai cru que c'était simplement quelqu'un qui tirait sur un corbeau ou une marmotte dans son jardin.

— Vous avez entendu maman crier ?

Le visage de Hollis se figea, puis il prit une gorgée de café.

— Je viens de te dire que je marchais à travers bois pour aller chez tes voisins, les Foley, quand j'ai entendu le coup de feu.

— Vous l'avez dit aux flics ?

Hollis fit de nouveau non de la tête et but encore un peu de café.

— Pourquoi ?

— Parce que j'ai déjà eu des ennuis avec la police.

J'inspirai profondément tout en caressant le cuir du siège de la voiture.

— Où vous avez trouvé cette voiture ?

— Je l'ai achetée à un vieux pote de l'armée.

« Ça aussi, c'est probablement faux », pensai-je.

En effet, il me semblait logique que les gens qui mentent, font évader des prisonniers après avoir eux-mêmes connu la prison risquent fort d'être également des voleurs de voiture. Comment Hollis aurait-il eu les moyens de s'offrir un tel véhicule ? Mais, brusquement, il me revint que l'adjoint du shérif lui avait parlé de la vente de la montagne.

— Alors, comme ça, vous vouliez que les gens vous croient au Mexique ? demandai-je.

— Exactement. J'ai laissé des prospectus derrière ma cabane, à l'endroit où je fais brûler les détritus dans la montagne. J'ai brûlé tout un tas de tracts d'agences immobilières portant le nom de différentes villes du Mexique, etc. Si les flics s'en donnent la peine — et, à mon avis, ils ne vont pas se gêner —, ils vont dénicher les indices que j'ai semés derrière moi et s'imaginer qu'on fait route vers l'ouest. Et puis j'ai emprunté des livres sur le Mexique à la bibliothèque au cours des derniers mois, et aussi des manuels pour apprendre l'espagnol.

Je tentai de laisser mon esprit assimiler calmement ces informations, en vain.

— Pourquoi on va dans le Maine ? m'enquis-je.

— Parce que c'est un bon endroit pour repartir de zéro. C'est une région sympa. Propre et nette. Tu verras.

Je réfléchis à ses paroles en songeant au Maine, cette région dont j'ignorais tout. Néanmoins, j'aimais bien l'expression « repartir de zéro », à condition que Hollis ne soit pas de la partie.

Repartir de zéro. Propres et nets.

Je me demandai si maman et moi étions vraiment capables d'y parvenir.

J'espérais que le lieu où nous allions aurait des similitudes avec Sunnyside, sans pour autant lui ressembler. Pareil, mais différent. J'ignorais qu'on pouvait choisir un endroit au hasard sur la carte et repartir de zéro, lavé de tout soupçon, « propre et net » pour reprendre l'expression employée par Hollis. Cela faisait bien longtemps que je ne m'étais pas senti aussi propre justement, d'une pureté absolument irréprochable. En revanche, plus je côtoyais Hollis et plus je sentais la crasse me gagner. On n'apprécie vraiment cette merveilleuse sensation de propreté que lorsqu'on vous a souillé l'âme d'une tache indélébile.

Hollis continuait à parler à voix basse, très doucement : il m'expliqua comment il avait choisi une maison pour maman et moi sur la côte, dans une petite ville qui s'appelait Pawtuckaway, dans le Maine, près de la frontière du Canada. C'est un vieux copain à lui — un type bien mais qui avait fait de la taule avant de rencontrer Jésus — qui l'avait aidé à tout organiser pour maman et moi. Il lui avait procuré de faux papiers d'identité avec des noms différents pour nous trois ainsi que toutes sortes de documents dont nous aurions besoin, selon lui. Hollis prétendait qu'on pouvait rencontrer des gens bien en prison.

J'ignorais que Hollis était si intelligent ou même capable de faire ce genre de choses. Jusqu'alors, je l'avais toujours vu en train de casser des palettes de bois ou de faire du stop, c'est tout. J'étais loin de me douter qu'il était en mesure de soutenir une conversation sur un sujet quelconque. De toute ma vie, je ne l'avais jamais entendu prononcer plus de quelques mots et voilà qu'à présent, dans cette voiture, il parlait sans s'arrêter d'une voix douce et calme, bien que rocailleuse.

Hollis m'expliqua que les habitants de Pawtuckaway viendraient moins fourrer leur nez dans nos affaires que ceux de Sunnyside : les gens qui vivaient là n'avaient souvent aucun autre endroit où aller. Des gens comme nous, conclut-il. Il ajouta encore que la plupart d'entre eux étaient enclins à respecter la vie privée d'autrui et ne posaient pas beaucoup de questions.

— Pour repartir de zéro, il nous faut entre autres changer d'identité, déclara-t-il. Désormais, tu t'appelleras Charles Jackson Cutter et ta maman, Emily Lane Cutter. C'est elle qui a choisi les noms.

— Et vous, vous allez vous appeler comment ?

— Tom. Hollis, c'est fini.

— Tom Thrasher ? m'enquis-je.

Hollis avait terminé son café depuis longtemps ; il ne répondit pas et se mit à fouiller au fond de la glacière à la recherche d'une canette de soda. Il la trouva finalement et me la tendit après l'avoir décapsulée. Je refusai. Alors, il la prit pour lui, en but une bonne rasade, puis entrebâilla sa vitre et alluma une cigarette. Maman ne supportait pas le tabac.

— Vous allez vous appeler Tom Thrasher ? demandai-je de nouveau.

— Non, je vais changer de nom de famille. Ce n'est pas encore bien décidé... En tout cas, à partir de maintenant, il faudra me tutoyer.

— Et où vous... Où vas-tu habiter ?

— J'ai quelques problèmes pour l'instant, Charlie. C'est pour ça que je dois me faire oublier pendant un petit moment. Un long moment, en fait.

Je jetai un coup d'œil à maman : Emily, c'est vrai que ça lui allait bien. Ça ressemblait à son ancien prénom, Hadley ; quant à mon nom, c'était le même, à part « Jackson » et « Cutter ». Charles J. Cutter. Ça sonnait bien comme nom, mais enfin ça ne valait tout de même pas Charles W. York, loin de là... J'avais bien l'intention de conserver mon ancien patronyme, et ce, quoi qu'en dise Hollis.

Ce dernier vida la moitié de la canette de Mountain Dew et me demanda de nouveau si j'en voulais une. Ce faisant, il inhala la dernière bouffée de sa cigarette, puis, d'une pichenette, envoya le mégot dehors par la vitre.

Je secouai la tête. Je ne voulais rien qui vienne de lui.

Toute cette conversation sur le Maine et nos changements d'identité m'avait complètement pris au dépourvu. Tout ça me paraissait très palpitant, comme les histoires qu'on lit dans les livres ou les pièces qu'on va voir au théâtre de Sunnyside, le samedi après-midi. Cependant, je comprenais en même temps que ce que nous faisions là était grave. Pas grave comme sécher l'école, non... Vraiment très grave.

Combien de policiers avions-nous à nos trousses à cet instant même ? Tout en observant Hollis ou Tom — je ne savais plus comment l'appeler désormais —, je sentis monter en moi un sentiment de malaise : je n'aimais pas le voir assis dans la même voiture que maman et moi, tout comme j'avais détesté le voir occuper la chaise de papa. Sans parler de l'évasion de maman et tout le reste.

Pour toutes ces raisons, sa gentillesse à mon égard ne faisait qu'attiser la haine que j'éprouvais déjà envers lui.

Car, entre accepter l'aide de Hollis et le coup de main bienveillant de Lacy, la différence était énorme. Ça n'avait rien à voir du tout.

Mais les événements s'étaient enchaînés si vite que je n'avais pas eu le temps de les analyser jusque-là. La police possédait peut-être des éléments que j'ignorais au sujet de Hollis Thrasher. A cette seconde, je fus convaincu que Hollis était responsable de la mort de papa.

Avait-il tué papa pour pouvoir être avec maman ?

Je fixai ses cheveux coupés ras sur sa nuque épaisse et le voir assis si près de maman me fit froid dans le dos.

Malgré tout, Lacy semblait approuver cette situation et c'était bien là le seul côté rassurant. Et je ne connaissais personne d'aussi intelligent que Lacy ; je priai pour que tout aille bien pour lui.

Nous roulions depuis plusieurs kilomètres sans mot dire à travers un paysage découpé de chaînes de montagnes, semblable aux environs de Sunnyside. Hollis rompit alors le silence pour m'apprendre que je ne pourrais plus jamais m'appeler Charles W. York. Ayant dit cela, il me regarda avec insistance d'un œil sévère :

— Plus jamais, tu entends ? Désormais, tu t'appelles Charles Cutter. Charles Cutter, compris ?

— Mais moi, je m'appelle Charles W. York !

Je cherchai ses yeux dans le rétroviseur mais son regard restait braqué sur la route.

— Ecoute, Charlie. J'essaie simplement de t'expliquer deux ou trois choses qu'il faut que tu saches pour que ta maman ne se fasse pas arrêter en cas de contrôle ou de quoi que ce soit. C'est tout. Par exemple, il ne faudra pas non plus raconter que tu as grandi en Virginie. On va dire à tout le monde que nous sommes de Greensboro, en Caroline du Nord. Ta maman a choisi cet endroit parce qu'elle dit que tu y as déjà été plusieurs fois pour rendre visite à ton oncle et qu'il doit t'en rester des souvenirs.

La dernière fois que j'avais vu oncle Sonny, c'était à l'enterrement de papa. Prenant part à la procession derrière maman et moi, tante Henrietta avait véhiculé l'unique frère de papa en fauteuil roulant jusqu'à l'emplacement de la tombe. C'est à peine si je l'avais reconnu depuis notre dernier séjour à Greensboro. Lui-même se souvenait-il encore de moi ? Et pourtant, quand je m'étais retourné, j'avais aperçu son regard rivé sur moi. Assis tout recroquevillé dans sa chaise roulante, avec sa bouteille d'oxygène, oncle Sonny avait l'air bien plus mal en point que lors du dernier week-end que nous avions passé chez lui. Papa m'avait dit à cette occasion que la santé d'oncle Sonny s'était beaucoup dégradée. Il m'avait expliqué qu'une vie d'efforts l'avait fait vieillir avant l'âge, à seulement quarante ans. Oncle Sonny ne m'avait pas une seule fois adressé la parole au cours des obsèques de papa, mais il m'avait tout de même salué de la tête. En revanche, tante Linda, son épouse, n'était même pas venue voir maman à la fin de la cérémonie. C'était très étonnant : elles semblaient pourtant d'habitude être les meilleures amies du monde, toujours à rire et à faire les folles pendant ces visites chez mon oncle, avant la mort de papa. Tous les quatre, ils passaient la nuit à jouer au rami.

Ce n'était pas si évident de me souvenir des jours passés chez oncle Sonny, de Greensboro et tout ça, avec Hollis qui revenait sans cesse sur ces histoires de changement de noms, de lieux et tout le reste, tandis que la voiture avalait les kilomètres en direction du nord. Je jetai un coup d'œil à maman. Elle avait l'air si paisible dans son sommeil, appuyée contre la portière, les mains posées sur ses genoux. Sa tête vint légèrement heurter la vitre quand la voiture cahota dans un gros nid-de-poule que Hollis ne put éviter et, enfin, elle s'éveilla.

Elle passa la main dans ses longs cheveux, puis ses yeux rencontrèrent les miens avant de se poser sur Hollis. Il lui adressa juste un petit signe de tête.

— Où sommes-nous ? s'enquit-elle.

— A environ cent cinquante kilomètres de New York, répondit Hollis.

Maman me tapota la main. Hollis lui tendit la canette de soda tiède qu'il avait à moitié bue et qui s'était entre-temps tout aplatie. Elle en prit une gorgée. Elle ne prit même pas la peine de l'essuyer avant d'y poser les lèvres comme lorsqu'elle buvait au goulot d'une bouteille que j'avais entamée.

— Tu veux qu'on s'arrête ? lui demanda Hollis.

Elle hocha la tête en s'enserrant les épaules des bras. Puis elle se retourna et m'étreignit contre elle, en m'embrassant au moins dix fois sur la tête. Je levai les yeux vers elle : elle avait l'air si heureuse que je fus à mon tour gagné par sa joie. La voir ainsi me réchauffa le cœur et chassa les angoisses de mon esprit. Ce n'est qu'à cet instant que je compris à quel point elle m'avait manqué pendant tout le temps qu'elle était restée en prison. C'était la première fois depuis la mort de papa que je lisais un tel bonheur sur son visage. L'avais-je d'ailleurs jamais vue aussi heureuse ?

A cette seconde précise, j'eus enfin le sentiment que les choses allaient peut-être pouvoir s'arranger pour maman et moi. Malgré la disparition de papa et même si j'avais du mal à gérer la situation — notre cavale à tous les trois, la police à nos trousses, et maman qui portait le manteau de Hollis et buvait à la même canette que lui.

Lacy ne m'aurait jamais délibérément jeté dans la gueule du loup en me laissant partir avec Hollis. Non, il n'aurait jamais fait une chose pareille, ne cessais-je de me répéter pour m'en convaincre.

Peut-être qu'à Pawtuckaway, cette localité du Maine, maman et moi pourrions repartir de zéro dans une petite maison sur l'océan, non loin du port avec ses bateaux de pêche, en respirant l'air du large parmi ces gens rudes et bons dont Hollis m'avait parlé. Si seulement papa avait pu lui aussi repartir de zéro avec nous…

Nous sortîmes bientôt de la large autoroute, quelque part dans l'Etat de New York. Je me demandai si notre itinéraire nous faisait passer près de l'école spécialisée où avaient été envoyés les jumeaux Wilson. Tandis que nous roulions, je les imaginai vêtus de leur masque et de leur cape de Superman et cette vision illumina mon visage d'un large sourire : ces garçons étaient vraiment bizarres... Quelle que soit leur nouvelle école, j'étais sûr qu'ils avaient mis leur cape pour y aller le premier jour.

Après avoir traversé une ville environ deux fois comme Sunnyside, je déchiffrai le nom d'un motel sur l'énorme enseigne lumineuse placée à l'entrée :

« The Jetset Motel.
Lits propres.
Tarifs abordables.
Routiers bienvenus. »

Hollis ralentit et alla se garer tout au bout de l'allée de gravier qui passait devant une longue rangée de portes. En comparaison, il n'y avait pas beaucoup de voitures. Hollis se vissa une casquette de base-ball des Pittsburgh Pirates sur le crâne en rabattant la visière sur son front, descendit de voiture et se dirigea lentement vers la réception en boitant. Quelques minutes après, il en ressortit avec un journal et les clés des chambres 21 et 22.

Il ouvrit les deux portes et nous fit signe d'entrer ; nous lui obéîmes et pénétrâmes à l'intérieur. Je me dirigeai tout droit vers la salle de bains car j'avais un besoin pressant. Après avoir vainement cherché le cordon de la lumière, j'aperçus enfin l'interrupteur sur le mur et appuyai dessus. Quand je revins des toilettes, Hollis avait déjà déchargé la valise de maman ainsi que deux de mes sacs de vêtements et les avait apportés dans la chambre.

— Où va dormir Hollis ? demandai-je à maman.

Elle frissonna et alla allumer le chauffage de la pièce avant d'ouvrir sa valise.

— Il est dans la chambre à côté, mon cœur, répondit-elle.

Je voulus aller ouvrir les rideaux, mais, d'un regard, maman m'en empêcha.

Je repensai à cette enseigne lumineuse qui promettait des lits propres : avec pour tout éclairage la lueur tamisée de l'unique lampe de la pièce, il serait difficile de s'en assurer.

Ce n'était pas la première fois que j'allais dormir dans un motel. Avec papa et maman, nous étions déjà partis en vacances au bord d'un lac près de Pipestem, en Virginie-Occidentale, et une autre fois à Virginia Beach. Cette chambre-là était assez semblable aux précédentes, de la même taille, sauf que celle-ci était très sombre et, qui plus est, la moquette marron empestait le tabac humide.

— Pourquoi on s'arrête ici, maman ? demandai-je.

— Il faut que je me change et puis nous avons tous besoin d'un bon bain, déclara-t-elle.

Maman ôta le manteau appartenant à Hollis. Dessous, elle portait toujours son espèce d'uniforme de prisonnière. Cela me rappela que j'avais mouillé mon pantalon quelques heures auparavant. Cela faisait tellement longtemps que ça ne m'était pas arrivé ! Pourvu que personne ne l'ait remarqué…

— Quand est-ce qu'on mange ? demandai-je.

— Hollis va bientôt sortir pour nous ramener des menus cheese-burgers. Ça te dit ?

— Ça ira…

Je fis mine d'allumer la télévision mais maman secoua la tête en signe de dénégation.

— Je vais bientôt sortir, dit-elle. Pourquoi ne vas-tu donc pas te dégourdir les jambes pendant un petit quart d'heure, mon chéri ? Ça te ferait du bien. Il nous reste encore un long chemin à parcourir.

Elle alla s'enfermer dans la salle de bains. Le bruit de la douche… Ça faisait une éternité que je ne l'avais pas entendu ! Dès que je fus certain que maman ne pouvait plus m'entendre, j'allumai la télévision : il y avait un nombre incroyable de chaînes disponibles et leurs images étaient d'une telle clarté ! Rien à voir avec celles que nous captions avec notre antenne râteau à Sunnyside…

Je m'assis sur le lit et me mis à changer de chaîne inlassablement jusqu'à ce que je tombe sur le feuilleton que regardait toujours maman en fin d'après-midi. Je mis le son très bas et m'allongeai sur le lit. C'est pourtant vrai qu'il avait l'air propre, exactement comme l'affirmait l'enseigne du motel.

Près de moi se trouvait le journal que maman avait demandé à Hollis de lui rapporter. Je commençai à le feuilleter à la recherche de la bande dessinée, mais je tombai en arrêt sur la page trois et me redressai sur le lit.

Là, dans le journal du soir, il y avait une photographie de moi datant du CM1, un portrait de maman pris le jour de son mariage avec papa et, enfin, un cliché de Hollis Thrasher en uniforme de l'armée. Sur la photo, Hollis était méconnaissable : il souriait et son visage ne portait ni cicatrices ni rides profondes, aucune trace de rien du tout. Comme il avait changé depuis ! J'avais du mal à croire que c'était le même homme en le voyant aujourd'hui.

Sous les photos, la légende disait :

« Un ancien héros de la guerre,
ex-repris de justice, fait évader une
meurtrière de sa prison de Virginie. »

Ma respiration s'accéléra. Je tentai de lire le petit paragraphe au-dessous, mais les pages tremblaient tellement entre mes mains que je dus reposer le journal sur le lit.

J'entendis maman arrêter l'eau de la douche. Alors, je lus le récit décrivant comment Hollis avait brutalement fait irruption dans la prison pour faire évader maman avant de me kidnapper. L'article disait aussi qu'il avait été soupçonné d'avoir tué son épouse et son bébé qui avaient péri dans un incendie douze ans auparavant.

Le journal rapportait enfin que, selon le FBI et la police d'Etat, les trois fugitifs étaient désormais en route pour le Mexique. Un homme noir âgé de quatre-vingt-trois ans du nom de Lacy Albert Coe, soupçonné par la police d'avoir pris part à l'évasion, avait également été arrêté.

Enveloppée dans une serviette, maman apparut tout sourires sur le seuil de la salle de bains. Je courus vers elle, le journal à la main, muet de terreur. Elle blêmit tout d'abord en voyant l'expression de mon visage, puis en apercevant nos photographies imprimées.

Elle m'arracha le journal des mains, le parcourut rapidement et son regard s'emplit d'une colère dont j'ignorais qu'elle fût capable. D'un geste brutal, elle lança le journal par terre avec un claquement sec qui me ramena à la réalité : maman avait désormais les cheveux courts, même au-dessus des oreilles, et hérissés dans tous les sens. Et puis elle était blonde, aussi.

D'ailleurs, elle ne ressemblait plus à ma maman.

Je courus ouvrir la porte d'entrée en hurlant, dans une tentative désespérée pour m'enfuir et retourner auprès de Lacy. Elle m'en empêcha en m'agrippant par la taille, referma la porte du pied et nous nous écroulâmes tous deux par terre. Elle me serra très fort dans ses bras jusqu'à ce que je me sois calmé.

Enfin, elle se releva, rajusta sa serviette de bain et m'entraîna vers le bord du lit pour m'y faire asseoir.

— Cet article n'est qu'un tissu de mensonges, Charlie. Tout est faux, là-dedans.

— Hollis est méchant, maman ! m'écriai-je.

— Non, ce n'est pas vrai.

— Si, c'est vrai ! C'est un tueur fou ! Il faut qu'on s'en aille loin de lui !

— Hollis n'est pas fou. Et il n'a…

— Tu m'as toujours dit de ne pas m'approcher de lui !

— Mais c'est parce que…

— Il nous a tous fichus dans le pétrin en y entraînant Lacy. Il faut s'enfuir d'ici… Tout de suite !

— Non.

— Si.

— Non !

— Je crois que c'est lui qui a tué papa !

— Chéri… Non…

— Dans le journal, ils disent qu'il est toujours soupçonné d'avoir tué sa propre famille, maman !

— Charlie, s'il a séjourné à l'hôpital, c'est à cause de toutes les atrocités qu'il a vues à la guerre. Ensuite, une fois rentré chez lui, il a dû subir une épreuve bien plus terrible en voyant sa femme et sa petite fille mourir sous ses yeux. Il ne les a pas tuées. Au contraire, il a tenté de les sauver de l'incendie au péril de sa vie… Tu n'as jamais remarqué les traces de brûlures sur son cou et sur ses bras ? En nous aidant, il prend de gros risques, Charlie. Hollis est notre ami.

— Ils disent que le FBI est à notre poursuite et qu'ils ont arrêté Lacy.

Je fis un bond d'au moins deux mètres en entendant frapper à la porte de communication entre notre chambre et celle de Hollis.

Maman sursauta violemment elle aussi, et alla pieds nus jusqu'à la porte. Elle répondit qu'elle était dans la salle de bains et qu'elle serait prête dans une minute.

Elle revint vers moi et, de nouveau, me serra très fort entre ses bras.

— Mon chéri, Lacy va réussir à surmonter toutes ces épreuves, et nous aussi.

— Vous n'auriez jamais dû le mêler à toute cette histoire, maman. Ils vont lui faire du mal ou bien finir par le tuer.

Maman secoua la tête.

— Mais tu ne comprends donc rien ? criai-je.

— Lacy était parfaitement conscient des risques auxquels il s'exposait. C'est pour toi qu'il a fait cela, mon chéri. Afin que tu aies une chance de grandir normalement. Il va dire à la police qu'à son réveil il a constaté que tu n'étais plus là, et qu'il n'en sait pas plus.

— Il ne va jamais dire ça, protestai-je.

— Si, c'est exactement ce qu'il va déclarer.

— Lacy ne ment jamais.

— Charlie…

— Il n'est pas comme toi, maman. Et ils vont lui faire quelque chose d'horrible. Il faut qu'on retourne à Sunnyside pour le sortir de là !

— Non, c'est impossible. Nous ne pourrons jamais retourner là-bas.

A ces mots, je fus tétanisé. Elle se leva et laissa aller

sa tête complètement en arrière. Puis elle se frotta les yeux avant d'aller légèrement écarter les rideaux pour jeter un coup d'œil furtif au-dehors. Toujours de dos, elle déclara :

— Quand nous serons arrivés dans le Maine, nous aurons une longue discussion ensemble et tu comprendras alors pourquoi nous ne pouvons pas retourner à Sunnyside. C'est absolument impossible. Je suis navrée qu'il te faille endurer tout ça, et je n'oublie pas Lacy. J'en ai le cœur brisé, mon ange.

Finalement, elle remit le rideau en place et se retourna en me regardant droit dans les yeux.

— Mais, pour le moment, il faut parer au plus pressé : nous devons fuir et pour cela, je dois te couper les cheveux. Il ne faut pas qu'on puisse nous reconnaître à partir des photos publiées dans les journaux.

Je tentai en vain d'inspirer profondément. Pendant une fraction de seconde, je songeai à mes cheveux : Lacy ne m'avait laissé que quelques épis mal taillés sur la tête quand il s'était mêlé de me les couper après Thanksgiving. Mais que pouvais-je donc faire à part me mettre à hurler ou pleurer sur tout ce gâchis ? J'avais déjà épuisé ces deux options sans avoir pour autant noté une quelconque amélioration. Bien au contraire, je me sentais de plus en plus mal.

J'avais affreusement peur pour moi, mais aussi pour Lacy, et j'étais bien trop exténué pour pouvoir trouver encore la force de me révolter. Je me laissai tomber sur la chaise que maman avait tirée devant le miroir de la salle de bains. Elle me coupa les cheveux si court que je perdis toutes mes boucles brunes ; pour finir, il ne me resta plus que des petites pointes hérissées sur le sommet du crâne.

Pour réussir à me donner l'air encore plus débile, il aurait fallu qu'elle me rase entièrement la tête, comme la fois où j'avais attrapé des poux, au CP. Mais maman déclara que c'était une coupe parfaite pour un jeune homme. De toute façon, je m'en fichais : j'étais à bout de forces et de désespoir.

Je pris un bain, secoué par des haut-le-cœur. Après avoir revêtu des vêtements propres, je constatai en sortant de la salle de bains que tous nos bagages avaient été de nouveau chargés dans le coffre. L'article dans le journal avait dû bouleverser leurs plans : il n'était manifestement plus question de nous arrêter pour faire une sieste.

Maman, vêtue d'une salopette, s'agitait en tout sens. Depuis quand portait-elle des pantalons ? On aurait dit qu'elle s'était littéralement métamorphosée sous mes yeux. Et le résultat n'était pas à mon goût. Non, loin de là.

Nous reprîmes la route. Maman nous distribua à chacun un sac contenant un menu cheese-burger accompagné d'une longue bouteille de Coca avec une paille en papier qui dépassait du goulot. Le repas fut particulièrement silencieux. Personne ne réclama davantage de ketchup, personne ne fit de rots ou de commentaires, rien. Je crois que nous avions tous l'appétit coupé par l'article que nous avions lu dans le journal. Au cours du trajet, nos estomacs se révoltèrent et nous ne pûmes garder la nourriture que nous avions avalée : cela sortait vraiment de l'ordinaire pour des gens comme nous, habitués à finir notre assiette, que cela nous plaise ou non, car trop conscients du prix de la nourriture.

A partir de notre départ précipité du Jetset Motel, notre périple vers le Maine fut long et silencieux, à l'image de ce repas durant lequel nous nous appliquâmes à mastiquer longuement en évitant de nous regarder. Ensuite, ce jour-là, le lendemain et peut-être même une partie du suivant se confondent avec les jours précédents. Nous nous arrêtions chaque fois que c'était nécessaire pour des pauses pipi et pour faire le plein d'essence. Nous passâmes la frontière de nombreux Etats ; nous prenions tous nos repas sur l'autoroute. Je me souviens d'avoir vu défiler des paysages, des gens, des choses comme je n'en avais encore jamais vu. C'est bien simple : en regardant par la vitre, j'avais l'impression d'être devant un écran de cinéma. Maman passait parfois à l'arrière pour que j'aille un peu devant, mais je refusais toujours. J'avais déjà voyagé une fois à côté de Hollis et on ne m'y reprendrait plus.

Enfin, par une matinée brumeuse, nous franchîmes un pont très élevé, peint en vert et rongé par la rouille. Mon regard plongea tout en bas et j'aperçus un cours d'eau dont les rives étaient prises dans la glace. Maman se tourna vers moi, les yeux brillants de joie, et m'annonça que nous étions dans le Maine. J'avais déjà remarqué le panneau l'indiquant. Elle me sourit. Pas moi. Finalement, elle laissa son sourire s'estomper peu à peu ou bien il disparut de lui-même, je ne sais pas. Elle se retourna pour contempler elle aussi, le film qui défilait à sa vitre : une terre nouvelle s'offrait à nos yeux. J'avais l'impression d'être sur une autre planète.

Je ne saurais dire combien de temps nous roulâmes depuis ce pont jusqu'à la frontière du Canada ; ce qui est sûr, c'est que je ne dormis pas beaucoup durant le voyage, si l'on peut ainsi qualifier notre fuite. Je n'avais pas grand-chose à dire non plus. Personne ne parlait, d'ailleurs. Lorsque nous eûmes traversé une grande ville du nom de Portland, Hollis cessa enfin de tripoter les boutons de la radio. Au fur et à mesure que nous nous rapprochions du Nord, le froid augmentait et le nombre de voitures diminuait. Quant à moi, je me sentais toujours plus accablé de solitude entre maman et Hollis. Je les observais tous les deux à l'avant : de temps à autre ils se parlaient à voix basse, dès que je fermais les yeux. Maman partageait parfois une boisson fraîche ou un café avec lui, comme elle l'aurait fait avec papa s'il avait été encore en vie. Elle lui souriait et s'inquiétait pour lui de temps à autre, comme pour papa. Chaque kilomètre qui nous rapprochait de notre destin voyait s'accroître en moi ma haine envers Hollis Thrasher.

Je me pris à espérer que le FBI allait nous rattraper,

en voyant maman lui préparer des crackers au fromage et les lui tendre un par un.

Au cours de ce voyage, j'avais appris que Hollis savait rester calme en toutes circonstances, mais également qu'il était intelligent — mais pas comme Lacy et papa, non. Peut-être avait-il commis une erreur ? Il devait se faire le même raisonnement que moi à voir les coups d'œil incessants qu'il jetait dans les rétroviseurs tout en avalant ses crackers au fromage.

Une fois passé le tourbillon de l'évasion de maman, je m'étais fait la réflexion que la police devrait arrêter les gens comme nous. C'est vrai, pendant que nous étions là à grignoter des crackers en buvant du soda, papa gisait dans le froid glacé d'Angel's Rest, à six pieds sous terre. Des flocons de givre recouvraient désormais les fleurs artificielles disposées sur sa tombe. Quant à Lacy, il croupissait dans une cellule sombre et humide.

Lacy m'avait expliqué que lorsqu'un homme aussi bon que papa mourait, les gens considéraient qu'il était juste que quelqu'un paie pour une telle injustice. Je partageais ce point de vue. Il fallait que quelqu'un paie pour tout ça, et cette personne était ici, dans cette voiture.

Maman et Hollis voulaient s'enfuir pour vivre dans le Maine ? Mais qu'ils y restent ! Enfin, pas trop longtemps, non plus… En revanche, moi, pas question ! Nous roulions le long d'une de ces interminables routes bordées de pins vertigineusement élancés qui poussaient entre les blocs de granit. Soudain, je pris une décision : j'allais retrouver mon chemin et rentrer à Sunnyside par tous les moyens — en train ou en bus, j'avais déjà pris les deux, ça ne serait donc pas trop compliqué. Mais je ne mettrais mon plan à exécution qu'une fois que j'aurais élucidé le mobile du meurtre de papa et découvert son assassin. Mon estomac me disait que la personne qui avait commis ce crime était toute proche.

Car ce n'était certainement pas un accident.

J'espérais de toutes mes forces que ce n'était pas maman la coupable, mais j'avais toujours la nausée en la regardant. De toute façon, j'allais tout faire pour savoir si c'était elle qui avait appuyé sur la détente du fusil. Et s'il s'avérait qu'elle était bien coupable, j'allais découvrir la raison qui l'avait poussée à commettre cet acte, bien que le mobile m'en soit déjà plus ou moins connu, vu sa façon de se comporter avec Hollis.

Néanmoins, mes soupçons concernant le meurtre de papa se portaient davantage sur Hollis : un homme comme lui, habitué à tuer, savait certainement comment s'y prendre. Et ma décision fut prise sur cette banquette arrière, en observant ses yeux dans le rétroviseur : je résolus de faire arrêter Hollis dès que j'aurais la certitude que c'était bien lui le meurtrier. Ainsi, justice serait enfin rendue et Lacy pourrait peut-être sortir du pétrin dans lequel nous l'avions fourré. Papa pourrait alors reposer en paix et maman et moi quitterions ces contrées glacées et inhospitalières pour retourner ensemble à Sunnyside — à condition bien sûr qu'on nous laisse rentrer chez nous.

Etait-il possible que la police se soit trompée au sujet du fusil de chasse ? Et si la véritable arme du crime était le fusil que Hollis avait mis dans le coffre ? Il se pouvait même que ce dernier ait décidé de partir s'installer quelque part ailleurs pour pouvoir garder maman pour lui tout seul. Un spasme me tordit l'estomac et je sentis ma gorge se contracter. Je criai : « Arrêtez-vous ! », pris de vomissements incontrôlables.

Penché à la portière, je sentis l'air froid venir sécher la transpiration sur ma nuque. Je vomis jusqu'à ce que j'aie craché tout ce que j'avais en moi, puis refermai la portière. Maman se tourna pour me demander si j'allais mieux. Ensuite, elle orienta mon visage vers elle pour m'essuyer avec un mouchoir humide. Quand ce fut fait, elle déposa un baiser sur mon front et je me recroquevillai le plus loin possible dans un coin de la banquette arrière en m'appliquant à inspirer lentement. Hollis redémarra et enclencha la première en me fixant dans le rétroviseur. Son regard me transperça. Ces yeux noirs et brillants avaient peut-être été la dernière vision de papa avant de mourir.

16

— Voici les pêcheurs de homards dont je te parlais, commenta Hollis alors que, dans une brusque embardée, la voiture alla déraper sur le bas-côté verglacé avant de retrouver de nouveau la chaussée.

Nous roulions sur une route sinueuse à l'aplomb d'une falaise et j'aurais préféré qu'il se taise et fasse davantage attention au verglas avant de tous nous tuer dans un accident.

Nous arrivâmes sur un tronçon de route dégagé. Je contemplai les rochers en contrebas avant de regarder au loin vers l'océan. Ça alors ! Comment ces gens arrivaient-ils à pêcher des homards sur d'aussi frêles embarcations ballottées par les flots sombres et agités ? Et dans ce froid, en plus ! J'avais le nez collé à la vitre et pas assez d'yeux pour emmagasiner toutes les particularités de cette région qu'on appelait le Maine.

Parvenus au sommet de la colline, nous redescendîmes par le versant opposé. Une fois en bas, Hollis se mit à conduire très prudemment, s'appliquant à éviter les amas d'algues rejetés sur la route par l'océan. Nous passâmes devant un site du nom de Smiley's

Campground — fermé — et fîmes une courte pause pour aller nous asseoir au bord d'une plage à moitié recouverte de neige. Hollis reprit le volant et nous annonça que nous traversions Pawtuckaway Harbor. On se serait cru dans une de ces vieilles villes qu'on voit dans les westerns, sauf que tous les bâtiments étaient peints en blanc et que de l'autre côté de la route s'étendait un océan immense parcouru de vagues qui vaporisaient dans l'air des nuages d'écume.

Il devait y avoir une dizaine ou une vingtaine de bâtisses de bois, toutes occupées par des bars glaciers, des restaurants aux enseignes colorées et des bazars qui proposaient de tout, des boîtes de clous aux lotions de bronzage, aux touristes venus de Boston et du Canada passer ici leurs vacances d'été, nous expliqua Hollis. Tous ces commerces étaient fermés quand nous passâmes devant. Hollis nous apprit qu'en cette saison la ville entière était en état d'hibernation, un peu comme les ours noirs d'Angel's Rest.

— Mais attendez un peu qu'arrive le mois de juin, nous prévint-il. Il y aura des gens partout. Des touristes. Ils viennent ici pour nager, pêcher et faire des balades dans les environs. On y viendra nous aussi.

Hollis négocia un virage serré et la voiture commença l'ascension d'une large butte sur laquelle s'alignait une rangée de jolies maisons, les unes à côté des autres. La plupart d'entre elles étaient vides, à l'instar de la ville : je crois bien que les amas de neige accumulée dans leur jardin étaient plus hauts que moi.

— Les propriétaires de ces maisons les ont achetées pour les louer aux gens riches qui viennent ici en vacances. L'été, ils se font beaucoup d'argent sur leur dos, affirma Hollis.

Il n'arrêtait pas de parler en nous désignant des choses du doigt. J'observai maman qui n'avait pas ouvert la bouche depuis une éternité : ses yeux étaient noyés de larmes. Mais on aurait dit des larmes de joie à la vue du paysage qui défilait devant elle. Elle nourrissait certainement l'espoir de pouvoir repartir de zéro dans cette région nouvelle, couverte d'un épais manteau de neige et apparemment sans âme qui vive, à l'exception des pêcheurs de homards.

Pour ma part, l'endroit tout entier me faisait penser à un vaste cimetière dont les maisons vides s'érigeaient comme autant de pierres tombales.

— Où est notre maison ? s'enquit maman.

— On y arrive, répondit Hollis. Fermez les yeux, nous demanda-t-il à tous les deux. Et ne les ouvrez pas avant que je vous le dise.

Maman ferma les siens mais pas moi.

Il arrêta enfin la voiture et mon regard embrassa le paysage alentour. A mi-horizon, on apercevait un îlot rocheux sur lequel s'élevait un phare. Tout le reste n'était qu'une immense étendue d'un bleu sombre et profond, à perte de vue. Il fallait regarder derrière soi pour voir de la terre ferme.

— Où est notre maison à maman et moi ? demandai-je.

Hollis pointa le doigt vers le phare.

J'en avais déjà vu en photo dans des livres, mais c'était la première fois que j'en voyais un en vrai. Ce phare-là était blanc, percé de petites fenêtres tout en haut et couronné d'une sorte de dôme noir et brillant. Il n'y avait rien entre notre voiture et le phare, exception faite de la falaise rocheuse de dix mètres de haut et de l'océan en contrebas.

— On va vivre dans un phare ? l'interrogeai-je.

— Oui, Charlie, pendant quelque temps, répondit Hollis. Tu vois la grande maison à côté ? C'est là que tu vas vivre. Ta mère et toi allez habiter en bas et moi, je prendrai la chambre du haut.

Je me renfonçai dans ma banquette. Voilà ce que je redoutais tant depuis le début : Hollis allait vivre avec nous. Il m'observa dans le rétroviseur.

— Seulement pour quelque temps…

— Je ne veux pas que tu restes avec nous, déclarai-je.

Maman se retourna et me regarda comme si elle se retenait de me dire quelque chose. Il n'avait jamais été question que Hollis habite dans la même maison que nous.

Non, jamais.

— Quand je suis venu ici afin de tout organiser pour toi et ta mère, je suis tombé sur une petite annonce : on recherchait quelqu'un pour s'occuper du phare. On m'a fait visiter les lieux en même temps qu'à d'autres candidats, on nous a décrit le boulot que représentait l'entretien d'un phare et tout le reste, et je me suis dit que, pour quelque temps, ça pourrait aller. Pas pour toute la vie, Charlie. On va d'abord voir la tournure que prennent les choses et, si la maison vous convient, ta mère et toi pourrez sans doute y rester tout le temps qu'il vous plaira. Mais si vous ne voulez pas habiter là-bas, vous avez aussi la possibilité de trouver autre chose en dehors du bourg. Les environs sont vraiment très beaux, par ici. En été, ça me rappelle beaucoup les paysages de la Virginie.

— Je ne veux pas vivre avec lui là-bas, dans ce phare au bout du monde, maman, protestai-je.

Maman, dont le regard ne m'avait pas quitté un seul instant, répondit :

— On va juste faire un essai. Seulement quelques jours. Et si ça ne te plaît pas, on ira ailleurs. Rien que toi et moi. C'est promis, mon cœur.

— Comment on fait pour aller jusque-là-bas ?

— Nous avons notre propre bateau pour faire la navette, expliqua Hollis.

Il se pencha par-dessus l'épaule de maman tel un monstre menaçant pour me désigner une crique.

— C'est un gros bateau, très robuste, affirma-t-il. Je l'ai pris sur une mer bien plus agitée que ça.

Je n'aimais pas la façon dont Hollis se penchait par-dessus maman. Je regardai néanmoins dans la direction que son doigt m'indiquait, vers la crique où se trouvait l'embarcation. Celle-ci était amarrée à une bouée orange. Je n'étais jamais monté à bord d'un si gros bateau ; au milieu, il y avait une cabine dans laquelle on pouvait s'abriter en cas de gros temps. Hollis m'apprit que ce bateau était un Boston whaler, un solide bateau de pêche.

Les yeux rivés sur l'embarcation qui dansait au gré des vagues, je fus tout à coup gagné par la panique et me mis à trembler comme une feuille : parmi toutes les possibilités, Hollis avait choisi une maison située sur une île perdue au beau milieu de nulle part, un endroit où nous vivrions tous les trois en vase clos, dans un isolement total. Je me sentis comme un animal pris au piège.

— Au lieu d'avoir une voiture pour aller et venir, tu auras désormais un bateau. On va bien s'amuser, renchérit maman.

— Tu veux dire que je vais aller à l'école en bateau ? demandai-je.

— Je vais te faire cours à domicile pendant quelque temps, comme le font certains fermiers de Sunnyside avec leurs enfants. Le matin, tu te lèveras et nous travaillerons tes leçons dans les mêmes conditions qu'au collège, sauf que tu resteras à la maison. Et l'après-midi, tu pourras donner un coup de main à Hollis pour les corvées de maintenance. Ça te laissera ensuite tout le loisir d'aller pêcher, jouer et te livrer à toutes tes activités préférées.

— Je voudrais que Lacy soit ici avec nous, répliquai-je.

Le regard de maman se voila brusquement et je crus

qu'elle allait craquer devant moi. A ce moment-là, une main gantée frappa doucement à la vitre de la voiture ; je sursautai, mais moins que maman qui, elle, bondit littéralement. Hollis baissa sa vitre et un courant d'air polaire s'engouffra dans l'habitacle. Je n'avais jamais respiré un air aussi glacial. Une femme se tenait là, tout emmitouflée. Elle ressemblait à une pelote de laine colorée dans laquelle on aurait planté des aiguilles à tricoter en guise de jambes. Ses cheveux gris étaient enserrés sous un bonnet en tricot pour éviter qu'ils ne volent au vent. Seuls ses yeux étaient visibles, le reste de son visage disparaissait sous le bonnet et une écharpe. Elle avait un regard chaleureux. En la voyant, l'envie me prit de descendre de voiture pour qu'elle m'emmène chez elle, n'importe où.

Hollis passa une main par la vitre baissée et la femme la garda serrée entre les siennes tandis qu'il lui annonçait :

— Marie, je vous présente Emily, mon épouse, ainsi que mon fils, Charles.

Je restai le souffle coupé en entendant Hollis nous présenter maman et moi comme si nous étions sa famille. La dame nous regarda tous les trois en souriant. On ne pouvait pas voir son sourire mais on le devinait aux pattes d'oie autour de ses yeux plissés. Une voix étouffée s'éleva derrière l'écharpe bleue.

— Enchantée de faire votre connaissance, madame Cutter. Bonjour, Charles.

Hollis saisit son manteau et sortit de la voiture. La

femme et lui s'entretinrent ensemble pendant une minute, puis il ouvrit sa portière et, passant la tête à l'intérieur, nous demanda si nous étions disposés à aller voir notre nouvelle maison.

— Je ne suis pas ton fils, lâchai-je.

Les yeux fixés sur moi, Hollis frissonna et maman se prit soudain la tête entre les mains. Je crus qu'elle allait avoir une crise de nerfs ou peut-être même mourir sur place, je ne sais pas.

Finalement, elle sortit de la voiture et enfila son caban ; moi, je refusai de bouger. Alors, elle remonta dans la voiture et, approchant son visage à un centimètre du mien, murmura :

— Ecoute-moi bien, je suis ta mère et je sais que tu es bouleversé… Mais maintenant, tu vas m'obéir. Et tout de suite.

Cela faisait bien longtemps qu'elle ne m'avait pas parlé sur le ton universel que prennent les mères quand on commence sérieusement à leur casser les pieds. Dans ces moments-là, papa disait de maman qu'elle déterrait la hache de guerre et, d'après lui, quand une femme vous regarde avec cet air-là, il faut se contenter de lui obéir sans discuter, sinon l'enfer est à craindre. L'enfer et même pire, insistait-il. Sans être aussi impressionnable que papa, il m'apparut toutefois que je n'avais guère d'autre choix que d'obtempérer.

J'attrapai mon manteau et le jetai sur mes épaules sous le regard inflexible de maman qui hocha finalement la tête. Nous montâmes tous dans le break de Marie qui nous conduisit jusqu'au bateau. Les pneus équipés de chaînes faisaient un tel raffut sur le bitume qu'on aurait dit que la voiture allait tomber en morceaux.

Parvenus au bord d'une nouvelle éminence rocheuse, nous descendîmes de la voiture de Marie et, en nous tenant à une main courante, empruntâmes un escalier en pierre aux marches glissantes pour arriver sur un quai en béton. Là, Marie tira sur l'amarre de l'embarcation pour l'amener jusqu'à nous. Nous montâmes sur cette espèce de bateau à l'équilibre instable et qui empestait le poisson mort selon le sens du vent.

De prime abord, la présence de cette dame me parut incongrue au volant argenté de ce bateau, alors que nous nous étions tous serrés les uns contre les autres dans la cabine. Mais elle tourna la clé de contact, appuya sur un bouton et actionna deux longues manettes. Elle se mit à manœuvrer le bateau entre les rochers avec une aisance due à une longue pratique, et nous emmena en haute mer. Elle parlait sans cesse à Hollis et maman en pointant le doigt çà et là — sûrement des trucs qu'ils avaient besoin de connaître pour pouvoir s'occuper du phare.

Ça les intéressait peut-être, mais moi, je n'y prêtai pas la moindre attention. J'étais complètement frigorifié et, surtout, je voulais me concentrer sur des questions techniques : comment faisait-on démarrer ce Boston whaler, de quelle manière se pilotait-il ?... En effet, j'allais très bientôt en avoir besoin et, le moment venu, je me retrouverais seul à bord, à moins que j'arrive entre-temps à persuader maman de rentrer avec moi. J'entendis cependant Marie qui disait qu'elle adorait ce phare et qu'elle était la dernière personne à y avoir vécu. Mais il lui fallait déménager car elle ne pouvait plus supporter de vivre là-bas, dans la solitude absolue, après le récent décès de son mari, âgé seulement de quarante ans.

Nous fendîmes une série d'énormes vagues qui se brisaient sur la coque en éclaboussant la proue du bateau et, quelques instants après avoir quitté le premier quai, nous atteignîmes un embarcadère plus modeste, un ponton de bois sombre et bordé de vieux pneus recouverts d'une vase verdâtre complètement gelée. La dame manœuvra pour amener la coque du bateau contre les pneus et Hollis sortit de la cabine en claudiquant pour aller l'amarrer à l'avant et à l'arrière à des crochets rouillés.

Il aida ensuite la dame à descendre du bateau, précaution tout à fait inutile à mon avis, tant il me paraissait désormais évident qu'une femme de sa trempe n'avait nullement besoin d'une quelconque assistance. Ensuite, il aida maman à sauter à terre. Quand vint mon tour, j'étais en train d'essayer de protéger mes bottes de l'eau de mer qui clapotait sur le plancher du bateau. J'eus un mouvement de recul et descendis seul, sans son aide.

A la queue leu leu, nous grimpâmes un raidillon creusé dans la neige et qui menait jusqu'au phare. Une rambarde métallique courait le long du chemin mais la couche de neige au sol atteignait une telle hauteur qu'elle la recouvrait entièrement par endroits. Je levai les yeux vers le phare : il était si haut qu'à mesure que nous progressions vers lui, il me semblait qu'il allait s'abattre sur nous en nous écrasant sous son énorme masse.

Je ne pouvais contempler trop longtemps cette immense tour sans avoir le vertige ; en plus, l'air glacial s'infiltrait en permanence par le moindre interstice de mon manteau. Nous grimpâmes jusqu'en haut de la colline. Je n'avais jamais marché dans un tel froid : je ne sentais plus les muscles de ma figure, comme si mon visage s'était pétrifié sous la glace. La dame introduisit la clé dans la serrure de la porte de la maison.

Nous entrâmes tous à l'intérieur, en tapant des pieds sur un paillasson fait de cordage assemblé avec de la colle. Je tentai de m'essuyer le nez, mais je n'arrivais même plus à le sentir.

La première chose qui me vint à l'esprit fut qu'en dehors de la ferme de Malcolm, je n'avais jamais vu une maison aussi grande. Il faisait bon à l'intérieur et, à mon sens, c'était bien là son unique avantage.

Le regard de maman fit très lentement le tour de l'immense pièce agrémentée partout de grandes cheminées en pierre. Je ne pense pas qu'elle ait entendu un seul mot de ce que lui disait la dame.

Le plancher à larges lattes de pin était semblable à celui de notre ancienne maison à Sunnyside mais, ici, la plupart des murs étaient également lambrissés.

Certains des hauts plafonds étaient même recouverts de minces lattes de pin jointoyées et peintes en blanc. Tous les planchers avaient l'air d'être bien entretenus à la cire, leur bois était clair et brillant ; maman se pencha pour humer rapidement l'odeur d'un dossier de chaise rembourré pendant que Marie avait le dos tourné.

Maman caressait tous les meubles de bois au passage. Moi, il me semblait que nous possédions les mêmes choses à notre ancienne maison. En revanche, tous les meubles ici me paraissaient plus anciens et plus lourds. Et puis ils étaient bien plus nombreux.

Maman alla vers Hollis et le prit très doucement par la manche de son manteau ainsi qu'elle le faisait avec papa. Alors, je me mis à hurler de toutes mes forces sous l'immense plafond de cette vaste pièce lambrissée.

— Je veux rentrer chez moi !

Mon cri avait jailli de façon incontrôlable.

La dame qui faisait visiter maman et Hollis s'interrompit et tous me regardèrent, puis maman me prit par la main et me conduisit jusqu'à la cuisine.

— Charlie, tu ne peux pas faire ça, pas maintenant. S'il te plaît, mon poussin. Nous allons avoir une longue conversation toi et moi dès que Marie sera partie, et si tu ne veux pas rester ici, on s'en ira. D'accord ? On reprendra le bateau et tu nous choisiras une autre maison.

— Je ne veux pas vivre ici avec Hollis, maman. Pourquoi est-ce qu'il doit habiter ici, avec nous ?

Pourquoi est-ce qu'on ne resterait pas seulement tous les deux ?

Maman se pencha vers moi.

— Parce que nous avons besoin de lui, répondit-elle.

— Pas moi.

Maman prit une profonde inspiration et ferma les yeux en serrant très fort les paupières pendant une longue minute avant de les rouvrir. On aurait dit qu'elle était en train de prier.

— Tout va bien se passer, Charlie. Simplement, c'est trop pour toi, tout ça d'un seul coup, et je le comprends… Mais on va en discuter jusqu'à ce que tout soit réglé entre nous. Mais s'il te plaît, oh ! s'il te plaît, conduis-toi correctement pour le moment.

Je restai planté là, complètement déboussolé, en proie à une terreur panique dans ce phare situé quelque part dans le Maine. Dire que, la veille ou presque, j'étais chez moi à Sunnyside avec Lacy. Je voulais rentrer tout de suite… avec ou sans maman.

Brusquement, elle me souleva de terre et je crus qu'elle allait me flanquer une bonne fessée dans une autre pièce. Mais elle me prit dans ses bras comme quand j'étais petit, du temps où je n'étais pas encore trop lourd pour être porté comme un bébé. Elle lutta pour m'empêcher de lui échapper et m'embrassa sur la joue avant de me reposer au sol. La dame au regard aimable passa furtivement la tête par la porte pour nous annoncer qu'elle s'en allait.

— Je serai de retour dans environ une heure avec toutes nos affaires, lança Hollis.

Je décidai sur-le-champ que j'allais repartir moi aussi et que je le dirais à Marie hors de la présence de Hollis.

— Moi aussi, je m'en vais, glissai-je.

Maman serra ma main et fis non de la tête avant de saluer les deux autres d'un geste. Après leur départ, ma main toujours fermement serrée dans la sienne, nous entreprîmes de faire le tour de cette immense maison, pièce par pièce. Maman marchait si lentement ! Ce n'était quand même pas la première fois qu'elle voyait une maison…

Il y avait la salle de séjour qui faisait bien deux ou trois fois la taille d'un salon normal, avec un grand tapis ovale qui recouvrait la majeure partie du plancher, deux grandes chambres, une salle de bains et enfin, une chambre plus petite.

La cuisine était équipée d'éléments blancs ; le sol était lui aussi peint en blanc et visiblement en pente : en tout, la cuisine aurait très bien pu accueillir trois cuisiniers en même temps. A côté se trouvait une pièce comprenant deux bureaux, avec un grand poste de radio vert posé sur l'un d'eux et des tas de papiers qui devaient être en rapport avec la météo et les marées. Il y avait bien une dizaine de panneaux d'affichage sur les murs avec tout un tas de trucs épinglés dessus. Des photographies de bateaux et de naufrages. La pièce regorgeait de toutes sortes de placards et débordait de gros livres et de matériel électronique, exactement comme l'ancien bureau de papa au magasin. Je fus vivement intéressé par cette pièce dès que j'eus repéré la radio : grâce à elle, j'allais pouvoir appeler à l'aide. En effet, je n'avais remarqué aucun téléphone nulle part. En revanche, maman ne fit que jeter un coup d'œil distrait au bureau et ce qu'elle y vit ne parut pas la passionner. Elle était bien plus attirée par l'autre petite pièce à laquelle une porte de la cuisine permettait d'accéder et qui contenait un lave-linge. Elle l'examina attentivement ainsi que la petite buanderie. Incroyable : la seule chose qui l'intéressait dans toute cette baraque, c'était cette fichue machine à laver !

Nous terminâmes la visite du rez-de-chaussée par les deux grandes chambres. Maman me désigna celle qui serait la sienne et m'expliqua que je dormirais dans la chambre d'à côté, exactement comme chez nous, à Sunnyside. Elles avaient chacune des tas de fenêtres et leur plancher craquait. Maman alla vérifier la fraîcheur des draps en les humant et, manifestement, les deux lits réussirent leur examen de passage. En revanche, je ne sais quelle note elle leur attribua.

Elle s'assit sur le sien, puis nous passâmes un instant dans ma chambre pour tester mon matelas. Il avait l'air plutôt ferme. Je jetai un œil aux deux commodes de bois sombre. Un seul tiroir aurait amplement suffi, vu le peu de vêtements que j'avais, songeai-je.

Nous restâmes assis quelques minutes en silence et retirâmes nos manteaux. Ensuite, nous gravîmes l'escalier raide et étroit. A mon grand étonnement, le premier étage s'avéra bien moins spacieux que le rez-de-chaussée. Il n'y avait qu'une seule chambre de proportions modestes, basse de plafond, avec un cabinet de toilette bleu qui ne comportait qu'un lavabo, des toilettes et une douche minuscule. Hollis ne devait sûrement pas pouvoir se tenir debout dans cette chambre sans se cogner la tête au plafond. Quant à la douche, y tenait-il seulement ? Maman examina longuement le mélange d'enduits sur les murs et eut un sourire de mépris en notant les taches noires et vertes en divers endroits.

— C'est ici que vivra Hollis. Pas avec nous au rez-de-chaussée. En bas, c'est notre maison. Le premier étage, c'est chez lui. C'est un peu comme si on habitait dans un immeuble.

— Où est-ce qu'il va manger ? demandai-je.

— Il pourra se servir de la cuisine, je préparerai les repas pour nous trois, répondit maman.

— Mais il restera manger ici, en haut, hein ?

Nous demeurâmes tous deux encore un peu dans sa chambre ; maman s'avança vers l'unique fenêtre. Après avoir ouvert les volets intérieurs, elle se mit à contempler l'océan, les mains sur les hanches, dans une attitude qui lui était familière. Brusquement, il me sembla que la chambre de Hollis manquait d'air.

— Tu es sûre que Hollis n'a rien à voir avec la mort de papa ? la questionnai-je.

Maman resta dos à moi encore quelques instants, puis

referma les volets, plongeant de nouveau la chambre dans la pénombre. Elle se retourna et se laissa tomber à genoux devant moi. Elle eut de nouveau ce regard noyé de chagrin qu'elle avait gardé pendant presque tout le voyage, et je fondis en pleurs en voyant ses yeux tout humides. Je n'avais jamais autant versé de larmes qu'au cours de ces deux derniers jours, même pour des fessées. Si seulement toute cette eau pouvait enfin se tarir ! Mes yeux étaient si gonflés qu'on aurait pu croire que les frères Perkins m'avaient bourré la tête de coups de poing.

— Oui, mon chéri, j'en suis sûre, répondit-elle en me dévisageant d'un regard franc.

Puis elle me serra de nouveau contre sa poitrine. On ne m'avait jamais autant serré dans les bras, non plus. Ras le bol des câlins !

Alors qu'elle semblait à la limite de l'épuisement, elle tint cependant à me conduire jusqu'en bas. Nous remîmes nos manteaux et sortîmes inspecter brièvement les dépendances ainsi que le phare. Enfin, nous retournâmes à ma chambre où nous restâmes étendus quelques instants sur le lit, toujours en manteau, le temps de nous réchauffer. Nous étions lovés l'un contre l'autre comme des petites cuillères dans un tiroir et maman me serrait très fort.

Elle n'arrêtait pas de murmurer « chut, chut… » chaque fois que je voulais lui poser une question et remonta une couverture sur nous. Au bout d'un moment, je m'assoupis.

A mon réveil, il faisait nuit et un bon feu crépitait dans l'âtre de la petite cheminée en face de mon lit. C'était du bois bien sec car il brûlait sans dégager de fumée, avec des flammes bien vives. Hollis était peut-être entré dans ma chambre pour l'allumer pendant mon sommeil ? Cette pensée me terrifia.

De ma chambre, j'entendis maman et Hollis qui parlaient doucement dans la salle de séjour tandis que, dehors, les vagues venaient s'écraser contre les rochers en bruit de fond de leur conversation. Je perçus également le ronflement du moteur de la machine à laver tournant à plein régime.

Je me levai, pressé de me rendre à la salle de bains, mais, arrivé sur le seuil de ma chambre, je stoppai net.

Hollis et maman étaient assis chacun à une extrémité d'un long canapé bleu et conversaient devant la cheminée faite de pierres aussi grosses que des blocs de granit.

Je les entendis prononcer mon prénom à deux reprises sans pouvoir saisir clairement ce qu'ils disaient de moi à cause du hurlement du vent à l'extérieur auquel venait s'ajouter le ronron de la machine à laver.

Maman et Hollis avaient l'air las et soucieux, mais leur expression était comme empreinte de bonheur, et ça, je ne pouvais le supporter. Ils n'échangeaient jamais de tels regards en ma présence. D'ailleurs, les yeux de Hollis ne croisaient jamais ceux de ma mère quand j'étais là.

On aurait dit papa et maman quand ils s'asseyaient tous les deux sur le canapé pour bavarder, le soir. Je restai planté là à les observer jusqu'à ce que je ne puisse plus me retenir. Je me rendis à la salle de bains pour uriner, comme disait Lacy, puis fis mon entrée dans le salon.

Simultanément, leurs regards se tournèrent vers moi et maman se leva. Elle portait la même robe qu'à Sunnyside. Lacy avait dû penser à la lui mettre dans sa valise.

— Je croyais qu'il devait rester en haut, objectai-je.

Hollis se leva et vint se placer devant moi pour me regarder bien en face : son corps me parut envahir tout l'espace de la pièce, comme celui d'un géant.

— J'y vais, Charlie, j'ai déjà installé toutes mes affaires là-haut. Je monte tout de suite. Ta mère et moi étions en train de discuter de l'entretien du phare. A demain. Bonne nuit, tout le monde.

Hollis alla voir toutes les cheminées pour s'assurer que les inserts de verre fumé étaient bien fermés, y compris dans ma chambre, et contrôla également leur réglage avant d'aller inspecter la cuisinière à bois et la chaudière. Enfin, il vérifia que toutes les portes étaient bien fermées et monta l'escalier en traînant sa patte folle. En somme, il accomplissait les mêmes gestes que papa et Lacy avant de se retirer pour la nuit. Il arriva au premier étage et j'attendis d'être sûr d'avoir entendu sa porte se fermer.

— Tu veux regarder la télévision ? me demanda maman. On arrive à capter une ou deux chaînes.

— Vous étiez en train de parler de moi. Je vous ai entendus.

— Oui, c'est vrai, reconnut maman. Viens ici, mon chéri.

J'allai vers elle et m'assis sur un siège moelleux mais qui sentait la poussière. Je m'étais installé à un bout de la table basse de bois sombre qui semblait avoir été fabriquée à partir d'un assemblage de traverses de voie ferrée.

— Quand tu te seras habitué à vivre sous le même toit que Hollis, lui en haut et nous ici — exactement comme si c'était Lacy qui vivait avec nous —, que tu te seras fait de nouveaux amis et que le beau temps sera revenu, tu pourras reprendre toutes tes activités préférées. Et tu verras, je suis sûre que tu te plairas ici. Mais peut-être pas tout de suite. Certaines choses mettent du temps à se mettre en place.

— Et comment je pourrais me faire des amis, il n'y a personne ici, à part nous…

— Les gens adorent venir admirer les phares. Ils les prennent en photo et aiment aussi les peindre. Et puis, dès qu'il va faire beau, les gens vont sortir pour aller pique-niquer et pêcher dans les rochers. Il y aura des garçons de ton âge. Tu pourras aller pêcher avec eux et leur montrer les environs.

— Mais le beau temps est encore loin, maman. Et puis je ne veux pas passer un jour de plus ici.

— Une fois que nous serons bien installés, nous irons en ville une fois par semaine. On fera tout un tas de choses, on ira au cinéma, on visitera la région à fond... Rien que toi et moi, mais nous rencontrerons aussi des tas de gens. Aie un peu de patience et tu verras.

Maman termina sa phrase et continua de me regarder longuement dans les yeux.

— Dans quelques jours, on va organiser une grande fête. Ce sera notre premier Noël ici et, pour l'occasion, on va décorer toute la maison, toi et moi. Je ferai des tartes à la citrouille et puis on ira chercher un arbre.

Quand elle eut fini de parler de Noël, je m'aperçus que je ne savais plus très bien quel jour nous étions. En tout cas, nous ne devions plus être très loin du 25 décembre. Maman me sourit et inspira profondément sans me quitter des yeux. Puis elle se leva et aller me chercher une assiette de haricots et de saucisses de Francfort qui était en train de mijoter sur la cuisinière. Elle revint dans le séjour et la posa sur la table basse avec un plat de tartines beurrées.

— Voyons un peu s'il y a quelque chose à la télévision, proposa-t-elle.

Je m'assis et chipotai le contenu de mon assiette tandis que maman essayait de faire fonctionner le téléviseur. Mais elle avait complètement rabattu les antennes du poste et ne put rien capter du tout.

— On demandera à Hollis de la faire marcher demain matin, dit-elle d'un ton résigné. Il avait pourtant réussi à la faire très bien fonctionner tout à l'heure.

Je cessai de mastiquer et bondis pour aller examiner le poste, un ancien modèle destiné à être posé au sol. Je manipulai les antennes pour trouver la meilleure orientation, puis vérifiai au dos de l'appareil que le câble plat était bien fixé sous les vis ainsi que papa me l'avait enseigné, il y avait bien longtemps. Un des fils était sorti ; je le remis en place en me servant de l'ongle de mon pouce en guise de tournevis, comme le conseillait papa, à défaut d'outils adéquats.

Je réussis à capter un canal mais les gens s'exprimaient dans une langue bizarre. Alors, je tripotai encore un peu les antennes et obtins une chaîne qui émettait de Caribou, une ville du Maine, m'apprit maman.

Je brûlais de lui faire remarquer que nous pouvions fort bien nous passer de Hollis pour régler la télévision, mais je parvins néanmoins à tenir ma langue : le résultat était suffisamment éloquent en soi. Je revins donc finir mon plat de saucisses de Francfort et de haricots. Nous restâmes assis en silence à regarder la fin de *Gunsmoke*.

Comme toujours, Matt Dillon, qui incarnait le héros, expédia les bandits derrière les barreaux et Doc et Festus terminèrent de se quereller. L'épisode prit fin sur l'image de Matt Dillon, tranquillement installé au Longbranch Saloon en compagnie de Miss Kitty. Je me renfonçai dans mon siège et contemplai avec maman les dernières braises en train de se consumer dans l'âtre.

Elle attira ma tête sur ses genoux et entreprit de

me dire encore et encore quelle chance elle avait de m'avoir et combien elle était heureuse que nous soyons enfin de nouveau réunis car, à ses yeux, j'étais plus important que tout au monde. Et je comptais bien plus que n'importe qui.

Elle me confia à quel point elle regrettait que j'aie dû traverser autant d'épreuves au cours de ces derniers mois, mais m'assura qu'un jour, bientôt, j'adorerais ma nouvelle maison de Pawtuckaway, dans le Maine.

— Je ne veux plus que Hollis dise que tu es sa femme et que moi, je suis son fils, protestai-je.

— Mon cœur, souviens-toi que, pour repartir de zéro, il nous faut faire semblant d'être une vraie famille devant les autres. C'est pour cette raison qu'il a dit cela. C'est tout. Cela nous permet d'avoir l'air… normaux vis-à-vis des gens.

— Je ne veux pas jouer à faire semblant, répliquai-je.

— Je sais, mon chéri. Crois-moi, je n'aime pas cela non plus. Mais il arrive que, dans la vie, on soit obligé de faire des choses qui nous déplaisent.

— Pourquoi est-ce qu'il veut faire semblant d'être mon père ? Pourquoi il ne joue pas à être mon oncle ou bien un ami, puisqu'il dit qu'il est notre ami ?

— Parce que c'est plus simple comme ça. Nous nous intégrerons plus facilement auprès des gens si nous formons une famille, et…

— Tu es amoureuse de lui, maman ?

Ses mains cessèrent instantanément de me caresser

la tête. Elle me releva lentement et me fixa sans un mot.

— Pourquoi me poses-tu cette question ? me demanda-t-elle enfin.

— Les gens de Sunnyside racontaient des choses sur vous deux, ils disaient que Hollis et toi, vous vous voyiez dans le dos de papa.

— Ce n'est pas vrai, Charlie.

— Tu n'es pas amoureuse de lui, alors ?

— J'aime beaucoup Hollis. Je le connais depuis longtemps et il s'est toujours montré un excellent ami. Il compte énormément pour moi.

— Tu l'aimes comme tu aimais papa ?

Elle secoua la tête.

Je continuai de l'observer fixement.

— Tu étais amoureuse de papa, hein ?

— Oui, mon chéri, m'assura-t-elle. Et ce n'est pas la peine que tu fasses comme si Hollis était ton vrai père quand nous sommes seuls ici. Seulement en présence de quelqu'un d'autre. Et si ça ne marche pas, nous irons ailleurs. D'accord ?

— Je n'aime pas ça, maman.

— Je sais.

— Papa n'aurait pas aimé ça non plus.

Nous restâmes tous deux à contempler les braises pendant encore quelques minutes avant que maman ne se lève en me tapotant dans le dos. D'un doigt, elle s'essuya sous les yeux.

— Tu as déjà installé ta photographie de papa dans ta chambre ? demanda-t-elle.

Je fis non de la tête.

— Alors, allons la chercher, suggéra-t-elle. Et ensuite, nous irons nous coucher pour profiter d'une bonne nuit de sommeil, car demain est un grand jour. C'est le début d'une fantastique aventure. Attends un peu de voir ça.

— Cette maison est trop grande, observai-je en écoutant le mugissement du vent mêlé à tous les bruits inconnus d'une nouvelle demeure.

— As-tu emporté tes livres sur Abraham Lincoln ?

— Ils doivent être quelque part…

Maman regarda autour d'elle.

— Peut-être accepterais-tu que maman vienne dormir dans ton lit cette nuit, comme quand tu étais petit ? Je n'aime pas passer la première nuit toute seule dans une nouvelle maison.

Brusquement, je fus frappé par le geste qu'elle avait eu devant moi, quelques minutes auparavant.

— Si tu veux, maman, lâchai-je enfin.

Mais une partie de moi-même se rebella contre cette idée. Je me sentis de nouveau tout moite et glacé, et mes nausées revinrent.

Maman était bien loin d'imaginer le signe terrible que je venais de lire dans son geste : elle avait joué avec sa bague en diamant ainsi qu'avec son alliance lorsque je lui avais demandé si elle aimait Hollis. Elle n'avait cessé de faire tourner sa bague autour de son annulaire gauche pendant tout le temps de sa réponse sans que je puisse détacher mon regard de ses mains. Les seules autres occasions où je l'avais vue triturer ainsi sa bague, c'est quand je l'avais interrogée sur les raisons de la mort de mon père.

Papa m'avait appris il y a bien longtemps que, dans les rapports humains, on ne doit pas se fier aux paroles, mais aux mains et aux regards qui, eux, trahissent toujours la vérité.

Les doigts de maman jouant avec sa bague étincelante venaient de me révéler que, si papa était mort, c'était à cause de Hollis Thrasher.

17

Pas un son de voix, aucun bruit de voiture, de voisins, rien. Pas même l'aboiement d'un chien. Juste le hurlement incessant du vent ; dans un grondement sourd, la chaudière se mit en marche. J'appelai maman par deux fois mais, n'obtenant aucune réponse, je repoussai la lourde couverture : le Boston whaler n'était plus là.

Les poils de mes bras et de ma nuque se hérissèrent.

Cette maison perdue au beau milieu de l'océan m'apparut bien trop isolée du reste du monde. En ce premier matin dans le Maine, je restai planté dans la salle de séjour, en grenouillère rouge. Je n'avais qu'une envie : retourner me coucher pour me réveiller dans mon lit à Sunnyside avec papa, maman et Lacy et m'apercevoir que tout cela n'avait été qu'un horrible cauchemar.

Je passai dans la cuisine et regardai l'heure à l'horloge de la cuisinière : 11 heures passées. Je n'avais encore jamais dormi aussi tard. Puis j'aperçus la petite note laissée par maman, collée par un aimant sur la porte du réfrigérateur, ainsi qu'elle le faisait toujours chez nous, à Sunnyside. Dans son mot, elle disait qu'elle était partie au marché en ville avec Marie, qu'elle serait bientôt de retour et que Hollis était dans la salle des machines, à côté du phare, en train de réparer un des générateurs.

Nous étions seuls, Hollis et moi.

J'allai tout droit dans le bureau où se trouvait la radio et m'assis devant tous les boutons et les interrupteurs en essayant de comprendre sur lequel je devrais appuyer pour appeler la police en cas de besoin. Je savais que ce moment-là était proche.

Je tournai un bouton et obtins un long couinement qui me fit dresser les cheveux sur la tête. Comme ce bruit ne semblait pas vouloir s'arrêter, j'éteignis le bouton et battis en retraite dans la cuisine. Je tentai d'apercevoir Hollis par la fenêtre et vis qu'un plat était posé sur une des plaques de la cuisinière. J'ôtai l'autre plat qui lui servait de couvercle et humai la bonne odeur des toasts au bacon accompagnés d'œufs brouillés que maman avait tendance à toujours trop poivrer, d'après papa.

C'était loin de ressembler aux copieux petits déjeuners auxquels m'avait habitué Lacy, mais, après avoir grignoté un petit bout de bacon, je m'emparai de l'assiette, allai me chercher une fourchette et partis faire le tour de la pièce principale pour examiner tout ce que je n'avais pas remarqué la veille, à mon arrivée. Tout dans cette maison ressemblait aux vieilleries que gardent chez eux les gens très âgés. L'odeur aussi était la même.

Quand j'eus terminé mon assiette et fait le tour des canards sculptés et des bouts de bois flotté accrochés aux murs çà et là, j'arrivai devant le sombre escalier menant à la chambre de Hollis.

Je jetai un bref coup d'œil aux fenêtres : personne. D'autre part, je savais que j'entendrais le bateau arriver, alors je me mis à gravir lentement les marches, une à une.

A mi-escalier, je réalisai que Hollis était peut-être déjà revenu de la salle des générateurs et qu'il risquait donc de se trouver dans sa chambre. Je pilai net en retenant mon souffle.

— Hollis ?

Pas de réponse. Je fixai du regard la porte fermée en haut des marches. Si je voulais voir sa chambre, ce n'était pas par simple curiosité, comme la fois où j'étais entré dans la chambre de Lacy pour fouiner partout. J'étais alors simplement intrigué de savoir ce qu'un vieux bonhomme comme lui pouvait bien poser sur sa commode et sur sa table de nuit.

Pour Hollis, c'était différent : je m'étais toujours demandé ce qu'il cachait dans son espèce de cabane aux murs tapissés de papier goudronné, là-haut dans la montagne. A présent, il fallait que je sache si le fusil se trouvait dans sa chambre.

Je tendis l'oreille pendant une minute, en réfléchissant sur la conduite à tenir. Puis je résolus finalement de monter jusqu'en haut. Je tournai le petit bouton doré, ouvris la porte et passai la tête par l'embrasure : le lit de Hollis était fait, recouvert d'une couverture verte en laine et de courtepointes pliées sur le dessus, exactement comme hier, sauf que, là, quelqu'un avait ajouté des draps sous la couverture.

Mis à part ce détail, et la taie blanche qui enveloppait désormais l'oreiller, rien n'avait changé. En revanche, une petite photographie encadrée avait été posée sur la table de nuit. J'allai y jeter un œil.

J'y voyais assez bien grâce à la lumière qui filtrait des vitres sales de la fenêtre en face du lit, mais la photographie était en très mauvais état : les couleurs étaient passées et les bords étaient abîmés par l'usure. Je tirai sur le cordon de la lampe de chevet pour mieux l'examiner.

C'était la photographie d'un bébé enveloppé dans une couverture.

Je m'attardai sur le visage de ce bébé mais, sinon, il n'y avait rien qui puisse présenter d'intérêt dans cette chambre. Puis me vint l'idée d'inspecter le contenu du placard et de la commode. A ce moment-là, des pas résonnèrent en bas.

Je sortis en trombe de la pièce. Il n'était que temps ! Hollis était déjà là, sa silhouette se découpant à contre-jour de façon dramatique, au bas du sombre escalier.

Je me figeai, muet de saisissement. Ma terreur était telle que j'eus l'impression que tout mon corps se rétrécissait.

Hollis portait un bonnet en tricot et son long manteau de l'armée. Dans sa main valide gantée, il tenait une clé à pipe rouge.

— Charlie ? Je venais seulement voir si tu étais levé. Un homme va venir du continent pour m'aider à réparer le générateur, mais il se pourrait bien que j'aie aussi besoin de ton aide, quand tu seras habillé. S'il te plaît, ajouta-t-il.

Je parvins tout juste à faire oui de la tête du haut de l'escalier, en chaussettes, dans ma grenouillère rouge. Il hocha la tête en retour et j'entendis le bruit de ses rangers traversant la cuisine pour ressortir par la porte de derrière.

Je dégringolai les marches mais, à mi-escalier, fis demi-tour et remontai en catastrophe à la chambre de Hollis pour éteindre la lampe. C'est alors que je me penchai pour regarder sous le lit : il y avait là quelque chose enveloppé dans une courtepointe. Je la tirai vers moi en l'empoignant par son côté le plus gros et vis ce que j'avais craint de découvrir depuis le début : le fusil de chasse.

Le temps que je me sois remis de mes émotions, que j'aie fait ma toilette et que je me sois habillé, j'entendis un bateau arriver, puis un second qui faisait un bruit différent... Il devait être plus petit avec un moteur poussif. Maman entra aussitôt après dans la cuisine, les bras chargés de provisions. Du pied, elle referma la porte.

— Tu as bien dormi, mon chéri ? s'enquit-elle.

— Qui est dans l'autre bateau ? demandai-je.

— C'est la personne qui vient réparer le générateur.

Par la fenêtre, j'observai le bateau amarré au ponton et dont le petit moteur était fixé au rebord, à l'arrière. J'avais du mal à croire que l'on puisse s'aventurer en haute mer sur une si frêle embarcation métallique. Puis j'aperçus notre propre bateau filant vers le rivage. Deux personnes se trouvaient à son bord.

Maman posa les sacs de provisions par terre et essaya de se réchauffer.

— Mon Dieu, quel froid !

Elle s'approcha de moi.

— Tu vas bien ?

— Oui, m'man.

Elle m'examina de plus près.

— Qui est à bord de notre bateau ? demandai-je.

— C'est Hollis qui ramène Marie sur le continent. Il est allé la chercher ce matin pour qu'elle puisse me prendre dans le Boston whaler et me faire visiter la ville.

— Alors, c'était elle dans le bateau avec toi, là maintenant ?

Maman hocha la tête.

— Quand tu auras appris à le piloter, tu me montreras comment faire ?

— Hollis s'en chargera quand il fera meilleur, un de ces quatre. Il nous apprendra à tous les deux.

Elle repartit dans la cuisine.

— Non, pas lui, je veux que ce soit toi qui m'apprennes.

— D'accord, mon cœur.

— Tu crois que c'est difficile à conduire ?

— Eh bien, pour l'instant, je ne suis pas prête à partir toute seule avec et toi non plus, d'ailleurs. Ecoute, je sais bien que nous venons à peine de nous installer, mais je veux que nous reprenions très vite nos habitudes et que nous commencions les leçons à la maison. Je dois me rendre compte de ton avancement dans le programme.

J'avais bien d'autres choses à faire, plus urgentes, comme par exemple apprendre à piloter ce bateau, à me servir de la radio… sans parler du fusil de chasse dont je devais aussi me débarrasser.

— Mais c'est bientôt Noël, protestai-je.

— Je sais. Mais nous allons tout de même commencer dès aujourd'hui. En revanche, demain, le jour de Noël ainsi que tout le week-end seront consacrés aux loisirs. Il n'y aura pas cours.

Maman termina de ranger les provisions dans le réfrigérateur, enleva son manteau et se dirigea vers l'imposante malle en chêne : elle ressemblait au coffre à trésor dans lequel les pirates cachent le butin de leurs pillages. Elle souleva le couvercle grinçant et en sortit mes manuels scolaires ainsi que des tablettes d'écriture.

Oh, non ! Lacy aurait pu oublier d'emporter mes affaires de classe ! Maman était tellement stricte pour les devoirs... Elle considérait l'éducation comme une chose essentielle pour un enfant. En particulier lorsqu'il s'agissait de son fils. Pour moi, tout cela n'avait aucun sens puisque, de toute façon, j'allais bientôt m'en aller d'ici. Cependant, maman l'ignorait encore et ne l'apprendrait qu'une fois que je serais loin d'ici, si jamais elle refusait de s'enfuir avec moi. Depuis la mort de papa, j'essayais par tous les moyens de me construire un radeau digne de son nom. Désormais, j'avais un bateau à ma disposition.

Après avoir classé et posé les manuels sur la table, maman se versa une tasse de café. Elle avait suivi des cours à l'université James Madison pour devenir enseignante, mais papa avait toujours refusé qu'elle travaille pour gagner sa vie : cela n'aurait pas été convenable pour l'épouse de John York. Alors, maman compensait en offrant ses services à l'école, où elle dispensait bénévolement des cours de peinture et de dessin, ainsi qu'à la bibliothèque municipale où elle donnait un coup de main. A proprement parler, elle avait toujours exercé le métier d'enseignante sans jamais être rémunérée pour son travail.

Nous nous installâmes à la table de la salle de séjour, maman assise à un bout et moi sur une chaise à côté d'elle. Elle commença à me faire cours exactement comme un professeur, en m'expliquant les différents points de la leçon qu'elle me désignait au fur et à mesure de son doigt fuselé.

Nous fîmes le tour de toutes les matières avec mes

manuels ; nous travaillâmes ainsi sur les nombres et l'orthographe. Ensuite, nous révisâmes le nom de tous les Etats et apprîmes à les situer sur la carte des Etats-Unis. Pour finir, elle me fit lire une courte histoire relatant les aventures d'un jeune garçon et d'un éléphant sur laquelle je dus rédiger un commentaire d'une page.

Il me fallut environ une heure pour lire l'histoire et une autre pour faire l'exercice de rédaction. Maman était en train de relire ma copie en la corrigeant au stylo rouge, quand Hollis entra, accompagné d'une bise glaciale tout droit venue du pôle Nord. On aurait dit qu'une montagne de vêtements sombres venait de franchir le seuil, surmontée d'une tête rouge comme une betterave et coiffée d'une casquette. Hollis se laissait pousser une moustache tombante qui lui arrivait à la mâchoire. Déjà qu'il avait l'air sombre et mauvais, pourquoi diable accentuait-il son allure patibulaire avec cette affreuse moustache ?

— Alors, ça marche, l'école ? s'enquit-il.

— Très bien, répondit maman.

— L'électricien m'a dit que les gardes-côtes passeraient nous voir dans les quinze jours pour vérifier certaines choses.

— Vont-ils nous avertir avant de venir ? s'inquiéta maman.

— Je n'en sais rien, répondit Hollis.

Maman commença à montrer des signes de nervosité et se mit à tambouriner des doigts sur la table.

Personnellement, je trouvai la nouvelle excellente, de loin la meilleure depuis notre arrivée !

La veille, avant d'aller au lit, maman m'avait expliqué qu'il était primordial de repartir du bon pied car, ainsi, tout finirait à terme par s'arranger.

Elle avait ajouté que, pendant quelque temps, je devrais garder les cheveux très courts et que nous éviterions d'aller en ville tous en même temps. D'après Hollis, nous courions beaucoup moins de risques de nous faire arrêter si, dans les premiers temps, nous ne nous montrions pas tous les trois ensemble. Il prétendait que les gens qui avaient lu l'article sur l'évasion ou aperçu les photographies des trois fugitifs dans les journaux feraient moins facilement le rapprochement avec nous s'ils ne nous voyaient pas tous en même temps. Hollis disait aussi qu'il était important, du moins pendant quelques mois, de toujours porter une casquette et de gros vêtements informes, comme le jour où Marie était venue nous faire visiter le phare. Et si quelqu'un commençait à nous poser des questions trop personnelles, il fallait changer de sujet et se mettre à parler d'autre chose. Maman m'avait expliqué que nous allions nous réunir tous les trois pour être bien sûrs de raconter la même version à tout le monde. Elle m'avait ensuite donné tout un tas d'exemples permettant de répondre à une question en contournant la vérité. A cette occasion, j'avais été stupéfait de voir avec quelle facilité maman savait manier l'art du mensonge. Je ne l'aurais jamais cru aussi forte…

Toutefois, avait-elle ajouté, d'après Hollis, le risque était faible que nos photographies ou même le récit de l'évasion soient parvenus jusqu'aux journaux d'ici, nous étions trop loin, trop haut dans le Nord. Notre aventure était bien trop insignifiante au regard de ce qui se passait dans le monde, expliqua maman. Du moins, c'est ce qu'ils espéraient tous deux. Et puis Hollis passerait de temps en temps à la poste pour vérifier qu'il n'y ait pas d'avis de recherche du FBI et pour enlever l'affiche, le cas échéant. Mais, avait-elle conclu, si jamais la rumeur parvenait jusqu'ici, il nous faudrait partir vivre au Canada ou ailleurs, et ce, sur-le-champ. Je devais me mettre dans la tête qu'à tout moment nous pourrions être obligés de nous enfuir d'ici.

Ce soir-là, je l'avais laissée parler tout son soûl sans jamais l'interrompre.

Tout à coup, maman demanda à Hollis :

— Tu as besoin d'aide, dehors ?

Immobile près de la porte, il répondit en hochant la tête :

— J'aurai besoin de Charlie dès qu'il aura terminé sa leçon.

— J'ai des devoirs à faire, protestai-je.

— C'est fini pour aujourd'hui. Tu es le meilleur élève que j'aie jamais eu, s'exclama maman en me serrant très fort contre son cœur. Allez, Charlie, va donner un coup de main à Tom, maintenant.

Je ne m'étais pas encore fait au nouveau prénom de

Hollis. « Tom ». Ça ne lui allait pas. Il avait vraiment une tête à s'appeler Hollis.

— Tu es sûr que ça va ? s'inquiéta maman.

Je répondis oui de la tête alors que c'était tout le contraire.

— Ce n'est pas grave si le petit n'en a pas envie. Il pourra toujours m'aider demain, suggéra Hollis, enfin Tom.

— Je ne suis pas petit, m'emportai-je, car c'était la vérité : bientôt je serai presque aussi grand que maman.

— Bien sûr que non. Tu es un beau jeune homme, affirma maman. Ecoute, nous sommes tous dans la même galère, alors il va falloir nous entraider. Va passer des vêtements chauds.

Maman me donna une petite poussée dans le dos pour me faire avancer et Hollis s'attarda encore une minute à l'intérieur. Les yeux dans le vague, je restai planté là, incapable d'envisager de vivre dans cette maison : me lever chaque matin pour apprendre mes leçons avec maman, puis aller aider Hollis à entretenir le phare et ce, jusqu'à ce que j'aie découvert la vérité au sujet de la mort de papa. Je refusais d'aider Hollis à faire quoi que ce soit, à part ses valises pour qu'il fiche le camp d'ici. Sinon, j'appellerais le FBI pour qu'ils le mettent en prison.

Quand il fut ressorti, je songeai à parler à maman du fusil de chasse caché sous le lit de Hollis, puis me ravisai : j'allais me faire gronder pour être allé dans sa chambre sans sa permission. Néanmoins, je changeai d'avis dans la seconde qui suivit. Je ne pouvais pas garder ça pour moi, de toute façon, il fallait que ça sorte. En me retournant vers maman, je lâchai :

— Hollis a un fusil de chasse caché sous son lit.

Elle hocha la tête.

— Ah oui, et quoi d'autre ? s'enquit-elle.

Maman était très forte pour me tirer les vers du nez mais je voyais clair dans son jeu : elle essayait de me piéger.

— Je ne sais pas.

— Pourquoi es-tu allé dans sa chambre regarder sous son lit ?

— J'ai cru entendre un bruit là-haut en me levant, alors je suis monté voir ce que c'était.

— Ah…

— C'est vrai, m'man.

— Et tu as découvert l'origine de ce bruit ?

Pris un instant au dépourvu, je haussai les épaules d'un air d'ignorance.

— As-tu fouillé dans ses affaires ? interrogea maman.

— Non.

— Tu en es sûr ?

— Je n'ai pas fouillé dans ses tiroirs ni rien. J'ai juste regardé sous le lit.

Maman prit une profonde inspiration.

— Je vais lui demander de ranger son arme quelque part ailleurs, en sécurité.

— On n'a pas besoin d'armes ici. Je ne veux pas qu'il garde une arme sous son lit ni même ailleurs. Il n'a pas besoin d'avoir une arme !

— Je le lui dirai et il fera disparaître ce fusil, je te le promets, affirma-t-elle. D'accord, mon chéri ?

— Je veux voir Hollis s'en débarrasser.

Maman hocha la tête.

— C'est d'accord.

— C'est qui, la photo dans sa chambre ?

— Je ne sais pas. Je n'y suis pas allée.

— Il y a une photo avec un bébé. Il l'a fait encadrer mais elle est tout abîmée.

— Allons voir là-haut, proposa-t-elle, mais c'est la dernière fois. Ensuite, il faudra que ce soit Tom qui nous invite à monter dans sa chambre ou qui nous donne la permission d'y aller en cas de nécessité. C'est bien compris ?

Je fis oui de la tête. Maman se leva, me prit par la main et nous montâmes l'escalier qui menait à la chambre de Hollis. Elle se pencha pour examiner la photographie et sourit.

— C'est Sarah, son bébé.

— Celle qui est morte dans l'incendie de son ancienne maison, dans la montagne ?

— Quelle tragédie ! Un drame absolument horrible.

Maman étudia encore la photographie quelques instants, puis se reprit :

— Viens, mon cœur. Nous ne devrions pas être là.

— Qu'est-ce qui a provoqué l'incendie ? demandai-je.

— On ne l'a jamais su… mais le feu est parti de la cheminée. Hollis… Cette nuit-là, Tom rentrait chez lui après avoir fait un tour en ville quand il a vu sa maison en flammes. Lorsqu'il est arrivé, il a tenté de les sauver, mais c'était trop tard. Allez, il faut que tu ailles dehors pour l'aider. Et cet après-midi, nous commencerons les préparatifs de Noël.

— Il aurait quand même pu faire encadrer une photo plus jolie que celle-ci, elle est toute déchirée.

— Eh bien, ça m'a tout l'air d'être la photographie qu'il conservait dans son portefeuille. Hollis a pratiquement tout perdu dans cet incendie. C'est peut-être l'unique photo qu'il lui reste d'elle, je n'en sais rien.

Quand nous fûmes arrivés en bas des marches, maman attrapa mon manteau suspendu à l'un des crochets métalliques qui couraient le long du mur près de la cuisine. Elle entreprit de m'aider à l'enfiler, mais je le lui pris des mains : je pouvais très bien me débrouiller tout seul. Puis je mis mes gants ainsi que le bonnet à oreillettes qu'elle m'avait acheté. En ouvrant la porte, je fus une fois de plus suffoqué par l'intensité du froid qui régnait à l'extérieur. La bise me transperça le corps, s'infiltrant par le moindre interstice de mes vêtements.

La tête dans les épaules, je m'efforçai d'atteindre le plus vite possible la salle des générateurs, un bâtiment en brique blanche contigu à l'arrière du phare ; la neige crissait sous mes semelles. Maman m'avait montré cette annexe en passant la veille. Après, nous étions allés jeter un œil au phare et elle m'avait alors proposé de monter l'escalier en colimaçon pour aller voir tout en haut, mais je n'en avais pas la moindre envie. Ça ne me disait rien du tout de grimper là-haut pour constater à quel point nous étions isolés du reste du monde, loin de tous ces gens qui n'étaient pas obligés de vivre dans un phare, eux.

En ouvrant la porte de la salle des générateurs, je vis Hollis et l'électricien tous deux à genoux, en train d'examiner les moteurs qui faisaient un raffut de tous les diables. Ils me tournaient le dos ; j'aperçus une boîte à outils métallique posée à côté d'eux. Elle ressemblait énormément à celle de papa qui était verte et que je trimbalais dans chaque foyer de Sunnyside équipé d'un téléviseur.

Je me baissai et entrepris de l'examiner. Je glissai un doigt à l'intérieur.

— Hé, toi ! Touche pas à mes outils ! aboya l'électricien d'une voix forte comme si j'étais sourd.

Je me relevai d'un bond et battis en retraite. L'homme s'était déjà retourné et avait repris son examen du générateur. Alors, Hollis se remit debout. Son visage avait une drôle d'expression, comme si quelque chose le démangeait sans qu'il puisse l'atteindre.

— Charlie, va demander un chiffon à maman et apporte-le-moi. S'il te plaît.

Je ne voulais pas lui rendre service et redoutais

d'avoir à affronter une fois de plus la bise glaciale, mais j'obéis malgré tout. J'étais sur le point de refermer la porte derrière moi quand j'entendis Hollis déclarer à l'électricien :

— Je vous préviens, monsieur, c'est la dernière fois que vous parlez à mon fils sur ce ton.

Je laissai la lourde porte à peine entrebâillée et tendis l'oreille.

L'homme répondit :

— Je l'ai pas dit méchamment… C'est juste que j'veux pas qu'il abîme mes outils.

Hollis insista.

— Je lui expliquerai de ne pas toucher à vos affaires, mais ne lui parlez plus jamais comme vous venez de le faire. Je ne le tolérerai pas.

Je m'attardai encore un peu derrière la porte, mais à part le cliquetis des outils tintant contre le métal, je n'entendis rien de plus. Je refermai complètement la porte jusqu'à ce que le pêne s'enclenche. Je courus en direction de la maison, chutai en glissant, me relevai et ouvris enfin la porte de la cuisine à toute volée.

— Ça va ? s'enquit maman.

J'allai voir sous l'évier et m'emparai d'un chiffon à poussière suspendu au-dessus d'une bombe d'encaustique. Quand je me relevai, maman était à côté de moi.

— Qu'est-ce que tu cherches, mon cœur ?

— Hollis a besoin d'un chiffon.

Elle me prit le bout de tissu des mains.

— Tu es tout essoufflé. Et n'oublie pas qu'il s'appelle Tom : Tom a besoin d'un chiffon.

Maman ouvrit le placard à balais et en sortit un chiffon propre, le secoua et me le tendit. Arrivé à la salle des machines, je croisai l'électricien qui s'en allait. En passant la porte, il me salua de la tête en me fixant de ses petits yeux qui émergeaient d'une énorme barbe rousse.

— Tu l'as ? me demanda Hollis.

J'allai vers lui et lui tendis le chiffon. Il entreprit de s'essuyer les mains. Des gouttelettes de sueur perlaient à la lisière de sa casquette. Comment pouvait-on transpirer dans une pièce aussi glaciale ?

— Il nous reste encore quelque chose à faire, annonça-t-il. Il nous faut monter au balcon de veille pour que tu puisses un peu contempler la vue.

— Qu'est-ce que c'est, le balcon de veille ?

— C'est le poste d'observation qui se situe tout en haut du phare.

— Je n'ai pas envie d'aller là-haut, rétorquai-je.

Il continuait à s'essuyer le cambouis des mains.

— Oh, moi non plus ! Je n'aime pas l'altitude. J'ai le vertige.

— Alors pourquoi tu as choisi de vivre dans un phare si tu as le vertige ?

Hollis haussa les épaules.

— Bonne question. N'empêche qu'il faut que j'y aille. J'espérais bien que tu monterais avec moi. Je sais que tu avais l'habitude d'aider ton père pour les travaux d'électricité. Il faut que je vérifie la lentille, ça fait partie du boulot.

— Tu n'as pas besoin de moi pour ça, objectai-je.

Hollis posa le chiffon sur un tuyau.

— Tu es déjà monté là-haut ? demanda-t-il.

Je secouai la tête.

— Bon, si tu n'en as pas envie, pas de problème. A tout à l'heure. Je redescendrai bientôt vous voir, toi et ta mère. Le soleil se couche très tôt ici et je n'ai pas envie de rester là-haut dans le noir.

Il remit ses gants et, posant sa main sur mon épaule, me fit avancer vers la sortie. Une fois dehors, il referma la porte au loquet pour empêcher le vent de l'ouvrir.

Je plissai les yeux pour me protéger des rafales, mais en vain, ils étaient déjà tout larmoyants. J'entrepris de rebrousser chemin vers la maison, mais, juste avant d'atteindre la remise à bois, je me retournai : Hollis avançait tant bien que mal dans le sentier creusé dans la neige, entre les pins rabougris qui poussaient au pied du phare. Je résolus alors de le suivre.

Hollis ouvrit la porte et était sur le point de la refermer derrière lui quand je la repoussai pour entrer à mon tour. Nous nous mîmes en devoir de secouer la neige collée à nos semelles en tapant des pieds, puis levâmes les yeux vers l'escalier en spirale peint en noir. A l'aide de ses dents, il sortit une cigarette de son paquet et l'alluma avec un briquet en argent. Il frissonna et moi aussi. Puis il appuya sur un interrupteur, allumant ainsi toute une série d'ampoules nues, espacées d'une hauteur d'environ trois mètres, ce qui illumina le phare jusqu'en haut. Après s'être contenté d'une ou deux bouffées de sa cigarette, il en pinça le bout rougeoyant entre ses doigts gantés et remit le mégot dans la poche de son manteau, sans détacher son regard du sommet de l'escalier.

Il me désigna un commutateur rouge et l'abaissa.

— Quand tu viens ici, n'oublie jamais d'éteindre cet interrupteur. La lanterne du phare possède une minuterie automatique, mais au cas où, éteins toujours cet interrupteur pour que la lumière du phare ne se déclenche pas pendant que tu te trouves à l'intérieur. Donc, tu l'éteins en entrant et tu le rallumes en repartant.

Je hochai la tête. Hollis leva encore une fois les yeux vers le haut de l'escalier.

— Bon, faut y aller, soupira-t-il.

Et il entama sa lente ascension en traînant sa jambe handicapée.

Pas une seule fois il ne regarda par-dessus son épaule tandis que je l'observais progresser, à mi-chemin du sommet du phare. C'est alors que j'entrepris moi aussi de monter l'escalier. Je n'avais pas le vertige, du moins, pas autant que lui, pensai-je. Toutefois, l'idée de me retrouver tout là-haut seul avec lui ne m'enchantait guère… Je montai malgré tout à sa suite, mû par une impulsion irrésistible.

18

Je le rattrapai avant qu'il n'arrive en haut de l'escalier. Il s'arrêta sur une petite grille en métal visiblement assez instable : elle bougeait en même temps que nous. Hollis ôta son manteau, sortit un mouchoir de sa poche et s'essuya le visage. Il jeta ensuite son manteau sur son épaule et reprit sa progression jusqu'au sommet du phare.

La spirale de l'escalier diminuait d'amplitude au fur et à mesure que nous montions et, tout en haut, céda la place à un classique escalier de bois, mais aux marches plus étroites. Nous fîmes une pause avant de nous attaquer à ce nouvel escalier et regardâmes en bas.

— C'est haut, hein ? commenta Hollis.

— Même pas peur.

— Eh bien, moi, j'ai la trouille, répliqua-t-il. Mon sens de l'équilibre n'est plus ce qu'il était.

Incroyable : Hollis connaissait donc la peur… Il reprit son ascension en passant le premier. Je le suivis jusqu'au sommet : là, un grillage métallique entourait une lanterne brillante de la taille d'un énorme obus. Le verre était si épais qu'à l'intérieur on aurait dit un rayon de miel géant. L'ensemble du système optique devait bien peser le poids d'une voiture.

— Surtout, ne fixe jamais la lumière quand elle est allumée, me recommanda Hollis. Elle te rendrait aveugle. Souviens-toi toujours d'éteindre l'interrupteur en bas du phare.

Il faisait bien d'insister car j'étais sûr que j'aurais été tenté d'y jeter un coup d'œil, juste une seconde.

Pendant que j'observais la lentille optique et le vitrage qui nous entourait, Hollis ouvrit un casier métallique et en sortit deux aérosols ainsi que quelques chiffons. Il me précisa que c'étaient des chiffons spéciaux, très doux et parfaitement propres. J'ôtai un de mes gants pour pouvoir en apprécier la texture au toucher.

— Il faut nettoyer la lentille et le vitrage, expliqua-t-il. C'est indispensable pour que les navires puissent distinguer la lumière de très loin.

Hollis vérifia le chiffon, puis essuya l'énorme lentille ovale. Quand ce fut fait, il alla à l'une des fenêtres du vitrage et contempla l'océan.

— Tu fais les carreaux à l'intérieur et je vais aller sur la passerelle pour m'occuper de ceux de l'extérieur, proposa-t-il. Tu sais le faire ?

Je mentis en hochant affirmativement la tête et examinai les deux vitres sales qu'il me désignait. Puis mes yeux se posèrent sur ce qu'il appelait une passerelle.

— Tu n'as pas peur d'aller dehors ? demandai-je.

— C'est vrai que je ne me sens pas très à l'aise en hauteur, admit-il en remettant son manteau. Mais il faut le faire. Apparemment, le brouillard devrait tomber cette nuit dès que le vent sera tombé. Il faut que les navires puissent apercevoir la lumière. Ces vitres doivent être parfaitement propres, c'est très important.

Hollis tira le loquet et ouvrit la petite porte de bois qui conduisait à la passerelle. Une rafale de vent s'engouffra dans le phare et me repoussa violemment en arrière. Cela ne fit que confirmer ma crainte de sortir, surtout lorsque j'aperçus l'étroite passerelle en grillage métallique qui faisait le tour du vitrage à l'extérieur. J'avançai jusqu'au seuil de la porte et mon regard plongea vers l'océan tout en bas, juste sous mes pieds : il semblait onduler vers le rivage, gonflé par le rythme incessant de la puissante houle du large. Je fus giflé par une nouvelle bourrasque et sentis le phare s'ébranler sous la puissance du vent. A chaque rafale, j'avais l'impression de le sentir vibrer.

Hollis se courba pour passer la porte et sortit. Il alla se plaquer dehors, dos au vitrage. J'avançai prudemment de deux pas sur la passerelle : Hollis m'attrapa par le dos de mon manteau. Effrayé — il me tenait bien —, je m'arrimai solidement à la rambarde métallique et lui jetai un coup d'œil par-dessus mon épaule.

— Ça souffle, hein ? cria-t-il.

— Ouais ! m'époumonai-je en retour.

Je m'agrippai à la rambarde peinte en noir avec l'énergie du désespoir ; Hollis desserra finalement sa prise et me fit signe de rentrer à l'intérieur du phare. Je ne lâchai pas la rambarde pour autant, avant qu'il n'ait ôté sa main de mon manteau. Je pense que cette minute passée dehors nous parut très longue à tous les deux.

— Rentre à l'intérieur. Il fait trop froid, hurla-t-il.

D'une main, j'ouvris la porte avant de lâcher la rambarde.

Hollis fit mine de vouloir rentrer en même temps que moi, mais dès que j'eus franchi le seuil, il referma la porte derrière moi. Je restai à l'intérieur à le regarder avancer à pas comptés vers le vitrage crasseux. D'une main il tenait un chiffon et, de l'autre, il tira de la poche de son manteau une bombe aérosol contenant le liquide nettoyant additionné d'antigel. Il pulvérisa le liquide sur le vitrage et le frotta rapidement à l'aide du chiffon.

— Ouf, souffla-t-il en rentrant quelques minutes plus tard, après avoir refermé la porte.

Son visage avait pris une teinte rouge sombre aux endroits qui n'étaient ni brûlés ni balafrés.

— Ça suffit pour aujourd'hui. Les autres vitres ne sont pas aussi sales, on s'en occupera demain. Normalement, la température devrait remonter autour de moins un.

Nous restâmes debout tous les deux, puis Hollis entreprit d'aller et venir sur sa jambe valide en faisant de grands mouvements de bras pour tenter de se réchauffer. Il faisait surtout beaucoup de boucan.

— Ne sors jamais sur la passerelle tout seul, me recommanda-t-il. Surtout par mauvais temps. Si tu montes ici, préviens toujours quelqu'un, ta mère ou moi.

— Jamais je n'irai là-haut, affirmai-je.

Hollis rangea l'aérosol et le chiffon dans le casier.

— Mais si, pourquoi pas ? Au printemps, s'il fait beau, tu peux y venir avec un ami pour profiter de la vue. Tu sais, Charlie, on voit parfois des baleines par ici. Toutes sortes d'espèces. Marie m'a dit qu'on pouvait s'installer ici pour les observer.

— Qu'est-ce qu'elles font ? m'enquis-je.

— Elles nagent tout autour… Franchement, je ne saurais pas te dire ce qu'elles font exactement. Mais tu peux apercevoir des tas de trucs : des méduses, des raies pastenagues, des oiseaux et plein d'espèces de poissons. Venir ici, c'est un peu comme grimper au sommet d'Angel's Rest.

— Tu es déjà allé tout en haut ? demandai-je.

— Quelques fois, oui, répondit-il. Je chassais souvent la gelinotte là-haut, pendant les vacances.

— Tu es déjà monté au sommet de Window's Watch ?

— Oui, chef. J'ai grimpé tout en haut, une fois.

— Je croyais que tu avais le vertige, fis-je remarquer.

— J'étais beaucoup plus jeune, alors. Mais escalader une montagne et monter en haut d'une tour comme celle-ci, au beau milieu de l'océan, ça n'a rien à voir, tu sais.

Il me fixa de ses yeux étranges pendant une minute,

puis nos regards se portèrent en face, vers la côte. A moins de deux kilomètres de là, j'arrivai à distinguer la bourgade recouverte de neige avec ses allées et venues de voitures et de camions. On aurait dit une ville en modèle réduit, les véhicules ressemblaient à des jouets.

— Pourquoi tu préfères vivre loin des autres ? demandai-je.

Hollis n'avait toujours pas repris son souffle et respirait fort. Il tira un mouchoir de sa poche pour s'essuyer le nez.

— J'aime bien les gens, répondit-il.

— Mais cet endroit ressemble à ta maison isolée dans la montagne.

Hollis hocha la tête.

— Tu as sans doute raison.

— Moi, je préfère vivre près des gens. Maman aussi.

Hollis regarda en bas de l'escalier.

— Tu es prêt pour redescendre ? Je parie que ta mère est en train de faire cuire le dîner.

— Qu'est-ce que tu faisais là-bas, tout seul dans la montagne ? m'enquis-je.

Hollis prit une profonde inspiration et posa sa main gantée sur le couvercle métallique de la lanterne.

— Je fabriquais des choses. Je sculptais des objets. J'ai longtemps essayé de fabriquer un violon correct, mais je n'ai jamais obtenu le son idéal.

— Tu sais jouer du violon ?

— J'en jouais avant d'être blessé à la main pendant la guerre. Je jouais de la guitare et du banjo, aussi. Mais aujourd'hui, c'est fini, mes doigts ne m'obéissent plus comme avant.

— Qu'est-ce que tu faisais d'autre ?

— Je sculptais des canards, toutes sortes de choses et puis j'allais les vendre sur les marchés aux puces. Ça me rapportait quelques sous. Pas beaucoup.

— Alors, comme ça, tu vivais tout seul là-haut et tu passais ton temps à sculpter des objets ?

— Je… C'est surtout vers la fin que je me suis mis à l'écart des gens. D'ailleurs, c'est plutôt les autres qui n'appréciaient pas ma présence parmi eux.

— Pourquoi ils n'appréciaient pas ta présence parmi eux ?

— Eh bien… Les gens ont commencé à m'éviter quand je suis sorti de l'hôpital, et puis ils se sont mis à raconter que j'avais quelque chose à voir avec l'incendie… Je suis sûr que tu es au courant de toutes ces rumeurs. Tu dois avoir entendu de tout sur moi, Charlie, des choses horribles. Mais ce sont des mensonges. J'en suis arrivé au point de préférer la solitude. Comme ça, c'était plus simple pour tout le monde. J'ai eu tort, pourtant, c'est-à-dire que je n'aurais pas dû m'isoler si longtemps. Ce n'est pas bon de se complaire dans le confort du silence et de la solitude. Après, on s'y habitue trop et ça te manque vite au bout d'un moment. Allez, on descend.

— Il paraît que tu as tué des types dans une salle de billard.

— J'ai frappé un homme et il est tombé de toute sa hauteur sur un sol en béton… Ça l'a salement amoché. Mais je ne l'ai pas tué.

— Tu voulais le tuer ?

— J'étais ivre, Charlie. Je ne sais même plus pourquoi nous nous sommes battus.

— On t'a mis en prison parce que vous vous êtes battus ?

— Je te l'ai dit, il s'est salement amoché quand sa tête a heurté le sol et puis j'avais déjà eu quelques pépins avec les flics avant ça. Des bêtises, mais au bout du compte, ça s'est additionné.

— C'est quand que tu as décidé de te faire beau pour venir ici chercher un endroit pour maman et moi ?

— Au départ, quand je me suis mis en tête de partir, je n'avais pas prévu de venir ici pour trouver un endroit pour vous deux.

— Ah bon ?

— Je cherchais un endroit pour moi.

Hollis me fixa et je soutins son regard. Nous restâmes à nous dévisager avant qu'il n'explique :

— Ça fait longtemps que j'essaie de fuir mes problèmes. Voilà, c'est pour ça, en fait… Je voulais partir quelque part pour tout recommencer, mais quand je suis arrivé ici, j'ai réalisé que mes problèmes m'avaient suivi. Tu comprends ?

— Non, répondis-je.

— Mon problème, c'est que je ne supportais plus l'homme que je voyais chaque matin dans ma glace. C'est un sale coup quand ce genre de chose t'arrive, Charlie.

— Pourquoi tu n'aimais pas ce que tu voyais dans ta glace ? demandai-je.

— Eh bien, en d'autres termes… j'aurais aimé que les choses soient différentes.

— Alors, qu'est-ce qui t'a fait revenir pour aider maman ?

— Je crois que j'avais besoin d'agir pour quelqu'un d'autre que moi, pour changer. Un truc dans ce genre.

Je lui lançai mon regard le plus pénétrant, même si nous n'étions que tous les deux. J'avais la trouille mais je savais que Hollis était incapable de me rattraper dans l'escalier, or j'avais déjà le pied posé sur la première marche. Ma voix prit une intonation tendue.

— Parce que tu aimes bien maman ?

— Oui, j'aime beaucoup ta mère.

— Et mon père, tu l'aimais lui aussi ?

Hollis se figea.

— Oui, j'aimais ton père. Je suis absolument navré de ce qui lui est arrivé, Charlie. J'ai toujours eu beaucoup de respect pour ton père.

— Mais tu préfères quand même maman…

— Eh bien, il se trouve que ta mère avait besoin d'aide après la mort de ton père. Le jour où tu m'as vu à Sunnyside avec ma valise, je ne pensais pas revenir un jour. Je voulais quitter cette ville et ne plus jamais revoir les gens que je connaissais. Mais après t'avoir raccompagné chez toi, je suis reparti pour attraper mon bus. Et Lacy est venu me trouver à l'arrêt. On a un peu discuté tous les deux. Il est futé, ce type. Il s'est assis à côté de moi sur le banc et m'a expliqué des trucs. Il m'a dit que chaque jour, le choix nous était donné d'agir en faisant preuve de force ou de faiblesse. Et que ces deux sentiments cohabitaient dans le cœur de chaque homme. Comme le bien et le mal. Eux aussi, on les porte en nous, a-t-il ajouté.

Hollis se tut et, pendant une minute, nous restâmes immobiles dans le courant d'air glacé du phare.

— Qu'est-ce qu'il a dit d'autre ?

— C'est à peu près tout. Et puis il est remonté dans la camionnette de ton père et il est reparti.

Je saisis la main courante et descendis d'une marche.

— Pourquoi tu allais voir maman le soir, à la bibliothèque, avant que papa ne soit assassiné ?

— Je n'allais pas là-bas pour la rencontrer. Je passais de temps en temps. On se parlait. Elle est à peu près la seule véritable amie qui me reste à Sunnyside depuis tout ce temps. J'ai fait fuir toutes les personnes qui me voulaient du bien, d'une manière ou d'une autre.

— La police voulait t'interroger sur le meurtre de papa.

Hollis tendit la main vers moi et je reculai d'une autre marche.

— Les flics avaient un mandat contre toi. C'est pour ça que tu es parti.

— Quand je suis parti, la police n'avait établi aucun mandat d'arrêt contre moi.

— Ils l'ont fait tout de suite après.

— Charlie, j'ignore ce que tu crois ou ce qu'on t'a dit, mais ce n'est pas moi qui ai tué ton père.

— Je n'ai pas dit que tu l'avais tué.

J'arrivais à peine à articuler.

— Eh bien, je ne l'ai pas fait.

— Tu n'as rien à voir avec sa mort ?

— C'était un accident.

— Ce n'est pas ce que je t'ai demandé…

— Charlie, ton papa n'a pas été assassiné. Il est mort accidentellement.

— Ce n'est pas ce que disent les flics.

— C'est pourtant bien ce qui s'est passé, Charlie.

— Quelqu'un a pointé un fusil sur lui et a tiré.

Visiblement, j'avais touché un point sensible. Hollis retira un de ses gants, puis sa casquette. Il se passa la main dans les cheveux et les ramena en arrière en remettant sa casquette.

Il commença à me dire quelque chose mais s'interrompit. Pour la première fois, je sentis qu'il était nerveux : il avait quelque chose sur la conscience qu'il n'arrivait pas à exprimer. Il avait perdu cet air dur qu'il affichait généralement. Il regarda par la fenêtre pendant une seconde, mais quand il se retourna pour me tendre la main, je bondis dans l'escalier et dégringolai les marches jusqu'en bas comme si le diable était à mes trousses.

Maman m'attrapa par le bras à l'instant où je déboulai dans la cuisine. Je me dégageai brutalement et l'entendis chuter lourdement derrière moi, mais je ne regardai pas en arrière.

— Charlie !

Je montai en courant l'escalier sombre qui menait à la chambre de Hollis, m'y enfermai à clé et entrepris d'ouvrir tous les tiroirs jusqu'à ce que je trouve ce que j'espérais y découvrir : le rouleau de billets de banque que je lui avais vu sortir de sa poche durant le voyage.

Je m'emparai de la liasse de billets et la fourrai dans la poche de mon manteau quand j'entendis quelqu'un monter les marches. Maman se mit à tambouriner et à donner des coups de pied dans la porte.

— Ouvre, Charlie… Je t'en supplie, mon chéri, m'implora-t-elle.

En ouvrant la porte, je vis son regard terrifié se poser sur mes mains avant de chercher mon regard. Elle était en larmes.

— Qu'est-ce qui se passe, mon amour ? me demanda-t-elle.

Des pas lourds se firent entendre sur le plancher du rez-de-chaussée et j'écartai brutalement maman de mon chemin. Elle m'agrippa un instant par le dos de mon manteau en me hurlant de revenir. J'étais à mi-escalier quand Hollis s'avança devant moi. Mais rien ne pouvait m'empêcher de passer.

— Charlie, écoute…, commença-t-il.

Il n'essaya pas de m'attraper : je fonçai droit sur lui, les mains tendues en avant, en le bousculant violemment au passage. Parvenu à la porte de la cuisine, j'eus toutes les peines du monde à l'ouvrir tandis que maman me criait de revenir.

La poignée céda enfin et j'ouvris la porte à toute volée, si fort que le carreau se brisa. A ce moment-là, je sentis la main de Hollis s'abattre sur mon épaule. Je me retournai et le frappai de toutes mes forces au visage avant de m'enfuir à toutes jambes par le sentier qui menait au ponton. Arrivé là-bas, je m'aperçus en essayant de larguer les amarres du bateau que mon bras droit était devenu insensible suite au coup que j'avais donné à Hollis et qu'il refusait de m'obéir.

Je retirai mes gants et bataillai avec le nœud de l'amarre tout en jetant des coups d'œil vers la maison. Hollis descendait la colline en boitillant.

— Attends une minute, Charlie ! hurla-t-il.

Mon autre main était engourdie par le froid glacial, mais, finalement, je parvins à larguer une amarre. En courant m'occuper de l'autre, je glissai et tombai sur la glace. Je me relevai mais lorsque j'eus atteint le poteau qui retenait l'amarre, je vis que Hollis n'était plus qu'à un mètre de moi.

— Où tu vas ? me demanda-t-il.

Je me retournai et larguai la dernière amarre avant

de sauter dans le bateau. Je luttai contre la porte de la cabine comme avec la porte de la cuisine quelques instants plus tôt et sentis le poids du bateau se déplacer. Je jetai un coup d'œil par-dessus mon épaule en ouvrant la porte de la cabine et vis Hollis qui remontait vers moi de la poupe. Je poussai le loquet de la porte en catastrophe. En me retournant, je vis sa main gantée me tendre un morceau de mousse jaune au bout duquel pendait une clé.

Je fixai le commutateur d'allumage du Boston whaler et compris que j'avais oublié l'essentiel.

Ma respiration était si haletante que j'en avais le vertige ; je crus que j'allais m'évanouir. Mon regard se porta au-delà de l'océan. Le ciel commençait à s'obscurcir et les lumières de la ville s'allumaient une à une, à moins de deux kilomètres de moi. Je fis glisser une des vitres coulissantes et me mis à appeler à l'aide en hurlant.

Le bateau roula de nouveau et je crus que Hollis m'avait rejoint, mais non, c'était maman. Elle pressa son visage contre le carreau et ouvrit la porte. Je croyais l'avoir verrouillée. Je reculai en les voyant tous les deux et éclatai en sanglots entrecoupés de cris. Maman tenta de me prendre dans ses bras mais je la repoussai en nous faisant tomber tous les deux. Hollis se tenait à présent sur le ponton. Je rampai hors de la cabine, sautai du bateau et courus en direction de la maison. Mes poumons et ma gorge étaient en feu, ils me brûlaient comme si j'avais avalé de l'essence.

J'entendais derrière moi le crissement de la neige sous les pas de Hollis.

J'atteignis enfin la maison ; la porte était ouverte. Je tombai sur les bris de glace, me relevai et refermai la porte à clé avant de me précipiter dans la pièce où se trouvait la radio. Je me mis à appuyer désespérément sur tous les interrupteurs, déclenchant ainsi un vacarme épouvantable. Je tournai encore quelques boutons avant de m'emparer du micro. J'appuyai à la base sur les deux boutons en même temps en criant à l'aide.

Hollis s'acharnait sur la porte de la cuisine. J'entendis encore un bruit de verre brisé, puis le bruit caractéristique de son pas à la fois lourd et traînant quand il pénétra dans la cuisine.

— Ici, le phare. J'ai besoin de la police. Allez chercher la police ! Je m'appelle Charlie…, hurlai-je dans le micro.

Hollis me l'arracha des mains, je voulus m'enfuir mais il me repoussa sur une chaise. Du sang ruisselait de son arcade sourcilière.

— Poste de police de Pawtuckaway, veuillez vous identifier.

Je fixai Hollis, pétrifié. Il me regarda simplement en secouant la tête.

— Prière de vous identifier.

Maman passa l'angle de la porte et s'appuya contre le mur. Elle ne portait pas de manteau et avait l'air complètement frigorifiée. Finalement, elle serra ses bras contre sa poitrine.

— Charlie… Qu'est-ce qui se passe ?

— Il a appelé la police, expliqua Hollis.

Je repoussai la chaise aussi loin que possible d'eux et regardai la radio fixement.

— Qu'est-ce qui se passe ? demanda maman.

Elle vint vers moi lentement.

— Qu'est-ce qui t'arrive ?

— Veuillez vous identifier et indiquer le niveau d'urgence de votre appel.

Maman regarda la radio, puis Hollis et fondit en larmes.

— Charlie, qu'est-ce que tu as fait ? s'écria-t-elle d'une voix terrible.

— Allô, le phare ? M'entendez-vous ?

Les jambes de maman se dérobèrent sous elle et elle s'affaissa lentement contre le mur. Elle m'observait à travers ses larmes tout en secouant la tête.

— Phare de Pawtuckaway, nous vous envoyons une embarcation, bien reçu ?

Hollis porta le micro à sa bouche.

— Ici Tom Cutter, le nouveau gardien du phare de Pawtuckaway. On a eu un petit problème mais tout va bien maintenant. Nous n'avons pas besoin d'aide. Merci.

Je bondis pour m'emparer du micro mais Hollis me repoussa du bras. Il y eut un grand silence, entrecoupé seulement par les sanglots de maman.

— La patrouille est en route.

— C'est inutile, insista Hollis.

— Ils sont déjà partis et atteindront votre position dans quelques minutes.

Le bras de Hollis retomba comme si le micro pesait une tonne. Il le reposa sur le bureau et éteignit les interrupteurs de la radio.

— Que va-t-on faire ? lui demanda maman.

Hollis secoua la tête d'un geste d'impuissance, écarta l'un des rideaux et contempla l'océan. Le ciel était presque noir. Le souffle de nos respirations haletantes mêlé aux reniflements de maman emplissait la pièce.

— Je vois un bateau qui quitte le port. Il faut qu'on s'en aille. Tout de suite, ordonna Hollis.

Il prit la main de maman et l'aida à se relever.

— Pourquoi as-tu appelé la police ? hurla maman.

Je pointai Hollis du doigt.

— Maman, c'est lui qui a tué papa. Il l'a tué.

— On n'a pas le temps de s'expliquer maintenant, déclara Hollis. Il faut partir, vite !

Maman me saisit par le bras. Je tentai de me dégager mais plus je tirais et plus elle s'agrippait à moi. Elle m'entraîna sèchement dans la salle de séjour et me jeta sur une grande chaise rembourrée en me secouant par les épaules.

— Toi aussi, tu étais dans le coup, hein, maman ?

Elle me gifla et tomba à genoux entre mes jambes, avant de me saisir les deux mains. Son regard brillait d'une lueur sauvage.

— Hollis n'a pas tué ton père. C'est toi qui tenais

le fusil quand le coup est parti, Charlie. Il était entre tes mains.

Je restai paralysé.

— C'est toi qui tenais le fusil, mon chéri…

19

Maman se mit à pleurer doucement, des larmes qui venaient du plus profond d'elle-même, et je cessai de me débattre. Mes membres étaient complètement anesthésiés, je n'arrivais plus à respirer. C'était comme si après avoir tâtonné seul dans un interminable couloir de ténèbres, j'arrivais enfin à en distinguer tout au bout l'issue, une porte dont j'avais fini par douter de l'existence et qui commençait enfin à s'entrebâiller. Pris de nausées, je tentai de me libérer mais maman refusait de me lâcher.

— Tu as pointé le fusil sur ton père parce qu'il me frappait, parce qu'il me traînait par les cheveux sur le sol de la cuisine. Tu as essayé de l'arrêter. Il t'a fait sortir de la pièce une première fois mais tu es revenu à la charge et tu as essayé de le frapper pour qu'il me lâche. Il t'a jeté dans le jardin et, lorsque tu es revenu pour t'en prendre à lui, il t'a frappé très fort. Et il a recommencé à me tirer par les cheveux. C'était tellement horrible que tu as effacé cette scène de ta mémoire. Tu étais complètement traumatisé et tu l'es encore. Je ne savais pas comment te le dire… Tu as refoulé ce jour-là si loin dans ton esprit. Tu es encore si jeune… J'avais peur de t'annoncer la vérité, Charlie. J'avais peur de ta réaction et des conséquences que cela aurait sur ton équilibre psychologique. J'ai perdu mon mari. Je ne pouvais pas te perdre toi aussi. Peux-tu me comprendre ? Cela m'était impossible. Je n'ai trouvé que cette solution pour…

— Ce n'est pas moi, maman… Je n'ai pas…

— Charlie, c'est toi qui tenais le fusil mais c'était un accident. Un accident, on n'a pas cessé de te le répéter. C'était un accident !

Maman se tut et inspira profondément en m'enveloppant de ses bras. Je restai sans rien dire, rendu muet par le tourbillon de visions cauchemardesques qui refluaient des profondeurs de mon esprit. Maman venait de me fournir les pièces manquantes aux rêves qui me torturaient : un fusil, papa gisant sur le sol. Papa qui hurle et la frappe. Qui me frappe moi aussi. Et puis je sens le poids du fusil entre mes mains.

Ce soir-là resurgit alors dans ma mémoire. Le puzzle entier se reconstitua peu à peu, tous les morceaux se remirent en place… Je n'étais plus dans le phare, j'étais revenu à Sunnyside, ce jour-là.

D'une main, papa agrippe maman par le chignon et, de l'autre, la gifle à la tête et au visage tandis qu'elle, à genoux, lui hurle d'arrêter. Et moi, je tente de l'empêcher de faire du mal à maman. J'essaie à trois reprises de m'interposer mais, à la dernière, papa me frappe. Alors, j'entre dans leur chambre et m'empare du fusil de chasse rangé dans le placard. Je repars dans la cuisine et pointe l'arme sur mon père, ainsi qu'il me l'a lui-même enseigné pour effrayer un éventuel agresseur si jamais quelqu'un voulait s'en prendre à maman. Tout me revenait à présent. L'expression du visage de papa. Il se tourne, m'aperçoit, tenant avec peine le fusil dans mes mains tremblantes ; je suis incapable de prononcer un mot. J'ai perdu l'usage de la parole. Finalement, il lâche maman, se prend la tête entre les mains et s'écroule sur une chaise en gémissant sourdement. Un son affreusement rauque. J'ai déjà vu papa souffrir, mais c'est la première fois que je le vois pleurer. Il laisse tomber sa tête entre ses genoux. Puis, tout à coup, il se lève, va vers maman et l'aide à se remettre debout, puis se dirige vers moi, les yeux fermés, paupières crispées.

Il les entrouvre à peine en s'approchant de moi, s'essuie le visage au revers de sa manche et se pince le nez au niveau des yeux en dissimulant son regard derrière sa main. De l'autre, il saisit le fusil par l'extrémité du canon.

Le bruit assourdissant d'une détonation résonne dans la cuisine. Le fusil jaillit de mes mains, papa tombe en arrière contre la table de la cuisine avant de s'effondrer au sol en se tenant l'estomac, et puis son sang recouvre le linoléum, les murs, les placards, mes genoux se dérobent et je tombe moi aussi par terre. Maman se précipite vers lui pour essayer de contenir de son tablier le flot de sang qui s'échappe de son ventre.

A quatre pattes, je parviens petit à petit à m'approcher de lui, je lui dis en pleurant que je suis désolé et que je n'ai jamais voulu tirer sur lui. Papa se contente de hocher la tête. Il baisse les yeux sur son estomac, son regard revient sur moi, puis se pose sur maman et il murmure très doucement :

— Je regrette.

Il peut à peine articuler et nous répète encore et encore qu'il est désolé. Ensuite, il nous dit de déclarer à la police qu'il était en train de nettoyer son arme quand le coup est parti et que nous n'avons rien vu. Il me demande d'aller chercher le kit de nettoyage de son fusil et j'y cours. Puis il m'ordonne de sortir tout le matériel et de le poser sur la table. J'obéis. Il m'explique ce qu'il compte déclarer à la police : il s'est tiré dessus par accident. Mais c'est à peine s'il a le temps de nous le dire. Maman se précipite sur le téléphone en essayant de composer le numéro de l'hôpital, mais ses mains pleines de sang glissent sur le cadran et ses doigts ne lui obéissent plus. Alors, c'est moi qui fais le numéro et qui dis qu'on a tiré sur papa. Après les avoir appelés, je reviens le voir ; maman est agenouillée auprès de lui et lui soutient la tête en le couvrant de baisers. Papa ne bouge plus et ses yeux sont grands ouverts, mais ses paupières immobiles. Il ne pleure plus. Ensuite, dans mon souvenir, je suis sorti de la cuisine pour aller m'asseoir sur le canapé où j'ai été pris de violents vomissements. Puis je me suis installé pour regarder la télévision tandis que de la bouche de maman s'échappait une plainte interminable.

— Il faut faire quelque chose, déclara Hollis brusquement.

Le son de sa voix me ramena sur terre, loin de ces horribles réminiscences. Maman relâcha son étreinte et m'embrassa sur le front. Elle se tourna vers Hollis qui guettait à la fenêtre, derrière le rideau.

— Ils arrivent au ponton, annonça-t-il.

Maman se leva en poussant un long soupir. Ses épaules s'affaissèrent et elle enfonça ses pouces dans la ceinture de son pantalon.

— Maman, je n'ai pas fait exprès de tirer sur papa. Jamais je n'aurais pu faire une chose pareille. Je n'aurais jamais pu le tuer, quoi qu'il ait fait.

Maman se retourna et m'attira très fort contre elle.

— Chut, chut… Je sais, mon chéri, je sais.

— Je ne l'ai pas fait exprès…

— Chut… Charlie, quand il a saisi le canon du fusil, le coup est parti tout seul.

— Je devais avoir le doigt posé sur la détente ou bien alors quelque chose s'est pris dedans quand il a voulu écarter le canon de…

— Chut. Je sais ! C'est toi qui as été le plus surpris quand le coup de feu est parti. Tu ne l'as pas fait exprès, mon chéri. Ecoute-moi bien, dit-elle en me prenant le visage entre ses mains. Nous le savons tous. Nous l'avons toujours su.

— Qui ça, nous ? demandai-je.

— Ton papa, Lacy, moi, Hollis et je suis certaine que Malcolm avait tout deviné.

Je dévisageai Hollis, puis maman.

— Pourquoi papa était-il si en colère, maman ? Il n'avait jamais fait ça avant…

— Ils remontent le chemin ! s'exclama Hollis.

Maman ôta ses mains glacées de mes joues et me regarda droit dans les yeux.

— On ne va pas laisser la police nous arrêter maintenant, pas après tout ce qu'on a fait. On est allés trop loin, tu comprends ?

On frappa très fort à la porte.

Hollis arpentait la pièce.

— Nom de Dieu, dit-il calmement.

— Police !

Maman gardait mon visage serré entre ses mains. Enfin, elle me libéra et se redressa en s'essuyant les yeux ; Hollis se figea, indécis. Maman se précipita vers lui. Tirant son chemisier hors de son pantalon, elle en humecta un coin et inclina la tête de Hollis vers elle pour lui essuyer les traces de sang consécutives au coup de poing que je lui avais porté au visage.

— Police, ouvrez.

Maman s'efforça de rajuster son chemisier dans son pantalon mais elle avait quand même l'air complètement débraillé.

Hollis lança un coup d'œil à la porte, puis à maman

et moi avant de retirer ses gants. Il alla ouvrir et se tint immobile dans l'encadrement.

De mon siège, je ne voyais que le dos de Hollis qui tenait toute l'entrée. Deux policiers coiffés d'une toque fourrée et vêtus d'un pardessus épais et luisant encadrèrent Hollis en tapant des pieds pour secouer la neige de leurs semelles. Ils étaient armés tous les deux, je le voyais au renflement que faisait leur pistolet sous leur long manteau, à hauteur de hanche, et ils ne portaient pas de gants.

— Alors, comment se passe la soirée ? s'enquit finalement le plus petit des deux.

Maman sourit en reniflant. Mais personne ne répondit.

— Ça va ? demanda-t-il encore.

— Très bien, répondit Hollis.

L'autre policier, plus grand et élancé que son collègue, contourna Hollis pour venir me voir.

— C'est toi qui nous as appelés par radio ?

Je restai immobile sur ma chaise, ne sachant que dire.

— Il…, commença maman, avant que l'homme ne se retourne vivement vers elle.

— C'est à lui que je m'adresse.

Il se tourna de nouveau en se penchant vers moi :

— Tu nous as appelés ?

Je hochai la tête.

— Comment t'appelles-tu ?

— Charlie…

— Je suis Tom Cutter, voici mon épouse, Emily, et mon fils, Charlie, m'interrompit Hollis d'une voix forte et assurée.

Le policier courbé devant moi ne me quittait pas des yeux.

— Salut, Charlie, fit-il. Je suis l'officier Gagnon. On peut faire quelque chose pour toi ?

Je dévisageai maman dont les yeux étaient écarquillés, immenses.

— Le gosse s'est fait une petite frayeur..., voulut expliquer Hollis.

Le policier, qui s'était accroupi, se releva très vite.

— Laissez parler Charlie.

Je regardai tour à tour maman et Hollis puis les deux policiers : tout le monde avait les yeux braqués sur moi.

— J'ai cru que j'avais vu un fantôme, lâchai-je enfin.

L'officier Gagnon lança un regard à son collègue avant de tirer à lui un tabouret sur lequel il prit place. L'expression de son visage se fit beaucoup plus grave.

— Où ça ? demanda-t-il.

— Dans le phare.

— Je vois. A quoi ressemblait-il ?

— A un fantôme, répondis-je.

— C'était le fantôme d'un homme ou d'une femme ?

— C'était le fantôme d'un petit garçon.

— Un fantôme de petit garçon…

Je fis oui de la tête.

— Et qu'est-ce qu'il faisait ?

— Il me suivait.

Le policier me dévisagea longuement, puis me tapota la cuisse et fit signe à Hollis et maman de le suivre à la table du séjour. Les deux officiers se tenaient de chaque côté de Hollis et lui posaient diverses questions. C'était surtout maman qui parlait. Je saisis des bribes de leur conversation : nous arrivions de Greensboro, en Caroline du Nord, Hollis et elle étaient tous deux artistes, elle peignait et lui était sculpteur, ils voulaient… Maman expliqua qu'ils souhaitaient « élargir mon horizon » avant que je n'entre au lycée. Elle leur affirma qu'ils comptaient rester là deux ou trois ans, pas plus. Devant mes yeux repassait sans cesse la terrible scène de cette nuit à Sunnyside que mon esprit s'efforçait désormais vainement de repousser. Ils finirent tous par s'asseoir à la table où ils burent le café que maman leur avait servi. A un moment donné, l'un des officiers me pria de venir le voir.

Je me levai et m'approchai de maman. Hollis se leva et je me glissai entre eux. L'officier Gagnon déplaça sa toque de fourrure qui était posée sur la table entre nous et l'empêchait de bien me voir.

— Ça te plaît de vivre ici avec tes parents ? me demanda-t-il.

Je ne pipai mot mais ma jambe se mit à tressauter

à toute vitesse. Je sentis la main de maman se poser sur ma cuisse pour me calmer.

— Charlie, ta mère m'a dit que tu avais beaucoup d'imagination, ce qui est une très bonne chose. Mais j'ai bien connu tous les gens qui se sont occupés de ce phare avant que vous ne vous y installiez, toi et ta famille, et, crois-moi, je n'ai jamais entendu parler d'histoires de fantômes.

Je hochai la tête.

— Les fantômes n'existent pas.

Ma jambe tressaillait toujours de manière incontrôlable tandis que je gardais les yeux fixés sur le policier. Lui non plus ne me quittait pas du regard.

— Eh bien, ce fut un plaisir de faire votre connaissance à tous. Si jamais vous avez besoin d'aide, vous savez comment nous joindre, conclut-il en se levant. Viens par ici, Charlie, ajouta-t-il encore.

Il remit sa toque fourrée et se dirigea vers la porte de la cuisine. Quand je le rejoignis, il s'agenouilla devant moi et me murmura :

— Si jamais tu as besoin de nous, pour quoi que ce soit, tu appelles. D'accord ? Nous ne sommes qu'à deux ou trois minutes d'ici. Si jamais tu as envie de te confier à quelqu'un, pour parler de n'importe quoi… Peut-être même de quelque chose que tu préférerais ne pas aborder devant tes parents… tu n'as qu'à appeler.

— D'accord, répondis-je.

— Tu me le promets ?

— Oui, monsieur.

— Tu te sens mieux, maintenant ?

Je fis oui de la tête.

Il se redressa et son collègue et lui se dirigèrent vers la porte. Ils nous saluèrent de la tête et s'apprêtaient à partir quand le plus grand se tourna vers nous.

— Comment ça se fait déjà que le carreau de la porte de la cuisine soit brisé ? demanda-t-il.

— C'est Charlie en essayant de rentrer dans la maison. Il était très… excité et il a cassé un carreau pour ouvrir la porte, expliqua Hollis.

— Je vois, fit le policier.

Il continuait de fixer Hollis.

— C'est comme ça que vous vous êtes entaillé l'arcade sourcilière ?

Hollis s'approcha de l'officier de police en secouant la tête.

— Je me suis fait ça en essayant de le rattraper. Je ne savais pas ce qui se passait. Charlie est arrivé en courant, complètement terrorisé… Je suis tombé en essayant de le rattraper.

— Ah…

L'officier hocha la tête. Il semblait passer en revue toutes les anciennes cicatrices du visage de Hollis. Puis-je vous dire un mot dehors, Madame Cutter ?

Maman eut l'air surpris et alla chercher son manteau. Elle essaya de le boutonner mais ses mains tremblaient si fort qu'elle dut renoncer et s'en enveloppa simplement les épaules. Elle sortit accompagnée des deux policiers. Je lançai un coup d'œil à Hollis : il avait le même regard que quand je m'étais mis à crier dans le magasin de papa en l'accusant d'avoir tué les jumeaux Wilson, la fois où ils avaient disparu. Je me précipitai à la salle de bains et vomis dans la cuvette toute rouillée de la table de toilette à l'ancienne. A mon retour, maman et Hollis étaient tous deux assis à la table.

— Viens ici, mon chéri, dit maman.

Je secouai la tête.

— Pourquoi est-ce que papa était si en colère ce jour-là, maman ?

Elle se leva et vint vers moi en traversant le grand tapis ovale qui recouvrait le plancher du séjour. Elle se mit à faire tourner sa bague autour de son doigt.

Je courus m'enfermer dans ma chambre.

— Ouvre, Charlie.

— Non.

Je reculai jusqu'au bord du lit, m'y assis et regardai le bouton de porte vieillot tourner à droite et à gauche.

— Papa a découvert que j'avais fait quelque chose… et ça l'a blessé. Ça l'a rendu terriblement malheureux.

— Tu as fait quelque chose de mal ?

— Non, répondit-elle. Je ne pense pas que c'était mal en soi, non, mais ça lui a fait beaucoup de peine. Je ne l'aurais jamais fait souffrir de manière délibérée.

Je m'emparai de l'oreiller et allai lui ouvrir en le serrant contre moi. Je trouvai maman en train de pleurer derrière la porte. Je cherchai Hollis du regard et entendis son pas monter l'escalier.

— Qu'est-ce que tu as fait à papa ?

— Je ne peux pas t'en parler maintenant, Charlie. Mais tu le sauras un jour, quand tu auras grandi et que tu seras en mesure de comprendre, mais aujourd'hui, non. Pourtant, je veux que... Il faut que tu me pardonnes. Tu dois me croire quand je te dis que pour rien au monde je n'aurais jamais agi volontairement à l'encontre de ton père.

— Tu es sûre que tu n'as rien fait de mal ?

— Parfois, les grandes personnes se font de la peine sans commettre quoi que ce soit de répréhensible. Et je ne veux pas non plus que tu juges ton père trop sévèrement, parce qu'il fallait qu'il soit terriblement bouleversé pour en arriver là. C'est la seule fois qu'il a levé la main sur moi. Mais à présent, il nous faut continuer à vivre, Charlie. Ton papa aurait souhaité que nous puissions refaire notre vie.

— Est-ce que papa était en colère contre Hollis ?

— Non. Papa était furieux contre moi.

— Et contre moi aussi ?

— Non, mon chéri. Ton papa t'aimait plus que tout au monde.

— Est-ce que papa t'aimait ?

Maman fit oui de la tête et son visage se voila de tristesse.

— Oh, oui.

— J'aimerais tellement qu'il soit là avec nous. Si seulement tu ne lui avais pas fait de peine et s'il n'avait jamais découvert cette chose et si seulement il ne t'avait pas battue comme ça...

— Je sais, soupira-t-elle.
— Je regrette d'avoir voulu lui faire peur avec le fusil.
— Je sais.
— Je ne voulais pas tirer, maman. Je voulais juste qu'il arrête de te frapper.
— Charlie, maintenant nous devons repartir de zéro.
— Mais comment on va faire ?
— Nous avons déjà commencé, répondit-elle. Seulement, pour l'instant, ça ne se voit pas encore. Mais ça va venir, mon chéri, ça va venir.

20

Ça ne ressemblait pas à un matin de Noël : maman s'activait à passer la serpillière dans toute la maison, vêtue de son épais peignoir de bain bleu. Elle s'acharnait tellement sur son balai-brosse qu'on aurait pu croire que son but était de décoller le linoléum marron du sol de la salle de bains. J'attendis qu'elle ait le dos tourné et me précipitai vers l'escalier menant à la chambre de Hollis. Ce dernier était dehors, en train de bricoler : j'avais entendu des coups de marteau ainsi que la plainte d'une scie circulaire en provenance de la remise.

Je gravis les marches à pas de loup et, dans un grincement, ouvris la petite porte de sa chambre. Deux jours avant, j'avais aperçu quelque chose dans l'un des tiroirs en retournant son contenu à la recherche de la liasse de billets, juste avant que maman n'entre. C'était un petit album de photos. Je l'avais jeté par terre avec tout un tas d'autres trucs pris dans le tiroir de Hollis. Mais avant de filer sous le nez de maman, j'avais eu le temps de voir une photo de moi s'en envoler. Ou tout du moins la photo de quelqu'un qui me ressemblait fort.

Arrivé en haut des marches, je m'appliquai pendant une bonne dizaine de secondes à refermer la porte sans bruit afin que maman ne se doute de rien. J'avançai dans la chambre de Hollis et commençai à ouvrir et fermer les tiroirs les uns après les autres jusqu'à ce que je tombe enfin sur cet album. Sa couverture noire et maculée de taches était ornée d'une scène de forêt en cuir repoussé ; toutes les photos avaient été remises en place. L'ensemble paraissait ancien et en mauvais état. Je n'avais probablement rien arrangé en jetant l'album par terre. Plutôt honteux à ce souvenir, je le posai sur le lit avec précaution.

Je me mis à feuilleter d'anciennes photographies de gens que je ne connaissais pas et, arrivé au milieu de l'album, je tombai sur de vieilles coupures de journaux jaunies provenant du quotidien de Sunnyside. L'une d'elles relatait les obsèques de son épouse et de sa fille et plusieurs autres concernaient son passé de vétéran. Les deux dernières coupures étaient deux avis de naissance. Je n'y fis guère attention jusqu'à ce que mon œil s'arrête sur mon nom.

L'un des faire-part me concernait.

Charles William, chez John et Hadley York. Incrédule, je voulus aller l'examiner à la lumière pour m'assurer que j'avais bien lu. En me relevant, je fis tomber tout un paquet de photographies qui s'éparpillèrent sur le sol. Des photos de classe de moi et une autre d'un garçon qui me ressemblait de façon frappante, avec une expression légèrement différente.

Je me mis en devoir de les ramasser quand, du coin de l'œil, je saisis un mouvement dans la chambre. Maman était appuyée contre la porte. Elle se tenait la tête d'une main et ses yeux étaient brillants de larmes.

Nous restâmes là à nous observer face à face jusqu'à ce que je me rende compte du désordre que j'avais mis partout. J'étais sûr que j'allais être puni pour être monté dans la chambre de Hollis et ne savais quelle attitude adopter.

— Je croyais que nous en avions déjà discuté, dit enfin maman.

Je m'attendais à de bien pires remontrances ! Mais elle n'avait pas l'air en colère, simplement triste, je ne sais pas. Elle traversa la chambre et vint s'asseoir sur le lit, près de moi, puis embrassa la pièce du regard.

— Comment ça se fait que Hollis ait toutes ces photos de moi, maman ?

Elle baissa les yeux sur les clichés éparpillés sur le plancher. Elle les ramassa et tenta de les rassembler en paquet comme si c'étaient des cartes à jouer.

— Il a aussi un bout de journal qui dit que je suis né.

Maman ne répondit rien et se mit à feuilleter l'album. Je lui tendis la photographie en noir et blanc du petit garçon en chemise à carreaux.

— C'est qui ? m'enquis-je.

Maman étudia la photo. Elle devait trembler parce que la photo tressautait dans sa main.

— C'est moi ?

Maman rassembla les autres photographies et les replaça dans l'album.

— Où l'as-tu trouvé ?

Je désignai le tiroir.

Maman rangea l'album à l'intérieur et repoussa le tiroir lentement. Puis elle referma aussi les autres tiroirs que j'avais laissés ouverts avant qu'elle ne vienne jeter un œil dans la chambre.

— C'est qui sur la photo ?

— C'est Hollis quand il était jeune, déclara maman. Allez, redescendons. Nous n'avons pas le droit d'être ici.

Je restai assis sans bouger : qu'est-ce que je ressemblais à Hollis quand il était petit ! C'était incroyable.

— Allez, tout de suite ! ordonna maman sur le seuil de la porte.

Mais sa voix tremblait. Visiblement, je pouvais encore gagner du temps.

— Pourquoi est-ce qu'il garde toutes ces photos de moi ?

— On offre toujours des photos de classe de ses enfants à ses amis.

Elle me fit signe de me lever et commença à me parler d'autre chose. Puis elle se tourna et descendit les marches. A mi-escalier, elle s'arrêta.

— Ne remets plus jamais les pieds dans la chambre de Hollis, Charlie.

Je hochai la tête derrière elle.

— J'espère que c'est bien clair. Encore une fois et tu es puni. Nous devons chacun respecter l'intimité des autres dans cette maison. Compris ?

— Oui, m'man.

— Que je ne t'y reprenne plus !

Sa voix s'était raffermie.

— Oui, m'man, fis-je.

Elle se remit à descendre. Arrivé dans la salle de séjour, j'écartai un des rideaux au-dessus d'un secrétaire à cylindre et me mis à regarder dehors.

Le soleil brillait et le temps était dégagé, seuls quelques flocons tourbillonnaient dans le ciel.

— Joyeux Noël, dit maman.

Je refermai le rideau et me tournai vers elle. Elle se tenait les mains sur les hanches et me souriait légèrement.

— Joyeux Noël, répondis-je.

Je frissonnai subitement d'être resté à la fenêtre, vêtu seulement de caleçons longs, et allai à la grande cheminée de pierre. Je lançai deux ou trois bûches sur la grille de l'âtre et, dos au feu, contemplai l'arbre de Noël. Mais pourquoi diable Hollis conservait-il toutes ces photos avec tous ces vieux trucs ? Je tournai et retournai cette question dans ma tête. Mon regard se posa de nouveau sur le pin.

C'était le plus petit arbre de Noël que j'aie jamais vu.

Le contraste était d'autant plus frappant dans une pièce aussi imposante. Maman m'avait dit que, par manque de temps, il faudrait s'en contenter pour cette année. De plus, il lui avait tout de suite plu. Elle me confia qu'en dépit de son aspect malingre, jamais arbre de Noël ne lui avait paru aussi beau.

Elle l'avait choisi la veille dans un petit bosquet de pins tout courbés sous les assauts répétés du vent, du côté le plus exposé du phare. Hollis l'avait abattu à la hache. Je les avais regardés faire de la fenêtre de ma chambre, où j'étais resté alité toute la journée, malade et épuisé. N'ayant rien pu avaler de la journée, j'avais à peine la force de remuer le petit doigt. Je ne pense pas qu'ils m'aient vu les observer à la fenêtre.

Au bout d'un moment, la chaleur du feu se mit à me brûler le dos et je me retournai une minute devant la cheminée avant d'aller m'agenouiller près de l'arbre. De nombreux cadeaux avaient été déposés sous ses branches chétives et la plupart étaient à mon intention. Je reconnus même ceux que Lacy m'avait achetés à Sunnyside et que je n'avais jamais ouverts.

— Quand voudras-tu déballer tes cadeaux ? s'enquit maman qui était repartie nettoyer la cuisine.

Je levai les yeux dans sa direction et vis que Hollis avait remplacé le carreau cassé. Maman continuait de s'escrimer sur le sol : quand elle était d'humeur à tout récurer, je savais que je ne couperais pas à un bain d'ici à la fin de la journée.

Elle entra dans le salon en chaussons de laine et repoussa les courtes mèches blondes de son front.

— Tu m'as entendue ? demanda-t-elle.

— Quand tu veux.

Maman alla au tourne-disque, tira un 33 tours de chants de Noël d'une étagère au-dessus et le posa sur la platine. Le son crachotait un peu mais la mélodie était agréable à entendre. Je ne m'étais pas rendu compte jusqu'alors à quel point cette maison manquait de musique. A cet instant, je compris que les grandes maisons ont davantage besoin de musique que les petites.

Maman s'inquiéta de savoir si j'avais froid, puis s'assit près de moi en me faisant un sourire si radieux que ça lui donnait l'air bizarre.

— Hollis vient, lui aussi ? demandai-je.

— Appelle-le Tom, mon cœur. Non. C'est notre Noël à tous les deux. Il est dehors, il travaille dans la remise à bois.

J'inspectai les paquets sous l'arbre.

— Est-ce qu'il a des cadeaux ?

— Je lui ai trouvé une paire de gants de travail bien résistants, il passe tellement de temps à l'extérieur… J'ai écrit sur la carte que c'était de notre part à tous les deux.

Je restai assis à méditer. Je songeai surtout à papa. Tout à coup, maman bondit sur ses pieds.

— J'ai oublié le cidre ! J'ai préparé un bon cidre

chaud à la cannelle, nous pourrions le boire tout en ouvrant les cadeaux.

Elle repartit dans la cuisine et j'allai examiner la grosse bibliothèque remplie de livres si vieux que des voix d'outre-tombe semblaient sortir de certains d'entre eux quand je les ouvrais. Je lançai un regard en douce par une fenêtre d'où je pouvais apercevoir la remise, à environ quinze mètres de la maison et du phare. Tous les bâtiments formaient un triangle sur la pente neigeuse qui menait à l'océan, face au continent. Dans la remise brillait une lumière jaune, exactement comme dans la cabane de Hollis, dans la montagne. De la fumée s'échappait du tuyau de poêle traversant le toit de tôle.

Maman entra, chargée de deux chopes de cidre, et s'assit par terre en tailleur. Elle me tendit la plus grosse et je contemplai la fumée qui s'en élevait.

— Attention, c'est brûlant, m'avertit maman avec un grand sourire.

Ça faisait bien longtemps que je n'avais pas bu le cidre chaud que préparait maman et je crois que je ne l'avais jamais vue aussi heureuse. Elle avait l'air bien plus gaie que moi et ça, ce n'était pas normal : d'habitude, c'était moi le plus heureux le jour de Noël.

— Quand nous aurons fini d'ouvrir les cadeaux, je te préparerai ton petit déjeuner préféré : du pain perdu, des saucisses et un grand bol de chocolat.

Cette perspective m'enchanta car j'étais littéralement mort de faim. La veille, je n'avais rien pu garder, bouleversé par les derniers événements et les révélations de maman que je n'avais cessé de ressasser. En fin de compte, je me sentais immensément soulagé de savoir ce qui était vraiment arrivé à papa ce jour-là. Pourtant, j'aurais tellement voulu pouvoir revenir en arrière pour tout effacer ! A cette pensée, mon ventre se tordait de douleur. Si seulement je pouvais réparer mon geste. En apprenant ce que j'avais fait, j'avais ressenti une intense souffrance, bien pire que celle qui me taraudait lorsque j'ignorais encore la vérité, mais je savais que je ne l'avais pas tué exprès. Là-dessus, je n'avais aucun doute. Malgré tout, cela ne changeait rien à l'affaire. Papa n'était plus là. Et le pire, c'est qu'il ne reviendrait plus. Plus jamais. Après tous ces mois vécus dans son absence, cette évidence résonna au plus profond de moi-même, à un endroit inaccessible où la douleur est la plus lancinante parce qu'on ne peut l'en déloger. Mon esprit accepta finalement cette certitude et je me sentis plus seul que jamais.

— Ouvre donc un de tes cadeaux, suggéra maman.

Je levai les yeux vers elle. Elle soufflait sur sa chope pour refroidir le cidre.

— Est-ce que Hollis va venir prendre le petit déjeuner avec nous ? demandai-je.

Elle secoua la tête.

— Noël est avant tout une fête de famille, mon cœur. Je n'avais pas l'intention de l'inviter à partager cette journée avec nous. A moins que tu ne le souhaites.

— Il a pris son petit déjeuner ? m'enquis-je.

Maman haussa les épaules en avalant bruyamment une trop grosse gorgée de cidre.

— Qu'est-ce qu'il fabrique dans la remise le jour de Noël ?

— Je ne sais pas. Je crois qu'il l'aménage. Il a parlé de s'y installer pour que nous ayons davantage de place.

— Il va se geler dans cette remise, fis-je observer.

— Il y a un poêle à l'intérieur.

Certes, mais je n'ignorais pas que la bise transperçait les murs de cette cabane aussi facilement que s'ils avaient été en papier.

— Tu y es déjà rentrée ? demandai-je.

— J'ai jeté un petit coup d'œil par la porte avec toi, le jour où on a tout visité…

A ce moment-là, le disque se mit à patiner sur la troisième chanson et maman déplaça le saphir sur la suivante. Mais le disque était encore plus rayé à cet endroit, alors elle le remit au tout début sur l'air de « Douce nuit ».

— Lequel veux-tu ouvrir en premier ? demanda-t-elle.

J'examinai tous les cadeaux, réunis tous ceux qui portaient mon nom et en fis une pile. Ça alors ! Après avoir enlevé les miens, il n'en restait plus que deux sous l'arbre. L'un d'eux était le cadeau que maman avait acheté pour Hollis et l'autre, le présent de ce dernier pour maman. Moi, je n'avais rien offert à personne.

— Vas-y, mon ange ! s'exclama-t-elle avec un grand sourire.

— Hollis peut venir lui aussi, puisqu'il a un cadeau à ouvrir, suggérai-je.

— Eh bien, va le chercher si tu veux.

J'allai à ma chambre, enfilai ma salopette, mes bottes, le gros manteau en laine de papa, mes gants et me coiffai du bonnet à oreillettes. Je me frayai rapidement un chemin dans la neige qui crissait sous mes semelles et atteignis la remise. J'ouvris la porte : Hollis avait déplacé presque tout le tas de bois et les galets sur le côté et entassé les pots de peinture qui prenaient désormais tout un mur. Le dos tourné, il était en train de monter une cloison.

— Qu'est-ce que tu fais ? demandai-je.

Hollis se retourna. Je n'en crus pas mes yeux : il ne portait même pas de manteau ! Il n'avait qu'une salopette avec un pull à col roulé.

— Joyeux Noël, dit-il.

— Joyeux Noël…

— Je me suis dit que j'allais prendre mes quartiers ici, comme ça ta mère et toi, vous aurez davantage de place dans la maison. J'ai l'habitude de vivre dans un petit espace.

— Un peu comme dans ta maison dans la montagne ?

Hollis ne répondit pas. J'observai les murs en contreplaqué dont les panneaux étaient mal joints.

La lumière du soleil s'infiltrait par tous les interstices et le vent aussi, par la même occasion.

— Tu vas avoir froid, là-dedans, remarquai-je.

— Pas tant que ça avec le poêle. Il chauffe bien.

Je retirai un gant et tendis la main au-dessus du poêle ventru : c'est vrai qu'il était puissant. Néanmoins, je vis le souffle de ma respiration blanchir l'air ambiant.

— Maman veut que tu viennes ouvrir les cadeaux avec nous, dis-je.

— Eh bien, c'est très gentil de sa part mais je préfère que vous fassiez ça sans moi. Profitez bien de votre Noël ensemble, moi j'ai des choses à faire ici.

— Elle est en train de préparer le petit déjeuner.

— Je n'ai pas faim.

— Ah bon ?

Hollis secoua la tête.

— Et puis tu as un cadeau sous l'arbre. Maman dit que tu devrais venir l'ouvrir avec nous.

— J'ai un cadeau, moi ?

Je hochai la tête. Il se gratta le menton en détachant un sac de clous qu'il portait à la taille.

— Eh bien, allons voir ce que c'est, mais avant, on a quelque chose à faire, toi et moi.

Hollis vérifia soigneusement le poêle et ferma le tirage. Puis il alla ôter son manteau qui recouvrait quelque chose posé contre le mur, dans un coin.

Son fusil.

Il enfila son manteau et le boutonna jusqu'en haut.

— On va aller jeter ce fusil dans l'océan. Ta maman dit qu'on n'en a pas besoin ici... De toute façon, je n'ai pas l'impression qu'il y ait grand-chose comme gibier sur ce rocher, alors autant s'en débarrasser.

Je ne fis aucun geste, ne dis pas un mot, mais reculai quand il s'empara du fusil pour le briser en deux. Ensuite, il prit un gros marteau et fit voler en éclats la crosse de bois avant de me tendre ce qu'il en restait. Je saisis la moitié du fusil détruit et sentis la détente au creux de ma main. Hollis se chargea du canon. Nous marchâmes à pas lourds dans la neige jusqu'à l'endroit où les vagues venaient s'écraser contre les rochers, sur le versant de l'île faisant face à l'océan qui s'étendait à perte de vue.

Hollis progressa lentement jusqu'aux rochers les plus éloignés et s'arrêta finalement tout au bout d'une énorme avancée dont l'extrémité surplombait l'océan. Là, il se retourna.

— Tu peux venir jusqu'ici à condition d'être très prudent.

J'obéis et, une minute après, je me retrouvai à son côté.

— Quelle belle journée ! remarqua-t-il. C'est agréable d'avoir un si beau temps pour Noël.

Je contemplai l'océan. Le vent était tombé et les flots semblaient s'être apaisés. Puis, imitant Hollis, je fermai les yeux en offrant comme lui mon visage au soleil. Alors, pour une raison que j'ignore, je jetai un coup d'œil en arrière en direction de la maison. Un rideau bougea. Maman nous observait. Hollis éleva le double canon du fusil.

— C'est toi qui commences ?

Je fis non de la tête.

— Alors, j'y vais, annonça-t-il.

Empruntant l'attitude typique d'un lanceur de base-ball, Hollis effectua un mouvement de rotation sur lui-même en prenant un tel élan en arrière que l'extrémité du canon vint effleurer le sol. Puis, laissant échapper un grognement sonore, il lança la moitié du fusil de toutes ses forces en direction de l'horizon. Le canon s'envola dans les airs et décrivit une longue trajectoire en tournoyant sur lui-même pendant au moins trente secondes. Il scintilla dans les rayons du soleil avant de retomber et de s'enfoncer dans l'eau sans une éclaboussure. Comme avalé par l'océan.

— A ton tour, dit Hollis.

Je retirai mon gant et assurai ma prise sur l'autre moitié du fusil. Je regardai la détente dans ma main. Prenant exemple sur le lancer de Hollis, je jetai le morceau de fusil de toutes mes forces. Je ne réussis pas à l'envoyer aussi loin que lui mais il parcourut cependant une bonne distance au-dessus des flots avant d'être lui aussi happé sans remous par l'océan.

Après cela, nous restâmes silencieux ; enfin, Hollis fit demi-tour vers la maison et je le suivis. Nous entrâmes, suspendîmes chacun notre manteau à la rangée de gros crochets métalliques près de la cuisine et passâmes ensemble dans la salle de séjour. Nous allâmes nous poster devant la cheminée, dos au feu.

— Joyeux Noël, fit maman.

— Joyeux Noël, répondit Hollis.

Maman et moi allâmes ensuite nous asseoir près du petit arbre de Noël. Hollis tenta bien de nous imiter, mais dut y renoncer — ça ne devait pas être évident pour un homme de sa taille et, bien sûr, sa patte folle ne l'aidait pas — alors il tira un tabouret à lui et s'assit dessus. Je crus qu'il allait le briser sous son poids.

Maman remit le même disque de chants de Noël, nous apporta du cidre chaud à tous les deux, puis me fit signe de la tête. Je me mis à ouvrir mes cadeaux en commençant par ceux qui portaient l'écriture de Lacy et qui, je le savais, contenaient des vêtements. Il y avait un pull comme pour Noël dernier, sauf que celui-ci était noir, plus épais et de plus grande taille ainsi qu'une paire de bottes en cuir à semelles de caoutchouc. Maman insista pour que je les essaye mais elles m'étaient beaucoup trop grandes. Elle conclut que de toute façon, ce n'était pas grave car j'allais grandir. Elle m'expliqua qu'elle avait demandé à Lacy de les lui commander sur un catalogue de vente par correspondance et qu'il s'était chargé de confectionner les paquets cadeaux. Il me restait encore deux présents à ouvrir : impossible de deviner ce que cela pouvait être car les cadeaux étaient emballés dans des boîtes et faisaient du bruit quand je les secouais, contrairement aux vêtements. L'un deux portait l'écriture de maman mais l'autre non. Il était sûrement de la part de Hollis.

J'ouvris le cadeau de maman en premier : c'était une paire de jumelles noires. D'après elle, ce serait amusant de s'en servir pour scruter l'océan. Je les étudiai sous tous les angles avant de la remercier. Elle ignorait sans doute qu'il y en avait déjà deux paires dans la salle de radio, mais c'était quand même sympa d'avoir mes propres jumelles.

— Allez, ouvrez tous vos cadeaux, ordonnai-je.

Maman hocha la tête et je lui offris le cadeau de la part de Hollis ; à lui je tendis notre présent à tous les deux. Il l'ouvrit et apprécia beaucoup les gants. Je ne pus m'empêcher de remarquer qu'il avait du mal à enfiler le gant sur les doigts de sa main invalide.

— Ça faisait longtemps que j'avais besoin d'une bonne paire de gants, s'exclama-t-il et il nous remercia tous les deux.

Maman déballa soigneusement le papier journal qui enveloppait son cadeau. C'était un livre de recettes avec écrit en gros : *Cotriades traditionnelles du Maine*.

— Merci, Tom, dit maman.

Elle avait l'air d'être ravie de son cadeau et se mit à le feuilleter, un sourire aux lèvres.

— Ils font une super soupe de poissons dans le Maine, ajouta timidement Hollis d'une voix douce qui ne lui ressemblait pas.

Il me restait un dernier présent à ouvrir. Je me précipitai pour en déchirer le papier cadeau ; maman et Hollis, eux, semblaient totalement absorbés dans la lecture du livre de recettes. Je sortis une boîte entourée d'une ficelle. Hollis me tendit son canif et je coupai le lien pour pouvoir l'ouvrir. A l'intérieur de la boîte se trouvait un bout de bois d'environ trente centimètres. Qu'est-ce que ça pouvait bien être ? Je compris en le soulevant. C'était une sculpture représentant Abraham Lincoln. Il était représenté coiffé de son haut-de-forme en poil de castor et portait un nœud papillon tout de travers, exactement comme sur les photos. Debout sur un nœud de bois, il tenait un rouleau de papier d'une main et portait l'autre à son cœur.

— Ta maman m'a dit que tu aimais bien Abe Lincoln, alors j'ai essayé de t'en sculpter un, expliqua Hollis.

Les yeux rivés sur l'objet de bois, je hochai simplement la tête. C'était bien Abraham Lincoln, il n'y manquait pas un détail.

— Faut encore que j'y passe une couche de peinture. Je n'ai pas eu le temps mais je le terminerai pour qu'il soit impeccable.

— Je le préfère comme ça, répondis-je.

— OK, mon gars, fit-il.

Nous restâmes tous silencieux, on n'entendait plus que le disque de Noël.

Hollis ajouta encore :

— Il te faudra aussi un bon canif, par ici.

Il me désigna le sien d'un geste de la tête — je venais de m'en servir pour couper la ficelle.

— Ce couteau appartenait à mon grand-père, mais

j'aimerais que ce soit toi qui l'aies. C'est un excellent canif, il faut juste l'affûter de temps en temps et y passer un peu d'huile.

J'avais déjà le couteau suisse à trois lames que m'avait donné papa mais je le pris sans rien dire. J'examinai les lames du canif de Hollis : elles étaient beaucoup plus fines et usées que celles du couteau que m'avait offert papa. Je n'aurais qu'à me servir du canif de Hollis pour sculpter le bois et du couteau suisse de papa pour peler les pommes et tous ces trucs-là. Je repliai la lame avec laquelle je venais de couper la ficelle et empochai mon nouveau canif ; je gardai celui de mon père dans une autre poche.

— Allons prendre un bon petit déjeuner, proposa maman.

Elle se remit debout et Hollis se leva du tabouret.

— Attends une minute. Je crois que j'ai encore quelque chose. Quelque chose pour Charlie, précisa-t-il.

Hollis alla à son manteau et en sortit un petit cadeau emballé dans du papier marron et entouré d'une ficelle différente. Il me le tendit et je soupesai le paquet.

J'ôtai la ficelle et le papier. C'était une ancienne montre de poche en argent qui pendait au bout d'une longue chaîne. On aurait dit qu'elle avait été astiquée. En la tenant d'une main, je fis sauter le couvercle du boîtier de l'autre comme je l'avais fait des centaines de fois auparavant dans le magasin de papa pendant que Lacy me racontait des histoires. La photographie de Lacy et de Mme Coe n'y était plus.

— Lacy m'a demandé de te la donner en cadeau de Noël.

Je continuai à fixer l'intérieur du boîtier.

— Tu pourras y mettre la photographie de ton mariage, un de ces jours, suggéra maman.

Je ne pouvais détacher mes yeux de cette montre. Je la portai à mes narines. Elle sentait le tabac à pipe.

— J'aimerais tellement que Lacy soit ici avec nous.

— Moi aussi, soupira maman.

Elle me regarda un moment, puis se tourna pour se précipiter vers la cuisine comme si elle avait senti une odeur de brûlé.

— Tu crois qu'il est en prison ?

Elle se figea dans son mouvement et fit un pas en arrière.

— Je ne sais pas, mon ange.

— Tu crois qu'ils l'ont laissé partir puisqu'il n'a rien fait de mal ?

Se tournant vers moi, elle tendit la main et je la laissai examiner la montre de Lacy. Elle la manipula entre ses doigts et respira elle aussi son parfum.

— Tu crois qu'il y a une chance pour qu'il ait été libéré, maman ?

— Lacy est extrêmement intelligent. J'ignore où il est, mais je suis sûre qu'il va bien. Je suis certaine que Malcolm fait le maximum pour l'aider.

— Il n'a pas réussi avec toi, maman.

— Si, détrompe-toi. Il m'a beaucoup aidée.

Je la laissai affirmer cela d'un ton véhément sans pour autant comprendre quelle avait bien pu être la contribution de Malcolm à cette affaire : il avait passé son temps à distribuer des sourires et à pérorer devant les caméras. Ça ne servait à rien, ça !

— Lacy est si vieux… Il ne survivra jamais à la prison ! En plus, il n'a personne pour s'occuper de lui, à part nous. Il faut qu'on fasse quelque chose.

— Mon cœur, Lacy a agi ainsi pour nous. On ne peut pas revenir en arrière, mon chéri. Une telle attitude ne ferait que ruiner tous les efforts de Lacy pour nous aider, sans compter que cela ne lui serait d'aucune aide. Je crois que Lacy aurait de la peine s'il savait qu'il s'est donné tout ce mal pour rien.

— Hollis t'a bien fait évader de prison, c'était plutôt facile. Il pourrait peut-être aussi faire évader Lacy ? Je veux bien l'aider, moi.

Je me tournai vers Hollis dont le visage resta de marbre. Seuls ses yeux allèrent croiser le regard de maman.

— Ce n'est pas possible, répondit-elle.

Je sentis le ressentiment contre elle remonter en moi comme au cours de ces derniers mois.

— Pourquoi Lacy n'est pas venu avec nous ? demandai-je.

— Mon cœur, Lacy ne voulait pas partir de Sunnyside.

— Même en sachant qu'il irait en prison ?

Maman hocha la tête.

— Pourquoi ?

— Je suis sûre qu'il avait de bonnes raisons pour cela.

— Il savait qu'on allait le mettre en prison parce qu'il nous avait aidés ?

Maman fit de nouveau oui de la tête.

Je sentis une énorme boule monter dans ma gorge.

— Tu crois qu'il passe un bon Noël même s'il est en prison ?

— Je l'espère, répondit maman.

Je me sentis tout retourné à l'intérieur en voyant maman si bouleversée. Je me levai et fis mine d'aller à ma chambre.

— Allez faire votre toilette tous les deux, nous conseilla maman. On mange dans une minute.

Elle se retourna pour aller dans la cuisine. Je la suivis et la retins par le dos de sa robe.

— Est-ce que Lacy a laissé un message ou quoi que ce soit ? m'enquis-je.

Maman eut l'air surpris.

— Pas à ma connaissance, mon ange.

Puis son regard alla vers Hollis. Je me tournai également vers lui, mais il secoua la tête.

— Il n'a pas laissé de carte, rien ? demandai-je.

— Non…

— Tu crois qu'un jour il nous enverra une lettre ou quelque chose ?

Le visage de maman se crispa comme si elle allait

éclater en sanglots. Elle se courba pour attraper une poêle et commença à sortir des aliments du réfrigérateur.

— Peut-être, Charlie.

— Je peux lui écrire une lettre, moi ?

Elle se tourna vers moi.

— Oui, mon chéri.

— Il la recevra si je lui en écris une ?

— Je ferai de mon mieux pour qu'elle lui parvienne, m'assura-t-elle.

Je décidai en fin de compte de ne pas aller dans ma chambre après notre discussion et la maison redevint silencieuse pendant que Hollis et moi nous affairions à notre toilette avant d'aller prendre le petit déjeuner. Le repas se déroula également dans le calme.

A la fin, maman s'exclama que nous avions pratiquement avalé un pain tout entier. J'ignorais que nous avions mangé une telle quantité de pain perdu. En revanche, j'en avais mangé davantage que Hollis, je le savais parce que j'avais compté le nombre de tranches qu'il s'était servies. Mais j'en avais quand même moins mangé que papa d'habitude. Papa, lui, était capable d'avaler plus de pain perdu que moi et Hollis réunis, tout en étant bien moins costaud que ce dernier.

Après le petit déjeuner de Noël, j'allai m'enfermer dans ma chambre pour écrire à Lacy. C'était la première fois que j'écrivais une véritable lettre à quelqu'un. Maman s'enquit de savoir si j'avais besoin d'aide, mais je secouai la tête sans lâcher mon stylo. Je conclus ma lettre en disant à Lacy qu'un de ces jours on se reverrait, comme il me l'avait promis juste avant mon départ de Sunnyside.

Cette lettre fut la première d'une longue série, mais Lacy ne me répondit jamais.

21

Maman avait raison de dire qu'avec le temps, j'apprendrais à aimer la vie dans le Maine, que je me ferais des amis et que j'arriverais même à apprécier Hollis. Je n'aurais jamais cru pouvoir le traiter comme un père, mais, au cours des cinq années qui suivirent, les rôles que nous nous appliquions à jouer au village ou devant les rares visiteurs sur notre petite île se mirent à déteindre sur notre comportement de tous les jours, à la maison. Hollis devint véritablement comme un père pour moi et nous ne tardâmes pas à très bien nous entendre — il fallait juste que je lui laisse une chance de pouvoir m'apprivoiser. Or, j'avais beaucoup de conflits à régler à ce moment-là… Je suis néanmoins convaincu qu'il comprenait la difficulté de ma situation car il essaya de me faciliter la tâche par tous les moyens, notamment en persévérant à me tendre la main. A chaque jour qui passait, Hollis me donnait la preuve de l'affection sincère qu'il éprouvait à mon égard. D'autre part, dès les premières heures de notre cavale vers le nord, j'avais mesuré la force de l'attachement qui l'unissait à maman.

Mais il me restait encore beaucoup à découvrir sur lui. Hollis était le genre d'homme qu'il faut des années avant de connaître, car il se confiait peu. Toutefois, avec le temps, il s'ouvrit peu à peu et me parla. Des conditions dans lesquelles il avait été blessé en Corée, de l'état de détresse physique et morale dans lequel il était revenu de la guerre, de ses retrouvailles avec son épouse et sa fille, ainsi que de ses efforts pour tenter de reprendre une vie normale à Sunnyside. Hollis disait qu'il était couvert de médailles mais qu'il ne les méritait pas. Il ne me parla jamais précisément de ce qui lui était arrivé en Corée, évoquant seulement à quel point il en était revenu changé. Et puis, de retour chez lui, il avait commencé à dégringoler.

A la fin de la guerre, après avoir tenté de mettre fin à ses jours, Hollis avait été interné en asile psychiatrique. Il se sentait alors indifférent à tout et n'avait plus envie de continuer à vivre, persuadé que son épouse et sa fille seraient mieux sans lui. D'ailleurs, le monde entier ne s'en porterait que mieux, croyait-il. Il ne m'avoua jamais ce qui le tourmentait, mais, toute sa vie, il fut hanté par ses démons, longtemps même après avoir quitté les champs de bataille. Je pense qu'au bout du compte il avait appris à vivre avec ses fantômes.

A l'hôpital, Hollis avait subi des traitements de choc avant d'être renvoyé chez lui au bout de six mois, mais l'état de rage et de dépression dans lequel il avait rapidement sombré à son retour lui avait valu des démêlés avec la police. Il faut dire qu'il avait entrepris de soigner ses souffrances morales en se prescrivant une cure de whisky qui commençait par une bouteille dès le matin.

Il me raconta comment il était allé boire en ville, un soir. Cette nuit-là, un incendie s'était déclaré chez lui et avait emporté toute sa petite famille, en détruisant la maison qu'il avait construite de ses mains avant la guerre. Alors qu'il rentrait chez lui en titubant, ivre, il avait vu les flammes illuminer la montagne.

Après avoir enterré les siens, Hollis avait erré pendant deux ans dans la région. Il avait fait de la prison après s'être battu dans un bar. La bagarre, qui avait dégénéré, lui avait valu une condamnation pour coups et blessures à l'encontre de l'officier de police qui avait eu le malheur d'essayer de l'appréhender ce soir-là. Après sa remise en liberté, Hollis était finalement revenu vivre à Sunnyside, dans l'unique pièce de sa cabane, là-haut dans la montagne. C'est là qu'il avait commencé à complètement se replier sur lui-même. Il s'était trop habitué au silence, disait-il, au point de ne plus pouvoir s'en passer. Enfin, jusqu'à ce qu'il entreprenne de nous aider à nous enfuir de Sunnyside.

Hollis n'emménagea jamais dans la remise à bois comme il l'avait envisagé au cours de ce premier Noël passé au phare. Et au fur et à mesure que j'avançais dans mon adolescence, il passa progressivement de sa minuscule chambre en haut de l'escalier à celle de maman. Tout doucement, sans brusquer les choses. Je me souviens de ce petit matin où je le vis sortir de la chambre de ma mère. Cela ne me parut pas extraordinaire, certains détails m'avaient déjà mis la puce à l'oreille, parfois même à leur insu. Personne ne fit le moindre commentaire, ni avant, ni après. Ni moi, ni maman, ni Hollis. Aucune explication et aucune excuse. Simplement, à partir de ce jour-là, la chambre de maman devint leur chambre à tous les deux.

Durant toute cette période, je pris des épaules et grandis au-delà de toutes mes espérances. Peu de temps avant mon seizième anniversaire, j'entrai dans la salle de bains du rez-de-chaussée où Hollis était en train de se raser. Je frappai avant d'ouvrir la porte et, en passant derrière lui pour attraper quelque chose, j'aperçus dans le miroir le reflet de mon visage près du sien. Pour la première fois, je fus frappé de la ressemblance qui existait entre nous : la même taille à peu de chose près, les mêmes cheveux mais surtout, exactement les mêmes yeux.

Noirs et brillants.

Ces yeux qui m'avaient hanté depuis le premier jour où j'avais plongé mon regard dans le sien. Je crois qu'il ne faut pas chercher ailleurs la cause de ma terreur enfantine. Si les yeux de Hollis m'impressionnaient autant, c'est que je devais soupçonner la vérité depuis longtemps, probablement depuis le jour où j'étais tombé par hasard sur son album de photos et avais découvert les secrets qu'il essayait de préserver à l'abri de sa chambre. En regardant le reflet de Hollis Thrasher, c'est mon sosie que je contemplai dans le miroir.

Une heure après, dans ce petit matin d'automne, je me retrouvai à faire les cent pas en frissonnant, près du banc de bois incrusté de restes d'appâts de pêche. J'attendis le bus sur cette colline aux flancs abrupts pendant un temps interminable. C'était mon premier jour de lycée après les cinq années durant lesquelles j'avais bénéficié de l'enseignement de maman. Elle estimait que j'étais prêt, désormais. Elle évoquait ce premier jour comme celui de mon retour dans le monde. Je ne l'avais jamais vue dans un tel état, en proie à une euphorie mêlée de terreur.

Le son lointain d'une corne me parvint : je lançai un regard vers l'océan Atlantique et aperçus maman qui agitait le bras dans ma direction. Le Boston Whaler était déjà presque revenu au phare. Je tournai de nouveau les yeux vers le promontoire rocheux où se dressait le village de pêcheurs avec ses maisons blanches typiques à toit d'ardoise, entourées de pins semblant s'élancer pour toucher le ciel.

Je consultai ma montre de poche. Le bus avait trois minutes de retard. Incapable de tenir en place, je passai mon temps à me lever et à me rasseoir, découvrant chaque fois une nouvelle déclaration d'amour dans les prénoms gravés sur ce banc de Pawtuckaway, Etat du Maine.

Je remontai le col de mon pull et tentai de me réchauffer les mains en les frottant à mon pantalon de velours marron. Mon pantalon préféré. Hier soir, j'avais bien tenté de donner un côté usé à mes bottes, mais sans succès : elles avaient toujours l'air aussi neuves. En désespoir de cause, je les frottai l'une sur l'autre pour essayer de donner un aspect râpé à la tige et au bout. Je ne portais plus le vieux manteau de papa qui m'était devenu trop petit depuis l'année dernière, mais la veste de l'armée de Hollis que j'avais toujours admirée et qu'il avait fini par me donner.

Le bus négocia finalement le virage serré de la route du littoral et se mit à descendre le flanc de la colline dans ma direction, exactement comme dans mes rêves.

Mes genoux ne tremblaient pas, mais comme toujours, mon estomac m'indiqua que j'étais en train de vivre un grand moment. Je vis tous les visages qui m'observaient derrière les vitres sales. Les portes du bus s'ouvrirent enfin.

Je grimpai sur le marchepied et m'approchai du chauffeur.

— Allez, le pharais, envoie donc ! me lança-t-il.

Qu'est-ce que cela pouvait bien vouloir dire ? Je n'en avais pas la moindre idée.

— Assieds-toi, reprit-il en voyant mon air perplexe.

Je hochai la tête et m'avançai dans l'allée en essayant de repérer un visage accueillant parmi tous ces yeux braqués sur moi depuis le fond du bus. Mais soit les banquettes étaient toutes occupées, soit elles étaient à moitié vides et visiblement censées le rester.

J'allai jusqu'au fond du bus : impossible d'aller plus loin à moins de sortir par l'issue de secours. Cette idée me traversa l'esprit, mais je me retournai et remontai l'allée du bus.

Le chauffeur qui m'observait dans son gros rétroviseur me fit signe de m'asseoir.

— Tu peux te mettre ici si tu veux, me proposa une fille joufflue portant des lunettes.

Je l'avais déjà croisée en ville au cours de ces deux dernières années mais nous ne nous étions encore jamais parlé.

Elle se poussa avec empressement pour me faire de la place. Elle portait un épais manteau qui semblait trop chaud pour la saison. Je m'assis près d'elle, le sac contenant mon déjeuner sur mes genoux : j'avais l'impression d'avoir réussi un examen de passage.

Le bus fit demi-tour et entreprit de remonter la colline ; le silence céda bientôt la place au vacarme de vingt élèves parlant en même temps. Ils discutaient tous entre eux, sauf moi et la fille assise à mon côté. Cela faisait bien longtemps que je n'avais pas entendu autant de timbres de voix différents. Il y en avait tant, tout à coup… Je compris à quel point j'avais souffert de l'absence de contact avec les autres, malgré tout ce que les rapports humains pouvaient comporter d'effrayant.

Le bus traversa le vieux village de pêcheurs et ralentit à la hauteur d'un terrain de base-ball clôturé par une chaîne. Des enfants de tous âges étaient en train de jouer dehors ; cette chaîne devait être destinée à éviter que l'un des joueurs ne coure droit dans l'océan en essayant d'intercepter une chandelle avec le soleil dans les yeux.

— T'es un des pharais ? demanda la fille.

— Comment ?

— Les gens qui vivent dans le phare, c'est ta famille ?

Je me tournai vers elle : elle avait l'air très intéressée et s'approcha de moi en remontant ses lunettes sur son nez. Je m'éclaircis la voix mais ne réussis qu'à hocher la tête en guise de réponse.

— Je me suis toujours demandé qui pouvait bien avoir envie de vivre dans un phare perdu au beau milieu de l'océan.

— Peut-être des gens comme moi.

— T'as un accent bizarre, remarqua-t-elle.

— Moi aussi, je trouve que tu as une drôle de façon de parler, rétorquai-je.

Le bus s'arrêta devant le parallélépipède du bâtiment scolaire construit en bardeaux et bordé par le terrain de base-ball ; les portes du bus s'ouvrirent. Les élèves bondirent tous de leur siège en même temps comme s'il s'agissait d'un jeu où le dernier à sortir du bus aurait eu droit à un gage.

En me levant, je fis glisser le sac contenant mon déjeuner par terre, faisant ainsi tomber ma pomme, mes sandwichs au jambon et un paquet de biscuits à la confiture de myrtille qui allèrent rouler dans tous les sens.

La fille qui s'était montrée aimable envers moi m'aida

à presque tout ramasser et je me débrouillai pour récupérer le reste parmi le piétinement des élèves qui sortaient.

— Comment tu t'appelles ? s'enquit-elle.

Depuis cinq ans, cette question était ma hantise, mais, pour la première fois, j'eus l'impression de pouvoir donner mon nom sans ressentir le poids du mensonge. De la main, j'époussetai la terre et le gravier qui s'étaient collés au déjeuner que m'avait préparé maman.

— Charles J. Cutter, répondis-je.

Épilogue

12 mars 2002

Ce jour-là, elle n'assista pas à l'office et c'est une amie, inquiète de son absence, qui la trouva dans mon ancienne chambre qu'elle avait depuis longtemps reconvertie en atelier de peinture. Maman était malade depuis plus d'un an mais la nouvelle de son décès me fit malgré tout un choc. Je pense que c'est la mort qui veut ça, elle vous prend toujours au dépourvu, que l'on s'y attende ou non. On n'est jamais prêt à accepter la disparition d'un être cher, que l'on se trouve à son chevet ou à des milliers de kilomètres de là.

Lorsque je me rendis au funérarium municipal pour contempler une dernière fois le visage de maman, son directeur m'apprit qu'on l'avait retrouvée les mains constellées de taches de peinture à l'huile de toutes les couleurs. Je ne pus m'empêcher de sourire en y repensant, alors que nous discutions des dispositions pour ses obsèques. Ces dernières années, maman n'était jamais si heureuse qu'un pinceau à la main.

Trois jours après, je la conduisis à sa dernière demeure,

près de celle de Hollis, selon ses dernières volontés. Leurs deux tombes faisaient face à l'océan et au phare dont ils n'étaient plus jamais repartis.

Je fus surpris et ému de voir tous les gens qui se pressèrent sous les flocons pour venir lui dire un dernier adieu en ce jour de mars. Je ne m'étais jamais rendu compte que maman avait autant d'amis d'un bout à l'autre de la côte du Maine, étant donné que j'avais quitté la maison depuis vingt-cinq ans. Parmi tous ceux venus lui rendre un dernier hommage, combien d'entre eux connaissaient ses secrets ?

Après avoir assisté aux funérailles de maman, nos enfants s'endormirent au cours du long trajet de retour vers Boston. C'est alors que je commençai à révéler à mon épouse les circonstances qui nous avaient conduits, maman, Hollis et moi, à devenir les habitants d'un phare perdu au beau milieu de l'océan. Des « pharais », comme nous avait surnommés jadis une jeune fille dans le car de ramassage scolaire. A présent, ils étaient tous morts. Papa, Lacy, ensuite Hollis et maintenant maman : je pouvais donc retracer leur histoire à Jen. J'en avais besoin.

Je commençai par lui dire que j'avais vu le jour à Sunnyside, petite bourgade du sud-ouest de la Virginie, dans les Appalaches, et qu'à ma naissance je m'appelais Charles William York. Je lui expliquai que la montagne de notre ville avait été baptisée Angel's Rest car, d'après maman, les anges ont coutume de se reposer sur son sommet avant de descendre porter secours à ceux qui ont besoin de l'aide de Dieu. Puis j'évoquai pour elle les tragiques circonstances de la mort de l'homme merveilleux que je croyais être mon père ainsi que les événements dramatiques que ce décès avait immédiatement engendrés. Je lui décrivis enfin mon vieil ange gardien au corps meurtri de cicatrices, qui traversait la vie clopin-clopant, fumant la pipe et chérissant sa jolie montre de poche, lui qui avait enduré tant d'épreuves pour nous aider, maman, Hollis et moi, à survivre à une telle tragédie.

Je lui révélai toutes les vérités sur mon passé — il m'avait fallu atteindre presque quarante-six ans pour en découvrir certaines. Ce fut un long trajet, mais c'était une longue histoire.

Un soir, après la fermeture de la bibliothèque municipale, maman était allée rendre visite à son ancien flirt de lycée, dont on était sans nouvelles depuis des semaines. Hollis avait refusé qu'elle voie l'homme qu'il était devenu ainsi que les conditions dans lesquelles il vivait, mais c'était compter sans l'insistance de maman qui était entrée dans sa bicoque. Avant même la tombée de la nuit, leur solitude mutuelle avait ranimé l'ancienne flamme qui couvait encore en eux, les entraînant bien au-delà de leurs intentions. Cette nuit-là fut conçu un enfant, baptisé Charles William York.

Je considère également John York comme mon père, lui qui m'a tant aimé et m'a élevé durant les dix premières années de ma vie en me transmettant toutes les bases nécessaires pour grandir et devenir un homme. L'année de mes onze ans, John York découvrit que je n'étais pas son fils après avoir consulté un spécialiste d'une ville voisine. Maman et lui voulaient un second enfant mais n'arrivaient pas à le concevoir. Ce jour-là, papa avait découvert non seulement qu'il ne pourrait pas avoir d'autre enfant, mais aussi qu'il était impossible qu'il ait jamais pu en engendrer un. Absolument impossible, lui avait affirmé le médecin.

En ce jour funeste où je tuai mon père par accident, celui-ci venait d'apprendre que je ne pouvais pas être son fils. Atteinte d'un cancer, maman m'avoua toute la vérité sur son lit d'hôpital, quelques mois avant sa mort. Elle s'épancha enfin et me révéla bon nombre de ses secrets durant les visites que je lui rendis au cours de ces derniers mois.

Cela fait bien longtemps que j'ai cessé de vouloir percer les raisons qui ont conduit à ces événements tragiques. Mon père ne méritait pas de mourir si jeune et de façon si violente après avoir découvert une vérité qui l'avait meurtri au point de le rendre fou furieux.

Comme le répétait toujours maman en évoquant sa mémoire, c'était un si brave homme. Jamais je n'oublierai les paroles qu'a prononcées papa avant de mourir, étendu sur le sol de la cuisine. Il m'a murmuré :

— Tu es mon fils.

A l'époque, je n'étais pas en mesure de saisir toute la portée de ces mots.

Après l'accident, maman et moi avions essayé de continuer à vivre, mais il fallait que quelqu'un paye pour la mort de papa. La justice exigeait que soit désigné un coupable.

Maman avait craint ce jour-là que je doive expier à jamais la seule et unique nuit où elle avait « péché », alors qu'elle-même aurait échappé à toute condamnation pour sa faute. Elle avait perdu son mari mais était terrifiée à l'idée de perdre aussi son fils unique et de le voir envoyé dans une prison pour mineurs sur fond de scandale. Dans le meilleur des cas, j'aurais provoqué la crainte chez les gens qui se seraient écartés sur le passage du petit garçon qui avait abattu son propre père. Elle redoutait que je ne sois pas capable de continuer à vivre et de surmonter l'horreur de ce soir-là, d'autant plus que j'avais refoulé tous ces événements au plus profond de mon inconscient.

En prétendant dès le début que papa s'était tué accidentellement en nettoyant son fusil, maman s'était retrouvée prise au piège dans un engrenage de mensonges.

C'est pourtant papa lui-même qui avait insisté pour que nous fournissions cette version des faits à la police.

Les habitants de Sunnyside ne nous haïssaient pas, ma mère et moi, et je ne leur en veux pas de nous avoir traités ainsi. Les petites villes ne sont en réalité que de grandes familles et les gens étaient tellement attachés à mon père... Qui plus est, ils soupçonnaient que sa mort cachait quelque chose d'obscur : ils avaient flairé l'odeur du secret.

Maman avait essayé de me protéger non seulement du système judiciaire en matière de crime mais aussi d'une vérité que je n'étais pas prêt à entendre : je n'étais pas le fils biologique de mon père. Lorsqu'on vit dans une petite bourgade et que ce genre de secret se retrouve éventé, la vérité peut parfois se payer très cher.

Elle avait l'intention de tout me révéler une fois que je serais devenu adulte, et peut-être donc mieux en mesure de comprendre. Elle évoqua maintes choses au cours de la dernière année de sa vie, comme les bruits qui avaient couru sur ses éventuels rendez-vous secrets avec Hollis à la bibliothèque, après la fermeture. La rumeur disait vrai. Maman m'avoua que Hollis descendait d'Angel's Rest pour pouvoir me voir, en se cachant derrière un livre, les jours où j'accompagnais ma mère à la bibliothèque. Quand tout le monde était parti, il lui demandait si je travaillais bien en classe. Elle m'affirma qu'il suivait de très près mes progrès depuis ma naissance ; le jour terrible où il était passé chez nous à Angel's Rest, quelques moments avant que mon père ne rentre de son rendez-vous fatidique avec le médecin, il venait prendre de mes nouvelles auprès de ma mère.

Donc, fin 1967, tandis que nous roulions sur l'autoroute en direction du Maine, je ne manquai évidemment pas de remarquer l'affection sincère qui existait entre Hollis et ma mère. Bien évidemment, cela me déplaisait au plus haut point et explique que j'aie commencé à me méfier d'eux dès ce moment. Mais, parallèlement, j'étais très heureux de voir le sourire de maman éclairer de nouveau son visage : bref, tout ceci me paraissait incompréhensible. Car comment expliquer le lien qui unissait ma mère à cet individu étrange et dangereux, à ce loup solitaire qu'était Hollis Thrasher ?

Je sais aujourd'hui que pendant toutes ces années, elle n'avait jamais cessé de l'aimer et, d'après ce que j'ai pu comprendre, avait épousé mon père par dépit, après que Hollis se fut marié précipitamment avec une autre jeune femme suite à l'une de leurs ruptures, avant son départ pour la guerre. Maman m'expliqua qu'ils étaient tous deux très jeunes à l'époque, à vrai dire, ils n'étaient encore que des enfants. Elle disait toujours qu'avant son départ pour la Corée, Hollis était un homme bien différent de celui qui était revenu traumatisé de la guerre. Mais tout au fond de lui, il était resté le même.

— Il ne lui manquait que son grand sourire, ajoutait-elle.

A Sunnyside, ma mère avait fini par épouser un homme pour qui elle éprouvait respect et affection, un homme bon envers nous et qui travaillait dur afin que nous ne manquions de rien, mais dont elle n'avait jamais été amoureuse. Elle faisait semblant depuis déjà longtemps, bien avant notre départ pour le Maine. Elle jouait un rôle depuis son mariage et ensuite s'était retrouvée enceinte de l'enfant de Hollis.

Maman avait élevé le fils du seul amour de sa vie, un secret qu'elle avait dû porter seule jusqu'au jour de l'accident. Or ce soir-là, quand il lui avait fallu parler à quelqu'un, elle s'était tournée vers la personne qu'elle estimait le plus en raison de sa profonde sagesse. De toute façon, elle n'aurait pu se confier à personne d'autre. Maman avait pris la voiture et s'était rendue à Town Heights pour tout avouer à Lacy Coe.

En allant se confier à lui, ma mère n'était pas sûre de sa réaction car mon père et lui étaient extrêmement proches. Mais Lacy avait simplement fait preuve de compassion à son égard.

Quand je m'enquis de savoir pourquoi Lacy s'était exposé à de tels dangers pour nous aider, elle m'expliqua qu'entre la fin des années 40 et le début des années 50, Lacy était connu pour aller prêcher d'église en d'église — celles réservées aux Noirs, bien sûr — en relatant des anecdotes basées sur le bien et le mal, la force et la faiblesse. On l'avait mis en garde : il fallait qu'il arrête de raconter ses histoires car, selon certains habitants de Sunnyside, il « incitait les nègres à la révolte ».

Mais Lacy n'en avait pas tenu compte.

Quelques semaines après qu'il eut été menacé, on l'avait retrouvé au beau milieu d'un chemin de terre, les mains liées, presque inconscient, marqué de blessures au dos et d'une profonde lacération à la base du cou. Il avait été fouetté et pratiquement traîné à mort jusqu'à ce chemin où il avait été abandonné. On l'avait menacé de mort si jamais il racontait encore une seule de ses histoires à quiconque. Lacy avait supplié qu'on lui laisse la vie sauve, était rentré dans le rang et n'avait plus jamais fait parler de lui.

Maman m'apprit que c'était papa qui avait retrouvé Lacy ce jour-là et l'avait emmené à l'hôpital. Mon père était convaincu que l'homme que je croyais être mon grand-père faisait partie de la bande qui avait torturé Lacy. Parvenu à l'âge adulte, papa s'était très vite retrouvé en désaccord avec grand-père. Maman me confia que mon père s'était toujours efforcé de me protéger contre lui quand nous étions ensemble. Il ne voulait pas que grand-père puisse me transmettre sa haine comme il avait tenté de le faire avec lui.

Donc, après des mois d'hospitalisation, Lacy avait renoncé à raconter ses histoires et s'était peu à peu enfoncé dans la vieillesse. Les années passant, il avait fini par traîner dans le centre-ville. Comment Lacy en était-il arrivé à passer toutes ses journées dans le magasin de papa ? Maman me répondit qu'il était tout simplement entré un jour de canicule et s'était installé sur la chaise non loin du bureau de mon père. Papa ne l'avait pas chassé comme d'autres commerçants avant lui, et avait donc vu Lacy revenir le lendemain et ainsi de suite pendant les mois puis les années qui suivirent. Entre-temps, papa avait pris l'habitude de passer le chercher devant chez lui pour l'emmener en voiture au magasin.

Mais si Lacy n'avait plus jamais osé reprendre la parole en public, il avait néanmoins continué à distiller ses histoires à un petit garçon qui grimpait sur ses genoux pour mieux les entendre. Ma mère soutenait que les hommes qui avaient failli tuer Lacy croyaient avoir réussi à le faire taire mais avaient cependant échoué à le réduire tout à fait au silence.

Lacy me manqua terriblement après notre fuite vers le nord qui devait nous conduire jusqu'à notre petite île. Je lui écrivis chaque jour à compter de ce premier Noël jusqu'à ce mois de mars 1968 où maman trouva enfin le courage de m'avouer qu'il était mort.

Aujourd'hui encore, il m'arrive de lui écrire, de temps en temps.

La vie que nous menions sur notre île, maman, Hollis et moi, était des plus simples mais nécessitait toutefois de gros efforts d'adaptation. L'entretien du phare en soi ne demandait guère de temps ni d'énergie, une fois la routine établie. Mais il fallait bien se trouver des distractions pour remplir toutes ces longues journées… J'atteignis un niveau tout à fait honorable à la pêche à la mouche et me mis également à écrire des histoires. D'abord, je couchai sur le papier celles que m'avait racontées Lacy pour ne pas les oublier, puis j'enchaînai avec mes propres récits.

Maman commença à peindre des marines ; nous fîmes ensemble de nombreuses excursions pour découvrir des paysages différents. Plusieurs fois par an, nous nous rendions dans les boutiques de Bar Harbor et de Freeport pour leur vendre ses peintures ainsi que les sculptures de Hollis. Ce dernier avait converti la remise à bois en atelier de menuiserie dans lequel il s'enfermait seul chaque jour pour sculpter ses objets pendant des heures. Il parvint finalement à maîtriser l'art de la lutherie, s'adonnant presque exclusivement à la création d'instruments à cordes jusqu'à sa mort en 1989, des suites d'une crise cardiaque. Les violons fabriqués artisanalement par Hollis se vendaient aux quatre coins du monde.

Si, à bien des égards, Hollis fut notre sauveur à maman et à moi, on peut dire également que nous l'avons sauvé de lui-même. Hollis était un loup solitaire que la vie avait marqué de façon indélébile. Il avait besoin de l'isolement de ce phare, de même qu'il avait eu besoin de sa bicoque sur Angel's Rest, mais avoir la responsabilité d'une famille lui avait donné une raison de vivre. Il se devait d'être fort pour nous. Je suis convaincu qu'à la fin de sa vie Hollis Thrasher avait trouvé le moyen de cohabiter avec l'homme qu'il voyait chaque matin dans sa glace.

Je revins à Sunnyside en compagnie de ma famille quelques semaines après la disparition de maman. Il fallait que j'y retourne, c'était comme si j'avais répondu à l'appel de quelqu'un. Après avoir quitté l'autoroute pour emprunter l'une de ces routes qui serpentent dans la montagne, je baissai la vitre pour respirer à pleins poumons les senteurs transportées par la brise fraîche. J'admirai les collines qui ondulaient à perte de vue, remontant jusqu'aux crêtes bleutées des montagnes s'étirant à l'horizon. Le printemps était proche. Je ralentis. Il le faut quand on traverse des endroits tels que Sunnyside.

J'entrai dans la ville : comme tout avait changé ! Un immense magasin discount s'était monté près du collège, à l'emplacement d'un champ de maïs. Je me rappelai m'être caché dans ses sillons boueux, entre les tiges dures et robustes, à l'époque où je séchais les cours, l'année terrible de la mort de papa.

Le Tastee-Freez avait fermé, remplacé par deux enseignes de fast-foods en ville. Tandis que nous roulions le long de la Grand-Rue, je m'aperçus que la majorité des anciens commerces de mon enfance avaient disparu.

Les bâtiments étaient toujours là, mais paraissaient plutôt moribonds. La ville semblait être en pleine phase de transition. L'ancien magasin de téléviseurs de papa était actuellement inoccupé et le dernier commerce qu'il avait abrité semblait avoir été une brocante.

Dans l'ensemble, j'ai gardé un merveilleux souvenir de Sunnyside dans les années 60. Un endroit où il aurait fait bon grandir. J'ai appris depuis que la tragédie et la laideur se nichent partout dans le monde et en chacun de nous. Je les porte en moi. Sunnyside aurait été une ville de conte de fées si elle n'avait pas possédé son lot de sombres intrigues, de traîtres et de victimes. De héros aussi. En dépit de tout, Sunnyside était toujours aussi cher à mon cœur. Je m'y sentais chez moi, plus que nulle part ailleurs.

La ville n'avait plus rien à voir avec mes souvenirs,

mais elle retrouverait rapidement sa place parmi eux. Peut-être que Sunnyside tentait de repartir de zéro, elle aussi. Aujourd'hui, je crois dur comme fer qu'il est toujours possible de repartir de zéro, j'en ai fait l'expérience.

J'ignore ce que sont devenus Jimmy et Alvin, sans parler des jumeaux Wilson, de Mary Elouise et de tous mes anciens amis d'avant l'accident. Combien de fois me suis-je demandé où la vie avait bien pu entraîner Jimmy ! J'avais l'intuition qu'il s'en était bien sorti et ne finirait jamais comme son père.

Je passai devant la demeure de Malcolm Boone : elle était bien plus modeste que dans mes souvenirs d'enfant... J'avais haï l'avocat quand maman avait été reconnue coupable de meurtre. Nous avions placé tellement d'espoir et de confiance en lui, nous croyions qu'il aurait réussi à convaincre un jury populaire que maman n'avait pas tiré sur son mari. Mais, après coup, j'avais compris que même le grand Malcolm Boone n'aurait pas pu la défendre convenablement. Maman était alors une jeune mère vulnérable, désorientée, et qui souhaitait aller en prison pour m'épargner des vérités qui, croyait-elle, me traumatiseraient à vie.

Malcolm savait ce qui s'était passé. Maman ne le lui avait jamais dit, mais elle savait qu'il avait tout deviné. Comme maman, je crois qu'à un moment donné Malcolm avait compris que nous avions dépassé le point de non-retour dans notre histoire. Et quand bien même ma mère se serait décidée à enfin changer sa version des faits pour dire la vérité, plus personne n'y aurait cru de toute façon.

Tout en roulant, j'essayai de calculer mentalement l'âge que devait avoir Malcolm aujourd'hui. Dans les quatre-vingts ans, environ. Il devait être quelque part, en train de jouer au poker.

Le dernier lieu où je souhaitais me rendre avec ma famille avant de repartir était l'endroit où avait vécu Lacy dans Old Tannery Road. Les ruines de l'incendie avaient été déblayées depuis longtemps et à l'emplacement de sa maison en moellons se dressait désormais une demeure en brique bien plus imposante. En passant, nous vîmes des enfants en train de jouer dans la cour.

Je ne retournai pas voir mon ancienne maison perchée sur Duncan Hill. Pour diverses raisons, je jugeai plus sage de conserver ce lieu intact dans mes souvenirs.

Tandis que la voiture grimpait à flanc de montagne, je constatai que toutes les routes avaient été goudronnées et qu'un promoteur avait fait construire sur une immense parcelle au-delà du réservoir. L'ancienne cabane de Hollis était désormais l'arrière-cour d'une maison. Sa minuscule bicoque avait disparu. Tout comme les nombreux secrets qu'abritait la montagne, songeai-je.

Je continuai à rouler sans m'arrêter en passant devant ces lieux habités ; mon unique visite fut pour les morts. Epuisées par ce long trajet, mes filles étaient curieuses de savoir pourquoi je les avais conduites dans cette petite ville des Appalaches. Elles étaient impatientes de commencer leurs vacances en Floride. Je leur expliquai que j'avais des parents éloignés à Sunnyside et que j'y avais souvent séjourné dans mon enfance.

— Ça ne sera pas long, promis-je.

Je me garai devant le cimetière, sur Angel's Rest. La tombe de mon père ainsi que toutes celles de la famille York étaient toujours bien entretenues. Après une longue conversation silencieuse avec papa — j'avais tant de choses à lui dire —, je montrai sa tombe à mes deux petites filles, en leur évoquant la mémoire de cet homme merveilleux. Puis le soir commença à tomber ; je me relevai pour aller à la recherche de la dernière demeure du meilleur ami que j'aie jamais eu.

Il ne me fallut guère de temps pour trouver la tombe de Lacy. Je franchis la grille qui marquait la séparation entre les sépultures des Blancs et celles des Noirs et arrivai devant sa modeste pierre tombale. Je fus réconforté de constater qu'on l'avait enterré auprès de son épouse et de leur jeune fils.

Je m'agenouillai pour lire la date de son décès : Lacy était mort à peine quinze jours après notre départ précipité de Virginie. Cela ne me surprit pas — je le savais par maman depuis fort longtemps — mais c'était autrement plus émouvant de voir cette date gravée sur un pauvre fragment de roche.

Maman m'avait annoncé la mort de Lacy quelques semaines après l'avoir elle-même apprise. Elle avait en effet entrepris des recherches au cours du deuxième mois qui avait suivi notre installation dans le Maine. Elle avait fini par tomber sur son avis de décès dans la rubrique nécrologique. Maman n'eut jamais l'occasion de pouvoir lui envoyer les lettres que je lui avais écrites. Elle me les rendit avant de mourir.

Toutes ces émotions ajoutées aux efforts qu'il avait dû fournir pour nous aider à nous enfuir avaient dû avoir raison de lui. Selon moi, il savait depuis le début comment tout cela finirait. Lacy était mort en prison. Néanmoins, je suis pratiquement certain qu'il a quitté ce monde en paix. Car, finalement, personne n'a pu l'empêcher de mourir dans un ultime acte de courage, pas même ces hommes remplis de haine et armés de cordes.

Je ne sais toujours pas avec certitude si Ethan York, l'homme que je croyais être mon grand-père, était parmi ceux qui ont terrorisé Lacy et mis le feu à sa maison. Maman m'avait confié qu'en ce temps-là Ethan était un homme puissant à Sunnyside et qu'il faisait bien partie des ces gens-là. Mais j'ignore qui a torturé Lacy. Les réponses à ces questions sont probablement enterrées dans la montagne depuis bien longtemps.

Ma mère et Ethan s'étaient livré une bataille sans merci pour obtenir ma garde, ce que j'avais ignoré jusqu'au soir où mon prétendu grand-père avait essayé de me reprendre à Lacy. Maman était sûre à l'époque que si on lui avait enlevé ma garde pour me confier à la nombreuse famille de mon père, elle n'aurait jamais pu me récupérer, étant donné toutes les charges qui pesaient contre elle et le déséquilibre des forces en présence. Après tout, ils croyaient vraiment qu'elle était une meurtrière, d'ailleurs moi aussi, parfois. Après son arrestation, son seul espoir de garder son fils avait été de le confier à un vieil homme noir, sage et las, sachant que j'aurais confiance en sa parole.

Assis près de la tombe de Lacy, toutes les histoires qu'il me racontait lorsque j'étais enfant me revinrent à la mémoire, émaillées de ses réflexions sur le sens de la vie — avec ses hauts et ses bas — qu'il aimait glisser dans ses plus longs récits, entre deux bouffées de pipe. Si seulement il pouvait être encore là, pour que je puisse le présenter à ma famille et lui dire que je commençais à apprécier la musique de la vie et de la mort, comme il l'appelait. A comprendre qu'il faut choisir la force plutôt que la faiblesse car les deux cohabitent dans le cœur de chacun d'entre nous, ainsi qu'il l'avait expliqué à Hollis.

Lacy m'affirmait toujours que ses histoires étaient authentiques et, aujourd'hui encore, j'en reste persuadé. Je me remémorai ensuite le seul mensonge qu'il ait jamais commis à mon égard : il m'avait dit qu'un jour nous nous reverrions.

En respirant l'air frais de la montagne, je pris soudain conscience qu'il ne m'avait peut-être pas menti, après tout, car s'il existe un séjour où vont les faiseurs de musique après leur mort, Lacy y demeure sans nul doute en compagnie de mes deux pères et de ma mère, et peut-être m'y admettront-ils un jour auprès d'eux, quand j'aurai chanté le dernier couplet de ma chanson.

Mais peut-être savait-il tout simplement qu'un jour je reviendrais lui rendre visite dans ce cimetière. Qu'il faudrait que je revienne.

Je restai assis sur l'herbe bien entretenue qui recouvrait la tombe de Lacy depuis presque quarante ans. Je contemplai la vallée de mon enfance et, pour la première fois, j'eus le sentiment d'avoir moi aussi une belle histoire à lui raconter. Le récit d'un enfant perturbé qui finit par surmonter une tragédie grâce à la générosité de sa mère, d'un vieux sage et d'un héros cabossé par la guerre.

Mes deux filles étaient en train de jouer sous un pommier sauvage. Je les appelai et elles accoururent vers moi en évitant les pierres grises qui hérissaient la crête rocheuse. Leur désignant la tombe de Lacy, je leur expliquai que là reposait mon meilleur ami.

Je baissai les yeux sur leurs deux têtes blondes : Lacy et Hadley passèrent leurs doigts sur les dates et ma fille aînée s'aperçut que le prénom gravé dans la pierre était le même que le sien. Elles repartirent ensuite en courant vers la voiture où les attendait le réconfort des bras de leur mère. Le vent de la nuit se mit à moduler son chant sur les crêtes d'Angel's Rest et je confiai à Lacy qu'aujourd'hui je comprenais enfin le sens de certains des récits qu'il aimait à me faire.

J'ajoutai que j'avais commencé à en raconter quelques-uns à mes filles : à la fin, elles me demandaient toujours si l'histoire était vraie. Je leur répondais alors que, dans la montagne, le vieux conteur plein de sagesse qui me les avait transmises entre deux bouffées de pipe m'avait assuré que ses récits étaient tous véridiques.

La montagne s'était à présent bien obscurcie et les lumières de la ville commencèrent à apparaître une à une dans la vallée en contrebas. Je caressai affectueusement la tombe de Lacy à la manière dont il me tapotait toujours la main, sortis un petit paquet de lettres de ma veste et le déposai sur la pierre portant son nom.

Enfin, je me relevai pour quitter à jamais le cimetière d'Angel's Rest et tirer définitivement un trait sur mon passé. Avec toutefois le pressentiment qu'un jour je reviendrais y voir Lacy.

DANS LA MÊME COLLECTION

Par ordre alphabétique d'auteur

JINA BACARR	*Blonde Geisha*
JILL BARNETT	*Souvenirs d'enfance******
MARY LYNN BAXTER	*La femme secrète*
MARY LYNN BAXTER	*Un été dans le Mississippi*
JENNIFER BLAKE	*Une liaison scandaleuse*
BARBARA BRETTON	*Le lien brisé*
BENITA BROWN	*Les filles du capitaine*
MEGAN BROWNLEY	*La maison des brumes*
CANDACE CAMP	*Le bal de l'orchidée*
CANDACE CAMP	*Le manoir des secrets*
CANDACE CAMP	*Le château des ombres*
CANDACE CAMP	*La maison des masques*
MARY CANON	*L'honneur des O'Donnell*
LINDA CARDILLO	*Le tourbillon d'une vie*
ELAINE COFFMAN	*Le seigneur des Highlands*
ELAINE COFFMAN	*La dame des Hautes-Terres*
ELAINE COFFMAN	*La comtesse des Highlands*
JACKIE COLLINS	*Le voile des illusions*
JACKIE COLLINS	*Reflets trompeurs*
JACKIE COLLINS	*Le destin des Castelli*
PATRICIA COUGHLIN	*Le secret d'une vie*
MARGOT DALTON	*Une femme sans passé*
EMMA DARCY	*Souviens-toi de cet été*
CHARLES DAVIS	*L'enfant sans mémoire*
SHERRY DEBORDE	*L'héritière de Magnolia*
BARBARA DELINSKY	*La saga de Crosslyn Rise*
BARBARA DELINSKY	*L'enfant du scandale*
WINSLOW ELIOT	*L'innocence du mal*
SALLY FAIRCHILD	*L'héritière sans passé*
MARIE FERRARELLA	*Une promesse sous la neige*****
MARIE FERRARELLA	*Maman par intérim********
ELIZABETH FLOCK	*Moi & Emma*
CATHY GILLEN THACKER	*L'héritière secrète*
LYNNE GRAHAM	*Une passion en Irlande*
GINNA GRAY	*Le voile du secret*
GINNA GRAY	*La Fortune des Stanton*

… / …

DANS LA MÊME COLLECTION

Par ordre alphabétique d'auteur

JENNIFER GREENE	*Le cadeau de l'hiver*
JILLIAN HART	*L'enfant des moissons*
METSY HINGLE	*Une vie volée*
KATE HOFFMANN	*Destins d'Irlande*
KATE HOFFMANN	*Fille d'Irlande*
FIONA HOOD-STEWART	*Les années volées*
FIONA HOOD-STEWART	*A l'ombre des magnolias*
FIONA HOOD-STEWART	*Le testament des Carstairs*
FIONA HOOD-STEWART	*L'héritière des Highlands*
LISA JACKSON	*Noël à deux***
RONA JAFFE	*Le destin de Rose Smith Carson*
PENNY JORDAN	*Silver*
PENNY JORDAN	*L'amour blessé*
PENNY JORDAN	*L'honneur des Crighton*
PENNY JORDAN	*L'héritage*
PENNY JORDAN	*Le choix d'une vie*
PENNY JORDAN	*Maintenant ou jamais*
PENNY JORDAN	*Les secrets de Brighton House*
PENNY JORDAN	*La femme bafouée*
PENNY JORDAN	*De mémoire de femme*
BRENDA JOYCE	*L'héritière de Rosewood*
BRENDA JOYCE	*La tentation de Lady Blanche*
MARGARET KAINE	*Des roses pour Rebecca*
HELEN KIRKMAN	*Esclave et prince*
ELAINE KNIGHTON	*La citadelle des brumes*
ELIZABETH LANE	*Une passion africaine*
ELIZABETH LANE	*La fiancée du Nouveau Monde*
CATHERINE LANIGAN	*Parfum de jasmin*
RACHEL LEE	*Neige de septembre*
RACHEL LEE	*La brûlure du passé*
LYNN LESLIE	*Le choix de vivre*
MERLINE LOVELACE	*La maîtresse du capitaine*
JULIANNE MACLEAN	*La passagère du destin*
DEBBIE MACOMBER	*Rencontre en Alaska*****
DEBBIE MACOMBER	*Un printemps à Blossom Street*
DEBBIE MACOMBER	*Au fil des jours à Blossom Street*
DEBBIE MACOMBER	*Retour à Blossom Street*

... / ...

DANS LA MÊME COLLECTION

Par ordre alphabétique d'auteur

DEBBIE MACOMBER	*La saison des roses*
DEBBIE MACOMBER	*Un parfum de bonheur*
DEBBIE MACOMBER	*La baie des promesses*
DEBBIE MACOMBER	*Les secrets de Rosewood Lane*
DEBBIE MACOMBER	*Le printemps des rêves*
DEBBIE MACOMBER	*Un Noël sous le givre*****
DEBBIE MACOMBER	*L'île du paradis*******
DEBBIE MACOMBER	*Le jardin de Susannah*
DEBBIE MACOMBER	*Un été à Cranberry Point*
MARGO MAGUIRE	*Seigneur et maître*
ANN MAJOR	*La brûlure du mensonge*
ANN MAJOR	*Le prix du scandale**
SUSAN MALLERY	*Un parfum d'été*
SUSAN MALLERY	*Le rêve de Gracie*
KAT MARTIN	*Lady Mystère*
SANDRA MARTON	*Une passion impossible********
ANNE MATHER	*L'île aux amants****
CURTISS ANN MATLOCK	*Sur la route de Houston*
CURTISS ANN MATLOCK	*Une nouvelle vie*
CURTISS ANN MATLOCK	*Une femme entre deux rives*
MARY ALICE MONROE	*Le masque des apparences*
MARY ALICE MONROE	*Le passé à fleur de peau*
MARY ALICE MONROE	*Dans l'ombre du secret*
CAROLE MORTIMER	*L'ange du réveillon*****
BRENDA NOVAK	*L'écho du souvenir*
BRENDA NOVAK	*L'héritière du manoir*
DIANA PALMER	*D'amour et d'orgueil****
DIANA PALMER	*Les chemins du désir*
DIANA PALMER	*Les fiancés de l'hiver*****
DIANA PALMER	*Le seigneur des sables*
DIANA PALMER	*Une liaison interdite*
DIANA PALMER	*Le voile du passé*
PATRICIA POTTER	*Noces pourpres*
MARCIA PRESTON	*Sur les rives du destin*
MARCIA PRESTON	*La maison aux papillons*
EMILIE RICHARDS	*Mémoires de Louisiane*
EMILIE RICHARDS	*Le testament des Gerritsen*
EMILIE RICHARDS	*La promesse de Noël***
EMILIE RICHARDS	*L'écho du passé*
EMILIE RICHARDS	*L'écho de la rivière*

… / …

DANS LA MÊME COLLECTION

Par ordre alphabétique d'auteur

EMILIE RICHARDS	*Le refuge irlandais*
EMILIE RICHARDS	*Promesse d'Irlande*
EMILIE RICHARDS	*La vallée des secrets*
EMILIE RICHARDS	*Du côté de Georgetown*
EMILIE RICHARDS	*Un lien d'amour******
EMILIE RICHARDS	*L'héritage des Robeson*
EMILIE RICHARDS	*Le chemin de l'espoir*
NORA ROBERTS	*Retour au Maryland*
NORA ROBERTS	*La saga des Stanislaski*
NORA ROBERTS	*Le destin des Stanislaski*
NORA ROBERTS	*L'héritage des Cordina*
NORA ROBERTS	*Love*
NORA ROBERTS	*La saga des MacGregor*
NORA ROBERTS	*L'orgueil des MacGregor*
NORA ROBERTS	*L'héritage des MacGregor*
NORA ROBERTS	*La vallée des promesses*
NORA ROBERTS	*Le clan des MacGregor*
NORA ROBERTS	*Le secret des émeraudes*
NORA ROBERTS	*Un homme à aimer**
NORA ROBERTS	*Sur les rives de la passion*
NORA ROBERTS	*La saga des O'Hurley*
NORA ROBERTS	*Le destin des O'Hurley*
NORA ROBERTS	*Un cadeau très spécial***
NORA ROBERTS	*Le rivage des brumes*
NORA ROBERTS	*Les ombres du lac*
NORA ROBERTS	*Un château en Irlande*
NORA ROBERTS	*Filles d'Irlande*
NORA ROBERTS	*Pages d'amour*
NORA ROBERTS	*Rencontres*
NORA ROBERTS	*Une famille pour Noël*****
NORA ROBERTS	*Passions*
NORA ROBERTS	*La promesse de Noël*
NORA ROBERTS	*Contre vents et marées******
NORA ROBERTS	*Rêves d'amour*
NORA ROBERTS	*Liens d'amour*
NORA ROBERTS	*Séduit malgré lui********
ROSEMARY ROGERS	*Le sabre et la soie*
ROSEMARY ROGERS	*Le masque et l'éventail*
ROSEMARY ROGERS	*La maîtresse du rajah*
ROSEMARY ROGERS	*Lady Sapphire*
ROSEMARY ROGERS	*Nuits de satin*
JOANN ROSS	*Magnolia*
JOANN ROSS	*Cœur d'Irlande*
MALLORY RUSH	*Ce que durent les roses*

... / ...

DANS LA MÊME COLLECTION

Par ordre alphabétique d'auteur

EVA RUTLAND	*Tourments d'ébène*
PATRICIA RYAN	*L'escort-girl****
DALLAS SCHULZE	*Un amour interdit*
DALLAS SCHULZE	*Les vendanges du cœur*
DALLAS SCHULZE	*La promesse d'un enfant*
DALLAS SCHULZE	*L'appel de l'aube*
KATHRYN SHAY	*L'enfant de l'hiver*
JUNE FLAUM SINGER	*Une mystérieuse passagère*
ERICA SPINDLER	*L'ombre pourpre*
ERICA SPINDLER	*Le fruit défendu*
ERICA SPINDLER	*Trahison*
ERICA SPINDLER	*Parfum de Louisiane*
ERICA SPINDLER	*Un parfum de magnolia*
ERICA SPINDLER	*Les couleurs de l'aube*
LYN STONE	*La dame de Fernstowe*
TARA TAYLOR QUINN	*Le cadeau d'une vie*
CHARLOTTE VALE ALLEN	*Le destin d'une autre*
CHARLOTTE VALE ALLEN	*L'enfance volée*
CHARLOTTE VALE ALLEN	*L'enfant de l'aube*
SOPHIE WESTON	*Romance à l'orientale****
SUSAN WIGGS	*Un printemps en Virginie*
SUSAN WIGGS	*Les amants de l'été*
SUSAN WIGGS	*L'inconnu du réveillon***
SUSAN WIGGS	*La promesse d'un été*
SUSAN WIGGS	*Un été à Willow Lake*
SUSAN WIGGS	*Le pavillon d'hiver*
SUSAN WIGGS	*Retour au lac des Saules*
SUSAN WIGGS	*La maison du Pacifique*
SUSAN WIGGS	*Neige sur le lac des Saules*
SUSAN WIGGS	*Rendez-vous sous le gui******
SUSAN WIGGS	*Les amants du Pacifique*
SUSAN WIGGS	*Un été de rêve*******
SUSAN WIGGS	*L'amoureuse rebelle********
SUSAN WIGGS	*Le rêve de Leah*
LYNNE WILDING	*L'héritière australienne*
LYNNE WILDING	*Les secrets d'Amaroo*
BRONWYN WILLIAMS	*L'île aux tempêtes*
REBECCA WINTERS	*Magie d'hiver***
REBECCA WINTERS	*Un baiser sous le gui*****

… / …

DANS LA MÊME COLLECTION

Par ordre alphabétique d'auteur

JOAN WOLF	*Le blason et le lys*
SHERRYL WOODS	*Refuge à Trinity*
SHERRYL WOODS	*Le testament du cœur*
SHERRYL WOODS	*Le rêve de Noël******
SHERRYL WOODS	*La Maison Bleue*
SHERRYL WOODS	*Soleil d'avril*
SHERRYL WOODS	*Dans la chaleur de l'été********
SHERRYL WOODS	*Le temps de l'espoir*
LAURA VAN WORMER	*Intimes révélations*
KAREN YOUNG	*Un vœu secret***
KAREN YOUNG	*L'innocence bafouée*
KAREN YOUNG	*La mémoire blessée*

* *titres réunis dans un volume double*

** *titres réunis dans le volume intitulé* : Magie d'hiver 2007

*** *titres réunis dans le volume intitulé* : Passions d'été

**** *titres réunis dans le volume intitulé* : Magie d'hiver 2008

***** *titres réunis dans le volume intitulé* : Magie d'hiver 2009

****** *titres réunis dans le volume intitulé* : La Maison sur l'île

******* *titres réunis dans le volume intitulé* : Promesses d'été

7 TITRES À PARAÎTRE EN DECEMBRE 2010

Composé et édité par les
*éditions*Harlequin

Achevé d'imprimer en Allemagne
par GGP Media GmbH, Pößneck
en septembre 2010

Dépôt légal en octobre 2010
N° d'éditeur : 15261